ANGELIKA SCHWARZHUBER

Ziemlich hitzige Zeiten

AF177934

Angelika Schwarzhuber

Ziemlich
hitzige Zeiten

Roman

blanvalet

Dieser Roman ist im Juli 2019 bei Weltbild erschienen.

Penguin Random House Verlagsgruppe FSC® N001967

4. Auflage
Copyright © 2019 by Blanvalet,
in der Penguin Random House Verlagsgruppe GmbH,
Neumarkter Straße 28, 81673 München
Dieses Werk wurde vermittelt durch die
Literarische Agentur Thomas Schlück GmbH, 30161 Hannover.
Redaktion: Alexandra Baisch
Umschlaggestaltung © Johannes Wiebel / punchdesign,
unter Verwendung einer Illustration von Max Meinzold
LH · Herstellung: sam
Satz: GGP Media GmbH, Pößneck
Druck und Bindung: GGP Media GmbH, Pößneck
Printed in Germany
ISBN 978-3-7341-0715-3

www.blanvalet.de

Für Jasmin und Caroline
und
für Ramona

Kunterbuntes Patchwork kann durchaus funktionieren.

Kapitel 1

Die Schweißperlen auf meiner Stirn stammten heute ausnahmsweise mal nicht von meinen Wechselbeschwerden. Ich hatte schlicht und ergreifend Todesangst.

Darf man als Mutter einer Fahranfängerin eigentlich die Augen schließen, bis man am Ziel ist? Gibt es da irgendwelche Vorschriften von der Führerscheinstelle?

Ich hatte mir wirklich fest vorgenommen, ganz locker und cool zu bleiben. Doch nun stand ich kurz davor, meine Tochter anzuflehen, mich aussteigen zu lassen. Jetzt konnte ich auch nachvollziehen, warum Emma die praktische Fahrprüfung erst im dritten Anlauf geschafft hatte. Und zwar heute. Vor genau einer halben Stunde. Noch beim Frühstück hatte ich mich lautstark über den Fahrlehrer ausgelassen, der meiner Tochter mehr Fahrstunden aufgebrummt hatte, als mein Budget eigentlich verkraften konnte. Doch jetzt leistete ich innerlich Abbitte. Ich stand kurz davor, ihn anzurufen und zu fragen, welches Wahnsinns-Mittel er nahm, um solche Fahrten nervlich zu überstehen. Genau das hätte ich nämlich auch gern! In doppelter Dosis!

Warum zum Teufel hatte er zugelassen, dass der Prüfer Emma die Fahrerlaubnis erteilt hatte? Führerschein mit 17! Wem war nur so ein Irrsinn eingefallen? Meine Generation war damals immerhin schon 18 gewesen. Und kaum hatten wir bestanden, waren die einzigen Beifahrer Freunde und Mitschüler gewesen. Oder irgendwelche Tramper, die wir unterwegs aufgegabelt hatten, wenn es abends in die Disco oder auf ein Rockkonzert ging. Ich konnte mich jedenfalls nicht erinnern, dass unsere Eltern sich ohne Not von uns hatten herumkutschieren lassen. Wenn wir als Familie unterwegs gewesen waren, saß immer mein Vater am Steuer. Außer zu den seltenen Gelegenheiten, bei denen er mal einen über den Durst getrunken hatte. Dann – aber nur dann – durfte auch mal meine Mutter ran.

Mit Sätzen wie: »Du weißt schon, dass es auch einen vierten Gang gibt, Mina? … Wenn du noch langsamer fährst, fahren wir rückwärts … Als Gott die Talente zum Autofahren verteilte, warst du wohl gerade beim Kochkurs …« hatte er sie schier in den Wahnsinn getrieben. Bis sie irgendwann einmal mitten in der Nacht neben einer Telefonzelle völlig entnervt den Wagen angehalten und ein Taxi gerufen hatte.

»Wenn du dein Auto morgen früh in der Garage haben willst, dann steigst du jetzt in das Taxi!«, hatte sie in einem Ton gedroht, den meine Schwester Moni und ich bisher noch nie von ihr gehört hatten. »Wir kommen nach.«

Wir hatten mit offenen Mündern zugesehen, wie Vater tatsächlich mit hochrotem Kopf ins Taxi einstieg.

Die nächsten drei Tage redeten sie kein Wort miteinander. Am vierten Tag stritten sie so laut, dass es für unsere Nachbarn wie Kino in der ersten Reihe war – nur ohne Bild. Danach herrschte erstaunlicherweise wieder Frieden. Und ab da hielt er sich mit seinen Kommentaren bei Autofahrten mit Mutter am Steuer zurück. Zumindest meistens.

»Stell dir vor, Mama, ich war die Einzige, die es heute geschafft hat. Alle anderen sind durchgefallen«, riss Emma mich aus meinen Gedanken.

»Ich bin ganz schön stolz auf dich«, hörte ich mich sagen und wagte mir gar nicht vorzustellen, wie die anderen Prüflinge gefahren waren. Unauffällig wühlte ich in der Handtasche auf meinem Schoß nach den harmlosen pflanzlichen Beruhigungsdragees, die ich immer dabeihatte. Doch als ich sie schließlich fand, hielt ich inne. Bis die wirkten, wären wir ohnehin schon längst daheim – oder im schlimmsten Falle tot.

Nicht so weit links!, wollte ich rufen. Doch wie durch ein Wunder schaffte es Emma, den Außenspiegel des entgegenkommenden Fahrzeuges nicht abzufahren. Langsam stieß ich die Luft aus, die ich unbemerkt angehalten hatte. *Bleib ganz locker, Anna, ganz locker!*, sagte ich mir.

Ich versuchte, mich zu erinnern, wie es war, als ich das erste Mal mit meiner ältesten Tochter Leonie – die wir alle nur Leo nannten – mitgefahren war. War mein Nervenkostüm damals noch stabiler gewesen? Allerdings hatte ihr Vater meist als Fahrbegleiter fungiert. Damals, vor acht Jahren. Als wir noch nicht geschieden waren, Harald und ich.

Ich warf Emma einen Blick von der Seite zu. Sie war so unglaublich hübsch mit ihren hellgrauen Augen, die leider mal wieder viel zu dick mit schwarzem Kajal umrahmt waren. Ihre hüftlangen dunkelbraunen Locken hatte sie heute zu einem lockeren Zopf geflochten und sah dadurch noch jünger aus, als sie war. *Viel zu jung, um schon selbst Auto zu fahren.* Es kam mir vor wie gestern, als sie auf ihrem roten Bobby-Car in der Hofeinfahrt hin und her geprescht war. Oder unsere Fahrten damals im Autoscooter auf dem Rosenheimer Herbstfest. So stolz war sie gewesen, als sie ihrem Vater und Leo immer wieder geschickt ausgewichen war, damit sie uns nicht rammen konnten. »Du wirst mal eine prima Autofahrerin«, hatte ich sie damals gelobt. Jetzt war ich mir da gar nicht mehr so sicher.

»Soll ich dich noch zum Supermarkt fahren, Mama?«, fragte Emma eifrig und fuhr so rasant in den Kreisverkehr, dass der Wagen gerade so die Kurve bekam. Ich schob die Hände unter meine Schenkel, um ihr nicht ins Lenkrad zu greifen oder die Handbremse zu ziehen.

»Ich habe schon alles eingekauft«, presste ich hervor.

»Schade …«

»Hm.«

»Wir könnten nach Rosenheim in die Eisdiele fahren«, schlug Emma wenig später vor.

»Ein anderes Mal«, sagte ich schnell. »Ich muss doch wieder zur Arbeit.« *Falls ich das hier überlebe!*

»Okay. Dann frag ich Oma«, sagte meine Tochter, drehte das Radio lauter auf und drückte aufs Gas, um gerade noch so über die Kreuzung zu kommen, bevor die Ampel auf Rot schaltete. Mir blieb fast das Herz stehen, und ich fragte mich, ob es tatsächlich so eine gute Idee gewesen war, meine Mutter als weitere Begleitperson für Emma eintragen zu lassen.

»Hör mal«, begann ich vorsichtig. »Du weißt, dass Oma etwas ängstlich sein kann. Vielleicht fährst du vorerst noch ein wenig langsamer, wenn sie dabei ist.«

»Ich fahr ja sowieso nur so schnell, wie ich darf«, bemerkte Emma gereizt. Seit Kurzem fasste sie fast jedes Wort von mir als Kritik auf – nicht nur beim Autofahren.

»Man muss aber nicht so schnell fahren, auch wenn man es darf!«, konnte ich mir nun doch nicht verkneifen.

»Willst du, dass ich einen Unfall baue?«, fuhr Emma mich an. »Das kann nämlich passieren, wenn man als Fahrer ständig verunsichert wird.«

»Aber ich …«, setzte ich an, behielt meine Meinung dann aber für mich. Es wäre alles andere als hilfreich, jetzt mit ihr zu streiten. Und eigentlich wollte ich ihr ja gar nicht reinreden, ich wollte nur heil wieder aus dem Auto steigen.

»Wo fährst du denn eigentlich hin? Wir hätten links abbiegen müssen«, sagte ich stattdessen.

»Zu Jana.«

»Welche Jana?«

»Jana. Die Neue!«

»Ach ja«, sagte ich, und vage konnte ich mich daran erinnern, dass sie von einem Mädchen erzählt hatte, das erst seit dem letzten Halbjahr an der Schule war und mit dem sie sich angefreundet hatte.

»Und was wollen wir bei … Jana?«

»Ich hole ihren Bass ab, damit sie ihn heute Abend nicht mit dem Fahrrad zur Bandprobe transportierten muss«, erklärte Emma bereitwillig. *Aha!*

Meine Tochter hatte mit einigen Freunden vor Monaten die Band Crazyblubb gegründet, in der sie die Sängerin war, und seither ertönten zweimal in der Woche schräge, laute Klänge aus unserem Keller.

»Bass? Spielt Jannik denn nicht mehr mit?«, fragte ich erstaunt.

»Der hat überhaupt keine Zeit mehr, seitdem er eine Freundin hat. Außerdem muss er ständig lernen.«

»Und genau das solltest du auch, mein Fräulein! In einer Woche beginnt das schriftliche Abi!«

Emma verkniff sich einen Kommentar, blinkte und parkte – leicht schief – vor einem Doppelhaus mit einem kleinen, etwas vernachlässigt wirkenden Vorgarten.

»Bin gleich wieder da«, sagte sie und stieg aus.

Ich spürte, wie die Anspannung in meinem Körper augenblicklich nachließ. Immerhin hatten wir die erste Etappe heil überstanden, und die letzten Kilometer bis nach Hause würden wir hoffentlich auch noch schaffen.

Emma klingelte an der Haustür, die gleich darauf geöffnet wurde, und verschwand, ohne dass ich einen Blick auf ihre Freundin werfen konnte.

Ich holte das Handy aus der Tasche und schickte eine Whats-App-Nachricht an unsere Familiengruppe, die aus meiner Mutter, Emma und Leo bestand: *Emma hat den Führerschein!*

Offenbar hatte meine Mutter schon sehnsüchtig auf die Nachricht gewartet, denn es dauerte keine zehn Sekunden, da schickte sie auch schon eine Reihe Smileys mit Herzchenaugen und hocherhobenem Daumen. Sie liebte ihr Handy, das wir ihr zum fünfundsiebzigsten Geburtstag geschenkt hatten, und bombardierte uns inzwischen mehrmals täglich mit Sinnsprüchen und vermeintlich lustigen Katzenfotos und Videos.

Auch Leo meldete sich nur wenig später: *Cool, kleine Schwester!*

Gleich darauf klingelte das Handy.

»Hallo, Leo«, grüßte ich meine ältere Tochter.

»Hi, Mama. Du, die Dekorateurin hat mich angerufen. Sie will sich morgen Nachmittag schon mit uns treffen wegen der Hochzeitsdekoration.«

»Morgen? Aber ich dachte, das wäre erst nächste Woche?!«

»Da ist ihr irgendwas dazwischengekommen. Keine Ahnung. Du kannst doch, oder?« Ihre Stimme klang drängend, wie immer, wenn es um die Organisation der Hochzeit ging, die in sechs Wochen stattfinden würde.

»Ja, klar«, sagte ich und seufzte innerlich. Der Yogakurs an meinem freien Nachmittag war ja auch gar nicht so wichtig.

»Super! Und Mama …?«

»Ja?«

»Kannst du bei Papa anrufen? Ich würde so gern die Zwillinge als Blumenmädchen dabeihaben.«

»Ich? Warum machst du das nicht …«

»Er ist doch immer so schwer zu erreichen. Und ich weiß gar nicht mehr, wo mir der Kopf steht. Meine Masterarbeit, die Hochzeit …«, unterbrach sie mich. »Gut, dass du mir so viel abnimmst, Mama. Bist ein Schatz. Bussi und bis morgen.«

Und schon hatte sie aufgelegt.

Na wunderbar! Jetzt musste ich meinen Exmann fragen, ob seine dreijährigen Töchter Blumen streuen durften. Da er tatsächlich immer nur schwer zu erreichen war, würde ich besser gleich mit Karla sprechen, seiner zweiten Frau, die er schon ein Jahr nach unserer Scheidung geheiratet hatte.

Ich wollte sie gerade anrufen, da sah ich Emma mit einem Basskoffer aus dem Haus kommen. Ich steckte das Handy in die Tasche. Den Anruf würde ich auf heute Abend verschieben.

Emma verstaute das Instrument im Kofferraum, dann stieg sie ein und startete unseren Opel Corsa. Bilderbuchmäßig setzte sie den Blinker, drehte den Kopf nach einem Blick in den Seitenspiegel kurz nach hinten und fuhr dann los.

»Gut gemacht«, lobte ich sie.

»Weil da schon was dabei ist!«

Ich seufzte. Ich konnte es ihr aber auch wirklich nicht recht machen. Dann brachte sie uns nach Hause.

Erleichtert stellte ich fest, dass meine Mutter nicht da war. Ich hatte vorhin tatsächlich ihren Canasta-Nachmittag vergessen. Ein- bis zweimal in der Woche traf sie sich mit ihrer Freundin Gundi bei unserem Nachbarn Karl Obermeier zu einer ausgedehnten Kartenrunde. Emmas Fahrt mit ihr nach Rosenheim fiel somit für heute flach. *Gott sei Dank!* Trotzdem würde Emma ihre Oma womöglich zumindest zu einer kleinen Spritztour überreden, wenn sie zurückkam. Da ich meiner Mutter nicht schon am ersten Tag zumuten wollte, die noch sehr gewöhnungsbedürftigen Fahrkünste ihrer Enkelin auszuhalten, gab ich vor, mit dem Auto zur Arbeit fahren zu müssen.

»Warum nimmst du nicht das Fahrrad?«, maulte Emma enttäuscht.

»Weil … weil ich später noch was erledigen muss«, sagte ich ausweichend. Und bevor Emma mich doch noch um den Finger wickeln und mir das Auto abschwatzen konnte, schnappte ich meine Handtasche und die Autoschlüssel und floh aus dem Haus.

Als ich in der Zahnarztpraxis ankam, saß meine Chefin Zoe im großen Foyer, das gleichzeitig als Wartezimmer diente, auf dem Sofa und blätterte durch eine der teuren Hochglanz-Illustrierten, die den Patienten die Wartezeit verkürzen sollten.

»Du bist schon da?«, fragte ich das Offensichtliche. Normalerweise kam sie immer erst ziemlich knapp zur Abendsprechstunde.

»Ich war beim Steuerberater, und es lohnte sich nicht mehr, nach Hause zu fahren«, erklärte Zoe und biss in einen Apfel.

Zoe hatte vor neun Jahren die Praxis ihres Onkels hier in Prien am Chiemsee übernommen. Und damit auch sämtliches Inventar – mich eingeschlossen. Zunächst hatte ich nicht gewusst, ob ich damit klarkommen würde, für eine fast zehn Jahre jüngere Chefin zu arbeiten. Doch sie schätzte meine Erfahrung, und wir waren ziemlich schnell ein gut eingespieltes Team.

Ich deponierte meine Handtasche unter dem Schreibtisch in der Anmeldung.

»Alles okay bei dir? Du siehst etwas blass aus«, stellte Zoe fest.

»Emma hat den Führerschein.«

»Ah!« Sie nickte.

Obwohl selbst kinderlos, wusste Zoe sofort, was dieser Satz bedeutete. Ich war nicht der einzige Elternteil in ihrem Bekanntenkreis mit einem Fahranfänger-Nachwuchs.

»Tja, da musst du durch.«

»Ich weiß. Aber bei Leo kam es mir nicht so schlimm vor damals«, sprach ich aus, was mir vorher durch den Kopf gegangen war, und setzte mich neben sie aufs Sofa.

Zoe lachte auf.

»Nicht so schlimm? Ich weiß noch, wie Harald damals erzählte, wie panisch du … Verdammt!«

Sie stand auf, und ich tat so, als ob ich gar nicht gehört hätte, was sie eben gesagt hatte.

Genau in diesem Moment ging es wieder los. Es war, als ob man einen Herd voll aufdrehen würde. Mein Gesicht und der Hals schienen innerhalb weniger Sekunden zu glühen, und gleich darauf bildeten sich winzige Schweißperlen auf meiner

Stirn, den Wangen und am Nasenrücken. Das Ganze dauerte kaum eine Minute, trotzdem fühlten sich die Wallungen unangenehm an und brachten mich immer ein wenig aus dem Gleichgewicht. Rasch griff ich nach einer der Zeitschriften und fächelte mir Luft zu.

»Tut mir leid, Anna«, sagte Zoe und machte ein bedrücktes Gesicht.

»Für mich ist das abgehakt, Zoe«, sagte ich. Weiter ging ich nicht darauf ein, denn in diesem Moment kam Oxana.

Zu meinen Aufgaben in der Praxis gehörte es, Zoe bei den Untersuchungen und Behandlungen zu assistieren, unseren Patienten zu erklären, wie man gründlich die Zähne putzt, panische Kinder – und manchmal Erwachsene – zu beruhigen, den Zahnstein zu entfernen und mich um die Reinigung der Instrumente zu kümmern. Oxana war für die Anmeldung und den ganzen Verwaltungskram zuständig. Ab und zu sprang sie auch im Behandlungszimmer ein, wenn ich ausnahmsweise mal nicht da war. Was jedoch so gut wie nie vorkam.

»Schönen Nachmittag, Frau Doktor und Anna«, sagte sie, und auch für jemanden, der sie nicht kannte, waren ihre russischen Wurzeln unüberhörbar.

»Hallo Oxana«, sagten Zoe und ich gleichzeitig.

Die fünfundzwanzigjährige Angestellte mit dem Gesicht eines Engels und dem Körper einer Burleske-Tänzerin warf eine Gratiszeitung auf den Tisch, die sie wohl aus dem Briefkasten gefischt hatte. Dann nahm sie am Schreibtisch in der Anmeldung Platz und band mit wenigen Handgriffen ihre blonden Locken zu einem Dutt zusammen, bevor sie den Computer anschaltete und den Terminkalender aufrief. Das alles machte sie mit solch einer Eleganz, wie es seinerzeit Katharina Witt noch nicht beim Eiskunstlaufen hinbekommen hatte. Seitdem Oxana vor zwei Jahren hier angefangen hatte, war der männliche Anteil der Patienten rapide gestiegen.

Zoe war inzwischen ins Behandlungszimmer 2 verschwunden, und ich ging in die kleine Abstellkammer und schlüpfte in meine Arbeitskleidung. Als ich in weißer Hose und lilafarbenem Schlupfkasack mit dem Praxislogo eines grinsenden Zahns wieder ins Wartezimmer kam, saß bereits eine Patientin auf dem Sofa und schlug die Gratiszeitung auf.

»Hallo, Frau Fischer«, grüßte ich die alte Dame freundlich, die gut mit meiner Mutter bekannt war.

»Guten Tag, Anna«, sagte sie und schob ihre Lesebrille auf die Nase. »Wie geht's Mina?«

»Oh, Mama geht's gut, danke.«

»Sag ihr einen schönen Gruß. Ich komm die Tage mal vorbei mit ein paar Sachen zum Ändern.«

»Richte ich aus, Frau Fischer.«

Meine Mutter war Schneiderin. Und obwohl sie schon längst in Rente war, besserte sie diese durch gelegentliche Näharbeiten im Bekanntenkreis auf.

Während ich in Richtung Behandlungsraum 1 ging, sah ich aus dem Augenwinkel die dicke Schlagzeile auf der ersten Seite: *International gefeierter Filmkomponist kommt zurück – Jo Ranke wieder am Chiemsee.*

Darunter das strahlende Foto eines in die Kamera lächelnden Mannes, von dem ich zwar wusste, dass er 52 war, der jedoch wesentlich jünger aussah.

Ich blieb stehen, weil meine Beine sich ganz schlagartig wie Wackelpudding anfühlten! *Jo? Jo kommt zurück an den Chiemsee? Jo! Meine erste große Liebe.*

Kapitel 2

»Kommst du mal bitte, Anna?«

Zwischen zwei Patienten holte Zoe mich aus dem Behandlungszimmer in die kleine Küche und sah mich besorgt an.

»Es tut mir leid, dass ich vorhin die Sache mit Harald erwähnt habe. Aber ...«

»Ach was!«, unterbrach ich sie und winkte ab. »Ich hab dir doch längst verziehen, dass du mit ihm im Bett warst.« In Anbetracht der Tatsache, dass Jo zurückkam, war mein damals fremdgehender Ex für mich gerade tatsächlich etwas nebensächlich.

»Einmal! Und ich war betrunken!«, stellte Zoe den Sachverhalt zum gefühlt hundertsten Mal klar.

»Ist schon gut, Zoe. Du warst ja nicht die Einzige.«

Inzwischen konnte ich die Sache mit Humor nehmen. Damals hatte dieser Ausrutscher natürlich für ziemliche Spannungen gesorgt. Ich war kurz davor gewesen, meinen Job zu kündigen. Doch zwei Gründe hatten mich davon abgehalten:

Erstens: Die Wahrscheinlichkeit, dass ich mit Anfang 40 kurzfristig einen gleichwertigen Job in meiner Heimatstadt bekommen würde, war eher gering. Vor allem mit der Aussicht, bald eine alleinerziehende Mutter zu sein. Denn wie sich herausgestellt hatte, war Zoe nur die Spitze des Eisberges gewesen.

Zweitens: Zoe tat die ganze Sache unendlich leid. Innerhalb einer Woche hatte sie fast vier Kilo abgenommen. Als sie während einer Wurzelbehandlung schließlich einen Heulkrampf bekam und wir den verstörten Patienten zu einem Kollegen schicken mussten, hatte ich Zoe nach Hause in ihre schicke Dreizimmerwohnung gebracht. Dort beschwor sie mich verzweifelt, ihr zu verzeihen und den Job nicht zu kündigen. Nach zwei Flaschen Riesling und einer halben Flasche Eierlikör hatte ich ihr schließlich Absolution erteilt. Dass sie meinen Lohn erhöhte und mir eine Woche zusätzlichen Urlaub anbot, hatte ich unter den besonderen Umständen, ohne mich zu zieren, angenommen. Außerdem versprachen wir uns hoch und heilig, mit niemandem darüber zu reden, damit sie vor den Leuten nicht als das Flittchen eines Ehebrechers dastand – und ich nicht als die bemitleidenswerte Betrogene. Der Morgen war bereits angebrochen, als ich mit dem festen Vorsatz, Harald in die Wüste zu schicken, mit dem Taxi nach Hause gefahren war. Doch er war mir zuvorgekommen. Seine Schrankseite war leergeräumt, und ein Zettel lag auf meinem Nachttisch: *Es tut mir leid, Anna.* Mehr Worte war ich ihm nicht wert gewesen.

»Was ist denn dann mit dir los, Anna?«, unterbrach Zoe meine Gedanken. »So unkonzentriert kenn ich dich sonst ja gar nicht.«

»Nichts.«

Sie legte den Kopf zur Seite und sah mich prüfend an.

»Nichts? Du hättest Frau Fischer den Speichelsauger fast in die Nase gesteckt!«

»Es tut mir leid … ich bin irgendwie abgerutscht«, versuchte ich mich herauszureden.

»Zweimal?«

Ich zuckte verlegen mit den Schultern.

»Wird nicht wieder vorkommen.«

»Wenn du etwas auf dem Herzen hast …«

»Echt nicht«, unterbrach ich sie und versuchte, ganz normal zu klingen. Und sie nahm es mir schließlich ab.

»Na gut, dann lass uns weitermachen.«

Vier Stunden später fuhr ich daheim in die Garage und hatte keinen blassen Schimmer, wie ich die Arbeitszeit überstanden hatte. Ständig hatte sich Jo in meine Gedanken geschlichen, und es war mir schwergefallen, mich ausreichend auf meine Arbeit zu konzentrieren, um keinen Fehler mehr zu machen. Dabei hatte ich bis heute schon ewig nicht mehr an Jo gedacht. Nun ja, ewig war womöglich ein klein wenig übertrieben. Denn tatsächlich hatte ich erst vor Kurzem von ihm geträumt. Was, seitdem ich Single war, öfter vorkam und zugegebenermaßen etwas ungewöhnlich war. Schließlich waren inzwischen gut dreißig Jahre vergangen, seitdem ich ihn zum letzten Mal gesehen hatte. Doch aus irgendeinem Grund hatte ich Jo niemals wirklich vergessen können. Er hatte mir nicht nur die Jungfräulichkeit geraubt, sondern auch noch mein Herz gebrochen.

Als ich aus dem Auto stieg, hörte ich aus dem offenen Kellerfenster verschiedene Musikinstrumente beim Versuch, einen gemeinsamen Song zu spielen. Was nicht wirklich zu klappen schien. Der Bass wummte, eine E-Gitarre suchte jaulend nach den richtigen Tönen, und das Schlagzeug dröhnte. Als ich auf die Haustür zuging, setzte Emma mit dem Gesang ein, und nun erkannte ich auch das Lied:

Smells like teen spirit von Nirvana.

Gut, dass wir keine direkten Nachbarn hatten, die sich über die laute Musik aufregen konnten. Unser Häuschen stand inmitten eines großen Gartens voller Obstbäume, Beerensträucher und einem Gemüsebeet, um das sich meine Mutter mit großer Leidenschaft kümmerte. Und meine Mutter – tja, die hörte glücklicherweise nicht mehr ganz so gut und bekam deswegen nicht mehr so viel mit in ihrer Einliegerwohnung. Zumindest hatte sie sich noch nie über die Lautstärke beschwert.

»Ach, die jungen Leute sollen ruhig Musik machen«, hatte sie gesagt, als Emma darum gebeten hatte, einen Raum im Keller zum Probenraum umzufunktionieren. »Wenn sie musizieren, kommen sie wenigstens auf keine dummen Gedanken.«

Ich sperrte die Haustür auf, und Conny, unsere schwarze Katze, jagte wie der Blitz an mir vorbei in den Garten.

Offenbar war sie kein sonderlicher Fan der Musik von Crazyblubb. Oder von Nirvana.

Ich ging in die Wohnküche und setzte Teewasser auf. Viel lieber hätte ich jetzt eine schöne Tasse Kaffee getrunken. Doch den gab es neuerdings nur noch bis kurz nach Mittag, sonst saß ich die halbe Nacht schlaflos im Bett.

Ich seufzte. Früher hatte mir nächtlich zugeführtes Koffein überhaupt nichts ausgemacht. Inzwischen – nur wenige Monate vor meinem fünfzigsten Geburtstag – gab es immer mehr Dinge, auf die ich verzichten musste oder die mich einschränkten: Von Prosecco bekam ich meist Kopfschmerzen, fettiges Essen verursachte Sodbrennen, und zu langes Sitzen rief Rückenschmerzen hervor, die ich nur durch konsequente Yogaübungen in den Griff bekam. Auch wenn ich einigermaßen fit war, wurde mein Körper mehr und mehr zu einer Spaßbremse. Und das gefiel mir absolut nicht.

Ich setzte mich mit dem Tee und der Gratiszeitung, die ich aus der Praxis mitgebracht hatte, an den Küchentisch und schob meine Lesebrille auf die Nase. Auch so ein notwendiges Übel, das ich erst seit Kurzem brauchte. Inzwischen lag fast in jedem Zimmer eine Brille, damit ich sie nicht ständig suchen musste.

Endlich konnte ich in Ruhe den Artikel über Jo lesen. Außer der Tatsache, dass er in das Haus seiner kürzlich verstorbenen Mutter direkt am See gezogen war, erfuhr ich, dass er eine Scheidung hinter sich hatte.

Er ist also Single!, schoss es mir durch den Kopf, obwohl das nicht zwingend der Rückschluss sein musste. Vielleicht hatte er ja bereits eine neue Freundin? Aber wenn dem so wäre, dann würde das doch sicher auch in der Zeitung stehen. Urplötzlich tanzten Hormone, von denen ich gar nicht mehr wusste, dass sie überhaupt noch in meinem Körper vorhanden waren, mit einer Flasche Bier um ein hellloderndes Lagerfeuer und sangen den Hit der Pointer Sisters: *I'm so excited.* Ich schluckte. Reichte die Nachricht von Jos Rückkehr tatsächlich, um meinen Puls so in die Höhe schnellen zu lassen? Oder sollte ich dringend mal wieder meinen Blutdruck kontrollieren lassen?

In einem Alter, in dem man sich bei jedem Einkauf von Tampons Gedanken darüber machte, ob es die letzte Packung sein wird, die man in den Einkaufswagen legt, hatte sich das Thema Mann für mich eigentlich erledigt.

Die krampfhaften Versuche von Zoe und meiner besten Freundin Ilona, einen passenden Partner zu finden, belächelte ich im Grunde immer. Als alleinerziehende berufstätige Mutter mit Katze und Oma im Haus hatte ich genug um die Ohren.

Da brauchte ich nicht auch noch einen Mann, der sich womöglich in Erziehungsfragen einmischte, mir einen anderen Lebensstil aufdrängen wollte oder mir den nächtlichen Schönheitsschlaf durch lautes Schnarchen raubte. Und überhaupt war ich seit der Trennung von Harald keinem Mann mehr begegnet, der mich auch nur im Ansatz interessiert hätte. Und wenn ich ganz ehrlich war, wollte seither auch keiner mehr was von mir. Zumindest nicht ernsthaft. Nun ja. Bis auf Ronaldo vielleicht, der spanische Koch in meinem italienischen Lieblingslokal *Dolce Vita* gleich um die Ecke. Ronaldo zauberte aus Salamischeiben und Oliven Blumen auf meine Pizza und goss besonders viel Limoncello über das Zitroneneis, das ich mir manchmal als Nachtisch gönnte. Er war wirklich nett und sah auch gar nicht übel aus. Allerdings hatte die Sache einen Haken – und der hieß Gerda. Gerda war seine Frau und für ihr aufbrausendes Wesen bekannt. Natürlich kam Ronaldo schon aus diesem Grund nicht in Frage.

Der Lärmpegel aus dem Keller schwoll an. Irgendeine eigenwillige Interpretation eines Songs von Coldplay, dessen Titel mir gerade nicht einfiel. Ich warf einen Blick auf die Küchenuhr. Dreiviertel neun. Noch fünfzehn Minuten. Das war das Zeitlimit, das ich mit Emma ausgehandelt hatte, wenn sie unter der Woche probten.

Ich ging zum Kühlschrank und holte den restlichen Nudelsalat von heute Mittag heraus, überlegte kurz und stellte ihn dann wieder zurück. Obwohl ich seit Stunden nichts mehr gegessen hatte, war ich überhaupt nicht hungrig. Was mich etwas erstaunte. Denn eigentlich konnte ich immer essen.

»Hast du Conny irgendwo gesehen?«

Erschrocken drehte ich mich um.

»Mama, du hast mich vielleicht erschreckt!«

»Tut mir leid. Aber die Katze ist schon wieder nicht da.«

»Conny ist im Garten.«

»Wo?«

»Im Garten«, sagte ich etwas lauter. »Ich lass sie dann rein.«

»Danke. Sag mal, kann Emma morgen das Auto haben?«, fragte sie.

»Warum?«

»Dann kann sie mich in die Gärtnerei fahren und zum Friedhof. Ich muss unbedingt neu anpflanzen.«

Ich schluckte. *Soll ich die beiden tatsächlich schon allein losziehen lassen?*

»Das kann ich doch machen«, schlug ich vor.

Sie lachte.

»Du? Mit deinem nicht vorhandenen grünen Daumen?«

Ich seufzte innerlich. *Und das nur, weil ich ab und zu vergesse, die Blumen zu gießen.*

»Ich mach das lieber selbst«, setzte sie hinzu, bevor ich etwas sagen konnte. »Und Emma freut sich bestimmt, wenn sie fahren darf.«

»Wenn du meinst«, sagte ich schließlich.

Meine jüngste Tochter hatte jetzt nun mal den Führerschein, und sie musste praktische Erfahrungen machen. Ich sollte meine Angst überwinden. Irgendwie.

Sie legte ihre Hand auf meinen Arm.

»Keine Sorge. Ich pass schon auf, dass sie nicht zu schnell fährt«, sagte sie und drückte mich beruhigend. »Notfalls fasse ich mir theatralisch ans Herz – so was hilft immer.«

Ich musste lachen, bis mir die Bedeutung dieser Bemerkung aufging.

»Das hast du ja bei mir auch schon öfter gemacht«, sagte ich.

»Eben – und es hilft immer.«

»Mama!«

»Was denn? Besser als irgendwelche Diskussionen, oder?«

Ich ersparte mir eine Antwort.

»Falls du noch Bügelwäsche hast, kannst du sie mir mitgeben!«, bot sie mir an. Seitdem sie von meiner Schwester eine Bügelmaschine bekommen hatte, kümmerte sie sich auch um unsere Sachen.

»Momentan nicht, danke.«

Ich bewunderte meine Mutter für ihre Energie. Nicht nur, dass sie ihren Haushalt, unseren Garten und den Friedhof in Schuss hielt und schneiderte, sie half auch einigen ihrer Freundinnen, die altersbedingt nicht mehr so rüstig waren, und sang im Beerdigungschor. Die Arbeit und die Teilnahme am sozialen Leben am Ort hielten sie fit.

»Wer rastet, der rostet«, lautete ihr Mantra. Und offenbar war an diesem alten Spruch tatsächlich was dran. Sie hatte immer noch eine gute Figur, und die meisten Leute schätzten sie deutlich jünger. Zudem war ihr Kleiderstil moderner als der manch einer Vierzigjährigen. Auch wenn unser Zusammenleben nicht frei von Konflikten war, so war ich doch froh, dass sie nach der Trennung in die Einliegerwohnung gezogen war, die Harald früher als Büro genutzt hatte. So konnte ich weiterhin problemlos arbeiten gehen und wusste, dass Mutter sich gut um meine Töchter kümmerte.

Sie warf einen Blick auf die Zeitung und kam näher.

»Das ist doch der Ranke Josef«, sagte sie mit zusammengekniffenen Augen und griff nach der Zeitung. »Der Musiker, oder?«

»Komponist ist er, Mama. Für Filmmusik.«

»Genau. An den kann ich mich noch gut erinnern. Er ging mit Moni in die Klasse«, sagte sie.

»Stimmt.« Mehr sagte ich nicht dazu. Außer meiner besten Freundin Ilona wusste niemand von meinem Abenteuer mit Jo. Und das sollte auch so bleiben.

»Der schaut jetzt besser aus als damals. Meinst du, er ist geliftet?«, fragte sie.

»Ach komm, Mama. Sicher nicht.«

Sie schaute das Foto genauer an.

»Hm. Da bin ich mir aber nicht so sicher. Heutzutage machen das ja auch Männer.«

Ich zuckte nur mit den Schultern und nahm einen Schluck Tee, der inzwischen kalt geworden war.

»Wär der nichts für dich, Mädchen?«

»Für mich?« Ich lachte kurz auf und spürte, wie Hitze in meine Wangen schoss, die auch diesmal nichts mit den Wechseljahren zu tun hatte. »Wie kommst du denn auf so eine Schnapsidee?«

Bevor sie eine Antwort geben konnte, die mich tatsächlich interessiert hätte, kam Emma in die Küche. Und jetzt erst fiel mir auf, dass es aus dem Keller ruhig geworden war. Durch die offene Tür sah ich Robin und Farid, die zwei anderen Mitglieder der Band, die mir kurz zuwinkten und sich verabschiedeten.

»Hallo, Oma … Mama, kann Jana am Wochenende bei uns schlafen?«

»Dieses Wochenende? Das ist keine gute Idee. Du musst fürs Abi lernen.« Dass ich sie immer wieder daran erinnern musste, nervte mich inzwischen gewaltig.

»Genau deswegen soll sie ja hier schlafen. Dann können wir gemeinsam Mathe-Übungen machen.«

Ihr Ton verriet mir etwas anders. Trotzdem stimmte ich zu. Vielleicht würde sie zusammen mit der neuen Freundin ja tatsächlich lernen. »Na gut ... Wo ist Jana denn eigentlich?«

»Im Keller. Wir überlegen uns noch einen Song für Leos Hochzeit, bis sie abgeholt wird.«

Während sie redete, holte sie eine Tüte Chips aus dem Vorratsschrank und zwei Flaschen Wasser.

»Fährst du mich morgen zur Gärtnerei und zum Friedhof, Emma?«, fragte meine Mutter, die zwar selbst einen Führerschein hatte, jedoch seit drei Jahren nicht mehr Auto fuhr. Damals war ein spielendes Kind zwischen geparkten Autos hervor direkt vor ihren Wagen gelaufen. Sie hatte gerade noch bremsen können, und es war glücklicherweise nichts passiert. Aber danach hatte sie sich nie wieder ans Steuer gesetzt.

»Klar!« Emma strahlte. »Und wenn du sonst noch irgendwohin musst, kann ich dich auch immer fahren, Omi.«

»Schön! Wie gut, dass du jetzt auch den Führerschein hast«, sagte Mutter sichtlich erfreut, und ich hoffte nur, dass ihre gute Laune nach der Fahrt morgen nicht in Angstattacken umschlagen würde.

Emma verschwand wieder in den Keller.

Und auch meine Mutter verabschiedete sich. *Wie war sie vorhin nur auf die Idee gekommen, Jo könnte ein passender Partner für mich sein?*

Ich räumte den Geschirrspüler aus und wollte gerade in mein Schlafzimmer gehen, um mir im Bett eine Serienfolge von *The Blacklist* mit dem großartigen James Spader anzuschauen, da hörte ich draußen ein Hupen. Nanu? Wer war das denn um diese Zeit?

Ich ging in den Flur, öffnete die Haustür und sah hinaus.

Vorne an der Straße stand ein roter Wagen unter der Straßenlaterne. Ich konnte nur die Umrisse eines Mannes sehen, der am Steuer saß.

»Das ist nur mein Papa«, hörte ich eine Stimme sagen. Ich drehte mich um. Neben Emma stand ein Mädchen mit einem frechen blonden Kurzhaarschnitt und schlüpfte eilig in graue Sneakers und einen schwarzen Mantel. Sie überragte Emma fast um einen Kopf und wirkte so schlaksig wie ein Fohlen.

»Hallo, Jana. Ich bin Emmas Mutter.«

»Hallo, Frau Reiter. Und danke, dass ich am Wochenende hier schlafen darf.« Höflich war sie jedenfalls.

»Gern. Ich bin ja froh, wenn ihr fleißig Mathe lernt«, fügte ich hinzu, damit ja klar war, was ich von den beiden am Wochenende erwartete.

Emma verdrehte hinter Janas Rücken genervt die Augen, und ich verkniff mir ein Kopfschütteln.

Ein weiteres ungeduldiges Hupen. Was hatte der denn für ein Problem? Er musste doch sehen, dass wir ohnehin schon in der offenen Tür standen.

»Ich muss los. Tschüss Emma, tschüss Frau Reiter.«

»Ciao Jana«, sagten Emma und ich gleichzeitig.

Das Mädchen nahm ihren Basskoffer und beeilte sich, zum Wagen zu kommen und einzusteigen. Gleich darauf fuhren sie los.

»Das ist Janas Vater?«, fragte ich. »Warum klingelt er nicht an der Haustür und stellt sich vor?«

»Keine Ahnung. Vielleicht musste er ja dringend irgendwohin?«, meinte Emma. Und bevor ich sie weiter über Janas Eltern ausfragen konnte, verschwand sie auf ihr Zimmer.

Ich konnte mich weder auf die Serie konzentrieren, geschweige denn einschlafen. Durch den Zeitungsartikel kreisten meine Gedanken immer wieder um Jo, obwohl die Sache schon so viele Jahre zurücklag.

Jo hatte mit Freunden am Weiher seinen einundzwanzigsten Geburtstag gefeiert. Eigentlich war ich gar nicht eingeladen gewesen. Aber Moni hatte ihren Hausschlüssel vergessen. Diesen Umstand hatte ich nur zu gern genutzt, um mit dem Fahrrad an den Weiher zu fahren und ihn ihr zu bringen.

Nachdem Jo mir ein Bier in die Hand gedrückt hatte, war ich einfach geblieben. Der gutaussehende Dunkelhaarige hatte mich bis dahin immer nur als die kleine Schwester seiner Schulfreundin Moni gesehen. Dabei war ich bereits achtzehn und schon lange in ihn verknallt gewesen.

An diesem Abend schien Jo mich zum ersten Mal auch als Frau wahrzunehmen. Vielleicht hatte das an dem Kleid gelegen, das ich extra für ihn angezogen hatte. Stundenlang hatten wir uns am Lagerfeuer unterhalten. Über Musik, über unsere Träume und darüber, wie viele Möglichkeiten es gab, eine Bierflasche zu öffnen, wenn man keinen Flaschenöffner zur Hand hatte. Die anderen waren irgendwann nach Hause gefahren oder hatten sich in ihre Zelte zurückgezogen, und da hatte er endlich die Hände an meine Wangen gelegt und mich geküsst. Noch heute konnte ich mich an diesen Moment erinnern, als ob es erst gestern gewesen wäre. An seine weichen Lippen, sein Haar, das leicht nach Rauch duftete, seine warmen Hände – und das Gefühl, die Welt würde stillstehen, während wir uns küssend weiterdrehten.

»Komm!«, hatte er mir nach einer Weile ins Ohr geflüstert und mich an der Hand zu seinem Wagen gezogen. Und dort auf der Rückbank seines alten Opel-Caravans hatten wir miteinander geschlafen.

Am nächsten Morgen tat er vor den anderen so, als ob nichts gewesen wäre. Dabei hätte ich es vor lauter Verliebtsein am liebsten in die ganze Welt hinausposaunt: Jo hat mit Anna geschlafen! Als ich mich verabschiedete, winkte er mir nur kurz zu und drehte sich dann weg.

Die nächsten Tage war ich nicht aus dem Haus gegangen, aus Angst, seinen Anruf zu verpassen. Doch er hatte nichts von sich hören lassen. Am dritten Tag war ich schließlich abends in die Kneipe gegangen, in der Jo regelmäßig mit seinen Kumpels war. Und da erfuhr ich, dass er am Morgen nach Hamburg aufgebrochen war. Dort würde er im Herbst studieren und sich bis dahin mit Kellnern Geld verdienen. Er war in Hamburg? Warum hatte er mir das nicht am Lagerfeuer erzählt? Niedergeschlagen war ich nach Hause gegangen und hatte meiner Mutter weisgemacht, ich hätte eine Magenverstimmung, damit sie nicht weiter nachfragte, was mit mir los war.

Wochenlang hatte ich gehofft, dass es für sein Verhalten irgendeine plausible Erklärung gab. Dass er mich doch noch anrufen oder mir vielleicht schreiben würde. Fehlanzeige. Seither hatten wir uns nie mehr gesehen, wenn man von den Fotos in verschiedenen Zeitschriften, die über ihn berichteten, mal absah. Es hatte eine Weile gedauert, bis ich den Liebeskummer überwunden hatte, den ich mir nicht anmerken lassen wollte, weil niemand von dieser peinlichen Abfuhr wissen sollte. Nur Ilona hatte ich alles erzählt. Und sie hatte damals ihr Bestes versucht, um mich auf andere Gedanken zu bringen. Und schließlich hatte ich Harald kennengelernt, und ab da spielte Jo für mich keine Rolle mehr.

Trotzdem schlummerte nach all der Zeit immer noch ein vages Sehnen in mir, das ich selbst nicht verstehen konnte. Stimmte es also, dass man den ersten Mann niemals wirklich vergessen konnte? *The first cut is the deepest*, hatte Cat Stevens vor vielen Jahren einen Song geschrieben. Hatte er damit recht? Oder lag es daran, dass ich niemals eine Chance gehabt hatte, Jo zu sagen, wie verliebt ich in ihn war? *Du bist albern, Anna Reiter! Das ist doch schon so lange her!,* sagte ich mir und beschloss ganz resolut, keinen weiteren Gedanken daran zu verschwenden.

Kapitel 3

Obwohl ich nur wenig geschlafen hatte, war ich erstaunlicherweise ziemlich fit, als ich mich aus dem Bett schwang. Da ich gestern vergessen hatte, bei Karla anzurufen, holte ich das gleich in der Früh nach.

»Reiter?«, meldete sie sich.

»Hier auch Reiter«, sagte ich.

»Hallo, Anna!« Sie klang überrascht. »Moment ... warte kurz ... Nein, Pia, jetzt nicht. Lina, nicht den ...« Ein lautes Scheppern war zu hören. »... Kuchenteller!« Es folgte ein tiefer Seufzer.

»Soll ich später noch mal anrufen, wenn die Zwillinge im Kindergarten sind?«, bot ich an.

»Der fällt heute wegen irgendeiner blöden Datenschutz-Fortbildung aus.«

Es war nicht zu überhören, wie wenig begeistert sie darüber war.

»Schieß los!«

»Also, es geht um die Hochzeit ...«, begann ich und trug ihr Leos Bitte vor.

»Aber klar doch!«, rief die neue Frau meines Exmanns.

Sie freute sich, dass Leo ihre beiden kleinen Halbschwestern als Blumenmädchen dabeihaben wollte und versprach, sich um alles Notwendige zu kümmern. Und so konnte ich einen weiteren Punkt auf der langen Liste abhaken, die meine Tochter für mich erstellt hatte.

Wie üblich am Mittwochvormittag waren in die Praxis nur einige wenige Patienten einbestellt, welche zeitaufwändige Zahnersatzbehandlungen bekamen. Beißerchen wurden abgeschliffen, Brücken und Kronen angepasst und Behandlungspläne besprochen. Nur wirklich dringende Notfälle wurden an einem Mittwoch angenommen. Glücklicherweise gab es heute keinen davon. Und so kam ich ausnahmsweise einmal pünktlich aus der Praxis. Als ich auf die Bäckerei zusteuerte, fuhr ein schwarzer Mercedes an mir vorbei. Zufällig fiel mein Blick auf den Fahrer, und ich erstarrte: Jo! War er das? Natürlich war er es! Sofort jagte mein Puls auf gefühlte 180 nach oben, und ich sah dem Wagen hinterher, bis er in der Kurve verschwunden war. Jo war tatsächlich wieder zurück in seiner alten Heimatstadt, und es war nur eine Frage der Zeit, bis wir uns irgendwo gegenüberstehen würden. Bei dem Gedanken daran schnürte es mir den Magen zu. War es Vorfreude? Oder doch eher Angst? Immerhin hatte ich keine Ahnung, wie ich ihm begegnen sollte nach all den Jahren. Doch was sollten diese albernen Überlegungen? Ich war schließlich kein Teenager mehr.

Rasch machte ich meine Einkäufe und beeilte mich, nach Hause zu kommen.

In der Einfahrt vor dem Haus stand schon Leos knallblauer Renault Clio, mit dem wir zur Dekorateurin fahren wollten.

»Hallo, beste aller Schwiegermütter«, wurde ich fröhlich begrüßt, als ich in die Küche kam. Dort saßen Leo, meine Mutter und ein junger Mann am Tisch, der den Titel *sexiest man alive* mehr als verdient hätte. Und nein, das dunkelhaarige Prachtexemplar mit den funkelnd hellgrünen Augen und dem breiten Grinsen im Gesicht war nicht mein zukünftiger Schwiegersohn, sondern dessen Bruder Ben. Ben war seit dem Kindergarten Leos bester Freund. Er hatte von klein auf so viel Zeit bei uns verbracht, dass er längst zur Familie gehörte. Die Kinder gingen in dieselbe Klasse in der Grundschule, wechselten gemeinsam aufs Gymnasium und waren auch dort unzertrennlich. Jeder war davon überzeugt gewesen, dass Leo und Ben zusammengehörten und aus ihnen später einmal ein Paar werden würde. Doch das Schicksal hatte sich hier wohl einen Spaß erlaubt und andere Pläne gehabt. Ben liebte Leo, keine Frage, aber für eine große romantische Liebe hatte sie das falsche Geschlecht. Als Leo im Teenageralter irgendwann registrierte, dass Ben nur auf Jungs stand, hatte sie sich zunächst irritiert zurückgezogen. Doch lange hatte sie es nicht ohne ihren Ben ausgehalten.

»Die Chancen stehen gut, dass wir für immer beste Freunde bleiben«, hatte sie pragmatisch gesagt. »Ob wir das als Paar auch so lange aushalten würden, ist hingegen fraglich.«

Ben hatte bald einen festen Freund, und auch Leo traf sich mit Jungs. Das schien ihre Freundschaft jedoch nie zu beeinflussen.

Vier Jahre später hatte sie uns dann damit überrascht, dass sie mit Bens zwei Jahre älterem Bruder Timo zusammen war.

Und nun standen die beiden kurz davor zu heiraten.

»Ich wusste gar nicht, dass du auch mitkommst, Ben«, sagte ich erfreut.

»Du glaubst doch nicht, dass ich euch die Hochzeitsdeko allein aussuchen lasse«, meinte er gespielt empört.

»Gut, dass du dabei bist, Ben«, sagte meine Mutter, die

sowohl an meinem, wie auch an Leos Geschmack in solchen Dingen zweifelte.

»Du traust uns ja gar nichts zu, Oma«, protestierte Leo.

»Aus gutem Grund, mein Mädchen«, antwortete sie. »Aus gutem Grund.« Und Ben nickte zustimmend.

»Keine Angst, Mina«, sagte er. »Ich sorge höchstpersönlich dafür, dass mein Bruder und Leo eine großartige Hochzeit haben werden.«

Ohne dass ihn irgendjemand hatte fragen müssen, hatte Ben von Anfang an die Aufgaben eines Hochzeitsplaners übernommen. Da die Eltern der Brüder vor zwei Jahren nach Griechenland gezogen waren, um dort ein sonniges Rentnerdasein zu genießen, konnten sie nicht bei den Vorbereitungen mithelfen. Deswegen waren Leo und Timo froh über jede Hilfe, die sie bekommen konnten.

Wir wollten gerade aufbrechen, da kam Emma mit Jana im Schlepptau nach Hause. Als Jana Ben sah, klappte ihr Unterkiefer nach unten.

»Hallo! Ich bin ... äh, Jana«, stotterte sie und lief schlagartig knallrot an. Leo, Mutter und ich warfen uns amüsierte Blicke zu. Es war nichts Neues für uns, dass Ben diese Wirkung erzielte.

»Hallo auch, Jana«, sagte Ben freundlich.

»Das ist Ben. Mach dir keine Hoffnung, der steht nur auf Jungs«, erklärte meine Jüngste trocken; damit war das Thema für sie abgehakt.

Ben zog Emma an sich und knuddelte sie durch.

»Hey, Hexlein, ich hab gehört, du hast jetzt endlich den Führerschein.«

»Und wie ich den habe!« Sie grinste breit.

»Gratuliere. Und fahr immer schön vorsichtig, ja?« Ben durfte so etwas zu ihr sagen, ohne dass sie eingeschnappt war. Im Gegensatz zu mir.

»Logo.«

Waren Leo und Ben die besten Freunde, so war Ben für Emma der große Bruder, den sie nie hatte. Die beiden teilten zudem eine große Leidenschaft: Kochen. Alle paar Wochen veranstalteten sie eine Kochsession bei uns und verschwanden dafür stundenlang in der Küche, um uns dann mit den ausgefallensten Leckereien zu verwöhnen. Wir mussten jeweils einen Tipp abgeben, wer was gekocht hatte, und der Sieger brauchte nicht beim Aufräumen zu helfen. Ben hatte die Liebe zum Kochen sogar zum Beruf gemacht und arbeitete in der Küche eines der angesagtesten Restaurants am Chiemsee, dessen Chef Bernhard zufälligerweise auch sein Freund war.

Jana starrte Ben immer noch an.

»Nicht sabbern. Komm!«, sagte Emma und zog ihre Freundin in Richtung Treppe. »Wir gehen in mein Zimmer.«

»Ich dachte, du fährst mich zum Einkaufen?«, fragte Mutter.

»Yup. In einer halben Stunde.«

»Bitte fahr vorsichtig mit Oma, ja?«, rief ich ihr hinterher und erntete nur ein genervtes Schnauben – und eine Hitzewelle.

Als wir das Haus der Dekorateurin verließen, schwirrte mir der Kopf. Ich hatte keine Ahnung gehabt, wie aufwändig es war, den passenden Blumenschmuck für die Kirche, den Brautstrauß und das restliche Material für die Deko auszuwählen. Vor allem, wenn man Ben dabeihatte, der alles besonders genau nahm und Gabrielle, die Dekorateurin, mit seinen Sonderwünschen ein paarmal ganz schön ins Schwitzen gebracht hatte. Da gab es so vieles, an das man denken musste, worüber ich mir im Leben nicht den Kopf zerbrochen hätte. Schwimmkerzen in Holzschalen oder eher gläserne Kerzenständer? Tischkarten auf elfenbein- oder cremefarbenem Papier, mit Goldschrift per Hand beschrieben oder schwarz bedruckt? Weiße Hussen oder vielleicht gar keine? Das waren nur einige der Punkte, über die wir vier Stunden lang diskutiert und schließlich einen Preis ausgehandelt hatten, bei dem mir fast die Spucke wegblieb.

Der Satz: *Früher war alles einfacher,* stimmte gewiss nicht immer, aber was Hochzeiten anbelangte, war er ganz sicher in den meisten Fällen zutreffend, wenn man nicht gerade zu irgendeinem Königshaus oder der High Society gehörte. Zwischen dem Heiratsantrag, den Harald mir gemacht hatte, und unserer Hochzeit, hatten damals gerade zwei Monate gelegen. Und das hatte völlig ausgereicht, um Kleid und Anzug zu kaufen, das passende Wirtshaus auszusuchen, zwei Menüs auszuwählen, einen Termin im Standesamt zu vereinbaren, mit dem Pfarrer zu sprechen und die Einladungen zu verschicken. Die Musik legte ein befreundeter DJ auf, in der Kirche sang der Priener Kirchenchor, und die Fotos machte mein Schwager. Die Auswahl des Blumenschmucks und des Brautstraußes hatte damals gerade mal eine halbe Stunde gedauert. Das war es auch schon gewesen. Und bei den meisten meiner Freundinnen war es ähnlich gelaufen. Inzwischen reichten zwei Monate oft noch nicht einmal mehr aus, um einen Termin in einem Brautmodegeschäft zu bekommen. Leos Kleid, ein eleganter Traum aus Satin und Spitze, hatten wir bereits vor einem halben Jahr nach einem Musterkleid ausgewählt und die Bestellung aufgegeben, und wir warteten nun jeden Tag darauf, einen Anruf aus dem Geschäft für die Anprobe zu bekommen.

»Hoffentlich gefällt Timo die Deko, die wir ausgesucht haben«, sagte Leo. Da er in einer Physiotherapiepraxis angestellt war, hatte er nicht freinehmen können, um bei dem vorgezogenen Termin heute mit dabei zu sein.

»Dem ist das doch völlig egal«, sagte Ben trocken. »Timo würde es vermutlich noch nicht mal auffallen, wenn die Stuhl-Hussen farblich nicht zu den Kerzenleuchtern passen würden.«

Mir vermutlich auch nicht! Ich lachte. Genau das war es, was ich an meinem zukünftigen Schwiegersohn so mochte. Für ihn würde am Hochzeitstag nur eines im Mittelpunkt stehen: seine Braut! Ob mit oder ohne farblich passenden Stuhl-Hussen.

Als Leo und Ben mich daheim abgesetzt hatten, warf ich als Erstes einen Blick in die Garage und atmete erleichtert auf. Da stand mein Wagen und war völlig unversehrt, woraus ich schloss, dass auch Emma und Mutter wohlauf waren. Aus der Einliegerwohnung hörte ich die Titelmelodie von »Dahoam is Dahoam« und aus dem Zimmer meiner Tochter *Die toten Hosen*.

»Hast du Lust, noch auf ein Glas Wein vorbeizukommen?«, fragte ich Ilona, mit der ich telefonierte, während ich versuchte, aus meinen Schuhen zu schlüpfen, ohne Conny auf den Schwanz zu treten. Ihrem Gemaunze nach war sie kurz vorm Verhungern.

»Schon überredet«, sagte Ilona sofort. »Ich bring alles mit.«

Ich fütterte die Katze und brachte sie dann zu meiner Mutter, bei der sie meistens die Nächte verbrachte.

Eine halbe Stunde später saßen wir gemütlich im Wohnzimmer, und ich schenkte Bordeaux ein, den Ilona aus ihrem kleinen Delikatessen-Laden mitgebracht hatte. Außerdem hatte sie schwarze Oliven, hauchdünn geschnittenen Fenchelschinken und einen herrlich cremigen Rohmilchbrie dabei.

»Du musst doch nicht immer was mitbringen«, tadelte ich sie mit vollem Mund, jedoch nicht ernsthaft. Dazu genoss ich diese Köstlichkeiten viel zu sehr.

»Schon gut. Du kannst mir ja gelegentlich wieder mal deinen megaleckeren Käsekuchen backen.«

»Kriegst du«, versprach ich.

»Super. Ich brauch ja was, um meine Hüften in Form zu halten«, sagte sie und klopfte grinsend gegen ihre üppigen Rundungen.

Ilona war schon im Kindergarten ein Pummelchen gewesen. Nach einem jahrzehntelangen Kampf gegen die Kilos und einem immerwährenden – zwischen drei Kleidergrößen schwankenden – Auf und Ab, hatte sie an ihrem 50. Geburtstag im letzten Jahr beschlossen, Frieden mit ihrer Figur zu schließen.

»Mir reicht das jetzt. Wenn ich Glück habe, liegen noch zwanzig oder dreißig Jahre vor mir. Vielleicht aber auch nur noch fünf Monate oder drei Tage. Wer weiß das schon? Und diese Zeit werde ich ganz bestimmt nicht länger damit verplempern, Kalorien oder Punkte zu zählen oder mir irgendein Pulver anzurühren und es gewaltsam hinunterzuwürgen, nur damit ich mich vielleicht irgendwann wieder in Kleidergröße 38 quetschen kann. Wenn ein Mann eine schlanke Freundin haben will, ist er bei mir eben an der falschen Adresse. Außerdem sind Fettpölsterchen gut gegen Falten.«

Erstaunlicherweise nahm sie ab diesem Tag nicht mehr zu und wirkte insgesamt viel ausgeglichener.

»Und überhaupt – hast du mir nicht was zu erzählen?«, fragte sie plötzlich und sah mich unter ihrer schwarzen Brille hervor fragend an. Gleichzeitig begann sie, eine sehr eingängige Melodie zu summen. Die Titelmelodie eines Kinoblockbusters, die aus der Feder von Jo Ranke stammte und ihm sogar eine Oscarnominierung eingebracht hatte.

Augenblicklich spürte ich mein Herz schneller schlagen.

»Du hast es gelesen?«, fragte ich unnötigerweise, um mich ein wenig zu sammeln. Gleichzeitig war ich froh, dass ich nun endlich jemanden hatte, mit dem ich über Jo reden konnte.

»Ich hätte nie gedacht, dass er zurückkommt«, sagte sie und schob sich eine Olive in den Mund.

»Ich auch nicht. Und stell dir vor, ich hab ihn heute sogar schon gesehen!«

»Echt? Wo denn?« Sie rutschte auf dem Sofa nach vorne.

»Im Auto. Er ist an mir vorbeigefahren.«

»Und? Wie sah er aus? Jetzt erzähl doch schon!«

»So genau hab ich ihn gar nicht sehen können.«

»Auf den Fotos schaut er ja super aus«, meinte Ilona. »Und trotzdem ist er ein Trottel. Dich damals einfach so stehen zu lassen, ohne sich auch nur noch einmal zu melden.«

»Ach«, ich winkte ab. »Das ist doch längst vergessen.« Ich versuchte, überzeugend zu klingen.

»Weißt du, was ich mich frage?«

»Was denn?«

Ich sollte es nicht erfahren, denn in diesem Moment klingelte es an der Haustür.

»Ich geh schon!«, hörte ich von der Treppe her Emma rufen. Sicher eine ihrer Freundinnen.

Doch bevor Ilona und ich das Gespräch wieder aufnehmen

konnten, klopfte es an der Wohnzimmertür, und Zoe kam herein. Eine große Flasche Eierlikör in der Hand. O je. Das war kein gutes Zeichen. Eierlikör trank sie nur dann, wenn sie unglücklich war oder sich über irgendetwas mächtig geärgert hatte.

»Ich hoffe, ich stör nicht«, sagte sie mit einem wenig begeisterten Blick auf Ilona.

»Aber nein!«, sagte ich.

»Doch«, kam es von Ilona. »Aber das wird dich vermutlich nicht davon abhalten hierzubleiben.«

»Allerdings.«

Ilona konnte Zoe nicht sonderlich leiden und machte auch keinen Hehl draus. Sie verstand nicht, warum ich ausgerechnet mit der Frau befreundet war, mit der mein Mann mich betrogen hatte. Chefin hin oder her. Ilona war die Einzige, die davon wusste, und hatte auf unsere Freundschaft schwören müssen, niemandem etwas zu sagen. Bisher hatte sie das Versprechen auch gehalten. Was ich ihr hoch anrechnete, denn sie konnte mitunter ein ziemliches Plappermaul sein.

»Jetzt setz dich schon«, forderte ich Zoe auf, und sie nahm Platz, ohne weiter auf Ilonas Bemerkung einzugehen. Zoe war ihrerseits kein Fan von Ilona, und außer an meinen Geburtstagen kamen die beiden selten zusammen.

»Du hättest keinen Eierlikör mitbringen müssen. Mutter hat erst letzte Woche wieder ein paar Flaschen in ihrem Thermomix gemacht«, sagte ich.

»Gut zu wissen. Sag ihr, dass ich ihr gerne was abkaufe, wenn sie zu viel gemacht hat«, meinte Zoe.

»Mach ich.«

Ich holte ein Schnapsglas und stellte es ihr hin. Zoe schüttelte die Flasche, öffnete sie und goss den dickflüssigen gelben Likör ins Glas.

»Prost!«, sagte ich, und Ilona und ich hoben unsere Weingläser, doch da kippte Zoe den Likör auch schon weg. Fragend sahen Ilona und ich uns an.

»Sorry«, sagte Zoe und schenkte sich bereits nach. »Aber nach dem Nachmittag heute brauch ich das. Ihr könnt euch gar nicht vorstellen, was ich mitgemacht habe.«

»Was ist denn passiert?«, fragte ich besorgt.

Zoe warf einen Blick zu Ilona und wog offenbar ab, ob sie bereit war, dieser Frau nähere Einblicke in ihr Leben zu gewähren. Da sie die Sache jedoch unbedingt loswerden wollte und offenbar nicht davon ausging, dass ich Ilona nach Hause schicken würde, leerte sie auch das nächste Glas und rückte dann mit der Sprache heraus.

»Ich hatte heute ein Date mit einem völlig irren Spinner«, sagte sie und verlieh ihren Worten mit eindeutigen Handbewegungen besonderen Nachdruck.

Ilonas Augen blitzten auf. Sie konnte Zoe zwar nicht leiden, aber für solche Geschichten war sie immer zu haben. Schließlich hatte sie bei ihren Versuchen, einen Mann fürs Leben zu finden, auch schon einiges mitgemacht.

Bevor Zoe loslegte, deutete ich auf den Teller auf dem Tisch.

»Falls du was essen möchtest …«

Zoe winkte unwirsch ab. »Um diese Zeit? Was glaubst du, wie das anschlägt?«, fragte die Frau mit Kleidergröße 34.

Ilona verdrehte die Augen, griff nach einem Stück Käse und schob es sich demonstrativ in den Mund.

»Also, wollt ihr jetzt wissen, was ich heut erlebt habe oder nicht?«, fragte Zoe, und wir nickten.

»Ich hab dir doch von dem Typen erzählt, du weißt schon«, sagte sie in meine Richtung, »der sich schon einmal mit mir treffen wollte, als ich aber wegen der Steuerprüfung nicht konnte.«

Ich nickte. »Den du bei dieser Single …«

»Genau!«, unterbrach meine Chefin mich rasch. Offenbar wollte sie nicht, dass Ilona erfuhr, dass sie auf mehreren Partnerbörsen unterwegs war.

»Und heute haben wir es dann noch mal versucht. Und es hat geklappt. Leider.«

Sie schenkte sich erneut ein, trank jedoch nicht.

»Wir haben uns am See getroffen, weil das Wetter einigermaßen schön war. In diesem neuen Biergarten. Da wir beide vorher keine Fotos austauschen wollten, hatte er die Erkennungszeichen vorgeschlagen. Was ich schon ein wenig seltsam fand, aber irgendwie auch witzig, weil es mal was anderes war.«

»Was denn?«, fragte ich neugierig.

»Er … er hatte eine Salatgurke dabei.«

»Eine Salatgurke?«, riefen Ilona und ich unisono.

»Genau. Und ich sollte eine …«

»Honigmelone«, platzte es aus Ilona heraus.

Zoe sah sie mit aufgerissenen Augen an, und auch ich war erstaunt.

»Woher weißt du das?«, fragte Zoe.

»Weil ich …«, begann Ilona und nahm einen kräftigen Schluck Rotwein, bevor sie fortfuhr: »Weil ich mit dem auch schon ein Date hatte.«

»Nein!«, rief Zoe ungläubig.

»Doch.«

»Hat er bei dir auch …?« Sie sprach nicht weiter.

Ilona nickte mit einem seltsamen Blick.

»Ihr habt euch beide mit demselben Mann getroffen?«, fragte ich, inzwischen echt neugierig, um was für einen Spinner es sich dabei handelte.

Sie nickten.

»Warum hast du mir das denn nicht erzählt?«, wollte ich von Ilona wissen.

»Ich hab versucht, das zu verdrängen. Es war einfach zu peinlich.«

»Was hat der Typ denn gemacht?« Jetzt war ich aber wirklich neugierig.

»Sag's du!« Zoe nickte Ilona zu.

Die schüttelte den Kopf.

»Lieber du!«

Zoe atmete tief ein und aus.

»Na gut. Also, zunächst war ich ja irgendwie positiv überrascht. Er war einigermaßen attraktiv und auch gut gekleidet. Jeans, ein graues Hemd, teure italienische Lederschuhe. Für sowas hab ich ja einen Blick.«

Während Zoe erzählte, nickte Ilona immer wieder bestätigend.

»Wir haben Kaffee getrunken und ein wenig Smalltalk gemacht. Und da packte er urplötzlich seine Gurke – also, die Salatgurke natürlich«, sie kicherte nervös. »Stand auf und hielt sie sich wie ein Mikrofon vors Gesicht. Er bat bei den Leuten um Aufmerksamkeit, die wir leider nur allzu schnell bekamen. Und dann ging er feierlich auf die Knie und machte mir einen Heiratsantrag.«

»Was? Das gibt's doch gar nicht!«

»Doch«, sagten Ilona und Zoe gleichzeitig, und Zoe fuhr fort: »Die Leute begannen zu applaudieren und sahen mich erwartungsvoll an. Natürlich habe ich ganz deutlich nein gesagt und wollte gehen. Da fängt der Idiot an zu singen ... Hat er das bei dir auch gemacht?«, fragte sie Ilona.

»Ja. Mit der Gurke in der Hand. *Ich lass für dich das Licht an*, von Revolverheld ... Ein Lied, das ich sowieso total doof finde.«

»Bei mir war's *Dein ist mein ganzes Herz* von diesem Heinz Rudolf Dingsbums ...«

»Kunze«, sprang ich ein.

»Stimmt. Kunze. Ich wollte mir das natürlich keine Sekunde länger anhören. Doch als ich ging, folgte er mir und meinte, mit einer Frau, die so wenig Humor hätte wie ich, könne er ohnehin nichts anfangen. Und dass ich deswegen wohl nie einen Mann finden würde.«

»So was Ähnliches hat er bei mir auch gesagt«, meinte Ilona aufgebracht. »Als ob ich humorlos wäre! Bin ich doch wirklich nicht, oder?«

Ich sah meine beiden so unterschiedlichen Freundinnen an und konnte mich plötzlich nicht mehr zurückhalten.

»Das ist nicht lustig, Anna«, sagte Zoe. »Einige Leute haben gefilmt und posten das vielleicht. Was glaubst du, was meine Patienten sagen werden, wenn die das sehen?«

»Die kannst du verklagen!«, meinte Ilona. »Datenschutz!«

»Es tut mir ja leid«, sagte ich zwischen zwei Lachsalven, »aber wenn ich mir vorstelle, wie der ... mit der Gurke dasteht und ...« Ich konnte nicht weitersprechen.

Und plötzlich fingen auch Ilona und Zoe an zu lachen. Es war aber auch zu verrückt, was die beiden erlebt hatten.

Als wir uns wieder einigermaßen beruhigt hatten, sagte Ilona. »Aber trotzdem war der Typ noch einer von den Harmlosen.«

»Na ja …« warf Zoe ein.

»Doch«, beharrte Ilona. »Mit einem ging ich schon fast zwei Wochen aus, und ich hatte echt schon Schmetterlinge im Bauch, bis er mir erklärte, dass er eigentlich auf Männer stehe, aber eine Alibifrau zum Heiraten brauche, sonst würde er das Erbe seiner Eltern nicht bekommen! Der Typ war fünfundfünfzig!«

Diese Geschichte kannte ich bereits, fand sie aber nach wie vor unglaublich.

Zoe schüttelte den Kopf.

»Was es nur für Leute gibt. Da war ich ja noch gut bedient mit dem Fußfetischisten letztens.«

»So einen hatte ich auch mal«, brummte Ilona. »Aber wenigstens war der freundlich und hat mir zum Abschied eine Tube Fußcreme geschenkt.«

Ich kämpfte wieder mit meinem Drang zu lachen.

»Ihr glaubt ja gar nicht, was ich mir schon für Beleidigungen anhören musste wegen meiner Figur«, gestand Ilona.

»Na ja, vielleicht solltest …«, begann Zoe, aber ich bremste sie mit einem warnenden Blick.

»Wenn ich euch so zuhöre, dann bin ich echt froh, dass ich mich seit der Scheidung von Harald nicht auf die Suche nach einem neuen Mann gemacht habe«, sagte ich.

»Aber willst du denn wirklich allein bleiben?«, fragte Zoe ungläubig.

»Mir ist nicht langweilig ohne Mann.« Ich griff nach dem Glas und nahm einen Schluck Wein. »Ich komme sogar viel besser klar als damals, als ich noch verheiratet war. Zumindest in den letzten Jahren.«

»Na ja, mit einem notorischen Fremdgeher wie Harald ist das kein Wunder«, bemerkte Ilona mit eindringlichem Blick auf die Zahnärztin.

»Es sind ja nicht alle Männer so«, meinte Zoe unbeeindruckt.

»Natürlich nicht. Aber wie soll man das denn vorher wissen? Da verliebt man sich in so einen Kerl – und schwups, ist es zu spät«, sagte ich trocken. »Irgendwann kommt dann das bittere Erwachen.«

»Fehlt dir denn der Sex nicht?«, hakte Ilona nach, deren letzte Beziehung vor drei Jahren auseinandergegangen war.

Ich zuckte mit den Schultern.

»Manchmal schon«, gab ich zu.

»Ich hab das Gefühl, ich setze schön langsam Spinnweben an«, murmelte Ilona.

»Ach, für Sex braucht man nicht unbedingt einen Mann«, winkte Zoe ab. »Selbst ist die Frau … Aber das andere Drumherum: ausgehen, gemeinsam kochen und dann den Abend auf dem Sofa verbringen. Reisen machen. Ins Kino gehen. Einfach jemanden haben, der mich in die Arme nimmt, wenn es mir mal nicht so gut geht. Oder sich in schönen Momenten mit mir freut.«

Ihr Blick wurde traurig. Sie griff nach der Flasche mit Eierlikör, schob sie dann aber zur Seite und schenkte sich einen Schluck Rotwein ins Likörglas. Was nicht sonderlich appetitlich aussah, ihr aber zu schmecken schien.

»Oder einen, der die Reifen wechselt«, fügte Ilona gedankenverloren hinzu und seufzte.

»Dafür kann man in die Werkstatt fahren«, versuchte ich die beiden irgendwie aufzumuntern, während, von den anderen unbemerkt, eine kleine Hitzewelle über mich hinwegschwappte.

»Männer in unserem Alter wollen keine Frauen in unserem Alter. Die suchen nach viel Jüngeren«, murmelte Ilona und verputzte ein weiteres Stück Käse.

»Gut, dass ich jünger bin«, konnte Zoe sich nicht verkneifen, doch Ilona schien das gar nicht zu hören.

»Wenn du mal fünfzig bist, dann wirst du langsam aber sicher unsichtbar. Dann fallen wir aus dem Beuteschema der zu vögelnden Frauen raus. Du bist irgendwo, und man nimmt dich kaum wahr, höchstens, wenn du jemandem vor dem Weinregal im Supermarkt im Weg stehst. Der letzte attraktive Mann, der mich angesprochen hat, fragte mich nach einem Euro für den Einkaufswagen. Ansonsten bin ich un – sicht – bar«, zog sie das Wort bedeutungsschwanger in die Länge.

»Dann musst du dich eben richtig bunt machen, um aufzufallen«, sagte ich mit inzwischen etwas schwerer Zunge. Der Wein tat auch bei mir seine Wirkung.

»Gar keine schlechte Idee«, sinnierte Ilona über den Vorschlag.

»Und du machst auch mit«, sagte Zoe zu mir. »Ich nehm es dir nämlich absolut nicht ab, dass du keinen Mann mehr möchtest.«

»Will ich aber echt nicht«, beteuerte ich, doch ausgerechnet in diesem Moment musste ich an Jo denken.

Als hätte Ilona meine Gedanken gelesen, sagte sie: »Hauptsache, du fällst nicht noch mal auf Jo rein.« Kaum hatte sie es ausgesprochen, schlug sie sich erschrocken auf den Mund. »Entschuldige, Süße, ich wollte nicht …«

Zoe sah uns fragend an. »Jo? Welcher Jo?«

»Ach Jo«, sagte ich bemüht unbeteiligt, »Den … den kenne ich von früher.«

»Von früher? Und mit diesem Jo läuft wieder was?«, hakte sie nach. »Und warum weiß ich das nicht?«

»Nein!«, rief ich. »Da ist nichts. Den will ich ganz bestimmt nicht mehr. Und er mich sicher auch nicht.«

»Was war da los?« Zoe ließ nicht locker, und so erzählte ich schließlich die ganze Geschichte.

»Jo Ranke? *Der* berühmte Jo Ranke?«, unterbrach sie mich immer wieder ungläubig.

Bis ich schließlich fast ein wenig sauer wurde.

»Traust du es mir denn nicht zu, dass einer wie er mal was mit einer wie mir hatte?«

»Doch … doch«, sagte sie schnell. »Ich frag mich nur, warum du mir das nie erzählt hast.«

»Das wusste nur ich«, sagte Ilona mit einer gewissen Schadenfreude. Schließlich beanspruchte sie den Titel meiner ältesten und besten Freundin.

»Und ich möchte nicht, dass das sonst noch jemand erfährt«, sagte ich eindringlich in Zoes Richtung.

»Schon gut … Aber nur, wenn du mir versprichst, dass du mich auf dem Laufenden hältst.«

»Was soll es da schon groß zu erzählen geben?«, fragte ich.

»Na ja«, begann sie und schlürfte Rotwein aus dem kleinen Likörglas. »Das Funkeln in deinen Augen, wenn du von ihm sprichst, hab ich jedenfalls vorher so noch nie bei dir gesehen.«

»Das kommt vom Bordeaux«, sagte Ilona.

»Da funkelt gar nix«, beteuerte ich.

Zoe zog nur grinsend die Augenbrauen hoch. Dann griff sie nach ihrer Handtasche.

»Mädels, ich muss jetzt nach Hause. Mein Auto lass ich stehen«, sagte sie.

»Ich geh auch.«

»Teilen wir uns ein Taxi?«, fragte sie Ilona, die es zwar nicht weit hatte, deren Wohnung aber auf Zoes Weg lag.

»Okay. Dann spar ich mir den Fußweg.«

Sie teilen sich ein Taxi? Es geschehen noch Zeichen und Wunder.

»Ihr werdet doch jetzt nicht etwa beste Freundinnen werden?«, fragte ich erstaunt.

Beide schüttelten den Kopf.

»Ach was«, winkte Zoe ab.

»Keine Spur!«, sagte Ilona gleichzeitig.

Ich verkniff mir ein Grinsen. Vielleicht war das heute ja eine Art unausgesprochener Waffenstillstand unter Leidensgenossinnen. Immerhin hatten beide vom selben Mann in jüngster Zeit einen Heiratsantrag bekommen. So etwas verbindet.

Ich schlug vor, Zoe morgen früh mit ihrem Wagen auf dem Weg in die Praxis abzuholen, und sie ließ mir den Autoschlüssel da.

Als die beiden weg waren, räumte ich auf und ging die Treppe nach oben. In Emmas Zimmer brannte noch immer Licht. Ich klopfte, und als ich keine Antwort bekam, öffnete ich leise die Tür. Sie schlief, mit den Kopfhörern im Ohr, über die sie wie immer zum Einschlafen einem Hörbuch gelauscht hatte. Vorsichtig zog ich die Stöpsel aus ihren Ohren und schaltete das Handy aus. Sie schlief so tief, dass sie nichts mitbekam.

»Schlaf gut, meine Süße«, flüsterte ich und löschte das Licht.

Nachdem ich kurz im Badezimmer gewesen war, ging ich ins Schlafzimmer. Ich zog mich aus und holte ein frisches Nachthemd aus dem Schrank. Bevor ich hineinschlüpfte, betrachtete ich mich in dem großen Spiegel an der Schranktür. Ich war längst nicht so schlank wie Zoe, aber trotzdem war ich einigermaßen zufrieden mit meiner Figur, die ich mit regelmäßigem Sport zu erhalten versuchte. Allerdings hatte auch bei mir die Schwerkraft längst ihr hinterlistiges Werk begonnen.

Ich ließ den Blick von meinem Körper zu meinem Gesicht wandern. Die meisten Leute meinten, meine jüngste Tochter käme genau nach mir. Und tatsächlich hatte sie die hellgrauen Augen und dunklen Haare von mir geerbt, auch wenn meine schon seit Jahren gefärbt waren. Bei Leo hingegen hatten das helle Blond ihres Vaters und meine dunklen Haare einen satten Kupferton hervorgebracht. Als kleines Mädchen hatte sie ihre roten Haare gehasst. Doch genau diese Farbe zusammen mit den grünen Augen waren der Schlüssel zur Freundschaft mit Ben gewesen, der davon schon als kleiner Junge fasziniert gewesen war.

Ich lächelte, als ich an meine beiden Töchter dachte. Leo ging schon längst eigene Wege, und es würde nicht mehr lange dauern, dann würde auch Emma aufbrechen. Letzte kostbare Monate standen mir bevor, in denen wenigstens noch eines meiner Kinder unter meinem Dach lebte. Doch bald würde ich hier mit meiner Mutter und der Katze allein sein. Diese Vorstellung bedrückte mich.

Bin ich noch schön?, fragte ich mich plötzlich und fuhr mit zwei Fingern langsam über meine Wangen zu den Lippen. Ich lächelte mir etwas gezwungen im Spiegel zu und betrachtete die kleinen Fältchen, die dabei deutlicher zum Vorschein kamen.

Ist es tatsächlich so, dass Frauen in meinem Alter unsichtbar werden? Sicherlich war das nicht für alle gültig, denn in den Medien gab es genügend Beispiele für erfolgreiche Frauen, die so alt wie ich oder älter waren und trotzdem – oder vielleicht sogar gerade deswegen – eine starke Präsenz hatten. Doch was war mit mir? Was würde ein Mann wie Jo zu einer Frau wie mir sagen, wenn er ihr auf der Straße begegnete? Wäre ich für ihn unsichtbar? Und warum war mir das plötzlich überhaupt wichtig? Lag es an dem Gespräch mit meinen Freundinnen, dass ich so rührselig war? Oder hatten die Wechseljahre damit zu tun? Nachdenklich schlüpfte ich in mein Nachthemd und ging zu Bett. Und ohne dass ich es wollte, kamen mir die Tränen.

Kapitel 4

Während Zoe der Alkohol am Abend zuvor offenbar nicht das Geringste ausgemacht hatte und sie auch eine schwierige Patientin mit Wurzelbehandlung nicht aus der Ruhe bringen konnte, kämpfte ich mit lästigen Kopfschmerzen. Vermutlich hatten sie auch damit zu tun, dass ich nicht sonderlich gut geschlafen hatte. Ich beschloss, die lange Mittagspause zu nutzen, um einen ausgedehnten Spaziergang an den See zu machen.

Das Wetter war für Mitte April angenehm warm, und es wehte ein leichtes Lüftchen, das mich erfrischte. Ich spürte, wie gut es mir tat, mich zu bewegen, und wie die Kopfschmerzen sich langsam auflösten.

Mit dem schönen Wetter waren auch wieder deutlich mehr Touristen unterwegs, die ihren Ausflug an den Chiemsee mit zahlreichen Selfies verewigten.

Da ich hier in dieser herrlichen Gegend aufgewachsen war, musste ich mir dieses Privileg manchmal in Erinnerung rufen. Leute nahmen oft sehr weite Strecken in Kauf, um hier ihren Urlaub zu verbringen.

Je näher ich an den See kam, desto mehr Menschen waren unterwegs. Fremdenführer versuchten, ihre Reisegruppen zusammenzuhalten, Babys wurden in Kinderwagen herumkutschiert, größere Kinder standen am Ufer und ließen flache Steine im Wasser springen, und verliebte Pärchen schlenderten

Hand in Hand den Weg entlang. Und es gab Hunde. Viele Hunde. Nirgends hatte ich bisher so konzentriert in freier Wildbahn so viele unterschiedliche Hunderassen – oder sollte ich besser sagen Rassehunde – gesehen wie hier.

Versteckt hinter hohen, dicht bewachsenen Hecken befanden sich die Villen reicher Unternehmer, erfolgreicher Sportler oder bekannter Künstler. Und hinter einer dieser Hecken war das Haus von Jo. Wie magisch hatte es mich hierhergezogen, auch wenn ich genau wusste, wie albern das war. Ich sollte besser wieder umdrehen. Und doch machte ich keinerlei Anstalten. Was sollte auch schon groß passieren? Die Wahrscheinlichkeit, dass Jo ausgerechnet jetzt das Haus verließ und zum Ufer ging, war eher gering.

Ich hatte den Gedanken noch nicht mal richtig zu Ende gedacht, da kam der Mann, der aller Wahrscheinlichkeit nach gar nicht hier sein würde, in Joggingklamotten in meine Richtung gelaufen. Mir rutschte das Herz in die Hose und gleich wieder zurück in die Brust und hämmerte dort wie wild. Das konnte doch nicht wahr sein! Jo! Er war es tatsächlich. Und er kam rasch näher. Würde er links oder rechts an mir vorbeilaufen? Mit einem Mal hatte ich das Gefühl, ihm ausweichen zu müssen. Nur auf welche Seite? Ich entschied mich instinktiv für links – von meiner Seite aus gesehen – und machte einen großen Schritt. Jo hingegen entschied sich gleichzeitig für rechts – von seiner Seite aus gesehen. Er versuchte noch zu bremsen, doch in der nächsten Sekunde waren wir schon zusammengestoßen. Durch die Wucht wäre ich fast gestolpert, konnte mich gerade noch an ihm festhalten. Auch er hatte Mühe, das Gleichgewicht zu bewahren, und so wankten wir hin und her wie zwei beschwipste Tanzbären. Doch irgendwie schafften wir es, nicht zu stürzen. Sein Duft stieg in meine Nase, und irgendwelche Synapsen identifizierten diesen sofort als den des Mannes, in den ich vor mehr als dreißig Jahren verliebt gewesen war. Und mit dem ich eine unglaubliche Nacht verbracht hatte, in der er mich entjungfert hatte. Am liebsten hätte ich ihn gar nicht mehr losgelassen, denn meine Beine waren wie Wackelpudding. Ich starrte in sein Gesicht. Und stellte fest, dass er zwar immer noch ein gutaussehender Mann war, aber doch etwas älter wirkte, als auf den Fotos in den Zeitschriften – Fotoshop sei Dank. Geliftet schien er allerdings nicht zu sein.

»Geht's noch?«, fuhr er mich an und wand sich aus meiner Umklammerung. »Warum, verdammt nochmal, hüpfen Sie mir genau in den Weg?«

Mir hatte es die Sprache verschlagen. Ich räusperte mich, versuchte, Luft zu holen, verschluckte mich und musste husten.

»Tschuldigung«, krächzte ich schließlich mit einer Stimme, die nicht mir zu gehören schien.

Passanten, die kurz stehen geblieben waren, gingen weiter, nachdem sie festgestellt hatten, dass nichts passiert war.

»Passen Sie das nächste Mal besser auf!«, brummte Jo und drehte sich von mir weg, um sich wieder auf den Weg zu machen.

So können wir doch jetzt nicht auseinandergehen!

»Jo! Warte bitte!« Immerhin funktionierte meine Stimme wieder.

Er drehte sich noch einmal zu mir um.

»Hören Sie, wenn Sie mir aufgelauert haben, weil Sie ein Fan sind und ein Autogramm haben wollen, dann wenden Sie sich an meinen Agenten. Die Adresse finden Sie im Internet auf meiner Homepage.«

Ein Fan? Autogramm?

»Aber nein! Ich bin's. Anna.«

Ich suchte in seinen Augen nach einem Hinweis, dass er mich erkannte. Absolute Fehlanzeige. *Er hat keinen blassen Schimmer, wer da vor ihm steht!*, schoss es mir durch den Kopf.

»Sorry, ich muss jetzt los.«

Doch ich wollte ihn nicht gehen lassen, bevor er wieder wusste, wer ich war!

»Es ist schon ziemlich lange her ...«, begann ich.

In diesem Moment klingelte sein Handy, und er ging ran.

»Hi ... Ja. Sofort. Ich steh schon fast vor dem Haus, aber da gab's gerade einen Zusammenstoß mit irgend so einer älteren Frau ...«

Telefonierend ging er davon, ohne mich auch nur noch eines Blickes zu würdigen.

Ältere Frau? Wie bitte? Ich hörte wohl nicht recht! *Ich bin drei Jahre jünger als du, du Trottel!*, hätte ich ihm am liebsten hinterhergeschrien. Doch das tat ich nicht.

Und überhaupt. So sehr hatte ich mich doch wirklich nicht verändert, dass man mich nicht mehr erkannte. Vor allem nicht, wenn man schon mal eine Nacht miteinander verbracht hatte. Ich starrte ihm nach, bis er zwischen den Leuten aus meinem Blickfeld verschwunden war.

Mit einer Mischung aus Wut, Frust und Traurigkeit machte ich mich auf den Rückweg.

Um mich selbst ein wenig aufzumuntern und zu trösten, gönnte ich mir unterwegs in meinem Lieblingscafé einen koffeinfreien Cappuccino und einen lauwarmen Apfelstrudel mit Vanilleeis. Doch heute schmeckte sogar das irgendwie bitter und kein bisschen tröstlich. *Ältere Frau ...* Ich schob den Teller mit dem nur halb aufgegessenen Gebäck weg, zahlte und ging. Inzwischen war ich ohnehin schon spät dran.

Oxana erklärte gerade einem neuen Patienten, der als Notfall in die Praxis gekommen war, wie er das Patientenformular auszufüllen hatte. Ich nahm kaum Notiz von den beiden. In mir brodelte es immer noch. Nachdem ich über dreißig Jahre lang davon geträumt hatte, Jo wiederzusehen, hatte sich diese Begegnung als völliges Fiasko für mich herausgestellt. Doch nicht nur er hatte sich total bescheuert verhalten. Ich war auch auf mich selbst sauer. Jawohl, vor allem auf mich selbst. Weil ich mir sein unhöfliches Verhalten hatte gefallen lassen. Ich hatte ihn mit großen Augen angestarrt wie ein Kälbchen und keinen Ton herausgebracht. Oder um es mit Jos Worten zu sagen: Ich hatte wohl dumm geglotzt wie eine alte Kuh. Und nicht wie die Frau, die sich weder von einem fremdgehenden Ehemann, Elternsprechtagen, geschweige denn von zwei Töchtern in der Pubertät hatte aus der Ruhe bringen lassen.

Nach so vielen Jahren, in denen ich mir immer mal wieder die verschiedensten Szenarien ausgemalt hatte, ihn wiederzusehen, war ich heute völlig von der Rolle gewesen. Aber wenigstens konnte ich das nun abhaken. Dieser Mann eben hatte mit dem jungen Mann damals am Lagerfeuer genau so wenig zu tun wie eine Fußreflexzonenmassage mit einem Einlauf. Jedenfalls wollte ich nie mehr wieder mit Jo Ranke zu tun haben. Mit ihm nicht und auch mit keinem anderen Mann! Die Erfahrungen, die auch meine beiden Freundinnen mit diversen Männern gemacht hatten, beziehungsweise noch immer machten, trugen sowieso nicht dazu bei, den Wunsch nach einer Beziehung aufflammen zu lassen.

Entschlossen schlüpfte ich in meine Praxiskleidung, wusch und desinfizierte sorgfältig die Hände und ging dann ins Behandlungszimmer 1, wo Zoe bequem im Behandlungsstuhl saß und Nachrichten ins Handy tippte, während sie auf den ersten Nachmittagspatienten wartete.

»Wir können anfangen!«, sagte ich energisch und stellte einen frischen Becher unter den Wasserspender neben dem Behandlungsstuhl, der automatisch mit lauwarmem Wasser befüllt wurde.

»Was ist denn mit dir los?«, fragte Zoe, als sie meinen Blick sah.

»Ich möchte jetzt nicht darüber reden«, sagte ich, weil ich nicht wusste, ob ich danach nicht doch noch zu heulen anfing. Oder irgendein Instrument durch die Gegend pfefferte.

»Ist was passiert, Anna?« Zoe klang besorgt.

»Nein. Nur Jo ist ein Idiot!«, sagte ich nur.

»Dieser Jo?«, hakte sie nach, und in ihren Augen blitzte neugieriges Interesse auf.

»Ich erzähl's dir später.«

»Okay … Das tut mir leid. Aber sag mal, kann ich dich jetzt so auf meine Patienten loslassen?«

Das wär ja noch schöner, wenn dieser Mann sogar meine Arbeit beeinflussen würde.

»Mach dir keine Sorgen. Solange sie nichts mit Jo Ranke zu tun haben, kann nichts passieren.«

»Na gut.«

Zoe rutschte vom Behandlungsstuhl und drückte auf den Knopf einer Gegensprechanlage. Dabei las sie den Namen des Patienten auf dem Computerbildschirm, dessen Daten bereits aufgerufen waren.

»Oxana, Herr Lorand kann jetzt kommen.«

»Schick ich ihn gleich, Chefin«, kam es aus der Anmeldung.

Wir zogen die Handschuhe an, da betrat der Patient auch schon den Behandlungsraum und grüßte uns höflich. Leonard Lorand war achtundzwanzig, ein Notfall und zum ersten Mal in der Praxis. Seine Hand lag auf der Wange, die ein gepflegter Acht-Tage-Bart zierte. Ein Stück des Backenzahns sei abgebrochen und verursache ziemliche Schmerzen beim Kauen, wie er mit auffallend warmer Stimme erklärte.

»Setzen Sie sich!«, forderte ich den jungen Mann patziger auf, als ich eigentlich wollte. Und wie ein folgsamer Schuljunge nahm er sofort Platz.

Zoe zog eine Braue hoch, und ich bemühte mich augenblicklich um ein freundliches Lächeln, während ich ein Papierlätzchen um seinen Hals befestigte. Schließlich konnte dieser Mann nichts dafür, dass ich auf einen anderen sauer war.

»So, jetzt öffnen Sie bitte mal den Mund, Herr Lorand«, forderte Zoe ihn auf, und in diesem Moment sah ich die Panik in seinen hellbraunen Augen. Er hatte höllische Angst. Instinktiv legte ich ihm die Hand auf den Arm und drückte ihn aufmunternd.

»Alles gut«, sagte ich leise und ließ ihn wieder los.

Langsam öffnete er den Mund.

Zoe verschaffte sich einen Überblick über das ansonsten tadellose weiße Gebiss. Dann berührte sie mit der dentalen Sonde vorsichtig den vorletzten Backenzahn unten links, von dem ein kleines Stück abgebrochen war. Der Mann zuckte sofort zusammen, krallte sich mit den Fingern an den Lehnen fest und erstarrte beinahe im Behandlungsstuhl.

Zoe trat zurück und sah ihn aufmunternd an.

»Die gute Nachricht ist, dass ich das ganz einfach reparieren kann.«

Er rutschte etwas im Stuhl nach oben.

»Und die schlechte Nachricht?«, fragte er besorgt.

»Die gibt es nicht«, sagte sie fröhlich. »Das ist keine große Sache. In etwa zwanzig Minuten können Sie hier wieder munter rausspazieren.«

Der Patient sah mich an, als ob er an meinem Gesicht ablesen wollte, ob Zoe ihm die Wahrheit sagte.

»Sie ist die Beste, keine Angst, Herr Lorand«, redete ich ihm gut zu.

»Leo. Nennen Sie mich doch einfach Leo«, sagte er, immer noch in meine Richtung.

»Na gut, Leo. Meine Tochter heißt übrigens auch so, Leo, also eigentlich Leonie«, sagte ich und lächelte.

»Ein gutes Omen hoffentlich«, murmelte er.

Zoe verdrehte die Augen.

»Wissen Sie – als ich zwölf war, rutschte meinem Zahnarzt der Bohrer weg, und er hat mir das Zahnfleisch ein Stück aufgeschnitten. Das musste genäht werden. Mit sieben Stichen. Seitdem …« Er sprach nicht weiter. Aber jetzt konnte ich seine Angst durchaus nachvollziehen.

»Hören Sie, das wird bei mir ganz bestimmt nicht passieren«, versprach Zoe. »Und jetzt machen Sie den Mund auf für die Spritze«, forderte sie ihn auf. »Das sind nur zwei kleine Pikser, danach spüren Sie gar nichts mehr.«

Ich nickte ihm aufmunternd zu, und er öffnete den Mund. Doch bevor Zoe anfing, griff er nach meiner Hand und umklammerte sie fest. Ich ließ ihn gewähren, wenn er sich dadurch besser fühlte.

»So. Das war's auch schon«, sagte Zoe. »Ich bin mal kurz draußen, bis die Spritze wirkt. Anna, du bleibst besser hier, okay?«

Ich nickte, und Zoe verließ das Behandlungszimmer.

Leo hielt meine Hand immer noch fest.

»Sie können jetzt loslassen«, forderte ich ihn freundlich auf.

»Oh, ja klar …« Er nahm sofort seine Hand weg. »Mann, was müssen Sie nur von mir denken. Normalerweise bin ich echt kein solcher Schisser«, beteuerte er.

»Sie sind nicht der Erste und Einzige, der Angst vorm Zahnarzt hat.«

»Sie haben unglaublich schöne Augen.«

Im ersten Moment glaubte ich, mich verhört zu haben, doch er fuhr fort: »So ein helles Grau habe ich noch nie gesehen.«

»Äh … danke.« Mehr fiel mir dazu nicht ein. Ich konnte ja schließlich nicht sagen, dass mir seine Augen auch gefielen. Überhaupt war er auf eine unaufdringliche Weise recht attraktiv. Nicht so schön wie Ben natürlich und noch nicht mal wie mein zukünftiger Schwiegersohn Timo. Aber er hatte etwas sehr Anziehendes.

Anna! Hallo? Der Mann ist achtundzwanzig!

Ja und? Ich würde mich doch wenigstens über sein Kompliment freuen dürfen. Das war zumindest ein kleiner Trost für die *ältere Frau*, wie Jo mich heute betitelt hatte.

Leo strich mit dem Finger über seinen Kiefer.

»Langsam wird esch pelzig«, sagte er, und seine Aussprache war bereits etwas undeutlicher geworden. Wie ich vermutete, hatte Zoe ihm die maximale Dosis gegeben, damit er auch wirklich nichts spürte.

»Ja, das geht schnell. Bald können wir loslegen.«

»Tragen Schie Ihren Ehering nur in der Praxschis nischt, oder schind Schie nischt verheiratet?«

»Ich wüsste nicht, wieso Sie das interessieren sollte«, sagte ich perplex.

»Isch wette, Schie schind nischt verheiratet«, ließ er nicht locker, und seine Augen funkelten frech. »Das schehe isch Ihnen irgendwie an.«

Ich musste plötzlich lachen. »Stimmt. Ich bin geschieden«, gab ich zu.

»Find isch gut. Alscho … isch meine, für andere Männer, weil Schie wieder frei schind. Oder?«, inzwischen nuschelte er schon sehr, und man merkte ihm an, wie schwer es ihm fiel, deutlich zu sprechen.

Ich schüttelte amüsiert den Kopf und nahm es ihm nicht krumm. Er wollte sich von seiner Angst ablenken, was einigermaßen zu funktionieren schien, denn er wirkte deutlich entspannter als am Anfang.

»Würdn Schie mit mir mal auschgehn?«

»Aber klar doch«, antwortete ich locker, weil ich ihn gar nicht ernst nahm.

»Verschprochn?«

Ich nickte nur. In diesem Moment kam Zoe zurück.

»Alles gut hier?«, wollte sie wissen.

Leo und ich nickten gleichzeitig.

»Na dann, legen wir mal los.«

Zehn Minuten später hatte Leo es auch schon überstanden. Er war zwar ein wenig blass um die Nase, hatte sich jedoch in Anbetracht seiner Angst tapfer geschlagen.

»War doch gar nicht so schlimm, oder?«, fragte Zoe.

Leo schüttelte nur den Kopf, und ich nahm ihm das Papierlätzchen ab.

»Bis die Wirkung der Spritze nachgelassen hat, bitte nichts essen … Alles Gute, Leo«, wünschte ich ihm zum Abschied.

»Isch brauk nok Ihre Numma«, sagte er, durch die taube linke Seite inzwischen so undeutlich, dass ich ihn kaum verstand.

»Was?«

»Handynumma. Unschere Väabredung.« Er holte sein Smartphone aus der Hosentasche und wedelte damit vor meinem Gesicht herum.

Zoe sah ihn perplex an.

»Verabredung?«

Ich zuckte mit den Schultern, und Leo nickte.

»Na gut«, sagte ich. Schließlich hielt ich meine Versprechen nach Möglichkeit immer ein. Da ich meine Nummer nicht auswendig kannte, gab ich ihm mein Handy, das neben dem Computer lag.

»Gib du deine Nummer ein, dann meld ich mich bei dir.« Was ich natürlich nicht machen würde. Ohne darüber nachzudenken, war ich in ein vertrautes Du umgestiegen. Vielleicht weil dieser Leo mich vom Alter her an meine Leo erinnerte.

Er tippte rasch, doch da er mir offenbar nicht ganz zu trauen schien, ob ich mich auch wirklich melden würde, schickte er gleich auch noch eine WhatsApp-Nachricht an sich selbst und hatte somit meine Nummer. Mit einem ziemlich schiefen Lächeln gab er mir das Handy zurück.

»Schupa. Isch meld müsch. Tschüsch!« Er winkte uns noch zu und ging.

Zoe sah mich amüsiert an.

»Triffst du dich echt mit ihm?«

»Natürlich nicht! Spinnst du? Der hatte einfach nur eine Riesenangst, und ich hab versucht, ihn abzulenken. Von dem hör ich nie wieder was.«

»Bist du dir da sicher?«

»Allerdings!«

»Hm … Schade eigentlich, dass der nicht zehn Jahre älter ist. Das ist einer, mit dem würde ich gern ausgehen«, murmelte Zoe und rief dann über die Sprechanlage den nächsten Patienten herein.

Kapitel 5

Da ich heute bereits ziemlich weit gelaufen und der restliche Tag in der Praxis noch sehr anstrengend und lange gewesen war, rief ich Emma an und bat sie, mich zusammen mit Oma abzuholen.

»Aber klar, Mama!«, rief sie begeistert ins Handy. »Wir sind gleich da.«

»Super!«

Eine Viertelstunde später standen die beiden vor der Praxis, und ich stieg hinten in den Wagen ein. Ich war viel zu kaputt, um mich zu fürchten, und ich hatte ohnehin den Eindruck, dass Emma heute schon ein klein wenig sicherer fuhr. Wir verbanden die Fahrt noch mit einem dringend notwendigen Großeinkauf im Supermarkt.

»Mama? Wo willst du denn noch hin?«, fragte ich meine Mutter, die vor der Kasse nochmal umkehrte.

»Ich hab was vergessen«, sagte sie und marschierte in Richtung der Obst- und Gemüseabteilung. Emma und ich legten inzwischen die Einkäufe auf das Band. Die Kassiererin hatte fast alles über den Scanner gezogen, da kam Mutter mit einem Basilikumtopf zurück.

»Halt. Ich hab hier noch ein Mozzarella-Töpfchen, das gehört auch noch dazu«, rief sie und drängte sich an den Leuten vorbei, die hinter uns warteten.

Emma und ich sahen meine Mutter grinsend an. Sie machte ja manchmal gern Späße.

»Ach, ein Mozzarella-Töpfchen? So, so«, neckte ich sie amüsiert.

Doch Mutter hörte mich entweder nicht oder bemerkte ihren Fehler gar nicht und stellte den Kräuter-Topf unkommentiert auf das Band. War das nur ein einfacher Versprecher gewesen? In letzter Zeit war mir schon öfter aufgefallen, dass sie manchmal Dinge und Wörter vergaß. Ein besorgniserregendes Wort schlich sich in meine Gedanken. *Demenz!* Oder sah ich einfach nur Gespenster, weil man ständig überall davon hörte?

»Mama! Zahlen!«, riss Emma mich aus den Gedanken, und ich reichte der Verkäuferin die Karte.

»Entschuldigung, das ist die Mitgliedskarte für die Bücherei«, machte mich die Verkäuferin aufmerksam.

»Oh, Entschuldigung.«

Offenbar war ich nicht weniger verwirrt als meine Mutter.

Emma bot sich freiwillig an, die Lebensmittel alleine zu verstauen. Und da sie das normalerweise überhaupt nicht mochte, sagte ich: »Okay, rück raus mit der Sprache. Was ist los?«

Sie grinste schief.

»Kannst du Jana und mich später in *Didis Oberstübchen* fahren?« *Didis Oberstübchen* war eine Art Kult-Kneipe, in einer kleinen Ortschaft wenige Kilometer neben Rosenheim, die es schon so lange gab, dass ich dort selbst schon als Teenager mit meinen Freunden zahllose unvergessliche Abende und Nächte verbracht hatte.

»Heute noch?«, fragte ich wenig begeistert. »Warum das denn?«

»Das habe ich dir doch schon längst gesagt, Mama. Unser Musiklehrer spielt dort mit seiner Jazzband. Da ist unser ganzer Jahrgang dort.«

»Das hast du mir nicht gesagt!«

»Doch ganz sicher!«, beharrte Emma. Sie nahm sich einen Joghurt aus dem Kühlschrank und zog den Deckel ab. Wurde ich jetzt etwa auch schon vergesslich?

»Ich bin heut echt geschafft, Emma. Können denn Janas Eltern die Fahrt nicht übernehmen?«

»Ihr Vater kann nicht. Der muss arbeiten.«

»Dann eben ihre Mutter.«

»Tja, das wird wohl eher nicht funktionieren«, sagte Emma und löffelte ihren Joghurt.

»Ach – aber ich soll schon immer parat sein und Tag und Nacht als Taxi funktionieren, oder wie?«, fragte ich etwas ungehalten.

»Du lebst ja auch noch.«

Ich sah sie verwirrt an.

»Wie?«

»Janas Mutter ist gestorben. Vor sechs Jahren. Bei einem Fahrradunfall.«

»Das … das tut mir leid«, sagte ich ehrlich zerknirscht. »Na gut, dann fahr ich euch eben.«

Auf der Fahrt zu Jana stellte sich heraus, dass ich sie nicht nur hinfahren, sondern später auch wieder abholen musste, weil sie keine andere Fahrgelegenheit aufgetan hatten. Und auch wenn Janas Vater mein Mitgefühl hatte, wegen des Verlustes seiner Frau, so war ich doch etwas genervt, dass er nicht zumindest eine der beiden Fahrten übernehmen konnte. Immerhin fuhr man von Prien aus eine halbe Stunde bis zur Kneipe. Andererseits war ich diese Fahrten gewohnt, seitdem ich Kinder hatte. Ich seufzte. Taxi Mama eben.

»Eigentlich solltest du dich auf das Abi vorbereiten!«

»Ich hab den ganzen Tag heute gelernt. Irgendwann muss ich ja auch mal abschalten, oder?«, belehrte mich meine Tochter. Und insgeheim musste ich ihr recht geben.

Um nicht zwei Stunden im Auto unterwegs zu sein, beschloss ich kurzfristig, in Rosenheim ins Kino zu gehen, während ich auf die beiden wartete.

»Und um elf fahren wir wieder zurück!«, bestimmte ich.

»So früh schon!?«, protestierte Emma. Doch diesmal blieb ich hart. Schließlich musste ich am nächsten Tag wieder früh arbeiten.

»Entweder so, oder ihr könnt das Konzert heute ganz vergessen.«

Und da sie das auf keinen Fall wollte, fügte meine Tochter sich in ihr hartes Teenager-Schicksal.

»Bald musst du uns eh nicht mehr fahren«, brummte sie.

»Wie meinst du das?«

»Jana hat in zwei Wochen Geburtstag und kriegt zum Achtzehnten ein eigenes Auto.«

»Okay.« Sonderlich beruhigend war diese Aussicht allerdings nicht für mich.

Jana war noch nicht ganz fertig, als Emma an der Haustür klingelte. Ich wartete inzwischen auf dem Beifahrersitz im Wagen.

Plötzlich blendeten von hinten Lichter auf. Ich drehte mich um und erkannte einen roten Wagen. Das musste Janas Vater sein, der gerade nach Hause kam. Warum brauchten die Mädchen denn so lange? Seufzend stieg ich aus und setzte mich hinters Steuer, um den Wagen ein Stück nach vorne zu fahren, damit Janas Vater in die Garage fahren konnte. Wenn er ohnehin schon hier war, hätte er die Mädchen eigentlich auch fahren können, ging es mir durch den Kopf.

Ich stieg aus, um hallo zu sagen. Schließlich würden wir zukünftig noch öfter miteinander zu tun haben, nachdem die Mädchen sich so eng angefreundet hatten.

Er schloss die Garage ab und drehte sich dann zu mir um.

»Hallo!«, sagte ich und streckte ihm die Hand entgegen. »Ich bin Anna Reiter. Emmas Mutter ... ich warte auf die Mädchen.«

»Paul Graf«, stellte er sich vor und sparte sich dabei ein Lächeln. Er schien etwa in meinem Alter zu sein. Zumindest schätzte ich ihn so ein, was jedoch nichts bedeuten musste. Denn bei sowas lag ich gern auch mal daneben. Er war gut einen Kopf größer als ich, nicht gerade schlank, aber auch nicht dick. *Bärig* würde meine Mutter eine Figur wie seine beschreiben. Und das traf es irgendwie auch. Seine dunklen dichten Haare waren an den Schläfen von grauen Strähnen durchzogen, was – wie bei Männern meistens – keine Einbußen der Attraktivität darstellte, genau so wenig wie die schwarz gerahmte Brille, die ihm gut stand.

»Ich schau mal, wo sie bleiben«, sagte er und ging in Richtung Haustür, die offen stand.

Das war's? Kein: Danke, dass Sie fahren, ich bin dann nächstes Mal dran?

An der Tür drehte er sich noch mal um.

»Danke, dass Sie sie heute hinbringen. Ich muss leider noch arbeiten. Tschüss.«

»Wiedersehen.«

Er verschwand im Haus, und ich hörte ihn rufen: »Jana! Beeilt euch mal. Emmas Mutter wartet!«

Nicht gerade die Herzlichkeit in Person. Aber wenigstens hatte er mich nicht als *ältere Frau* betitelt, dachte ich und spürte, wie eine Hitzewelle in mir hochstieg, die glücklicherweise wieder abgeklungen war, als die Mädchen einstiegen.

»Was macht dein Vater eigentlich beruflich, Jana?«, fragte ich wenig später, als wir unterwegs zum Konzert waren.

»Er ist Übersetzer.«

»Ach ja? Was übersetzt er denn?«

»Mensch, Mama, du bist vielleicht neugierig«, mahnte Emma mich.

»Bin ich nicht!«

»Ach, kein Ding«, sagte Jana. »Er übersetzt hauptsächlich Romane aus dem Englischen ins Deutsche.«

Wie interessant!

»Welche denn?«, hakte ich nach.

Jana ratterte ein paar Autorennamen herunter, und ich vermutete, dass man sie das schon oft gefragt hatte. Einige davon waren mir bekannt, und von einer Autorin hatte ich als begeisterter Thriller-Fan sogar schon ein Buch gelesen. Ich war zugegebenermaßen beeindruckt.

Sicher war es für ihn als alleinerziehenden Vater sehr praktisch, als Übersetzer von zu Hause zu arbeiten, vor allem, als Jana noch jünger gewesen war.

Die Actionkomödie, die ich mir ausgesucht hatte, war längst nicht so spannend, wie sie angekündigt und überall beworben worden war. Außerdem war ich nach dem anstrengenden Tag so müde, dass mir immer wieder die Augen zufielen.

»Hey! Ihr Handy!«, jemand tippte mir von hinten auf die Schulter. »Ausschalten!«

Es dauerte einen Moment, bis ich mich orientieren konnte. Ich war im Kino, hatte offensichtlich geschlafen, und jetzt rief mich jemand an. Rasch griff ich in die Handtasche, holte das Handy raus und versuchte, es auszuschalten. Dabei rutschte es mir aus der Hand und fiel scheppernd zu Boden. Die Leute um mich herum schüttelten genervt die Köpfe.

»Tschuldigung«, murmelte ich mit hochrotem Kopf und machte mich umständlich daran, das Handy wieder aufzuheben, das immer noch klingelte.

»Hey, Alte! Geht's noch?!«, beschwerte sich eine junge Frau zwei Reihen weiter vorne.

Endlich hatte ich es gefunden und drückte den Anruf hastig weg.

»Hab's ja schon.« Mir war das Ganze so überaus peinlich, dass ich großzügig über die Alte hinwegsah.

Die Aktion eben hatte meinen Puls in die Höhe gejagt. Ich blies leise den Atem aus, um mich wieder zu beruhigen, und warf einen Blick auf das Handy. Zwei verpasste Anrufe von Leo! Vermutlich gab es wieder mal irgendeine Krise wegen der Hochzeit. Langsam wurde auch ich ein wenig nervös, weil das bestellte Brautkleid immer noch nicht im Geschäft in München eingetroffen war. Dabei musste Leo es doch noch anprobieren, damit letzte Änderungen gemacht werden konnten.

Ich schaltete das Handy auf »lautlos« und tippte rasch eine WhatsApp-Nachricht an Leo:

Bin im Kino. Melde mich später bei dir. Bussi!

Es dauerte keine Minute, da kam die Antwort:

Meine Zahnfee! Wie schön, von Dir zu hören. Freu mich sehr auf später! Bussi back! Leo.

Dahinter zwei grinsende Smileys.

Irritiert las ich den Text. Zahnfee? Was meinte sie denn damit?

Mit einem Schlag ging mir auf, dass ich die Nachricht nicht an meine Tochter, sondern an Leo, den Patienten aus der Praxis, geschickt hatte, der bei meinen WhatsApp-Chats ganz oben stand. Mir wurde gleichzeitig heiß und kalt. Was würde der sich jetzt von mir denken? Das musste ich sofort klären!

Da mich der Film ohnehin nicht fesseln konnte, stand ich auf und drückte mich, leise Entschuldigungen murmelnd, an den genervten Kinobesuchern vorbei nach draußen. Vor dem Kino genoss ich für einen Moment die frische Luft. Dann tippte ich:

Tut mir leid, Leonard. Die Nachricht sollte an meine Tochter gehen. Das war ein Versehen!

Zerknirscht blickendes Smiley.

Schade. Ich hab mich total gefreut, dass Du Dich gemeldet hast. Ohne Dich wäre ich heute in der Zahnarztpraxis vor Angst gestorben.

Ängstliches Smiley.

Ach was! So schnell stirbt man nicht, tippte ich.

Trotzdem freute ich mich ein wenig, dass ich ihm hatte helfen können.

Welchen Film schaust du denn an?

Fragendes Smiley und Filmklappe.

Jetzt keinen mehr. Der Film war langweilig. Ich wünsch noch einen schönen Abend, Gruß Anna!

Winkendes Smiley.

Ich wollte das Handy schon wegstecken, doch da kam eine weitere Nachricht.

Vergiss nicht unsere Verabredung. Wie wär's mit Samstag oder Sonntag?

Ich schüttelte ungläubig den Kopf und musste lächeln. Er meinte das doch nicht wirklich ernst, oder?

Du musst mich nicht einladen. Ich hab nur meinen Job gemacht, tippte ich.

Ich weiß, dass ich das nicht muss. Aber ich möchte es gern.

Lächelndes Smiley.

Ich überlegte, was ich darauf antworten sollte. Fair wäre es gewesen, ihm unmissverständlich klarzumachen, dass ich mich überhaupt nicht mit ihm treffen wollte. Vielleicht konnte ich die Sache ja noch ein wenig hinauszögern, und sie würde irgendwann im Sand verlaufen? Also tippte ich:

Dieses Wochenende passt es leider nicht. Vielleicht irgendwann nächste Woche.

Schade – aber melde Dich einfach, wenn es bei Dir geht.

Lächelndes Smiley und Telefon.

Mache ich, gute Nacht, Leo!

Gute Nacht, meine Zahnfee!

Winkendes Smiley!

Ich musste lachen, und es fühlte sich gut an. Humor hatte dieser Leo ja. Nach einem Tag wie diesem tat mir so ein lockeres Geplänkel gut. Mehr interpretierte ich da nicht hinein, schließlich verstand ich mich auch mit Ben und Timo gut, die in etwa in seinem Alter waren. Dieser Leo war einfach nur ein netter junger Mann, der sich für meine Unterstützung in der Praxis mit einer Essenseinladung bedanken wollte.

Ich sah auf die Uhr. Kurz vor zehn. Ich überlegte, noch in ein Café zu gehen, um die Zeit totzuschlagen. Doch dann beschloss ich, stattdessen gleich in *Didis Oberstübchen* zu fahren und dort noch etwas zu trinken.

Auf dem Weg zum Parkhaus rief ich meine älteste Tochter an. Und es ging tatsächlich mal wieder um die Hochzeit. Genauer gesagt um die Auswahl der Lieder für die Kirche. Hier war sie sich mit Timo überhaupt nicht einig. Bisher hatte er sich nur wenig in die Organisation eingemischt und mehr oder weniger zu allem Ja und Amen gesagt, was Leo, Ben und ich uns überlegt hatten. Doch ausgerechnet die Auswahl der Lieder schien ihm wichtig zu sein. Und hier hatte er offenbar schon sehr konkrete Vorstellungen, mit denen Leo jedoch nur wenig anfangen konnte.

Ich unterdrückte ein Seufzen. Dann sprach ich Leo gut zu.

»Am besten macht jeder von euch eine Liste mit Vorschlägen. Und dann werdet ihr euch schon irgendwie einigen.«

Was sollte ich auch sonst sagen? Ich würde den Teufel tun und für einen der beiden Partei ergreifen. So etwas ging fast immer nach hinten los.

Inzwischen stand ich vor dem Ticketautomaten und versuchte, mit der freien Hand Geldmünzen aus meiner Geldbörse zu fischen.

»Du glaubst gar nicht, welche schrägen Ideen er hat, Mama. Ich möchte unbedingt …«, begann Leo, aber ich unterbrach sie sofort.

»Schlaft doch einfach erst mal eine Nacht darüber, Schatz. Und morgen geht ihr die Sache nochmal ganz in Ruhe an, ja? … So schwer kann das doch nicht sein! Vielleicht kann Ben ja vermitteln. Und ich muss jetzt aufhören, weil ich Emma und Jana abholen muss.«

Didis Oberstübchen war eine urige Kneipe, die gut besucht war und eine lange Theke hatte, wie man sie aus englischen Pubs kannte. Das Publikum war wie immer ziemlich bunt gemischt. Hier verkehrten Gäste aus jeder Schicht und Altersklasse, was niemanden störte. Ich winkte einem unserer Patienten zu, der an einem Tisch ganz hinten saß und mir fröhlich mit seinem Bier zuprostete. Aus dem angrenzenden Saal hörte man die Band spielen.

»Betty, ein großes Wasser bitte«, bestellte ich bei der Bedienung, die fast schon genau so lange in der Kneipe arbeitete, wie es sie gab.

»Hi Anna, kommt sofort. Schön, dich mal wieder zu sehen, du warst ja lang nicht mehr hier.«

»Stimmt leider«, gab ich zu. Früher waren Harald und ich hier Stammgäste gewesen, hatten uns mehrmals im Monat mit Freunden getroffen oder Konzerte und Kabarettvorstellungen besucht. Manchmal schien es mir, als ob das in einem anderen Leben gewesen wäre.

»Ist Didi nicht da?«, fragte ich, da ich den Kneipenwirt nirgends entdeckte.

Betty schüttelte den Kopf.

»Der ist im Urlaub. Schon seit einer Woche«, erklärte sie. »Holst du Emma ab?«

Ich nickte. Während sie hinter der Theke einschenkte, plauderten wir ein wenig über ihre drei bereits erwachsenen Kinder und ihren Mann Siggi, der nach einem Motorradunfall auf dem Weg zur Arbeit neuerdings in Frührente war und sie schier in den Wahnsinn trieb.

»Die ganzen Jahre hat er daheim keinen Finger krummgemacht, aber nun will plötzlich *er* mir erklären, wie man einen Haushalt richtig führt. Weil ich ja alles falsch mache.« Sie schnaubte aufgeregt. »Jetzt. Nach zweiunddreißig Jahren fällt ihm das ein. Sogar über seine Unterhosen beschwert er sich, weil ich sie nicht bügle, sondern nur zusammenlege! Was ihm früher nie aufgefallen ist. Den ganzen Tag dackelt er mit seinem steifen Bein hinter mir her und kritisiert mich, wo er nur kann«, fuhr sie fort, und ich sah ihr an, dass sie es offenbar tatsächlich nicht einfach hatte. Genau genommen schien sie um Jahre gealtert zu sein, seit ich sie das letzte Mal gesehen hatte.

»Damals, als Harald und du euch getrennt habt, hast du mir echt leidgetan, Anna. Ich dachte, in deinem Alter wird es schwer sein, wieder einen Mann zu finden«, sagte Betty, die wie immer kein Blatt vor den Mund nahm.

Ich schluckte. Immerhin war ich damals erst zweiundvierzig gewesen. Da fing heutzutage manch andere Frau überhaupt erst an, eine Familie zu gründen! Doch bevor ich mich ärgerte, fuhr sie auch schon fort.

»Inzwischen beneide ich dich. Ehrlich. Ich beneide dich so sehr.« Sie seufzte.

»Ach was«, winkte ich halbherzig ab. Doch wenn ich so etwas hörte, genoss ich es tatsächlich besonders, in keiner Beziehung zu sein. Ich versuchte, sie ein wenig aufzumuntern, was jedoch nicht klappte.

»Es ist ja nicht nur, dass er mir überall reinredet und alles umorganisieren möchte. Er will …«, sie beugte sich über den Tresen und winkte mich näher zu sich, »… ständig will er Sex.

Am Anfang hab ich ja noch öfter mitgemacht, weil ich dachte, er braucht das, damit er sich trotz seines steifen Beins noch als ganzer Mann fühlen kann. Aber inzwischen geht mir das ständige Gefummel sowas von auf die Nerven! Als ob zweimal in der Woche in unserem Alter nicht sowieso überdurchschnittlich gut wären. Nein, der gnädige Herr will es mindestens zweimal am Tag! Du glaubst gar nicht, wie gern ich hier im *Oberstübchen* bin, damit ich meine Ruhe vor ihm habe.«

»Hey, Betty! Zwei Helle und zwei Tequila, bitte!«, bestellte ein Gast.

»Bin schon da!«, sagte sie und rückte wieder von mir ab, um einzuschenken. Worüber ich froh war, denn ich wollte ganz bestimmt nicht noch mehr Details über das Sexleben von Betty und Siggis steifen Körperteilen hören. Schon jetzt bräuchte ich eigentlich einen Schnaps, um die Bilder in meinem Kopf wieder loszuwerden.

Aus dem Saal war zwischen den Stücken immer wieder begeisterter Applaus zu hören. Ich holte mein Handy heraus und sah auf die Uhr. Gleich elf. Ich zahlte mein Wasser, wünschte Betty alles Gute und stand vom Barhocker auf. Da ging die Tür zum Saal auf, und Emma und Jana kamen heraus. Eines musste ich meiner jüngsten Tochter lassen: Sie war der pünktlichste Mensch, den ich kannte, und ich konnte mich immer auf sie verlassen, wenn wir etwas verabredet hatten. Bevor die Tür wieder zufiel, entdeckte ich im Saal einen Mann mit einem Bierglas in der Hand. Ich sah zwar nur sein Profil, aber es war zweifellos Jo! Sofort jagte mein Puls in die Höhe. Jetzt sah ich ihn innerhalb von zwei Tagen bereits zum dritten Mal!

Die Mädchen hatten mich inzwischen entdeckt und steuerten auf mich zu.

Kurz war ich versucht, in den Saal zu gehen. Doch was wollte ich denn dort? Einen weiteren Versuch starten, damit er sich an mich erinnerte? Mir womöglich eine zweite Abfuhr einhandeln? Ganz bestimmt nicht. *Aber was, wenn es keine Abfuhr wäre?*, fragte sich der Teil in meinem Hirn, der offenbar noch immer sehr eigentümlich auf diesen Mann reagierte. Doch dieser Moment war schnell vorüber.

»Hallo, Frau Reiter«, begrüßte Jana mich.

»Hi, Mama!«

»Hi, ihr zwei. Und Jana, du kannst gern Anna zu mir sagen, wenn du magst.«

»Danke.« Sie nickte lächelnd. »Anna.«

»So … Dann lasst uns mal heimfahren!«

Bevor wir gingen, öffnete die Tür sich ein weiteres Mal, und ich warf einen letzten Blick in den Saal. Jo schaute zufällig in meine Richtung, und in seinen Augen sah ich kurz etwas aufblitzen. Er hatte mich wohl erkannt. Die Tür fiel wieder zu, und ich verspürte nur noch den Drang zu verschwinden.

Kapitel 6

In dieser Nacht passierte es zum ersten Mal. Schweißgebadet schreckte ich im Bett hoch, und mein Herz raste wie wild. Ich versuchte, ruhig zu atmen, hatte aber das Gefühl, keine Luft zu bekommen. Voller Angst zu ersticken, knipste ich das Licht an. Es war fast halb zwei, und ich hatte gerade mal eine Stunde geschlafen. Mit zitternden Beinen stand ich auf und öffnete das Fenster. Die kühle Nachtluft tat mir gut, und doch dauerte es eine Weile, bis sich mein Herzschlag wieder beruhigt hatte. Ich blieb so lange am Fenster stehen, bis ich fror. Dann schlüpfte ich in ein frisches Nachthemd, setzte mich auf die Bettkante und trank einen Schluck aus der Wasserflasche, die auf dem Nachttisch stand. Ich fühlte mich unwohl, schwach und irgendwie ausgelaugt. Was hatte mich nur so hochschrecken lassen? Ein Traum? Ich legte mich wieder ins Bett und deckte mich zu. Als ich das Licht löschte, war mir, als legte sich die Dunkelheit wie eine bleierne Decke auf meine Brust. Bekam ich womöglich einen Herzinfarkt? Obwohl es mir schwerfiel, versuchte ich, ganz ruhig zu bleiben und tief ein- und auszuatmen. Um mich von der Angst abzulenken, schaltete ich das Handy ein und startete eines der Hörbücher, die ich gespeichert hatte. Es war eine meiner Lieblingsgeschichten, die ich schon mindestens fünfmal gehört hatte: *Ich bin dann mal weg* von Hape Kerkeling. Die ruhige Stimme des sympathischen

Comedians trug mich nach einer Weile glücklicherweise wieder in den Schlaf hinüber.

Als ich am Morgen aufwachte, war von der nächtlichen Angstattacke nur noch eine vage Erinnerung zurückgeblieben. Vielleicht hatte ich am Abend was Falsches gegessen? Oder hatte es womöglich doch etwas mit der Begegnung mit Jo zu tun gehabt? Ich hoffte jedenfalls, so etwas nicht nochmal erleben zu müssen.

Der Freitagvormittag in der Praxis war stressig, verging jedoch wie im Flug. Am Nachmittag hatte ich mit Mutter einen Termin beim Augenarzt in Rosenheim, und danach gingen wir in mehrere Geschäfte, um für sie ein Kleid für die Hochzeit zu finden. Ich selbst hatte eigentlich vor, deswegen demnächst zusammen mit Ilona in München shoppen zu gehen. Doch während meine Mutter in der Umkleidekabine in ein dunkelblaues Kostüm schlüpfte, entdeckte ich ein rotes Kleid, in das ich mich sofort verliebte. Und als ich hineinschlüpfte, saß es wie angegossen.

»Sie sehen umwerfend aus«, schwärmte die Verkäuferin, und ich hoffte, dass sie das nicht nur aus taktischen Gründen sagte. Wobei es mir egal war, denn ich selbst fühlte mich ausgesprochen wohl und auch ein klein wenig sexy in dem Kleid.

Als wir am frühen Abend nach Hause kamen, hatte ich nur den einen Wunsch, mich mit einem Glas Bordeaux und einem Buch in die Badewanne zu legen und so das Wochenende einzuläuten. Danach ging ich früh schlafen. Doch auch in dieser Nacht schreckte ich voller Panik und mit Herzrasen hoch, und es dauerte noch länger, mich wieder zu beruhigen, als am Tag zuvor. Was war nur los mit mir? Sollten diese Zustände noch öfter kommen, würde ich wohl meinen Hausarzt aufsuchen müssen, um das abklären zu lassen.

Jana hatte offensichtlich einen guten Einfluss auf Emma. Die beiden saßen das ganze Wochenende über in ihrem Zimmer und machten fleißig Matheaufgaben aus den vergangenen Abi-Jahrgängen. Wegen der anderen schriftlichen Fächer – Deutsch und Englisch – machte ich mir keine Sorgen. Da war Emma schon immer gut gewesen. Doch in Mathe stand sie auf der Kippe. Wir hofften, dass sie wenigstens die Mindestpunktzahl erreichte, sonst müsste sie in eine Nachprüfung, was sie unbedingt vermeiden wollte.

Ich verwöhnte die beiden mit selbst gemachter Lasagne, frisch gepressten Obstsäften und Käsekuchen. Mutter war für zwei Tage zu ihrer Schwägerin Traudel nach Altötting gefahren. Dafür kamen Leo und Timo zu Besuch. Die Sache mit den Musiktiteln für die Kirche war noch nicht ausgestanden, und da Ben das ganze Wochenende arbeiten musste, wollten sie mich als Schiedsrichterin haben. Und so saßen wir zu dritt bei Kaffee und Kuchen in der Küche, und ich musste mir die jeweiligen Vorschläge der beiden auf Youtube anhören und meine Meinung dazu kundtun. Nach zweieinhalb Stunden hartem Ringen hatten die beiden sich schließlich geeinigt. Und ich freute mich insgeheim, dass Timo sich mit der Orgelversion von Coldplays *Viva la Vida* zum Auszug hatte durchsetzen können. Dafür hatte Leo für den Einzug in die Kirche den Soundtrack aus Forrest Gump bekommen.

Was die beiden nicht wussten, war, dass Emma, ihre Bandkollegen und einige der Mitschüler aus dem musischen Gymnasium, das Brautpaar mit einem Lied überraschen wollten.

Ich hatte Emma schwören müssen, nichts zu verraten, auch wenn es mir gerade ziemlich schwergefallen war. Insgesamt war die fertige Liste ein guter Mix aus modernen Stücken und klassischen Kirchenliedern. Schon jetzt war mir klar, dass ich an diesem Tag Rotz und Wasser heulen würde.

Als ich am Montagnachmittag von der Sprechstunde nach Hause kam, stand auf dem Esszimmertisch ein herrlich bunter Blumenstrauß.

»Emma?«, rief ich nach oben. »Kommst du mal?«

Kurz darauf erschien sie in der Küche.

»Hi, Mama.«

»Sag mal, von wem sind denn die Blumen?«

Sie zuckte mit den Schultern.

»Keine Ahnung. Die hat Oma vorhin reingestellt.«

»Aha ...«, sagte ich verwundert. »Soll ich uns schnell was kochen?«

»Ich hab schon bei Oma gegessen ... Macht es dir was aus, wenn wir heute noch eine Bandprobe machen?«

»Heute?«, ich sah sie überrascht an. »Aber morgen hast du die erste Abiprüfung.«

»Ist ja nur Deutsch. Außerdem schlaf ich besser, wenn wir noch ein wenig Musik gemacht haben. Und was ich jetzt nicht kann, lern ich sowieso nicht mehr«, fügte sie hinzu.

»Meinetwegen«, gab ich nach. »Aber geh trotzdem nicht zu spät schlafen. Du musst morgen fit sein.«

»Jaha«, kam es ein wenig genervt. »Das weiß ich doch selbst.«

Sie verschwand nach oben.

Ich sah wieder zu den Blumen. Bevor ich mir eine Kleinigkeit zu essen machte, wollte ich herausfinden, von wem sie waren.

»Tja, ich weiß auch nicht mehr so genau«, sagte meine Mutter wenig später, als ich bei ihr in der Einliegerwohnung war. Sie war gerade dabei, Vorhänge für Traudels Tochter zu nähen. Das war wohl auch der Grund gewesen, warum ihre Schwägerin sie eingeladen hatte.

»Ein Blumenbote hat sie am Mittag für dich abgegeben«, erklärte sie.

»Aber er muss doch was gesagt haben«, drängte ich. Es konnte doch nicht sein, dass ich einen so schönen Strauß bekam und nicht wusste, von wem.

»Tut mir wirklich leid, Anna. Aber ich hab ihn leider nicht so gut verstanden.« Und nachzufragen war ihr peinlich – natürlich! Was leider schon öfter zu Missverständnissen geführt hatte.

Weil du dir aber auch kein Hörgerät zulegst!, schimpfte ich in Gedanken, sagte es jedoch nicht laut. Ich wusste, wie empfindlich sie darauf reagierte.

»Warte mal, Anna«, schien ihr nun doch etwas eingefallen zu sein. »Ich glaube, es war irgendwas mit Rang oder Rand.«

Ich sah sie verblüfft an.

»Meinst du vielleicht Ranke, Mama?«, fragte ich und spürte, wie mein Puls schlagartig schneller wurde. *Sind die Blumen vielleicht von Jo?*

»Ich weiß auch nicht. Hm … Aber ja, das könnte schon sein«, spekulierte sie.

Und das schien plötzlich auch Sinn zu ergeben. Ich war mir sicher, dass Jo mich in *Didis Oberstübchen* endlich erkannt hatte. Vielleicht war der Blumenstrauß seine Art, sich für sein unhöfliches Verhalten am See zu entschuldigen. Das musste es sein!

»Das ist aber eine nette Geste, wenn er dir Blumen schickt«, kommentierte Mutter.

Ich nickte.

»Wobei ich nicht verstehe, warum er das tut. Ich meine, wieso sollte er dir Blumen schicken?«, fragte sie plötzlich und schaute mich stirnrunzelnd an.

Ich konnte nicht verhindern, dass mir mit einem Schlag die Röte ins Gesicht schoss.

Sie legte den Kopf schief, wie sie es oft tat, wenn sie besonders scharf nachdachte oder eine Erkenntnis gewonnen hatte.

»Sag mal … Ich seh es dir doch an. Du hattest was mit ihm!«, stellte sie schließlich fest.

Nach all den Jahren, in denen ich es vor ihr verheimlicht hatte, weil ich selbst nicht gewusst hatte, wie ich damit umgehen sollte, dass meine erste große Liebe sich nie mehr gemeldet hatte, war es nun plötzlich raus. Und ich wollte das jetzt weder abstreiten oder sie gar anlügen.

»Na ja«, murmelte ich nur. »Es war nur ganz kurz. Und es ist schon so lange her.«

»Aber dann ist doch klar, dass die Blumen von ihm sind!«, sagte Mutter und lächelte. »Ich freue mich wirklich, wenn es endlich mal wieder einen Mann für dich gibt. So lange, wie du schon allein bist, ist das ja auch nicht gerade …« Was immer sie noch weiter dazu sagen wollte, sie tat es nicht.

»Sicher hat er die Blumen nur geschickt, weil er sich entschuldigen möchte«, sagte ich stattdessen. »Unsere erste Begegnung fiel etwas …«, ich suchte nach den passenden Worten, fand sie aber nicht, »… seltsam aus«, sagte ich deswegen. Sein Benehmen war wirklich nicht in Ordnung gewesen, egal, ob er mich nun erkannt hatte oder nicht.

»Ein Mann, der so einen wunderschönen Blumenstrauß schickt, der hat entweder ein schlechtes Gewissen, oder er hat besondere Gefühle. Manchmal auch beides«, sagte meine Mutter und lächelte verschmitzt.

»Und was soll ich jetzt machen?«, fragte ich.

»Dich bei ihm bedanken natürlich«, antwortete sie. »Und dabei kannst du rausfinden, welches genau seine Gründe gewesen waren.«

Ich überlegte hin und her, was ich machen sollte. Anrufen ging nicht, weil ich keine Telefonnummer hatte. Trotzdem wollte ich mich natürlich bei ihm bedanken. Blieben nur die Möglichkeiten abzuwarten, bis wir uns das nächste Mal zufällig wieder trafen – was ziemlich unhöflich wäre –, eine E-Mail an seinen Agenten zu schicken – was ziemlich unpersönlich wäre – oder zu seiner Villa zu fahren in der Hoffnung, ihn zu Hause anzutreffen. Und falls nicht, könnte ich ihm zumindest eine Nachricht in den Briefkasten werfen – was nicht ideal wäre, aber immerhin als Möglichkeit in Betracht kam.

Ziemlich aufgekratzt sprang ich unter die Dusche und verbrachte nach dem Fönen fast eine halbe Stunde damit, ein passendes Outfit zu finden. Es sollte nicht zu schick sein, aber auch nicht zu leger und trotzdem auch ein wenig jugendlich. Schließlich entschied ich mich für eine Jeans und eine hellrote Bluse, über der ich eine beige Jacke tragen würde. Ich schminkte mich dezent und betrachtete mich dann kritisch im Spiegel. Na gut, ich war keine achtzehn mehr. Aber übel sah ich jetzt auch nicht gerade aus. Und die meisten Leute schätzten mich sogar jünger, als ich war.

Als ich fertig angezogen war, bekam ich jedoch kalte Füße. Jetzt war der Rat meiner besten Freundin gefordert. Ich griff zum Telefon. Doch Ilona hatte gerade einen Kunden im Geschäft und konnte nicht sprechen.

»Lass uns heut Abend im Dolce Vita treffen«, schlug sie schnell vor. »Bis dann.«

»Gut, bis später!«

Ich legte auf. Vielleicht war es ohnehin besser, ihr erst hinterher davon zu erzählen. Ilona hatte damals viel zu viel von meinem Liebeskummer abbekommen, um auch nur im Ansatz freundliche Gefühle für Jo zu haben. Womöglich würde sie mir sogar ausreden, zu ihm zu fahren.

»Hast du heute noch was vor?«

Erschrocken drehte ich mich um. Emma stand in der Badezimmertür und musterte mich kritisch von oben bis unten.

»Passt das so?«, fragte ich.

»Kommt drauf an, wofür.«

Was sollte ich meiner Tochter jetzt sagen? Doch sie kam mir ohnehin zuvor.

»Wenn du dich so für den Typen aufgebrezelt hast, der dir Blumen geschickt hat, dann passt es vermutlich.«

»Echt?«

»Klar.« Sie grinste. Und plötzlich kam sie auf mich zu und umarmte mich.

»Viel Spaß, Mama.«

»Danke, Spatz. Aber ich will mich ja nur für die Blumen bedanken.«

Schließlich musste ich davon ausgehen, dass Jo sich einfach

nur damit bei mir hatte entschuldigen wollen. Mehr durfte ich nicht in die Situation interpretieren.

»*Nur so* schickt keiner Blumen, Mama.« Sie grinste.

»Es würde dir nichts ausmachen, wenn ich …« Ich sprach nicht weiter, weil ich mir lächerlich vorkam.

»Wenn du einen Freund hättest? Nö. Außerdem bin ich ab dem Herbst sowieso weg zum Studieren. Dann wärst du wenigstens nicht mit Oma allein.«

Bei ihren Worten schossen mir plötzlich Tränen in die Augen. Auch etwas, das mir in der letzten Zeit immer öfter passierte, ohne, dass ich es wollte. Irgendwie war der Wechsel so etwas wie eine zweite Pubertät. Mit allen Stimmungsschwankungen, die man sich vorstellen konnte.

Ich sah ihr hinterher, wie sie aus dem Badezimmer ging. Dann schaute ich wieder in den Spiegel. Die Tränen hatten den Kajal verschmiert. Seufzend schnappte ich mir ein Kosmetiktuch.

Eine halbe Stunde später saß ich in meinem Wagen in der Straße vor seinem Haus. Mit gespitzten Lippen atmete ich ein paarmal tief durch. Dann stieg ich entschlossen aus und ging auf das Tor zu. Das Grundstück war von dichten Hecken und einem schmiedeeisernen Zaun umgeben. Meine Finger zitterten vor Nervosität, als ich auf den Klingelknopf neben dem Tor drückte. Ich wartete. Eine halbe Minute. Eine ganze Minute. Drückte nochmal auf den Knopf. Doch nichts rührte sich. Niemand war zu Hause. Seltsamerweise verspürte ich eine gewisse Erleichterung. Vielleicht war es ja besser so. Ich holte einen Zettel aus meiner Handtasche, den ich bereits geschrieben hatte. Doch bevor ich ihn in den Briefkasten werfen konnte, hörte ich, wie ein Auto näher kam. Ich drehte mich um und sah Jos Wagen. Das Tor ging automatisch auf. Ich trat rasch zur Seite, damit er in die Auffahrt fahren konnte.

Mein Herzschlag beschleunigte sich. Ich wartete, bis er ausgestiegen war, und ging dann auf ihn zu. Womöglich kam er von einer Geschäftsbesprechung, denn er trug einen grauen Anzug mit weißem Hemd.

»Hallo, Jo«, grüßte ich ihn, und es wunderte mich, dass meine Stimme mir gehorchte.

Er sah mich an, und es war unübersehbar, dass er mich erkannt hatte. Also hatte ich mich im *Oberstübchen* doch nicht getäuscht! Bevor er etwas sagte, ging er zum Kofferraum und öffnete ihn.

»Raus mit dir, Hugo!«

Heraus sprang ein schwarzer Labrador mit einem leuchtend neongrünen Hundehalsband, der jedoch sofort in den hinteren Teil des Grundstücks jagte.

»Ich möchte mich für den wundervollen Blumenstrauß bedanken«, kam ich gleich zur Sache, als Jo wieder in meine Richtung schaute.

Noch zeigte sich kein Lächeln auf seinen Lippen. Er verschränkte die Arme.

»Haben Sie irgendein psychisches Problem?«, fragte er stattdessen unfreundlich.

Irritiert schüttelte ich den Kopf.

»Psychisches Problem?«

Und wieso sprach er mich mit *Sie* an?

»Langsam finde ich das nicht mehr lustig, gute Frau«, sagte er.

Gute Frau?

»Zuerst lauern Sie mir unten am See auf. Dann sind Sie in der Kneipe – ja, ich habe Sie dort gesehen. Und jetzt stehen Sie hier auf meinem Grundstück und faseln was von Blumen?! Können Sie mir vielleicht mal bitte erklären, was Sie von mir wollen?«

Da läuft irgendwas völlig falsch!, dachte ich. Ich war davon ausgegangen, dass er mich erkannt hatte. Er hatte mich ja auch erkannt. Aber nur als die Frau, mit der er am See zusammengestoßen war. Und nicht als die Frau, mit der er vor einunddreißig Jahren geschlafen hatte.

»Ich …«, begann ich, aber die richtigen Worte wollten nicht über meine Lippen. Was war nur los mit mir? Dieser Mann hatte mich damals völlig aus der Bahn geworfen, und jetzt tat er es schon wieder!

»Oder sind Sie wegen des Inserates hier?«, er kratzte sich an der Wange, »die Putzstelle habe ich letzte Woche schon vergeben.«

Putzstelle???

Langsam, aber sicher platzte mir nun doch der Kragen. Bevor das hier noch peinlicher wurde, musste ich ihn jetzt wirklich aufklären, wer ich war.

»Ich … ich suche doch keinen Job. Es geht um uns beide«, sagte ich. Bevor ich weitersprechen konnte, fing er an zu lachen.

»Uns beide? Hey, gute Frau – ein *uns beide* wird es ganz sicher nicht geben. Frauen in Ihrem Alter sind echt nicht mein Ding! Sorry.«

Ich starrte ihn einige Sekunden lang fassungslos an, bis mich ausgerechnet in diesem Moment eine Hitzewelle überflutete, wie ich sie bisher noch nie erlebt hatte. Ich hatte einige Sekunden lang das Gefühl, meine Haut im Gesicht und am Hals würde brennen, dann lief mir auf einmal der Schweiß über die Stirn, was sicher alles andere als attraktiv aussah. Rasch wischte ich mir übers Gesicht und wedelte mir mit der Hand frische Luft zu.

»Kriegen Sie bloß keinen Herzinfarkt!«, sagte er und sah mich mit einem abschätzigen Blick an. »Und jetzt verlassen Sie gefälligst mein Grundstück«, forderte er mich auf.

Nein! Diesmal würde ich nicht gehen, bevor ich ihm nicht gesagt hatte, was ich zu sagen hatte.

»Ich heiße Anna. Und an deinem Geburtstag vor einunddreißig Jahren war ich dir nicht zu alt, als wir in deinem Auto am Weiher miteinander geschlafen haben!«

So. Jetzt war es endlich raus.

Der unbeteiligte Blick, mit dem er mich daraufhin bedachte, tat noch mehr weh, als seine Beleidigungen davor.

Er zuckte nur lapidar mit den Schultern.

»Tja, das hat dich dann offenbar damals mehr beeindruckt als mich. Schönen Tag noch!«

Damit drehte er sich um und ging in Richtung Haus.

Kapitel 7

Hinterher wusste ich nicht mehr, wie ich mit dem Wagen von seinem Haus weggefahren war. Jedenfalls stand ich plötzlich gegenüber meiner Lieblingsbäckerei und hatte nur den einen Wunsch, ein riesiges Stück Schwarzwälder Kirschtorte zu verputzen. Oder besser zwei. Und hoffentlich waren sie ordentlich mit Kirschschnaps getränkt!

Ich bereute es zutiefst, dass ich mich bei Jo hatte bedanken wollen, weil ich unsinnigerweise davon ausgegangen war, dass die Blumen von ihm waren. Gleichzeitig konnte ich sein Benehmen immer noch nicht fassen. *Frauen in Ihrem Alter sind nicht mein Ding!* Was für ein Mensch war nur aus Jo Ranke geworden? Er hatte mit dem jungen humorvollen und zärtlichen Mann, der er damals gewesen war, nichts mehr im Geringsten zu tun. Lag das an seinem großen Erfolg? Daran, dass er beruflich in den letzten Jahren mit Leuten zu tun hatte, die Normalsterbliche wie ich nur aus Hochglanzmagazinen oder Fernsehshows kannten? Oder war er damals schon ein Idiot gewesen, und ich hatte das in meiner Verliebtheit nur nicht bemerkt? Ich tendierte inzwischen eindeutig zu Letzterem.

»Blöder Mistkerl!«, schimpfte ich.

Wütend stieg ich aus dem Wagen und steuerte entschlossen die Bäckerei gegenüber an. In diesem Moment hörte ich lautes Hupen und das Quietschen von bremsenden Reifen! Erschrocken blieb ich stehen und sah von links etwas Rotes auf mich zuschießen. Ich schloss die Augen in der sicheren Überzeugung, dass gleich mein letztes Stündchen schlagen oder ich zumindest schwer verletzt im Krankenhaus aufwachen würde. Schicksalsergeben wartete ich auf den Schmerz, darauf, dass der Wagen mich jede Sekunde erfassen würde. Ich wartete und wartete. Doch nichts passierte. Vorsichtig öffnete ich die Augen. Der rote Wagen war keine fünf Zentimeter vor mir zum Halten gekommen. Meine Beine zitterten auf einmal so sehr, dass ich mich am Auto festhalten musste.

Hinter der Windschutzscheibe sah mich Janas Vater Paul mit weit aufgerissenen Augen an. Auch er schien ein paar Sekunden zu brauchen, um sich zu sammeln. Dann stieg er aus dem Wagen und kam auf mich zu.

»Ist Ihnen was passiert?«, fragte er aufgeregt und strich sich fahrig durch die Haare. Sein Gesicht hatte die Farbe von Hefeteig angenommen.

Ich schüttelte den Kopf.

»Gott sei Dank ... Aber wieso laufen Sie einfach über die Straße, ohne zu schauen? Wenn ich nicht sofort gebremst hätte ...« Er sprach nicht weiter.

In diesem Moment gingen mir die Nerven durch. All die aufgestaute Wut auf Jo und der Schreck von eben entluden sich. Und zwar bei Paul Graf!

»Ein Wunder, dass Sie hier nicht schon mehr Leute umgefahren haben, so wie Sie durch die Straßen rasen!«, fuhr ich ihn an. »Wir sind hier mitten im Ort und nicht auf einer Rennstrecke!«

»Ach? Ich bin also schuld, wenn Sie wie eine Schlafwandlerin über die Straße latschen?«, gab er zurück, und die Farbe in seinem Gesicht wechselte in ein zartes Rosa. »Also jetzt geht's aber los!«

Tief in meinem Inneren wusste ich, dass er recht hatte. Doch ich war viel zu aufgewühlt, um das in diesem Moment zuzugeben. Und genau das machte mich noch wütender. Ich hatte das Gefühl, nicht mehr Herrin meiner selbst zu sein. Dabei war ich normalerweise bekannt dafür, geradezu ein Ausbund an Freundlichkeit und Gerechtigkeit zu sein. Doch diese Tugenden hatten sich in diesem Moment offenbar eine Auszeit genommen.

»Stecken Sie sich Ihre Vorwürfe sonst wo hin!«, fuhr ich ihn an. »Überhaupt – ich hoffe, Sie fahren vorsichtiger, wenn Sie mit unseren Töchtern unterwegs sind.«

Die Erwähnung unserer Kinder ließ ihn stutzen.

»Unsere Töchter? Ach, deswegen kamen Sie mir bekannt vor«, sagte er. »Sie sind Emmas Mutter.«

»Ganz genau, die bin ich!«

»Gerade habe ich Jana zur Bandprobe zu Ihnen gebracht. Und nur, dass Sie es wissen! Ich fahre immer vorsichtig. Hoffentlich gilt das auch für Sie!«

»Selbstverständlich!«, rief ich empört.

»Ach wirklich? Dann sollten Sie vielleicht auch mal anfangen, als Fußgänger besser aufzupassen«, redete er sich in Rage. »Stellen Sie sich vor, eines unserer Fahranfängerkinder hätte gerade hinter dem Lenkrad gesessen. Die hätten vermutlich nicht so schnell reagieren können. Dann hätten Sie nicht nur Ihr eigenes, sondern auch das Leben von einem jungen Mädchen kaputt gemacht, das es sich nie verzeihen könnte, ein Menschenleben auf dem Gewissen zu haben. Nur weil Sie noch nicht einmal die Grundregeln als Fußgänger im Straßenverkehr beherrschen!«

Seine Worte trafen mich. Er hatte recht. Ich war ganz alleine schuld an diesem Beinahe-Unfall.

Inzwischen standen bereits einige Leute um uns herum und verfolgten unseren Streit neugierig. Hinter seinem Wagen stauten sich Autos, die uns hupend darauf aufmerksam machten, endlich die Straße freizumachen.

Mit einem Mal fühlte ich mich völlig erschöpft. Und die Lust auf Schwarzwälder Kirschtorte war wie weggeblasen.

»Tut mir leid. Wirklich! Entschuldigung«, murmelte ich schließlich. Dann drehte ich mich um und ging zu meinem Wagen.

»Warten Sie«, rief Graf mir hinterher, und seine Stimme hörte sich nicht mehr ganz so aufgebracht an. Doch ich wollte im Moment nur noch von hier weg.

In der Einfahrt parkte Leos Wagen, und aus dem Keller begrüßte mich Crazyblubb mit einer etwas schrägen Version von Adels *Rolling in the deep*.

Ich sperrte die Haustür auf und erschrak, als Conny auf mich zu lief und maunzend um meine Beine strich. Das Tier sah aus, als wäre es unter einen Rasenmäher geraten. Ein großes Stück des schwarzen Fells am Rücken war fast bis zur Haut abgeschoren.

»Conny!«, rief ich. »Was ist denn mit dir passiert?« Natürlich antwortete die Katze nicht. Ich hob den kleinen Stubentiger hoch. Schnurrend rieb Conny ihren Kopf an meiner Schulter. »Du siehst ja schrecklich aus!«, murmelte ich und ging mit ihr in die Wohnküche.

Dort saßen Leo, Ben, Timo und meine Mutter und diskutierten lebhaft zu der Geräuschkulisse aus dem Keller.

»Käsesahne ist ein Must-have bei einer Hochzeit!«, sagte Ben bestimmt. »Und natürlich Erdbeerkuchen.« Er machte eine Notiz auf einen Block, der vor ihm lag.

»Ich könnte eine zweistöckige Haselnuss-Nugat-Torte backen«, bot meine Mutter an.

»Haselnuss?«, fragten Timo und Ben gleichzeitig.

»Willst du mich vielleicht schon am Hochzeitstag zur Witwe machen, Oma? Timo ist doch total allergisch gegen Nüsse«, rief Leo.

»Ach ja, stimmt«, sagte Mutter und nickte. »Gut, dass ihr das noch mal gesagt habt.«

»Hallo zusammen«, machte ich mich bemerkbar und unterbrach ihre Diskussion, die um die Auswahl der Torten und Kuchen für die Hochzeitfeier ging. »Kann mir bitte jemand sagen, was mit Conny passiert ist?«

»Grüß dich, Anna. Connys Fell war so verfilzt, ich hab alles rausgeschnitten, damit es nicht schlimmer wird«, erklärte meine Mutter lapidar.

»Aber du kannst die Katze doch nicht einfach so zurichten. Das kann man sich ja gar nicht ansehen!« sagte ich empört.

»Das muss man aber machen!«, beharrte sie. »Den Filz kriegt man ja sonst nie mehr raus.«

Ich seufzte. Wenn meine Mutter »*Das muss man aber machen*« sagte, war jegliche Diskussion vergeudete Zeit.

»Ich finde ja, der abgeschorene Teil auf der Katze erinnert irgendwie an die Landkarte von Spanien«, sagte Timo amüsiert, und alle lachten.

Conny fand das offenbar weniger lustig. Sie wand sich in meinen Armen und wollte nach unten. Ich setzte sie ab, und das Tier rannte wie der Blitz aus dem Raum. Scheinbar voller

Angst, dass meine Mutter womöglich noch einmal Hand an sie legen könnte.

»Das wächst ja schnell wieder nach«, erklärte Mutter. »Hat jemand Lust auf selbstgemachten Eierlikör?« wechselte sie das Thema.

»Ich dachte schon, du fragst nie!«, meinte Ben grinsend. Mina stand auf und ging zum Kühlschrank.

Während sie Eierlikör in Waffelbecher goss, schenkte ich mir ein Glas Wasser ein.

»Eierlikör-Torte zur Hochzeit wär super«, sagte Timo zu meiner Mutter.

»Ja, aber da muss ich erst ein Rezept ohne Nüsse suchen«, meinte sie.

»Und du musst unbedingt deinen super Käsekuchen für unsere Hochzeit backen, Mama«, sagte Leo. »Und Zitronenmuffins. Mindestens 50 Stück. Was meint ihr?«, wandte sie sich an die anderen, »50 reichen doch, oder?«

»Wir haben 76 Gäste. Damit jeder zumindest die Chance hätte, einen Muffin zu probieren, wären 80 vielleicht besser«, sagte Timo.

80 Muffins und ein Käsekuchen? Und das am Tag vor der Hochzeit? Als ob ich da nichts anderes zu tun hätte!

»Ich glaube echt nicht, dass ich da so viel Zeit haben werde, um …«, begann ich, doch da unterbrach Ben mich auch schon.

»Das wird doch alles viel zu viel«, warf er ein. »Außerdem brauchen wir ein klares Tortenkonzept für das Kuchenbuffet und kein solches Durcheinander.«

»Tortenkonzept? Jetzt übertreib's mal nicht, Alter«, fuhr Timo seinen Bruder genervt an.

»Du hast doch sowieso überhaupt keinen blassen Schimmer,

wie eine Hochzeit abläuft … Hey, Hexlein!« Ben winkte an mir vorbei.

»Gibt's was zu essen? Wir haben Hunger?«

In der Tür standen Emma und ihre Bandkollegen, und irgendwie redeten plötzlich alle durcheinander. Beim Anblick von Jana, die Ben anhimmelte wie ein Hund, der vor einem unerreichbaren Knochen steht, musste ich schlagartig an den von mir verursachten Fast-Unfall und an ihren Vater denken. Mein Kopf drohte zu platzen. Im Moment hatte ich weder den Nerv, mir über die Hochzeit Gedanken zu machen, noch eine vierköpfige Band zu bekochen. Außerdem hatte ich was anderes vor.

»Der Kühlschrank ist voll. Nehmt euch, was ihr wollt«, sagte ich zu Emma und in Richtung des selbst ernannten Torten-Ausschusses: »Ich backe euch einen Kuchen!« Die Betonung lag auf dem Wort *einen*. »Gebt mir einfach rechtzeitig Bescheid, was ich machen soll … So, und jetzt macht, was ihr wollt, ich bin jetzt mal weg.«

Ich schnappte meine Handtasche, die Jacke und ging aus dem Haus, ohne die überraschten Blicke meiner Familie zu sehen. Wenigstens hatte niemand nach meiner Begegnung mit Jo gefragt.

Kapitel 8

Zoe, die ich am Nachmittag auf dem Weg zu Jo angerufen hatte, und Ilona warteten bereits im Dolce Vita auf mich. Ilona, die normalerweise schwarze oder ganz dunkle Kleidung trug, weil die Sachen angeblich schlanker machten, blendete heute fast in einem orangefarbenen Hosenanzug. Offenbar hatte sie sich das Motto »Wir müssen bunter werden« zu Herzen genommen und »Orange is the new black« daraus gemacht. Und es womöglich ein klein wenig übertrieben.

Ich nahm Platz an unserem Lieblingstisch in der Ecke am Fenster und schnappte mir Zoes Weißwein. Ohne abzusetzen, trank ich das Glas leer. Überrascht schauten die beiden Frauen mich an.

»Sorry, aber das musste jetzt sein!«, sagte ich und fühlte mich schon ein klein wenig besser. »Eine Flasche Pinot Grigio, bitte!«, orderte ich bei der Bedienung. »Oder besser gleich zwei …«, murmelte ich.

»So schlimm?«, kam es von Ilona.

Ich nickte nur.

»Jetzt schieß schon los!«, drängte Zoe. »Warum hast du uns zusammengetrommelt? Ich will alles wissen!«

»Ich auch. Aber zuerst bestellen wir das Essen«, sagte Ilona. »Ich bin quasi am Verhungern.«

»Du stehst den ganzen Tag in deinem Delikatessenladen und

willst mir weismachen, dass du da nichts isst?« Zoe sah Ilona ungläubig an.

»Von den paar Häppchen, die ich mir gönne, wird man doch nicht satt!«, protestierte Ilona.

Zoes Blick auf Ilonas üppige Figur sprach Bände.

»Vielleicht findest du das Risiko, an Diabetes zu erkranken oder einen Herzinfarkt zu bekommen, ja spannend«, sagte sie.

»Das lass mal nur meine Sorge sein«, blaffte Ilona zurück.

»Bitte … Eure Streitereien kann ich heut echt nicht auch noch gebrauchen«, fuhr ich dazwischen. Und sie hielten sich tatsächlich zurück.

Nachdem die Bedienung unsere Bestellung aufgenommen hatte, sah ich die beiden an.

»Also. Ich habe euch doch von Jo erzählt«, begann ich, und beide nickten. Und dann berichtete ich ihnen von meiner schrecklichen Begegnung am Nachmittag. Zoe und Ilona empörten sich ordentlich, genau so, wie man es von besten Freundinnen erwartete.

»Der Typ spinnt doch«, sagte Zoe kopfschüttelnd.

»Ich hab es dir doch damals schon gesagt, dass der nicht ganz rund läuft«, meinte Ilona. »Mit einer Frau schlafen und sich dann gar nicht mehr melden! Das ist unterste Schublade!«

»Find ich auch!«, gab Zoe ihr ausnahmsweise recht.

»Ich könnte mich selbst in den Hintern beißen, dass ich auch noch zu ihm hingefahren bin«, murmelte ich zerknirscht. »Aber ich dachte echt, dass er die Blumen geschickt hatte. Blöd von mir. Dabei müsste ich es echt besser wissen. Und das in meinem Alter!«

»Für sowas ist man leider nie zu alt!«, bemerkte Zoe mitfühlend. »Wenn die Hormone verrückt spielen, dann ist man einfach nicht mehr ganz bei klarem Verstand.«

»Trotzdem. Ich habe mich benommen wie irgend so ein Teenager, der zum ersten Mal einem Mann gegenübersteht. So peinlich ist das!«, jammerte ich und fächelte eine Hitzewelle mit der Speisekarte weg.

»Weißt du, Anna. Er war damals dein Erster. Du warst schon ewig in ihn verliebt, und er hat dich danach einfach so abserviert. Das hat dich total verletzt. Und irgendwie hast du das die ganzen Jahre mit dir herumgeschleppt. Das hat dich womöglich aus der Spur geworfen«, meinte Ilona, die gerade in ihre Hausfrauen-Psychologie-Kiste gegriffen hatte.

»Dabei kann er sich überhaupt nicht mehr an mich erinnern!«, rief ich und war von dieser Tatsache immer noch maßlos gekränkt.

»Ein echter Blödmann!«, fauchte Zoe.

»Allerdings.« Ich nickte.

»Ich hoffe, er kommt mal zu uns in die Praxis«, murmelte Zoe. »Dann verpasse ich ihm eine Wurzelbehandlung ohne Betäubung.« Ihr diabolischer Blick sprach Bände.

Ilona und ich griffen uns bei dieser Vorstellung reflexartig an die Backe. Offenbar hatte man Zoe auch am Nachbartisch gehört, denn die Leute dort sahen sie entsetzt an. Was sie allerdings nicht weiter störte.

»Vielleicht rutsche ich aber auch nur mit dem Bohrer ab«, setzte sie grinsend einen drauf.

Autsch!

»Auch wenn ich den Typ absolut nicht leiden kann – das wäre aber schon eine sehr drastische Maßnahme«, gab Ilona zu bedenken.

»Verdient hätte er es aber«, sagte Zoe, und ich nickte zustimmend.

»Mich würde aber jetzt mal wirklich interessieren, von wem die Blumen denn nun tatsächlich sind«, sagte Ilona und wollte uns damit offenbar von unseren dentalen Folterphantasien ablenken.

»Tja, gute Frage«, sagte ich. In der ganzen Aufregung hatte ich mir darüber bisher gar keine weiteren Gedanken gemacht.

»Wer schickt denn auch einen Strauß Blumen ohne eine Nachricht dazu?«, murmelte Zoe kopfschüttelnd und nahm einen ordentlichen Schluck Weißwein.

»Erkundige dich doch im Blumenladen«, schlug Ilona vor. »Die können es dir sagen.«

»In welchem meinst du?«

»Na, so viele haben wir jetzt hier auch wieder nicht, dass du das nicht herausfinden könntest.«

»Das mache ich morgen«, sagte ich. Aber eigentlich war es mir inzwischen völlig egal. Wer auch immer die Blumen geschickt hatte, hatte mich auf eine völlig falsche Fährte geführt und das Fiasko heute überhaupt erst ausgelöst.

»Bestimmt hast du einen heimlichen Verehrer«, sagte Ilona, während unser Essen serviert wurde.

Offenbar hatte die Bedienung in der Küche Bescheid gegeben, dass ich da war, denn Ronaldo hatte sich mal wieder selbst übertroffen und ein kleines Dekokunstwerk aus meiner Bestellung gemacht. Kleine rote und gelbe Tomatenscheiben und Oliven waren zwischen dem Rucola so verteilt, dass meine Pizza aussah wie eine fröhliche Blumenwiese. Die Pizzen meiner Freundinnen hingegen waren ganz normal belegt. Doch da sie das schon gewohnt waren, regten sie sich über meine Sonderbehandlung gar nicht erst auf. Und nach meinem schrecklichen Tag heute schon gar nicht.

Als ich das Besteck in die Hand nahm, winkte Ronaldo mir breit grinsend aus der Durchreiche zur Küche zu. Ich winkte zurück. Einen guten Draht zum Koch im Lieblingslokal zu haben hatte durchaus seine Vorteile.

»Vielleicht war der Blumenstrauß ja von ihm«, spekulierte Ilona und warf einen bedeutungsschwangeren Blick in Richtung Küche.

»Ach was«, sagte Zoe. »So was macht Ronaldo doch nicht. Dafür müsste er ja Geld ausgeben, und die Finanzen kontrolliert seine Frau.«

»Wer kommt denn sonst überhaupt noch in Frage?« Ilona sah mich an.

»Keine Ahnung. Ich will es auch gar nicht mehr wissen«, sagte ich schulterzuckend zwischen zwei Bissen. Trotz des grauenhaften Tages hatte ich inzwischen einen ordentlichen Appetit. Und die Pizza schmeckte heute ganz besonders lecker. »Männer können mich mal kreuzweise!«

»Ich ... ich hätte schon gerne wieder einen Partner«, gab Zoe zu. »Sonst muss ich meinen Traum von einem Kind ja völlig begraben.«

»Na – wirklich viel Zeit hast du dafür ja nicht mehr, Zoe«, stichelte Ilona mit vollem Mund.

»Immerhin habe ich noch Zeit, im Gegensatz zu dir«, schoss meine Chefin zurück.

»Ich wollte sowieso nie Kinder«, entgegnete Ilona und schnitt ein weiteres Stück ab.

Doch ich wusste, dass das nicht stimmte. Ilona liebte Kinder, aber sie konnte nach einer Totaloperation vor vierzehn Jahren keine bekommen. Das war auch mit ein Grund dafür gewesen, dass ihre damalige Verlobung in die Brüche gegangen war. Vor Zoe würde sie das aber ganz gewiss nicht zugeben.

»Ich habe gestern eine Single-Rundreise für den September gebucht. Drei Wochen Südafrika«, ließ Zoe uns wissen. »In der Reisegruppe ist der Anteil von Frauen und Männern, die etwa in meinem Alter sind, richtig gut ausgewogen.«

»Drei Wochen Urlaub? Zahnarzt müsste man sein!« Ilona sah Zoe kopfschüttelnd an. »Ich bin schon froh, wenn Feiertage auf einen Montag fallen und ich mal ein verlängertes Wochenende aus meinem Laden wegkomme«, sagte sie seufzend.

»Tja. Jeder wie er kann«, meinte Zoe.

Zoe war finanziell durch das Erbe ihrer Eltern so gut abgesichert, dass sie es sich leisten konnte, die Praxis mehrere Wochen im Jahr dichtzumachen. Dabei richtete sie sich, vor allem als Emma noch kleiner war, meist nach den Terminen der Schulferien, um es für mich so einfach wie möglich zu machen. Ihr schlechtes Gewissen, weil sie mit meinem Mann im Bett gewesen war, hatte durchaus positive Auswirkungen. Geld für Urlaubsreisen mit meinen Kindern hatte ich zwar nicht, aber immerhin konnten wir so die Ferienzeit in unserer schönen Gegend genießen. Auch die Sprechzeiten waren so gelegt, dass an zwei Tagen in der Woche spätestens um 14 Uhr Feierabend war. Dabei waren wir auf Monate ausgebucht. Traumhafte Bedingungen für eine alleinerziehende Mutter wie mich. Kolleginnen in anderen Praxen hatten es da meist nicht so gut.

»Und was machst du, wenn du vor dem September einen Mann kennenlernst? Stornierst du dann deine Single-Rundreise?«, wollte Ilona wissen.

»Für so einen Fall habe ich natürlich eine Reiserücktrittsversicherung abgeschlossen«, antwortete Zoe und warf dann einen Blick zu mir. »Oder ich schenke sie dir, Anna.«

»Danke, das ist lieb, aber ich glaube, das ist nichts für mich«, winkte ich ab. »Südafrika würde mir zwar gefallen, aber nicht mit Leuten, die ich mir nicht selbst ausgesucht habe.«

»Für mich wär das auch nix«, stimmte Ilona mir zu. »Wenn in so einer Gruppe auch nur eine richtige Nervensäge dabei ist, hast du drei beschissene Wochen.«

»Manchmal kann man es sich halt nicht aussuchen, mit wem man seine Zeit verbringt«, sagte Zoe mit Blick zu Ilona.

»Das stimmt«, gab diese zurück.

Für einige Sekunden sahen sie sich in die Augen. Beste Freundinnen würden die beiden in diesem Leben vermutlich nicht mehr werden.

Ich wollte Wein nachschenken und stellte fest, dass auch die zweite Flasche, die die Kellnerin uns gebracht hatte, bereits leer war.

»Bitte noch einmal Weißwein«, rief ich der Bedienung zu, die gerade am Tisch gegenüber Getränke servierte, und deutete auf die Flasche. Sie nickte.

»Mein Plan ist es, noch in diesem Jahr einen passenden Mann zu finden. Und wenn es nicht klappt, dann lasse ich mich künstlich befruchten«, sagte Zoe so laut, dass die Leute an den angrenzenden Tischen uns wieder neugierige Blicke zuwarfen.

»Vielleicht stellt sich ja Annas geheimnisvoller Verehrer zur Verfügung?«, warf Ilona ein und kicherte. Nüchtern war sie inzwischen eindeutig nicht mehr. Genauso wenig wie Zoe und ich. Ich wusste, dass ich es morgen bitter bereuen würde, aber im Moment tat mir der leicht benebelte Zustand gut.

»Da müssten wir erst einmal wissen, wer das ist«, sagte Zoe.

»Sie müssen doch gar nicht von einem Mann sein! Vielleicht kommen die Blumen ja von meiner Krankenversicherung. Schließlich hatten die bis auf meine Vorsorgeuntersuchungen in den letzten Jahren keinerlei Aufwand mit mir, so gesund, wie ich bin«, sagte ich trocken.

Zoe, die gerade getrunken hatte, verschluckte sich vor Lachen und hustete.

»Oder die hiesige Rewe-Filiale hat sie mir geschickt – als Dankeschön für dreißig Jahre Kundentreue«, spekulierte ich weiter.

»Oh, die haben doch jetzt so einen schnuckeligen Filialleiter«, schwärmte Ilona. »Ich glaube, das ist ein gebürtiger Franzose. Er hat so einen herrlichen Akzent. Und er ist Single.«

»Echt?«, fragte Zoe interessiert. »Dann sollte ich dort mal einkaufen gehen. Wie alt ist er denn?«

»Können wir jetzt bitte mal von was anderem reden?«, bat ich. »Es muss doch nicht die ganze Zeit immer nur um Männer gehen, oder?«

Meine beiden Freundinnen nickten, allerdings nicht sonderlich überzeugt. Und schwiegen dann.

»Vielleicht hole ich mir einen Hund aus dem Tierheim«, sagte ich, um ein neues Thema anzufangen.

»Das machst du nicht!«, sagte Zoe sofort.

»Warum denn nicht?«, fragte Ilona. »Wenn der Laden nicht wäre, hätte ich mir schon längst einen zugelegt. Mit einem Hund lernt man interessante Leute kennen.«

»Aber man ist total gebunden«, gab Zoe zu bedenken.

In diesem Moment klingelte mein Handy. Ich holte es aus der Tasche. *Emma!*

»Ja, was gibt's, Emma?«

»Mama, Janas Vater ist gerade gekommen und fragt, wie es dir geht. Du hast uns überhaupt nicht gesagt, dass du heute fast gestorben wärst!« Ihre Stimme klang gleichzeitig vorwurfsvoll und schockiert.

»Gestorben? Ich? Aber nein, mein Schatz«, spielte ich das Ganze sofort herunter. Meine beiden Freundinnen sahen mich erschrocken an, doch ich winkte beruhigend ab.

»Da übertreibt Janas Vater aber total. Es war … na ja, ich war ein wenig in Gedanken, und da habe ich sein Auto etwas spät gesehen, aber es ist ja nichts passiert.«

Warum musste dieser Idiot das meiner Tochter erzählen?

»Und dir geht's echt gut?«, fragte sie sicherheitshalber nochmal.

»Aber ja. Wirklich. Ich sitze hier mit Ilona und Zoe, und wir lassen es uns gutgehen«, sagte ich und bemühte mich, so unbeschwert wie möglich zu klingen.

»Okay … warte mal, Janas Papa möchte mit dir sprechen.«

»Aber das muss doch jetzt nicht sein«, begann ich, da war Paul Graf auch schon in der Leitung.

»Hallo, Frau Reiter … Ich wollte nur sichergehen, dass es Ihnen gut geht. Tut mir leid, dass ich Sie heute Nachmittag so angefahren habe … Ich meine, Gott sei Dank ja *nicht* angefahren …«, er lachte kurz. »Also, ich …«

»Können Sie mir mal erklären, warum sie deswegen meine Tochter beunruhigen müssen?«, unterbrach ich ihn unwirsch.

»Entschuldigung, ich wollte mich einfach nur erkundigen, ob bei Ihnen alles in Ordnung ist. Aber offenbar ist es das ja«, sagte er, und seine Stimme klang inzwischen weniger freundlich.

»Genau. Alles in Ordnung … Geben Sie mir meine Tochter nochmal?«

»Natürlich«, antwortete er knapp. »Emma, hier, deine Mutter möchte dich nochmal sprechen.«

»Ja?«, fragte Emma gleich darauf.

»Hör mal. Bitte denk dir jetzt nichts mehr wegen der Sache heute. Okay? Und geh bald ins Bett, damit du morgen ausgeschlafen bist für deine Prüfung.«

Sie versprach es mir, und ich verabschiedete mich und legte auf.

»Was war das denn?«, wollte Ilona wissen.

»Ach, nicht wichtig«, winkte ich nur ab. Damit wollte ich mich im Moment nicht weiter befassen. »Ich glaub, ich hab Lust auf einen Nachtisch. Ihr auch?«

»Klar. Immer doch«, sagte Ilona wie erwartet, und Zoe schüttelte, ebenfalls nicht weiter überraschend, den Kopf. Dafür bestellte sie sich einen doppelten Espresso. Als die Bedienung ihn servierte und der aromatische Duft in meine Nase zog, beneidete ich sie um den nächtlichen Genuss, der mir leider nicht mehr vergönnt war, es sei denn, ich wollte mir eine schlaflose Nacht einhandeln.

Die nächste Viertelstunde schafften wir es tatsächlich, nicht über Männer zu reden. Dafür erklärte uns Ilona ausführlich, welche Tricks sie auf Lager hatte, um nach zu vielem fetten Essen keine Gallenprobleme zu bekommen. Und Zoe ließ sich darüber aus, wie schwierig es doch war, zuverlässiges Reinigungspersonal zu finden.

Ich schob gerade den letzten Löffel meiner Panna Cotta auf Erdbeerspiegel in den Mund, da meldete mein Handy eine WhatsApp-Nachricht.

Hallo Zahnfee, haben Dir meine Blumen nicht gefallen? Ich dachte, sie könnten ein Anreiz sein, damit Du meine Einladung annimmst.

Fragend blickender Smiley und verschiedene Blümchen-Motive.

Ich starrte auf die Nachricht.

»Jetzt weiß ich, von wem die Blumen sind«, murmelte ich.

»Von wem?«, kam es von Ilona und Zoe unisono.

»Sie sind von Leo«, antwortete ich.

»Ach so, von Leo«, meinte Ilona, wirkte jedoch etwas enttäuscht.

»Wie schön, dass deine Tochter dir Blumen schenkt«, sagte Zoe, doch auch ihr hörte ich an, dass sie etwas Spannenderes erwartet hätte.

Jetzt werden die beiden gleich Augen machen!, dachte ich und konnte mir ein Grinsen kaum mehr verkneifen.

»Nicht von meiner Tochter. Die Blumen sind von Leonard Lorand.«

»Leonard wem?« Ilona sah mich irritiert an.

»Hm. Der Name sagt mir irgendwas«, sagte Zoe und fuhr sich nachdenklich durch die Haare.

»Leonard – Leo. Das ist der Patient, der letzte Woche bei uns in der Praxis war und so Angst vor der Behandlung hatte. Weißt du nicht mehr?«

»Ein Patient?«, fragte Ilona.

»Ach der! Der Hübsche.« Zoe konnte sich wieder an ihn erinnern. »Wieso hat er dir Blumen geschickt?«

»Er will mit mir ausgehen«, erklärte ich. Und nach mehreren Gläsern Wein hielten das sowohl ich als auch meine Freundinnen für eine großartige Idee.

»Ich finde jüngere Männer sowieso viel spannender«, sagte Ilona, nachdem Zoe ihr gesteckt hatte, wie alt, beziehungsweise jung Leo war. »Alt werden die Männer von selbst.«

Das brachte uns wieder unmissverständliche Blicke unserer Tischnachbarn ein, bei denen es sich dem Dialekt nach um Urlauber aus dem Norden handelte und die heute schon öfter die Köpfe über uns geschüttelt hatten. Wir giggelten vergnügt.

»Mit diesem Typ musst du dich echt treffen, Anna«, ermunterte mich Zoe.

»Sieht er denn gut aus?«, wollte Ilona wissen.

Zoe und ich nickten.

»Dann schnapp ihn dir, Süße! Halleluja! Heidi Klum gönnt sich inzwischen auch nur noch Frischfleisch, wenn man den Meldungen glauben kann.« Ihre Aussprache war inzwischen schon etwas undeutlich vom Alkohol.

»Frischfleisch? Ich bin doch kein Kannibale.«

Ilona lachte. »Vielleicht ist Sahneschnittchen das bessere Wort.«

»Ja. Das passt besser zu ihm«, bestätigte Zoe.

»Oh nein! Ich hasse dieses Wort«, sagte ich.

»Dann eben gutaussehender junger Kerl!«, sagte Ilona. »Und den solltest du dir angeln.«

»Ja, gut. Wenn ihr meint!«

»Musst ihn ja nicht gleich heiraten«, sagte Zoe. »Aber der will ganz sicher was von dir, sonst würde er doch keine Blumen schicken.«

Tja, lieber Jo. Es gibt offenbar doch Männer, die auf Frauen in meinem Alter stehen! Und die sind sogar deutlich jünger als du!, dachte ich mit Genugtuung.

Und so schickte ich eine Nachricht an Leo:

Hallo Leo, die Blumen sind wunderschön. Vielen Dank! Wie wär's mit Freitag um 20 Uhr?

Grinsendes Smiley.

Perfekt! Ich sag Dir noch Bescheid, in welches Lokal wir gehen.

Freudiges Smiley.

Gute Nacht!

Schnarchendes Smiley.

Gute Nacht!

Ebenfalls schnarchendes und grinsendes Smiley.

»Mann, ist das aufregend«, sagte Ilona. »Warum passiert mir sowas nicht?«

»Oder mir?«, fragte Zoe.

Die Bedienung trat an den Tisch. Auf ihrem Tablett die Rechnung und drei Ramazzotti.

»Ich muss jetzt leider abkassieren«, sagte sie, während sie jeder von uns einen Schnaps hinstellte.

Zoe übernahm die Rechnung – sogar für Ilona.

»Das verbuche ich unter Geschäftsbesprechung wegen bevorstehender Firmenfeier.«

»Firmenfeier?«, fragte ich verblüfft.

»Im nächsten Frühjahr. 10 Jahre Zahnarztpraxis Dr. Zoe Petridis. Es gibt Sekt und Häppchen. Aus deinem Delikatessenladen, Ilona.«

»Ich? Ich soll das machen?«, fragte Ilona ebenso erstaunt wie ich.

»Ja. Du. Es kommen etwa zwanzig Gäste. Budget 500 Euro. Kommst du damit klar?«

»Klar komme ich damit klar.«

»Gut. Dann ist das so gut wie besprochen. Also prost!«

Wir hoben die Gläser und stießen mit dem Ramazzotti an.

»Auf Anna und ihr heißes Date!«, sagte Zoe.

»Auf einen wilden Abend mit dem Sahne ... mit dem jungen coolen Kerl!«, sagte Ilona.

»Auf – auf uns!«, sagte ich.

Kapitel 9

Als ich am Freitagnachmittag die Praxis verließ, war ich ein Nervenbündel. Am liebsten hätte ich die Verabredung mit Leonard abgesagt. Aber Zoe drohte mir nur halb im Scherz mit der Kündigung, sollte ich nicht meinen ganzen Mut zusammennehmen und mich auf das Abenteuer einlassen.

»Wenigstens eine von uns sollte mal wieder richtig Spaß haben«, sagte sie.

»Ich werde mit Leonard nur zum Essen gehen«, stellte ich unmissverständlich klar. Ich versuchte inzwischen, den Namen nicht mehr abzukürzen, damit er sich unmissverständlich vom Namen meiner Tochter abgrenzte. »Mehr wird da ganz sicher nicht laufen!«

»Lass es doch einfach auf dich zukommen, Süße«, ermutigte mich Ilona. »Du hast doch alle Freiheiten der Welt.«

Dieser Satz beruhigte mich schließlich. Ich konnte wirklich tun und lassen, worauf ich Lust hatte. Und vor allem konnte ich *Nein* sagen. Ich würde den Abend mit einem charmanten jungen Mann bei einem schönen Essen genießen, dem es offenbar wichtig war, sich damit für meine moralische Unterstützung während der Behandlung zu bedanken. Mehr nicht!

Als ich nach Hause kam, wartete dort nur eine hungrige Katze auf mich. Emma hatte heute die zweite Abi-Prüfung hinter sich gebracht und war mit Freunden an den Weiher zum

Feiern gefahren. Mutter vergnügte sich mit ihrer Freundin Gundi beim Nachbarn mit Canasta. Was mir ganz recht war. Denn ich wollte weder meiner Mutter noch meiner Tochter erzählen, dass ich ein Date mit einem Achtundzwanzigjährigen hatte. Offiziell war ich heute bei Ilona. Die Sache mit den Blumen hatte ich in Absprache mit Zoe so erklärt, dass sie von ihr waren. Eine Art Bonus für meine Arbeit in der Praxis. Ganz wohl war mir allerdings nicht mit der ganzen Schummelei.

Ich war zwar fest entschlossen, den Abend nach dem Essen zu beenden und jegliche Intimitäten im Keim zu ersticken – falls es überhaupt dazu kommen sollte –, brachte meinen Körper aber dennoch auf Hochglanz.

»Du musst dich rasieren, Anna!«, hatte Zoe mir eingetrichtert. »Und ich meine damit nicht nur Beine und Achseln.«

»Müssen wir wirklich über so etwas reden?«, fragte ich mit hochrotem Kopf.

»Ja. Das müssen wir!«, beharrte sie.

»Bei Harald war das nie notwendig!«, sagte ich. »Was ihn offenbar auch nie gestört hat. Immerhin war unser Sexleben nicht langweilig, und wir haben zwei Kinder bekommen.«

»Das mag schon sein. Aber die Zeiten haben sich geändert, Anna.«

»Aber ich … ich mag das nicht! Ich bin schließlich eine Frau und kein junges Mädchen!«, stellte ich klar. »Außerdem wird er das sowieso nicht zu Gesicht bekommen!«

»Mach dir einfach eine …«, sie räusperte sich kurz. »… eine hübsche Kurzhaarfrisur. Man sollte ohnehin immer für alle Eventualitäten bereit sein«, ließ sie nicht locker, und da sie keine Ruhe gab, versprach ich es ihr schließlich seufzend.

Wider Erwarten machte es mir jedoch Spaß, mich für den

Abend besonders hübsch zu machen. Nägel lackieren, eine entspannende Gesichtsmaske, Augenbrauen zupfen – das hatte ich alles schon ewig nicht mehr gemacht. Wozu auch? Meine Kinder mochten mich, wie ich war, und in der Praxis hatte ich während der Behandlungen ohnehin die meiste Zeit einen Mundschutz vor dem Gesicht. Meine letzte Verabredung mit einem Mann hatte ich ein Jahr nach der Trennung von Harald gehabt. Wobei man das Abendessen mit meinem Scheidungsanwalt nach dem erfolgreichen Gerichtstermin wohl nicht als Date bezeichnen konnte.

Kleider trug ich normalerweise selten. Doch nachdem ich mehrere Kombinationen mit Hosen und verschiedenen Oberteilen ausprobiert hatte, holte ich eines aus dem Schrank, das ich im letzten Sommerschlussverkauf günstig ergattert, aber bisher noch nie getragen hatte. Das Jerseykleid mit Wasserfallkragen war petrolfarben und hob das Grau meiner Augen besonders hervor, wie ich fand.

»Das werde ich heute anziehen«, sagte ich zu Conny, die neben dem Schlafzimmerschrank saß und mir aufmerksam zusah.

Da Leonard mich mit dem Lokal überraschen wollte, war ich mit dieser Kleiderwahl für jegliche Eventualitäten gewappnet.

Als Treffpunkt hatten wir einen Parkplatz in der Nähe des Sees vereinbart. Mit wildem Herzklopfen – auf was bitte hatte ich mich da nur eingelassen – stieg ich aus meinem Corsa und entdeckte ihn neben seinem Wagen, einem älteren VW-Passat. Er sah richtig gut aus, in einer Jeans und mit schwarzem T-Shirt, darüber eine lässige Jacke, und wirkte ein wenig älter, als er war. Was ich irgendwie beruhigend fand. Langsam ging ich auf ihn zu.

»Hey, hallo, Anna. Ich hatte schon Angst, dass du nicht kommen würdest«, sagte er mit seiner schönen warmen Stimme und lächelte.

Damit er von vornherein auf keine falschen Gedanken kam, reichte ich ihm etwas förmlich die Hand, was ihm jedoch nichts auszumachen schien.

»Ich habe es doch versprochen«, sagte ich.

»Du siehst toll aus. Echt.«

»Danke.« Ich merkte, wie ich errötete.

Du aber auch, dachte ich, sprach es jedoch nicht aus.

Er ließ meine Hand los und öffnete die Tür zum Beifahrersitz. »Bitte schön«, sagte er, und ich stieg ein.

»Wo fahren wir denn hin?«, fragte ich, während er sich hinters Steuer setzte.

»Ich habe für uns einen Tisch reserviert. Lass dich überraschen.«

Überraschungen konnten gut, aber auch weniger gut sein. Plötzlich schoss mir ein Gedanke durch den Kopf. Was, wenn er log? Und er gar nicht mit mir essen gehen wollte, sondern ein Serienkiller war? War ich denn von allen guten Geistern verlassen, einfach so zu einem Mann ins Auto zu steigen, von dem ich bisher nur das Gebiss wirklich näher kannte?

Ich stand kurz davor, die Tür wieder aufzureißen und aus dem Wagen zu springen.

»Warte mal, Leonard!«, sagte ich, bevor er den Schlüssel umdrehte.

»Ja?« Er sah mich fragend an.

»Du fährst jetzt aber nicht mit mir in ein Waldstück und zerstückelst mich in hundert Teile, nachdem du mir mit einem Tranchiermesser die Kehle aufgeschlitzt hast?«, fragte ich ihn ganz unverblümt und versuchte, meine Stimme dabei freundlich klingen zu lassen.

Er sah mich einige Sekunden lang verdutzt an, dann lächelte er wieder. Und dieses Lächeln hatte es in sich. Obwohl ich es gar nicht wollte, bescherte es mir ein leises Flattern in der Magengrube.

»Falls ich ein Killer wäre, würde ich das natürlich nicht zugeben«, sagte er bedächtig. »Hm. Ich fürchte, du musst das Wagnis eingehen. Oder aber aussteigen. Aber das würde ich wirklich sehr bedauern.«

Wir sahen uns für einige Sekunden in die Augen.

Ich stieg nicht aus.

Zwanzig Minuten später hatte ich ein Problem. Ein ziemlich gewaltiges Problem sogar.

»Ich habe gehört, es ist eines der besten Restaurants hier in der Gegend«, sagte Leonard vergnügt, als er um den Wagen herumging und die Beifahrertür öffnete.

»Stimmt«, sagte ich und stieg aus.

Wir standen vor dem *Bergmanns*. Es war tatsächlich eines der angesagtesten Lokale im Umkreis. Und es war außerdem das Lokal, in dem Ben als Koch arbeitete – und sein Freund Bernhard war der Besitzer.

Sobald Bernhard mich entdecken würde, würde er Ben in der Küche Bescheid geben. Und dann käme ich in ordentliche Erklärungsnot. Außerdem würde dann meine ganze Familie davon erfahren. Denn Ben war eine Plaudertasche vor dem Herrn und würde damit niemals hinter dem Berg halten können.

Sollte ich plötzliche Bauchkrämpfe als Ausrede benutzen und Leonard bitten, mich wieder nach Hause zu fahren?

»Es war gar nicht so einfach, hier einen Tisch zu bekommen«, sagte er, während ich fieberhaft über eine Lösung aus diesem Dilemma nachdachte. »Kommst du?«

Soll ich? Oder soll ich nicht?

»Ich finde es toll, dass du hier reserviert hast«, begann ich. »Aber als ich letztens hier gegessen habe, war ich gar nicht so begeistert.«

Leonard schaute mich überrascht an.

»Echt?«

Ich nickte.

Entschuldigt, Ben und Bernhard! Ich liebe eure Küche! Aber das muss jetzt sein.

»Das ist jetzt aber echt schade. Möchtet du lieber woanders hingehen?«

»Wenn es dir nichts ausmacht«, sagte ich schnell. »Eigentlich hätte ich sowieso mehr Lust auf was Chinesisches. Oder vielleicht was Mexikanisches. Und du?«

»Mexikanisch klingt doch gut. Wo gibt es denn hier in der Nähe einen Mexikaner?«, fragte er.

Seine Spontanität fand ich großartig.

»In Rosenheim!«

Eine halbe Stunde später saßen wir bei einem kleinen gemütlichen Mexikaner in einer Seitenstraße in Rosenheim und gaben die Bestellung auf. Die Wahrscheinlichkeit, hier auf einen Bekannten zu treffen, war äußerst gering, und langsam entspannte ich mich etwas. Gleichzeitig fragte ich mich, warum ich mich überhaupt so anstellte. Ich tat doch nichts Verbotenes! Obwohl ich nie fremdgegangen war, war ich überzeugt davon, dass sich das ähnlich anfühlen musste.

»Super, dass es geklappt hat«, sagte Leonard, und wir stießen mit unseren Corona-Flaschen an. »Prost!«

»Prost! Warum war es dir eigentlich so wichtig, mich einzuladen?«, fragte ich ihn, während wir auf das Essen warteten. »Ich habe ja nur meinen Job gemacht.«

Er zuckte mit den Schultern.

»Tja. Ich weiß auch nicht. Ich wollte dich einfach wiedersehen. Aber dafür nochmal eine Zahnbehandlung machen zu lassen, das war nicht so meins.«

Ich musste lachen.

»Dabei hast du dich tapfer geschlagen, wenn man bedenkt, was du schon mitgemacht hast. Ehrlich, da kann ich deine Ängste schon verstehen.«

»Danke. Trotzdem komme ich mir immer wie ein totaler Feigling vor.«

»Ach was! Du glaubst ja gar nicht, was ich schon alles erlebt habe. Gestandene Männer, die beim Geräusch des Bohrers ohnmächtig wurden. Jugendliche, die panisch vom Behandlungsstuhl aufgesprungen sind, und einmal hatten wir sogar eine Patientin, die Zoe ein blaues Auge verpasst hat, obwohl sie noch nicht mal angefangen hatte.«

»Echt wahr?«

Ich nickte und Leo lachte.

»Kein einfacher Job … Und dir ist noch nichts passiert?«

»Oh doch. Ich wurde schon mehrmals gebissen. Meistens von Kindern. Aber natürlich nicht absichtlich«, erklärte ich leichthin.

Leo griff nach meiner rechten Hand und drehte sie um. Ich sah ihn überrascht an.

»Keine Narben«, stellte er fest.

»So wirklich schlimm war es glücklicherweise nie«, murmelte ich.

Er ließ meine Hand wieder los. Der Kellner kam an den Tisch und brachte unser Essen.

»Sag mal, woher wusstest du eigentlich meine Adresse für die Blumen?«, fragte ich, während wir uns die Enchiladas schmecken ließen.

Er senkte seine Gabel und sah mich mit einem verschmitzten Lächeln an.

»Eure Sprechstundenhilfe hat mir deinen Namen verraten.«

»Oxana?«

»Du darfst ihr bitte nicht böse sein. Ich habe ihr gesagt, dass ich mich mit einem Geschenk bedanken möchte. Und mit deinem Namen war es leicht, die Adresse herauszufinden ... Bist du jetzt sauer auf mich?«

Eigentlich war es beängstigend, dass man so einfach herausfinden konnte, wo jemand wohnte. Und Oxana hätte meinen Namen auch nicht verraten dürfen. Aber trotzdem konnte ich weder ihr noch ihm böse sein. Schließlich hatte ich mir seine Patientendaten vor unserer Verabredung auch nochmal genau angeschaut, was genau genommen auch nicht ganz in Ordnung war.

»Nein, bin ich nicht ... Du lebst eigentlich in München?«, sagte ich. »Das steht in deinem Anmeldeformular. Was machst du hier am Chiemsee?«

»Ich bin Landschaftsgärtner«, gab er bereitwillig Auskunft. »Und ich bin hier, um ein großes Gartengrundstück umzugestalten.«

Landschaftsgärtner? Wie interessant. Er würde sich mit meiner Mutter sicher gut verstehen.

»Schöner Beruf. Und wie lange wirst du hierbleiben?«

Ich entschuldigte mich nicht für meine Neugierde. Schließlich wollte ich wissen, mit wem ich heute aus war.

»Das steht noch nicht ganz fest. Vielleicht noch zwei Wochen.«

»Wow. Das muss ja ein großes Grundstück sein. Du gestaltest aber nicht Schloss Herrenchiemsee um, oder?«

Er lachte. »Nein. Aber das würde ich gern.«

»Vielleicht kommt das ja noch.«

Ich versuchte schon die ganze Zeit herauszufinden, aus welcher Gegend er kam. Aber Leonard sprach so gut wie akzentfrei, was eher selten war.

»Ein echter Münchner bist du aber nicht, oder?«

»Ertappt … Ich lebe erst seit zwei Jahren dort. Tatsächlich bin ich in Paris geboren.«

»Du bist Franzose?«, fragte ich überrascht.

»Nur halb. Mein Vater ist Deutscher.«

»Muss toll sein, beide Sprachen zu sprechen.«

»Ja. Und dazu noch Spanisch, Englisch und Portugiesisch.«

»Wow.«

»Meine Mutter ist Konsulatsmitarbeiterin, deswegen sind wir viel herumgekommen, als ich noch jünger war«, erklärte er.

»Ist das für ein Kind nicht sehr schwer, wenn es so oft umziehen muss?«, fragte die besorgte Mutter in mir.

Er zuckte mit den Schultern.

»Für mich war es damals ganz normal, ich kannte es ja nicht anders. Aber natürlich war es nicht immer einfach, wenn ich mich von Freunden verabschieden und in einer neuen Schule wieder ganz von vorne anfangen musste.«

»Das glaub ich dir … Und wie bist du dann auf Landschafts-gärtner gekommen?«, wollte ich wissen.

»Wir wohnten fast ausschließlich in Häusern mit schönen Gärten oder großen herrlich bepflanzten Terrassen. Als Kind war das immer mein persönlicher Spielplatz, und noch heute fühle ich mich am wohlsten, wenn ich in der Natur bin.«

»Hört sich schön an, wenn man das zum Beruf machen kann, was man immer schon geliebt hat.«

»Stimmt. Was ist mit dir? Wolltest du schon als kleines Mädchen Zahnarzthelferin werden?«, fragte Leonard und schob sich eine weitere Gabel in den Mund.

»Nein«, sagte ich und schüttelte den Kopf.

»Was dann? Erzähl!«

Ich nahm einen Schluck Bier.

»Ach, das waren nur alberne Kleinmädchenträume«, winkte ich ab.

»Jetzt will ich es aber genauer wissen! Komm schon, erzähl«, Leo gab nicht auf.

»Na gut. Als wir Kinder waren, meine Schwester und ich, da hörten wir zusammen mit unserem Großvater oft stundenlang Radio. Wir hatten zwar auch einen Fernseher, aber das Radio mochte ich noch viel lieber. Ich habe meinen kleinen Kassettenrekorder besprochen: Mit einem erfundenen Wetterbericht, habe Musiktitel angesagt und Nachrichten vorgelesen, die ich selbst fabriziert hatte. Dabei stellte ich mir vor, ich wäre eine berühmte Radiomoderatorin.«

Schon ewig hatte ich nicht mehr daran gedacht, und als ich ihm davon erzählte, hatte ich plötzlich das Gefühl, meinem Großvater ganz nahe zu sein, der nach einer Kriegsverletzung im Rollstuhl gesessen und viel Zeit mit uns Kindern verbracht hatte.

Leonard lächelte.

»Warum hast du das später nicht gemacht?«, fragte er neugierig.

»Ach. Das waren doch nur Träume. Die Realität sah ganz anders aus. Als ich mit der Schule fertig war, musste ich schauen, welche Ausbildungsplätze hier in der Gegend frei waren. Damals war man froh, überhaupt eine passende Lehrstelle zu bekommen. Und so landete ich bei unserem Zahnarzt, der gerade einen Lehrling suchte.«

»Hast du es jemals bereut?«, stellte er mir eine Frage, die mir bisher noch nie jemand gestellt hatte. Noch nicht einmal ich selbst.

»Nein«, sagte ich nach ein paar Sekunden. »Nein, gar nicht. Ich mag meine Arbeit sehr.« Und das meinte ich auch so.

»Siehst du, Anna! Und genau das ist es, warum man sich als Patient so gut fühlt, wenn du neben einem stehst. Das hat etwas … Magisches. Du bist eben die geborene Zahnfee.«

Ich lachte auf.

»Aber keine, die Geldmünzen unter die Kopfkissen legt und Milchzähne einsammelt.«

»Das, was du machst, ist viel besser. Du nimmst einem die Angst.«

Seine Augen funkelten, und wieder hatte ich dieses seltsame Kribbeln im Bauch. Er hatte etwas unglaublich Anziehendes. Ich bedauerte in diesem Moment, nicht zwanzig Jahre jünger zu sein.

Das Klingeln meines Handys holte mich wieder auf den Boden der Tatsachen zurück. Leo! Am liebsten hätte ich das Gespräch in diesem Moment weggedrückt. Was ich aber natürlich nicht tat.

»Entschuldige …«, sagte ich zu Leonard, dann ging ich ans Handy. »Ja? Leo?«

»Hallo, Mama«, sagte sie. »Ich hab jetzt erst bemerkt, dass ich auf meiner Mailbox eine Nachricht vom Brautmodengeschäft habe. Das Kleid ist endlich da, und sie schlagen nächste Woche Mittwochnachmittag als Termin zur Anprobe vor. Hast du da Zeit?«

»Klar.« *Was machte es schon, den Yogakurs wieder ausfallen zu lassen?*

»Vielleicht mag Oma ja auch mitkommen. Sie kennt sich da am besten aus.«

»Ich frag sie morgen.«

Leonard nahm einen Schluck Bier und verfolgte interessiert den Teil meines Gespräches, den er hören konnte.

»Super. An der Uni war heute wieder die Hölle los …«

»Du, Schatz. Können wir das morgen bereden, ich bin grad unterwegs.«

»Ach ja? Wo bist du denn?«

»Ich bin bei … Ilona«, sagte ich und warf Leonard einen um Verständnis bittenden Blick zu. Er zog amüsiert eine Augenbraue hoch.

»Ach, die brauch ich sowieso noch. Ich möchte sie fragen, ob sie den Sektumtrunk mit Häppchen nach dem Standesamt machen mag. Kannst du sie mir mal geben?«

»Nein … das äh, das geht jetzt nicht. Sie ist … auf der Toilette. Sie ruft dich morgen an. Wir wollten nämlich noch ins Kino gehen.«

»Jetzt noch? Um die Zeit?«

»Ja. Spätvorstellung. Sag Timo einen schönen Gruß. Gute Nacht!«

Bevor sie noch etwas sagen konnte, legte ich auf.

»Tut mir leid«, sagte ich zu meinem Gegenüber. Es war mir schrecklich peinlich, dass er mich beim Schwindeln erwischt hatte.

»Schon gut. Ich hoffe nur, diese Ilona ist eine nette Person.«

»Auf jeden Fall! Sie ist meine beste Freundin.«

»Na dann fühl ich mich ja fast geschmeichelt. Magst du noch ein Bier?«

»Besser nicht. Ich muss ja später noch mein Auto am Parkplatz holen.«

Und auch er war vernünftig genug, ab jetzt nur noch Wasser zu trinken. Danach bestellten wir uns noch Eis als Nachspeise.

Leonard war ein amüsanter Erzähler, und seine vielen Geschichten über Erlebnisse, die er mit Freunden in verschiedenen Ländern oder dem Personal in den Botschaften erlebt hatte, brachten mich immer wieder zum Lachen. Es war ein wunderbarer, lockerer Abend. Endlich ging es mal nicht um Frauenthemen, Wechselbeschwerden, Hochzeitsplanung, Rezepte oder die finanziellen Achterbahnfahrten einer alleinerziehenden Mutter. Und doch war es schließlich an der Zeit, den Abend zu beenden.

»Brechen wir dann langsam auf?«, bat ich ihn.

Ein paar Sekunden sagte er nichts, dann nickte er.

»Und ich kann dich wirklich nicht noch auf ein Glas Wein irgendwo hier in der Nähe überreden?«, fragte Leonard, als wir am Parkplatz angekommen waren. »So spät ist es doch noch gar nicht, und wir könnten uns dann ja gemeinsam ein Taxi nehmen.«

»Besser nicht. Ich muss morgen sehr früh raus.« Ich öffnete

die Beifahrertür und stieg aus. Er stieg ebenfalls aus dem Wagen und kam zu mir.

»Anna ...«

Auch wenn ich längst aus der Übung war, sein Blick war unmissverständlich. Er wollte diesen Abend jetzt nicht auf diese Weise beenden. Ich spürte, wie mein Herz plötzlich schneller schlug und sich ausgerechnet jetzt eine Hitzewelle ankündigte.

»Danke für den schönen Abend und gute Nacht, Leonard«, unterbrach ich ihn deswegen rasch.

»Ja. Es war echt schön.«

Ich griff in meine Handtasche, suchte den Autoschlüssel, den ich ausnahmsweise sofort fand.

»Gute Nacht«, wiederholte ich, dann ging ich zu meinem Wagen. Ich stieg ein und sah, wie die Scheinwerfer seines Wagens aufleuchteten. Dann erhellten sie kurz den Parkplatz, bis die roten Rücklichter immer kleiner wurden.

»Puh!«, sagte ich und fächerte meiner verschwitzten Stirn mit der Hand Luft zu. Ich hatte unsere Verabredung genauso zu Ende gebracht, wie ich es vorgehabt hatte. Trotzdem spürte ich ein Gefühl des Bedauerns. Zu sagen, dass es nicht verlockend gewesen wäre, sich zum Abschied küssen zu lassen, wäre eine Lüge.

Meine Finger zitterten leicht, als ich den Schlüssel ins Schloss steckte. Doch trotz mehrmaliger Versuche sprang der Wagen nicht an.

»Was soll das denn jetzt?!«, schimpfte ich laut. Dann griff ich nach meinem Handy.

Leonard war sofort wieder umgekehrt. Doch auch er brachte den Wagen nicht zum Laufen.

»Tut mir leid, ich habe keinen blassen Schimmer, was dem Auto fehlt«, sagte er.

Schließlich nahm ich sein Angebot an und ließ mich von ihm nach Hause fahren.

»Das ist eine schöne Gegend hier«, sagte er.

»Das stimmt. Gleich da vorne ist es. Aber du kannst mich hier schon rauslassen«, sagte ich.

Er warf mir einen kurzen Blick zu, blinkte und fuhr an den Straßenrand.

»Warum hast du so viel Angst davor, dass uns jemand sehen könnte?«, stellte er schließlich die Frage, die ihm vermutlich heute schon den ganzen Abend auf den Lippen gelegen hatte.

Ich beschloss, ehrlich zu sein.

»Ich möchte einfach nicht, dass jemand auf falsche Gedanken kommen könnte«, sagte ich leise.

»Wäre das denn so schlimm?«

»Hör mal, Leonard. Vielleicht ist das ja in gewissen Kreisen heutzutage nichts Ungewöhnliches mehr, aber du bist mehr als zwanzig Jahre jünger als ich. Ich ... ich könnte deine Mutter sein!«

»Bist du aber nicht«, entgegnete er und lächelte mich entwaffnend an.

Leonard machte es mir mit seiner Logik und seinem frechen Charme wirklich alles andere als leicht.

»Du wolltest mich zum Essen einladen, und es war wirklich ein toller Abend. Machen wir ihn jetzt bitte nicht kaputt, okay?«, bat ich.

»Ich möchte nichts kaputt machen ... Weißt du, ich konnte die ganze Zeit nur an eines denken, Anna ...«

»Ach ja?«, meine Stimme hörte sich sogar in meinen Ohren wie ein Krächzen an.

Dann bewegte er sich langsam auf mich zu. Er wartete einen Moment, als wolle er mir die Gelegenheit geben, mich wegzudrehen. Doch ich tat es nicht. Über sieben Jahre war es nun her, dass ein Mann mich zum letzten Mal geküsst hatte. Das war eine verdammt lange Zeit! Leonard war zwar jünger als ich, aber Harald war damals auch kaum älter, als er zum ersten Mal Vater wurde. Also, warum stellte ich mich eigentlich so an?

Leonard wusste ganz genau, was er wollte. Und das war offenbar ich. Zu spüren, dass er mich wollte – mich – und dass ich für ihn keine unsichtbar gewordene ältere Frau war, sondern offenbar sehr begehrenswert, war nach den schrecklichen Tagen der Ablehnung wie ein Aphrodisiakum. Der dezente Duft seines Aftershaves betörte mich. Als seine Lippen meine berührten, fühlte es sich an wie ein Feuerwerk. Wir küssten uns, zärtlich, spielerisch. Seine Hand streichelte sanft durch mein Haar. Ich hatte die Augen geschlossen, und es war fast wie damals, als ich im Auto saß mit – Jo! *Jo?* Wieso dachte ich jetzt ausgerechnet an ihn? Irritiert löste ich mich von Leonard.

»Es … es«, begann ich.

»Sag jetzt bloß nicht, es tut dir leid, Anna«, flüsterte er. »Denn mir tut es ganz sicher nicht leid.«

»Ich … ich muss jetzt gehen!«, murmelte ich hastig und stieg endgültig aus.

»Gute Nacht, Leonard!«

»Gute Nacht, Anna.«

Ich warf die Tür zu.

Leonard winkte nochmal, und dann fuhr er los. Ich brauchte einige Sekunden, um mich zu sammeln. Ich hatte ihn geküsst.

Und es hatte sich ziemlich gut angefühlt. Trotzdem fühlte es sich gleichzeitig irgendwie falsch an. Irritiert von meinen widersprüchlichen Gefühlen drehte ich mich, um nach Hause zu gehen.

»Mutter! Emma!«, rief ich erschrocken.

Die beiden standen nur wenige Meter entfernt von mir, mit Taschenlampen in der Hand, und starrten mich so ungläubig an, als wäre ich ein Alien.

Kapitel 10

»Mama? Du hast mit dem rumgemacht!«, sagte Emma völlig konsterniert.

»Ich habe nicht rumgemacht!«, protestierte ich sogleich, während mein Gesicht vor Scham brannte. »Es ... es war nur ein Kuss!«

»Aber ... wer war das denn?«

»Das war dieser junge Mann, der den Blumenstrauß gebracht hat!«, rief meine Mutter.

Na großartig. Jetzt kann sie sich plötzlich wieder erinnern!

»Ich dachte, die Blumen hat Zoe dir geschenkt?«

»Eher indirekt«, murmelte ich verlegen. Immerhin hatten wir uns überhaupt erst kennengelernt, weil er als Patient bei ihr in der Praxis gewesen war.

»Wieso küsst du den?«, wollte Emma wissen.

Tja. Wie sollte ich das jetzt am besten erklären? Da war ich den ganzen Abend so darauf bedacht gewesen, dass mich niemand erkannte, und jetzt hatten die beiden mich in flagranti ertappt! *Na toll, Anna! Das war ja mal ein Geniestreich!*

»Was macht ihr überhaupt hier draußen?«, wechselte ich kurzerhand das Thema.

»Conny hat mit dem Django gerauft und ist seitdem verschwunden«, erklärte meine Mutter. Django war ein Kater aus der Nachbarschaft, der fast doppelt so groß war wie unsere Katze.

»Wir suchen sie schon seit zwei Stunden«, fügte Emma hinzu.

»Aber da ist sie doch!«, sagte ich. Conny lief über die Straße direkt auf mich zu und drückte sich maunzend gegen meine Wade.

Ich nahm die Katze und hob sie hoch. Sie schien – bis auf das gestutzte Fell – in Ordnung zu sein.

»Na, du kleine Ausreißerin«, sagte ich leise. »Hast du es dem Django ordentlich gezeigt?«

»Das gibt es doch gar nicht. Jetzt kommt sie einfach so angelaufen«, sagte Emma mit einem genervten Blick auf die Katze, die ich sanft streichelte, allerdings mehr, um mich zu beruhigen.

»Gehen wir besser rein«, sagte ich in der Hoffnung, einem weiteren Gespräch zu entgehen. Doch ich hatte die Hartnäckigkeit meiner Mutter und meiner Tochter unterschätzt.

Während ich die Katze fütterte und mir ein Glas Wein einschenkte, bohrten die beiden nach.

»Wieso hat der dich überhaupt heimgefahren?«, wollte Emma wissen.

Natürlich hätte ich jetzt sagen können: *Das geht euch gar nichts an*, und mich nach oben in mein Bett verziehen. Aber so lief das nicht in unserer Familie. Natürlich wollten sie wissen, was das vorhin war. Und ich wollte sie auch gar nicht weiter anlügen. Am besten, ich sagte ihnen die Wahrheit. Sie war auch harmloser als das, was die beiden sich vermutlich gerade in ihrer Phantasie ausmalten.

»Mein Auto ist nicht mehr angesprungen, und Leonard, das ist ein Patient aus der Praxis, war so nett, mich nach Hause zu bringen.«

»Aha. Und wo kam dieser Patient denn plötzlich her? Ich dachte, du bist bei Ilona gewesen?« Emma ließ einfach nicht locker.

»Das … Ich war nicht bei Ilona. Das war einfach nur eine blöde Ausrede. Entschuldigt. In Wahrheit war ich mit ihm beim Essen.«

Ich erzählte ihnen die ganze Geschichte und versuchte, alles herunterzuspielen.

»Es war einfach ein netter Abend«, endete ich. »Ich hatte ewig schon keine Einladung mehr. Und mehr ist da nicht dran.«

»Die ganze Zeit sagst du, Männer können dir gestohlen bleiben. Aber dann gehst du ausgerechnet mit so einem jungen Hüpfer aus?«, empörte sich meine Mutter.

»Weil er mich eingeladen hat und ich ihn nett finde.«

»Mama. Das ist echt …« Emma sparte sich das Wort, aber ihr Blick sprach Bände.

»Jetzt hört aber mal auf. Es war ein Kuss! Na und? Mehr wird daraus nie werden. Er ist sowieso nur für kurze Zeit hier in Prien, und wir haben auch nicht vor, uns noch mal zu sehen.«

Ich nahm einen großen Schluck Wein.

»Trotzdem. So was macht man nicht in deinem Alter!«, kommentierte meine Mutter. »Stell dir vor, dich hätte jemand aus der Nachbarschaft gesehen?«

»Ja und dann? Meinst du, derjenige wäre blind geworden, oder was?«

Emma kicherte leise.

»Jetzt tu nicht so, als ob das normal wäre. Du hast zwei erwachsene Töchter. Da poussiert man doch nicht im Auto mit so einem Jüngling herum!«

Letztlich sagten sie all die Dinge, die mir vorher selbst durch den Kopf gegangen waren. Doch jetzt hatte ich das Gefühl, mich verteidigen zu müssen, obwohl ich absolut nichts Unrechtes getan hatte.

»Meine Güte, das ist doch heutzutage auch kein Weltuntergang mehr. Schau dir eine Frau wie Heidi Klum an!«

»Als ob das ein Vorbild wäre?«, grummelte meine Mutter.

»Wenigstens scheint sie glücklich zu sein! Und sollte es nicht darauf ankommen? Wem tut sie denn damit weh? Und was wollt ihr eigentlich von mir?«

Ohne Vorwarnung schossen mir Tränen in die Augen, die ich jedoch mühsam wegzublinzeln versuchte. »Vor ein paar Tagen wart ihr euch noch einig darüber, dass es für mich an der Zeit ist, endlich mal wieder einen Freund zu haben. Und jetzt regt ihr euch auf?«

»Aber Mama! Der Typ könnte mein großer Bruder sein!«, protestierte Emma.

»Ist er aber nicht! Er ist achtundzwanzig und kein Teenager mehr! In diesem Alter waren Harald und ich schon längst verheiratet und hatten ein Kind.« Ich war inzwischen lauter geworden.

»Achtundzwanzig ist er erst?« Mutter konnte es offenbar nicht fassen. »Du bist schon neunundvierzig, Kind! Bald wirst du fünfzig!«

»Als ob ich das nicht wüsste, Mutter! Offenbar scheinen mir momentan alle möglichen Leute unter die Nase reiben zu wollen, dass ich alt werde. Ich hab so verdammt beschissene Tage hinter mir. Mir reicht es gerade, verflucht nochmal.«

»Anna!?« Diese Ausdrucksweise war meine Familie nicht von mir gewohnt.

»Ja, was denn?«, fuhr ich sie an. »Vielleicht will ich mich nicht alt fühlen! Und ich bin es auch nicht! Der Abend heute hat mir so gutgetan. Und jetzt habt ihr mit euren Vorwürfen alles versaut! Vielen Dank dafür! Es war ein Kuss! Nur ein verdammter Kuss! Sonst nichts!«

Ich schnappte mir die Weinflasche und das Glas und stürmte aus der Wohnküche hinauf ins Schlafzimmer.

»Mama! Warte!«, rief Emma mir hinterher, aber das war mir in diesem Moment egal.

Ich schenkte das Glas voll und trank es in wenigen Zügen leer. Dann schnappte ich mein Handy und schrieb trotzig eine Nachricht an Leonard:

Danke nochmal für den tollen Abend! Bist du gut nach Hause gekommen?

Doch ich bekam keine Antwort. Er war offline.

Ich ließ mich im Bett zurücksinken, und es war mir egal, dass ich das Kleid noch anhatte.

Es klopfte an der Tür.

»Mama?«

»Bitte lass mich jetzt einfach in Ruhe, Emma!«

»Es … es tut mir leid. Echt«, sagte sie zerknirscht, und dann hörte ich, wie sich ihre Schritte entfernten und sie offenbar in ihr Zimmer verschwand.

Ich war hin und hergerissen zwischen schlechtem Gewissen, Empörung und Trotz. Gleichzeitig war ich immer noch verwirrt über den Kuss.

Ich hätte nicht mit ihm ausgehen sollen!

Plötzlich plingte mein Handy. Leonard!

Bin gut nach Hause gekommen. Ich wusste gar nicht, dass Zahnfeen so gut küssen können. Gute Nacht, Anna. Und bis bald?

Küssendes Smiley.

Ich lächelte und löschte das Licht, ohne ihm vorher zu antworten. Zum ersten Mal schlief ich in dieser Nacht wieder friedlich durch, ohne wegen einer nächtlichen Angstattacke aufzuwachen.

»Jetzt hör bitte endlich auf, dir einen Kopf zu machen«, sagte Ilona am nächsten Morgen, als sie mich zu meinem Wagen auf dem Parkplatz fuhr. »Was ist schon ein Kuss? Es ist doch sonst nichts passiert. Und deine Mutter kriegt sich auch wieder ein.«

»Heute früh hat sie mich jedenfalls völlig ignoriert, als ich zum Joggen rausging und sie gerade die Zeitung holte.«

»Vielleicht hat sie dich ja einfach nicht bemerkt. Du weißt doch, wie schlecht sie hört.«

»Aber sehen tut sie mit ihrer neuen Brille so gut wie ein Adler!«, gab ich zurück. Sie hatte absichtlich weggeschaut.

Zumindest mit Emma hatte ich heute schon beim Frühstück gesprochen. Ihr tat es offenbar tatsächlich leid.

»Karla ist sechzehn Jahre jünger als Papa, und das haben wir ja auch akzeptiert«, hatte sie gesagt.

Eben! Darüber regt sich niemand auf!

»Gleiches Recht für alle.« Sie drehte etwas verlegen an ihren Haaren. »Aber vielleicht nimmst du ihn nicht gleich zu meiner Abifeier mit!«

»Zur Abifeier? Ganz sicher nicht! Ach, Emma, Mäuschen! Das ist wirklich nicht so, wie du denkst. Das war gestern nur ...«, wie erklärte man das seiner Tochter, wenn man selbst nicht wusste, was eigentlich los war? »Es war alles ganz überraschend. Ich weiß noch nicht mal, ob ich ihn überhaupt noch mal sehen werde.«

»Schon gut, du musst ja selbst wissen, was du machst«, hatte sie gesagt, sich einen Apfel geschnappt und war nach oben gegangen, um sich für die letzte schriftliche Prüfung vorzubereiten.

»Ich finde, es ist längst Zeit geworden, dass du mal wieder geküsst worden bist«, riss Ilona mich aus meinen Gedanken.

»Ach, findest du?«

»Ja, finde ich! Und sicher war es gut, oder?«

Wider Willen musste ich grinsen.

»Mehr als gut.«

»Na also … Dann freu dich doch!«

»Jedenfalls hat mich das alles irgendwie total aus der Bahn geworfen.«

»Das sind die Wechselhormone«, meinte Ilona.

»Die bitte was?«

»Die Hormone im Wechsel. Die werden immer weniger und kämpfen noch um die letzten Plätze. Dabei kann es ganz schön hitzig und turbulent zugehen. Glaub mir, ich weiß, wovon ich spreche.«

Ich musste lachen.

»Du Schaf!«

»Selber Schaf!«

Wir stiegen aus dem Wagen.

»Jetzt warte ich nur darauf, dass Leo anruft – also meine Tochter. Mutter wird es ihr sicherlich brühwarm erzählen. Falls sie das nicht schon längst gemacht hat«, sagte ich zu Ilona, während sie die Motorhaube an ihrem Auto öffnete.

»Die hat doch jetzt ganz andere Sorgen mit der Hochzeit, Süße.«

»Ach übrigens, sie müsste mit dir sprechen, hat sie gestern gesagt.«

»Ich rufe sie nachher an«, versprach Ilona und holte ein Starterkabel aus dem Wagen.

»Hoffentlich ist es nur die Batterie!«, sagte ich. Eine teure Autoreparatur konnte ich mir jetzt wirklich nicht leisten. Leos Hochzeit und Emmas Abiturfeier kosteten mich gerade meine letzten Reserven.

»Das sehen wir gleich!« Sie krempelte die Ärmel zurück.

Ich stieg ins Auto und löste die Verriegelung der Motorhaube. Doch bevor ich wieder ausstieg, drehte ich den Zündschlüssel um. Der Wagen sprang an, als ob nie etwas gewesen wäre. *Gott sei Dank!*

»Entschuldige, Ilona. Ich hab keine Ahnung, was da gestern los war.«

»Vielleicht Magie?«, sagte sie grinsend. »Schließlich hätte er dich sonst nicht geküsst.«

»Vielleicht wär das besser gewesen«, murmelte ich, doch als ich wieder an den Kuss dachte, kribbelte es in meinem Bauch.

Sie sah auf ihre Armbanduhr.

»Erst Viertel nach acht. Wir könnten noch einen schnellen Espresso trinken, bevor ich ins Geschäft muss«, schlug sie vor und machte die Motorhaube zu.

»Gute Idee. Aber ich lade dich ein! Fürs Herfahren.«

»Wenn du unbedingt darauf bestehst!«

»Tu ich.«

Die kleine Bäckerei lag nur drei Häuser entfernt von ihrem Delikatessenladen. Ich holte an der Theke zwei Espressi und zwei Croissants und trug sie zum Stehtisch am Fenster, an dem Ilona wartete.

»Danke.«

Ilona kippte ihren Espresso schnell hinunter, doch ich ließ

mir Zeit und genoss das starke aromatische Getränk in kleinen Schlucken.

»Vier Brezeln zum Mitnehmen bitte und eine Tasse Kaffee schwarz und ein Stück Apfelkuchen zum Hier-Essen«, hörte ich eine Stimme, die mir bekannt vorkam. Ich drehte mich zur Theke um und sah Paul Graf, der eben seine Bestellung aufgab.

»Kennst du den?«, flüsterte Ilona, die offenbar meinen Blick bemerkt hatte.

»Ja. Das ist der Vater von Emmas neuer Freundin Jana«, antwortete ich leise.

»Der Übersetzer, von dem du erzählt hast? Sieht aber sympathisch aus.« Ihre Augen begannen zu funkeln.

Ich zuckte nur mit den Schultern. Die bisherigen Begegnungen mit Paul Graf waren – aus meiner Sicht jedenfalls – nicht gerade sonderlich sympathisch gewesen.

In diesem Moment nahm er sein Wechselgeld und ein Tablett mit seinen Sachen und drehte sich um. Er erkannte mich sofort.

»Ah, hallo Frau … äh!«, sagte er, ohne zu lächeln.

»Reiter«, ergänzte ich. *Noch nicht mal meinen Namen kann er sich merken.* »Hallo, Herr Graf.«

Er sah sich um. Es gab nur drei weitere Stehtische im Laden, die alle belegt waren.

»Hier ist noch Platz«, sagte Ilona und rutschte ein Stück zur Seite.

»Ich möchte Sie aber nicht stören«, sagte er und sah dabei mich an.

»Passt schon«, sagte ich leichthin, um nicht unhöflich zu sein.

Er stellte seine Sachen ab.

»Ich bin Ilona«, stellte meine Freundin sich sogleich selbst vor und reichte Paul Graf die Hand.

»Freut mich, Ilona. Ich bin Paul.«

Und damit waren die beiden nach etwa fünf Sekunden bereits per Du.

»Hier gibt es den besten Apfelkuchen«, sagte er, bevor er sich eine Gabel voll in den Mund schob.

»Oh, das stimmt«, pflichtete Ilona ihm bei. »Aber der ist nichts im Gegensatz zu Annas Käsekuchen.«

»Ach echt?« Er sah mich überrascht an. Wie jetzt? War es so schwer vorstellbar, dass ich gut backen konnte?

»Na ja …«, begann ich, doch da unterbrach Ilona mich schon wieder.

»Ich habe gehört, dass du als Übersetzer arbeitest?« Ilona nahm wirklich kein Blatt vor den Mund.

»Das ist richtig«, sagte er schmunzelnd.

»Darüber würde ich so gerne noch mehr hören, aber …«, sie warf einen Blick auf die Uhr an der Wand. »… jetzt muss ich mich leider leider leider schon verabschieden. Mein Laden möchte aufgesperrt werden … Ilonas Delikatessen. Gleich drei Häuser weiter.«

»Dann hast du es ja nicht weit zur Arbeit.«

»Ja. Wie praktisch, nicht wahr?«

Damit steckte sie sich den letzten Rest des Croissants in den Mund.

»Schön, dass wir uns kennengelernt habe«, sagte Paul Graf höflich.

»Vielleicht trifft man sich ja bald mal wieder«, flötete sie. »Bei einem gemeinsamen Apfelkuchen hier in der Bäckerei. Oder vielleicht sogar bei Anna zum Käsekuchenessen?«

Sie sah zu mir, und er folgte ihrem Blick.

»Ja. Vielleicht«, sagte ich.

Ilona erwartete doch jetzt nicht ernsthaft von mir, dass ich ihn nach Hause zum Kaffeeklatsch einlud, nur damit sie ihn besser kennenlernen konnte?

»Schön.« Ilona gab mir links und rechts ein Küsschen auf die Wange. »Dann bis bald.«

Sie winkte uns nochmal zu und verschwand dann eilig aus dem Laden.

Ich biss in mein Croissant, nahm den letzten Schluck Espresso und überließ es damit ihm, die Konversation fortzusetzen oder es bleiben zu lassen. Er nippte ebenfalls an seinem Kaffee, dann schaute er mich mit ernstem Blick an.

»Hören Sie, Frau … äh …«

»Reiter.«

»Genau … Tut mir leid. Keine Ahnung, warum ich mir den Namen nicht merken kann. Können wir nicht vielleicht auch zum Du übergehen?«

»Klar«, stimmte ich zu. »Ich bin Anna.«

»Dass ich Paul heiße, muss ich wohl nicht nochmal erwähnen, oder?« Er versuchte ein Lächeln.

»Ich habe es vorhin mitbekommen.«

»Schön … Also, Anna … Was ich sagen wollte. Irgendwie erwischen wir beide uns ständig auf dem falschen Fuß. Ich hätte Emma besser nicht sagen sollen, dass ich dich fast überfahren habe. Das war gedankenlos. Aber ich wollte einfach nur wissen, ob es dir gutgeht.«

Menschen, die einen Fehler eingestehen konnten, imponierten mir. Also konnte ich durchaus großzügig sein.

»Schon gut. Ich hätte nicht gleich so reagieren sollen. Tut

mir leid. Aber es ging mir um Emma. Nach der Trennung von meinem Exmann hatte sie damals plötzlich totale Verlustängste. Fast zwei Jahre lang wollte sie nicht mehr alleine schlafen. Und auch wenn sie immer so cool tut, weiß ich, dass sie sich nach wie vor Sorgen macht, dass mir was passieren könnte. Und das ist in dem Moment einfach wieder in mir hochgekommen.«

In seinen Augen bemerkte ich einen traurigen Schatten. Offenbar hatten ihn meine Worte an den Tod seiner Frau erinnert. Ich Trottel! Warum hatte ich nicht vorher besser nachgedacht?

»Tut mir leid, Paul … ich wollte nicht taktlos sein. Emma hat mir erzählt, dass deine Frau …« Ich brach ab.

»Ja … nein, ist schon okay. Du hast ja nichts Falsches gesagt.«

Eine Weile lang herrschte Schweigen. Ich aß das letzte Stück meines Croissants und er seinen Apfelkuchen.

»Und? Wie ging es Jana denn mit Mathe?«, fragte ich schließlich, um das Thema zu wechseln.

Er zuckte mit den Schultern.

»Keine Ahnung. Sie sagte nur, dass ihr die Zeit knapp wurde. Ich hoffe, sie hat es geschafft.«

»Das hoffe ich auch. Emma hatte ein gutes Gefühl.« Ich lachte trocken. »Aber das hatte sie bei Mathe schon oft, und dann ging's trotzdem in die Hose.«

»Im allerschlimmsten Fall muss sie das Jahr eben wiederholen. Davon geht die Welt auch nicht unter«, meinte er.

»Seh ich auch so«, stimmte ich ihm zu.

Wieder schwiegen wir.

»Tja, ich muss jetzt dann mal los.«

Er griff nach der Tüte mit den Brezeln.

»Ich dann auch gleich. Schönen Tag noch.«

»Ebenfalls.«

So übel ist der Mann vielleicht gar nicht, dachte ich, während ich ihm hinterhersah. In diesem Moment meldete mein Handy eine WhatsApp-Nachricht von Leo in der Familiengruppe: *Stimmt das Mama? Du hast was mit einem jungen Typen?*

Ein Smiley mit weit aufgerissenen Augen dahinter.

Ich seufzte und steckte das Handy in meine Tasche.

Kapitel 11

Als ich nach Hause kam, saß Leo in der Küche und wartete auf mich. Ihrem Blick nach zu urteilen, hatte meine Mutter ganze Arbeit geleistet. Ich versuchte, mich davon nicht beeindrucken zu lassen.

»Hi, Mama!«

»Hallo, Schatz. Du bist aber heut schon früh unterwegs«, sagte ich.

»Ich wollte die Sache mit dem Sektempfang nach dem Standesamt mit Ilona persönlich besprechen. Und dich eigentlich mitnehmen zu ihr in den Laden. Aber du warst ja nicht da. Stattdessen hat Oma mir erzählt, was gestern los war.«

»Ja. Es ging ganz schön wild zu. Conny und Django hatten anscheinend eine ziemliche Rauferei. Aber ihr ist glücklicherweise nichts passiert.«

»Mama!«, sagte sie ungeduldig. »Das ist sicher nicht das, was ich meine.«

Ich füllte den Wasserkocher und schaltete ihn ein.

»Magst du auch eine Tasse Tee?«

»Wieso weichst du mir aus?«

Ich drehte mich zu ihr um.

»Weil deine Oma total übertreibt.«

»Übertreibt? Sie und Emma haben gesehen, wie du so einen jungen Typen geküsst hast.«

Inzwischen verfluchte ich diesen Kuss, der zwar aufregend gewesen war, aber mir bisher nichts als Ärger gebracht hatte!

»Ja. Das stimmt«, gab ich zu. »Aber das war's auch schon.«

»Ach ja? Mehr hast du dazu nicht zu sagen?«

Ich seufzte.

»Was willst du denn hören?«

»Na, was dich dazu bewegt hat? Oma sagte, der Typ ist höchstens so alt wie Timo.«

»Das stimmt«, gab ich zu.

»Warst du heute früh vielleicht auch schon bei ihm? Ich meine, Mama! Er könnte dein Sohn sein!«

Ich hatte wirklich keine Lust, die Diskussion von gestern nochmal zu führen. Aber meine Tochter würde wohl keine Ruhe geben, bis ich ihr alles erklärt hatte.

Inzwischen kochte das Wasser. Ich holte einen Bio-Relax-Teebeutel aus der Schachtel – *den hatte ich dringend nötig!* – und hängte ihn in die extragroße Tasse, die Leo und Emma mir vor fast zehn Jahren zu meinem 40. Geburtstag geschenkt hatten. Sie war mit einem Foto meiner Töchter und mir bedruckt. Um ein wenig Zeit zu gewinnen, goss ich das Wasser besonders langsam in die Tasse.

»Also gut«, sagte ich schließlich und setzte mich mit dem Tee an den Tisch. »Ich war heute früh mit Ilona unterwegs. Sie hat mich zu meinem Auto gefahren, und wenn du mir das nicht glaubst, kannst du sie gern danach fragen. Und was Leo äh Leonard betrifft ...«

»Leo? Er heißt Leo? Nicht echt, oder?«, fragte Leo kopfschüttelnd.

»Dafür kann ich jetzt aber wirklich nichts, oder? Und weißt du ...«

In diesem Moment platzte Emma aufgeregt herein.

»Papa hat gerade eine Nachricht geschickt«, kam sie mir unbewusst zu Hilfe. »Ach hey, Leo. Du bist auch da! Hast du schon gesehen, was er geschickt hat?«

»Nein. Was ist denn los?«

Emma grinste wie ein Honigkuchenpferd.

»Schau es dir selbst an.«

Leo holte das Handy aus ihrer Hosentasche und öffnete ihre Nachrichten. Auch sie begann breit zu lächeln.

»Das ist ja super!«, rief sie aufgeregt.

»Was ist denn los?«, fragte ich. »Hat Papa im Lotto gewonnen?«

Emma hielt mir das Handy vor die Nase.

»Hier. Schau mal!«

Auf dem Foto waren die Zwillinge zu sehen, die mit ihren roten Lockenköpfen wie Miniaturausgaben von Leo aussahen und nebeneinander im Garten vor einer Schaukel standen. Ja und? Harald schickte öfter Fotos von seinen Mädchen.

»Süßes Bild«, kommentierte ich, während ich noch überlegte, was meine Töchter so aus dem Häuschen gebracht hatte.

»Mama! Du musst lesen, was auf ihren T-Shirts steht«, sagte Emma.

»Ach so …«

Ich setzte die Lesebrille auf, die ich inzwischen praktischerweise meist auf dem Kopf trug, um sie nicht ständig suchen zu müssen.

»Jetzt bin ich aber gespannt«, sagte ich.

Und dann las ich es: *Beste große Schwester!*

In diesem Moment passierte etwas mit mir. Ich versuchte zu lächeln. Doch es war, als ob mein Gesicht gleich einfrieren würde. Die Tatsache, dass mein Exmann und seine neue Frau ein weiteres Baby bekamen, traf mich mit unerwarteter Wucht. Viel schwerer als damals, als ich erfahren hatte, dass Karla mit den Zwillingen schwanger war.

»Wow!« Ich schluckte. »Das ... das ist ja eine tolle Überraschung«, sagte ich schließlich und hoffte, dass die beiden nicht merkten, dass mich diese Überraschung gerade mächtig aus der Bahn warf.

»Hoffentlich wird es diesmal ein Junge. Ich hätte so gern einen kleinen Bruder!«, sagte Emma.

»Ja. So ein kleiner Racker wäre echt noch schön«, stimmte Leo ihr zu. Wenigstens hatte sie über die Nachricht ihres Vaters vergessen, mich weiter über die Sache mit Leonard auszuquetschen.

»Der arme Junge. Mit vier älteren Schwestern hat er dann aber nichts zu lachen«, versuchte ich zu scherzen und setzte ein Grinsen auf, das mir selbst ziemlich falsch vorkam. Doch meine Mädchen bemerkten das in ihrer Freude nicht.

»Karla ist schon in der 15. Woche«, las Leo am Handy und tippte dann eine Nachricht.

»Ich geh mal duschen«, sagte ich und ging hinaus. Ich konnte ihre Begeisterung im Moment einfach nicht länger ertragen, wollte jedoch keine Spielverderberin sein.

Anstatt nach oben ins Bad zu gehen, nahm ich den Schlüsselbund und verließ das Haus. Ich musste mich unbedingt bewegen, um dieses drückende Gefühl in meiner Brust loszuwerden. Wie gern hätte ich nach Emma noch ein Kind bekommen. Aber Harald hatte gesagt, zwei Kinder wären genug, und er wolle auf keinen Fall noch ein weiteres. Und nun würde er in wenigen Monaten zum fünften Mal Vater, während meine Eier am Austrocknen waren und ich keine Möglichkeit mehr hatte, noch ein weiteres Baby zu bekommen. Ich spürte eine immense Wut auf meinen Exmann und auch auf mich selbst, weil ich nicht versucht hatte, mich durchzusetzen, als ich noch die Chance dazu gehabt hatte. Ich ging immer schneller, bis ich völlig außer Atem war und stehen blieb. Plötzlich musste ich an Ilona denken, die überhaupt kein Kind bekommen konnte. Und an Zoe, bei der es in den Sternen stand, obwohl sie sich nichts sehnlicher wünschte, als Mama zu werden. Und da erfasste mich Dankbarkeit und auch ein wenig Demut. Immerhin hatte ich zwei wundervolle gesunde Töchter und die Chance, irgendwann Oma zu werden.

Als ich eine Stunde später zurückkam, fühlte ich mich wieder besser. Leo war inzwischen ohne mich aufgebrochen und zu Ilona gefahren, wie Emma mir berichtete. Meine Jüngste saß auf der Terrasse und lernte. Mutter werkelte im Garten und redete zwar wieder mit mir, jedoch im »Du-hast-was-falsch-gemacht-Modus«. Das bedeutete, dass sie mir nicht in die Augen schaute und ihr Tonfall so bemüht neutral war, dass er alles andere als neutral war. Wenigstens ließ sie das Thema auf sich beruhen. Vorerst.

Ich zog alte Sachen an und begann zu putzen. Nur unterbrochen von einer kurzen Mittagspause, arbeitete ich den ganzen Tag und hörte erst auf, als jedes Zimmer im Haus blitzblank war. Danach war ich hundemüde, aber auch zufrieden. Ein paarmal schrieb ich an diesem Tag mit Leonard hin und her, der weiterhin versuchte, mich zu einem nächsten Date zu überreden, was ich jedoch unmissverständlich ablehnte. Trotzdem tat mir der Kontakt zu ihm gut und brachte mich immer mal wieder zumindest für kurze Zeit auf andere Gedanken.

Über die nächsten Tage normalisierte sich die Lage im Haus wieder. Emma hatte ihre letzte schriftliche Prüfung hinter sich gebracht, und wir atmeten vorerst erleichtert auf. Meine Mutter wurde zugänglicher, und auch meine Leo kam nicht mehr auf die Sache mit *dem* Leo zu sprechen. Trotzdem fühlte ich mich nicht wirklich wohl. Zweimal hatte ich wieder diese nächtlichen Angstattacken gehabt, die jedes Mal schlimmer wurden, wie ich meinte. So schlimm, dass ich sie schließlich abklären lassen wollte.

Dr. Fritz Geiger war schon unser Hausarzt gewesen, als ich mit Leonie schwanger wurde. Und er schien seit damals kaum einen Tag älter geworden zu sein. Er hatte sich nur ein kleines Bierbäuchlein angefuttert, und vereinzelte weiße Strähnen hellten sein ansonsten dunkelblondes Haar auf. Dr. Geiger kannte mich nach all den Jahren in- und auswendig. Wobei es schon länger keinen Anlass gegeben hatte, ihn aufzusuchen.

»Sie haben Augenringe wie ein Traktorreifen«, begrüßte er mich. »Ihnen fehlt wohl Schlaf, Frau Reiter!?«

Er ist einfach ein diagnostisches Genie.

»Genau deswegen bin ich hier.«

Ich schilderte ihm meine nächtlichen Beschwerden.

»Sind Sie nüchtern?«, fragte er.

»Bis auf die zwei Obstler zum Frühstück schon, ja«, sagte ich trocken.

Dr. Geiger lachte.

»Ein Obstler am Morgen vertreibt alle Sorgen … Tja, wenn es so einfach wäre, nicht wahr?«

Ich mochte Dr. Geiger, der immer gut gelaunt war, die Beschwerden seiner Patienten jedoch trotzdem ernst nahm.

»Also, Frau Reiter. Wir nehmen später gleich mal Blut ab und checken alle Werte. Und ein EKG machen wir auch noch«, sagte er, während er Lunge und Herz bei mir noch abhorchte.

»Sind Sie momentan sehr gestresst?«, wollte er wissen.

»Eigentlich nicht sehr viel mehr als sonst«, antwortete ich.

»Nur ...«

»Nur was?«

»Nun ja. Meine Jüngste macht gerade ihr Abitur, und Leo heiratet bald. Vielleicht ist doch ein bisschen mehr los als sonst, aber das ist ja auch bald wieder vorbei.«

Die Sache mit Jo und Leonard ließ ich besser unter den Tisch fallen.

Er nickte bedächtig, rollte mit seinem Stuhl zurück an den Schreibtisch und warf einen Blick auf seinen Laptopmonitor.

»Machen Sie noch regelmäßig Yoga?«

»Momentan fällt das öfter mal aus.«

»Nicht gut.«

»Ich weiß.«

»Morgen haben wir die Laborergebnisse. Je nachdem, was dabei rauskommt, besprechen wir, wie es weitergehen soll.«

Seine Worte bereiteten mir Unbehagen.

»Glauben Sie denn, dass ich was Schlimmes haben könnte?«, fragte ich besorgt.

Er schob seine Brille etwas nach unten und schaute mich an.

»Ich glaube, dass Körper und Seele sich mit den unterschiedlichsten Symptomen melden, wenn etwas nicht stimmt. In Ihrem Fall tippe ich eher auf die Seele. Aber ich möchte nichts übersehen.«

»Meine Seele?«

»Nicht nur. Sie sind jetzt in einem Alter, in dem sich auch hormonell so einiges tut. Solche Attacken in der Nacht sind da gar nicht so ungewöhnlich. Meine Frau kann ein Lied davon singen.«

»Ihr Frau hat das auch?«

»Hatte. Inzwischen ist es vorbei.«

»Das kann also mit dem Wechsel zu tun haben?«

»Ja … Aber wie gesagt, warten wir erst die Ergebnisse ab. Und dann versuchen wir, der Sache genau auf den Grund zu gehen. Okay?«

»Na gut.«

Ich bedankte und verabschiedete mich. Draußen nahm die Sprechstundenhilfe mir Blut ab, checkte meinen Blutdruck und hängte mich ans EKG. Danach machte ich mich auf den Weg zur Arbeit.

An diesem Nachmittag hatten wir den Termin im Brautmoden-geschäft in München, und ich bat Zoe, mich eine Stunde früher gehen zu lassen. Eigentlich wäre ich lieber mit Leo alleine gefahren, doch sie wollte unbedingt, dass meine Mutter mitkam. Der Waffenstillstand hielt immer noch an. Doch ich hatte das Gefühl, als ob sie nur darauf lauern würde, mich noch einmal mit Leonard zu erwischen, um mich endgültig mit einer moralischen Keule zu erschlagen.

Als wir auf den Laden zugingen, stand Karla davor und winkte uns lächelnd zu.

»Was macht die denn hier?«, fragte meine Mutter. Sie war auf die neue Frau meines Exmanns nicht sonderlich gut zu sprechen. Was grundsätzlich nichts Persönliches, sondern einfach nur der Tatsache geschuldet war, dass sie es Harald immer noch nicht verziehen hatte, dass er damals einfach so verschwunden war.

»Sie gehört auch zu meiner Familie«, sagte Leo leise. »Und ich hab mir gedacht, es wäre schön, wenn sie heute dabei wäre.«

»Was?«, fragte Mutter nach, die mal wieder nichts verstanden hatte.

»Reißt euch bitte einfach zusammen!«, sagte Leo ein klein wenig lauter. »Mir ist es wichtig, dass sie auch da ist.«

Normalerweise hätte mich das auch gar nicht weiter gestört, weil ich ihr kaum vorwerfen konnte, dass sie sich in genau denselben Mann verliebt hatte wie ich vor vielen Jahren. Noch dazu erst nach unserer Trennung. Doch nachdem ich von ihrer erneuten Schwangerschaft erfahren hatte, hätte ich ausgerechnet heute bei diesem besonderen Anlass gern auf ihre Anwesenheit verzichtet.

Leo und Karla begrüßten sich mit einer herzlichen Umarmung. Mutter nickte ihr kurz zu.

»Grüß dich, Karla.«

»Hallo Mina und Anna. Ich freue mich total, dass ich heute dabei sein darf.« Ihre Augen funkelten tatsächlich vor Freude. Oder waren das die Schwangerschaftshormone?

»Wo sind denn die Mädchen?«, fragte ich.

»Noch im Kindergarten. Harald macht heute extra früher Schluss, um sie abzuholen.«

Sieh an, sieh an. Wie Menschen sich ändern konnten! Das hatte er bei unseren Töchtern früher niemals gemacht.

»Ich bin schon so gespannt auf das Kleid«, sagte Karla aufgeregt.

»Dann lasst uns mal reingehen, ja?«, meinte Leo und betrat als Erste das Geschäft.

»Ist Frau Stiletzky nicht da?«, fragte ich, als uns eine junge Verkäuferin begrüßte, die wir bisher noch nie gesehen hatten.

»Die Chefin ist auf einer Messe in Mailand«, erklärte Veronika, wie die junge Frau sich uns vorstellte. »Aber es ist alles vorbereitet … Möchten Sie etwas trinken? Ein Gläschen Sekt vielleicht?«

»Gerne«, sagten meine Mutter, Leo und ich gleichzeitig.

Karla winkte ab und lächelte etwas verlegen.

»Für mich bitte nur ein Wasser.«

»Vernünftig!«, sagte meine Mutter, und mit diesem einen Wort stellte sie klar, dass wir alle von der Schwangerschaft wussten, jetzt jedoch nicht der passende Zeitpunkt war, darüber zu sprechen. Heute ging es nur um ein Kind – und das hieß Leonie!

Während Veronika eine Flasche Sekt und Wasser aus dem Kühlschrank neben der Verkaufstheke holte und dabei mit ihrer etwas zu hoch geratenen Stimme pausenlos von Leos traumhaft schönem Kleid schwärmte, nahmen wir auf dem riesigen, mit hellblauem Satinstoff bezogenem Sofa Platz.

»Auf Leo und ihr Brautkleid!«, sagte meine Mutter wenig später, und wir stießen mit unseren Gläsern an.

»So, und ich hole inzwischen schon mal das Kleid.«

Veronika ging in den hinteren Teil des Ladens und kam gleich darauf mit dem Brautkleid zurück, das sie vorsichtig auf einem Kleiderbügel trug.

»Hach! Wie schön!«, schwärmte meine Mutter, und auch Karla seufzte begeistert.

Leo verschwand mit Veronika und dem Kleid hinter einem weißen Vorhang.

In diesem Moment meldete mein Handy eine WhatsApp-

Nachricht. Ich holte es aus der Tasche. Leonard hatte geschrieben. Etwas verlegen drehte ich mich von meiner Mutter weg.

Ich kann unseren Kuss nicht vergessen.

Küssendes Smiley.

Gleich darauf kam ein Foto. Es war ein Selfie, auf dem er frech in die Kamera grinste.

Ich spürte, wie meine Wangen ganz heiß wurden, und tippte.

Bin unterwegs. Melde mich später.

Meine Mutter warf mir einen lauernden Blick zu. Als ob sie ahnen würde, wer mir da eben geschrieben hatte. Ich fächelte mir kurz mit der Hand Luft zu.

»Hitzewelle«, sagte ich knapp.

»So so.«

Eine weitere Nachricht kam an.

Leonard: *Ich freu mich.*

Grinsendes Smiley.

Rasch steckte ich das Handy zurück in die Handtasche.

»Wie geht's dir denn, Schatz?«, rief ich in Richtung des Vorhangs, um Mutter von mir abzulenken.

»Moment … wir schlüpfen gerade ins Kleid«, rief Veronika zurück. »Zumindest versuchen wir es.«

»Verdammt«, schimpfte Leo. »Das passt ja gar nicht!«

»Oh oh!«, kam es von der Verkäuferin.

Dieses *Oh Oh* hörte sich gar nicht gut an.

»Mama!«

Der Vorhang wurde aufgerissen. Leo stand mit dem am Rücken offenen Kleid da und sah uns völlig entgeistert an.

»Das ist viel zu klein!«, schimpfte sie. Was nicht zu übersehen war.

Ich stand auf und ging zu ihr. Am Rücken klaffte ein Abstand von etwa zehn Zentimetern. Außerdem war es viel zu kurz.

»Das sind ja mindestens zwei Kleidergrößen zu wenig!«, sagte meine Mutter, die ebenfalls aufgestanden war. »Und ich dachte mir vorhin schon am Kleiderbügel, dass es sehr klein aussieht.«

»Aber es ist exakt nach den Maßen angefertigt worden, die abgemessen wurden«, verteidigte Veronika das Kleid. »Haben Sie vielleicht zugenommen?«

»Zugenommen? Ganz sicher nicht!«, empörte sich Leo, die bei diesem Thema ohnehin etwas empfindlich war.

»Vielleicht ein bisschen!«, kommentierte meine Mutter, die für sowas berufsbedingt als Schneiderin einen besonderen Blick hatte.

»Oma! Ich hab nicht zugenommen!«, rief Leo.

»Doch, das hast du, Schätzchen. Aber das dürfte trotzdem nicht so viel ausmachen.« Mutter wandte sich an Veronika. »Hier ist mächtig was schiefgelaufen beim Nähen.«

»Das würde ich aber auch sagen«, stimmte Karla ihr zu.

Die Verkäuferin schüttelte den Kopf.

»Unmöglich. Sehen Sie selbst …«

Sie nahm den Zettel, auf dem handschriftlich die Maße geschrieben waren, die bei der Bestellung weitergegeben worden waren. »Sehen Sie: Hier steht alles schwarz auf weiß.«

Ich nahm den Zettel und schob meine Brille auf die Nase.

»Meine Tochter heißt aber nicht Jeannette Großebner, sondern Leonie Reiter!«, rief ich, nachdem ich den Fehler sofort entdeckt hatte.

»Was?« Veronika riss mir beinahe den Zettel aus der Hand.

»Dafür sollten Sie jetzt mal ganz schnell eine gute Erklärung finden!«, sagte meine Mutter.

Zehn Minuten später hatte sich nach einigen Telefonaten herausgestellt, dass es nicht nur eine Verwechslung mit den Namen der Kunden gegeben hatte, sondern dass das Brautkleid für Leonie offenbar niemals bestellt worden war.

»Wie kann das denn sein?«, fragte Karla empört, die sich bisher zurückgehalten hatte.

»So etwas ist mir in über fünfzig Jahren Berufsleben nicht passiert!«, stellte meine Mutter klar.

»Ich … ich weiß auch nicht, was da schiefgelaufen ist.« Veronika war ziemlich blass um die Nase.

»Wieso haben Sie mir überhaupt Bescheid gegeben, dass mein Kleid da ist. Wenn es doch gar nicht bestellt wurde?«, fragte Leo aufgebracht.

»Vielleicht weil es das gleiche Modell ist«, murmelte die Verkäuferin ein wenig hilflos. »Ich kann mir echt nicht erklären, wie das passieren konnte.«

»Ich werde mir die Homepage Ihres Saftladens im Internet heraussuchen und eine Bewertung schreiben, die sich gewaschen hat!«, drohte meine Mutter. »Damit die Leute zukünftig wissen, worauf sie sich hier einlassen!«

»Bitte … wir finden sicher eine Lösung«, versuchte die völlig überforderte Verkäuferin zu schlichten.

»Aber was soll ich jetzt anziehen?«, fragte Leo, den Tränen nahe. »In vier Wochen ist die Hochzeit!«

»Bis dahin bekommen wir das Kleid niemals neu!«, befürchtete die Verkäuferin. »Wir könnten höchstens eines der Ausstellungsstücke nehmen und umändern.«

»Haben Sie das Kleid denn noch hier, das Leo damals anprobiert hat?«, fragte ich. »Das war ja ohnehin fast in ihrer Größe.«

»Leider nicht.« Veronika schien mit jeder Minute zu schrumpfen. »Moment, ich rufe die Chefin mal eben an.«

Sie ging nach hinten, um zu telefonieren. Es würde mich nicht wundern, wenn sie die Gelegenheit nutzte, um sich aus dem Staub zu machen.

»Das bedeutet, dass ich mir jetzt ein völlig neues Kleid aussuchen muss?« Leo war immer noch fassungslos. Wochenlang hatten wir nach ihrem Traumkleid gesucht, bis wir in dieser Boutique endlich fündig geworden waren.

»Ich könnte das Kleid deiner Mama für dich anpassen«, schlug meine Mutter vor.

»Auf keinen Fall!«, fuhr ich dazwischen. »Diesen Achtziger-Jahre-Albtraum, den du mir damals aufgeschwatzt hast, wird meine Tochter gewiss nicht anziehen.«

»Das trug man damals eben so«, verteidigte sie sich ein wenig beleidigt.

»Genau. Damals. Aber in keinem Universum wird dieser schreckliche Stil noch einmal eine Renaissance erleben!«

Zumindest hoffte ich das. Ich durfte gar nicht an die überdimensionalen Puffärmel denken!

Außerdem hatte dieses Kleid mir offenbar kein Glück gebracht. Allein der Gedanke daran löste eine Hitzewelle aus! Ich nahm einen der Prospekte und fächelte mir Luft zu.

»Und jetzt?«, fragte Leo, der inzwischen die Tränen übers Gesicht liefen. Karla reichte ihr ein Taschentuch.

»Liebes«, versuchte ich, sie zu beruhigen. »Wir stehen in einem Laden mit schätzungsweise zweihundert Brautkleidern. Sicher finden wir hier eines für dich.«

»Ich weiß nicht. Wir sollten besser woanders hingehen«, sagte Mutter, und diesmal musste ich ihr ausnahmsweise recht geben und nickte.

»Aber vorher trinken wir den Sekt noch aus«, fügte sie hinzu. Ich schenkte uns nach.

In diesem Moment kam Veronika mit einem übertriebenen Lächeln im Gesicht wieder zurück.

»Meiner Chefin tut die Sache natürlich unendlich leid. So ein Fehler ist in all den Jahren noch nie passiert. Das müssen Sie mir glauben! Wir wollen, dass Sie deswegen keinen Schaden und keine Unannehmlichkeiten haben. Sie hat gesagt, Sie dürfen sich aussuchen, was Sie wollen. Das Kleid samt Zubehör gehen aufs Haus.«

Leo sah sie verdutzt an.

»Egal, welches ich mir nehme?«, fragte sie ungläubig.

»Völlig egal. Sie suchen sich aus den Kleidern im Laden aus, was sie wollen, und wir ändern es in den nächsten Tagen, damit auf keinen Fall mehr etwas schiefgehen kann. Schließlich möchten wir, dass nichts den glücklichsten Tag Ihres Lebens trübt. Wir behalten nur die Anzahlung.«

Die in diesem Fall 300 Euro betrug.

»Das ist ein sehr fairer Vorschlag«, sagte ich.

»Finde ich auch«, stimmte Karla zu.

»Na, wenn das so ist, dann werde ich mir das mit der schlechten Bewertung doch nochmal anders überlegen«, meinte meine Mutter beschwichtigt und nahm wieder auf dem Sofa Platz.

Nachdem der von uns gesteckte finanzielle Rahmen weggefallen war, stand Leo jetzt eine unbegrenzte Auswahl an Kleidern zur Verfügung, so weit sie in ihrer Größe vorrätig waren. Am

Ende gab es sogar zwei Kleider, die ihr fast noch besser gefielen als das ursprüngliche.

Dreieinhalb Stunden, ein Tablett voller eigens bestellter Häppchen und eine weitere Flasche Sekt später, verließen wir den Brautmodenladen mit einer erschöpften, aber ziemlich glücklichen Braut. Ich jubelte innerlich über das unglaubliche Schnäppchen, das wir gerade so unerwartet gemacht hatten. Wir hatten weit über tausend Euro gespart.

Karla brachte uns mit dem Wagen zum Hauptbahnhof. Nachdem wir alle ausgestiegen waren, nahm sie mich kurz zur Seite.

»Harald und ich möchten den beiden zur Hochzeit eine Reise schenken. Er hat dabei an zwei Wochen Südsee oder die Malediven gedacht«, sagte sie leise. »Denkst du, Leo und Timo würden sich darüber freuen?«

»Südsee oder Malediven?«, fragte ich perplex.

Sie nickte.

»Wow, also das ist ja echt sehr großzügig von euch.« Der Job als Personalchef in einem Elektrokonzern, den er nach unserer Scheidung in München angenommen hatte, musste echt was abwerfen.

»Oder denkst du, Südafrika oder Nordamerika wäre ihnen lieber? So eine große Reise macht man ja – wenn überhaupt – eher nicht so oft im Leben, deswegen sollte es für die beiden perfekt sein.«

»Wo bleibst du denn, Anna?«, rief meine Mutter uns zu, die neben Leo stand.

»Gleich!«, rief ich zurück.

»Hör mal, Karla«, sagte ich. »Die beiden würden sich gewiss über jede dieser Reisen total freuen. Bis jetzt haben sie noch gar nichts für ihre Hochzeitsreise gebucht. Sie hatten vor, spontan mit dem Auto gen Süden zu fahren. Aber ich weiß, dass sie das Meer ganz besonders lieben. Südsee oder Malediven – beides wäre sicher ein Wahnsinnsgeschenk.«

»Dann werde ich das zu Hause gleich mit Harald besprechen. Und vielleicht sagen wir es Leo und Timo dann doch schon vorher, damit sie besser planen können.«

»Das ist sicher eine gute Idee.«

»Danke dir, Anna.«

»Ach, wofür denn?«, winkte ich ab.

»Dafür, dass du es möglich machst, dass wir alle einen guten Kontakt zueinander haben können. Das ist nicht selbstverständlich und bedeutet mir wirklich sehr viel.«

Sie drückte meinen Arm.

»Tja, warum auch nicht?«, sagte ich leichthin und hatte ein schlechtes Gewissen, weil ich ihr Lob eigentlich gar nicht verdiente.

»Mama! Unser Zug fährt in zehn Minuten!«, rief nun Leo.

»Ich komme schon … Mach's gut, Karla. Und grüße die Mädchen von mir.«

»Harald nicht?«

»Doch, den auch.«

Sie lachte.

»Und schön, dass du heute dabei warst«, rief ich ihr noch hinterher, als ich zu Leo und Mutter ging. Und zu meiner Überraschung meinte ich es jetzt auch so.

Kapitel 12

»Ihre Werte sind alle bestens, Frau Reiter«, sagte Dr. Geiger am nächsten Tag, als ich es in der Mittagspause gerade noch in seine Sprechstunde geschafft hatte. »Sogar ich beneide Sie darum.«

Mir fiel ein großer Stein vom Herzen. Es war doch ziemlich beruhigend zu wissen, dass offenbar alles in Ordnung war.

»Hatten Sie denn inzwischen wieder so eine Attacke?«, fragte er.

»Ja. Letzte Nacht.«

»Hören Sie. Ich weiß, dass diese Attacken wirklich beängstigend und alles andere als schön sind. Aber ich möchte Ihnen jetzt auch nicht gleich irgendein Hammer-Mittel verschreiben. Ich befürchte, das würde das Problem nur verschieben.«

»Welches Problem?«, wollte ich wissen.

»Ich kenne Sie jetzt schon ziemlich lang. Sie sind keine Frau, die wegen jedem Wehwehchen in die Praxis kommt. Ich vermute, der Wechsel verstärkt gerade ein wenig die Ängste, die mit der Umstellung Ihres Lebens einhergehen. Bisher haben Sie immer zuverlässig funktioniert. Für die Familie, für den Job. Gerade in den letzten Jahren als alleinerziehende Mutter. Irgendwann fordert das seinen Tribut.«

Während er sprach, spürte ich, wie meine Kehle etwas eng wurde.

»Manchmal habe ich echt das Gefühl, dass mein Leben gerade an einem Scheideweg steht.«

»Das ist verständlich. Wissen Sie was? Am besten wären mal ein paar Wochen Auszeit. Weg vom Alltag.«

»Gut, dass Sie das sagen, Herr Doktor. Gerade habe ich vier Wochen Urlaub auf den Bahamas gebucht«, witzelte ich.

Er lächelte.

»Zwei Wochen Wanderurlaub im Bayerischen Wald zum Beispiel wären ja auch schon mal ein Anfang. Denken Sie einfach mal darüber nach, ob Sie sowas nicht irgendwie hinbekommen.«

»Hm. Okay.«

»Jetzt für die akute Situation würde ich Ihnen den Rat geben, gezielte Atemübungen zu machen. Mit denen kann man die Attacken ein wenig in den Griff bekommen. Ich gehe auch davon aus, dass es Ihnen schon jetzt besser gehen wird, weil Sie wissen, dass körperliche Ursachen eigentlich ausgeschlossen sind.«

»Hoffentlich. Die größte Angst habe ich in diesen Nächten meistens davor, dass ich einen Herzinfarkt kriege.«

»Bei Ihren Werten und der körperlich guten Verfassung ist davon nicht auszugehen.«

»Das beruhigt ja echt schon mal sehr«, sagte ich.

»Und machen Sie weiterhin regelmäßig Yoga und Sport.«

»Werde ich«, versprach ich mit dem besten Vorsatz, es auch einzuhalten.

»Wenn es trotzdem nicht bald besser wird, versuchen wir es mit einem sanften pflanzlichen Mittel. Aber hauptsächlich würde ich Ihnen empfehlen, mal aus Ihrer Routine auszubrechen. Tun Sie Dinge, die Sie noch nie getan haben. Wagen Sie auch mal wieder neue Abenteuer. Glauben Sie mir, das wirkt oft Wunder und kann Ihnen ...«

Ich hörte ihm gespannt zu, da platzte die Sprechstundenhilfe herein.

»Im Wartezimmer ist ein Patient umgekippt!«, rief sie aufgeregt.

Dr. Geiger stand sofort auf.

»Versuchen Sie es, und wenn es nicht besser wird, kommen Sie wieder«, rief er mir zu, während er hinauseilte.

Ich verließ die Praxis und machte mich zu Fuß auf den Heimweg. Bis zur Nachmittagssprechstunde hatte ich noch drei Stunden Zeit. Doch irgendwie hatte ich eigentlich keine Lust, jetzt nach Hause zu gehen. Dr. Geigers Worte hallten in mir nach. War ich wirklich so festgefahren in meinem Leben? Vielleicht würde mir eine kleine Auszeit tatsächlich guttun? Aber natürlich erst nach der Hochzeit und Emmas hoffentlich bestandenem Abitur und der Schulabschlussfeier. Vorher war daran wirklich nicht zu denken.

»Hey! Anna!«

Ich drehte mich um.

»Leonard!«

Er war gerade aus seinem Wagen ausgestiegen, und fast wäre ich an ihm vorbeigelaufen. Ich blieb stehen.

»Geht es dir gut?«, fragte er. »Du machst so ein ernstes Gesicht.«

»Ja, es ist ... es ist alles gut«, sagte ich. »Es ist nur momentan viel los bei mir.« Ich lächelte.

»Falls ich dich ein wenig ablenken soll – ich bin jederzeit gern für dich da«, bot er an.

Entfliehen Sie Ihrer Routine. Tun Sie Dinge, die Sie noch nie getan haben, hörte ich die Stimme meines Arztes. Hatte er recht?

»Was machst du denn gerade?«, fragte ich spontan.

»Ich war auf dem Weg in die Metzgerei, um mir was zu essen zu holen.«

Wagen Sie auch mal wieder neue Abenteuer. Sollte ich wirklich?

Du kannst dich doch nicht mit so einem jungen Kerl abgeben! Was sollen denn die Leute dazu sagen? drängte sich die Stimme meiner Mutter dazwischen.

Doch in diesem Moment waren mir die anderen Leute völlig egal. Schließlich mussten weder sie noch meine Mutter sich mit meinen nächtlichen Attacken herumschlagen. Ich sollte besser die Empfehlung meines Hausarztes befolgen. Er war schließlich der Spezialist!

»Du Leonard, ich habe da eine Idee«, sagte ich und holte mein Handy aus der Tasche.

»Ja? Welche denn?«

»Warte kurz.« Ich drückte auf den Kurzwahlspeicher am Handy.

Leonard sah mich neugierig an.

»Hallo, Ilona«, meldete ich mich. »Sag mal, kannst du rasch ein paar leckere Häppchen für zwei Personen für mich zusammenstellen? … Ja – du weißt ja, was ich gern mag … Ich würde so in zehn Minuten bei dir sein … Genau! Und bitte pack noch eine Flasche Pinot Grigio aus deinem Kühlschrank und zwei Gläser dazu, ja? … Super! Bis gleich.« Ich legte auf.

»Häppchen für zwei Personen?«, fragte er amüsiert.

»Hast du Lust auf ein kleines Picknick am See?«, fragte ich schnell, bevor ich es mir anders überlegen konnte.

Leonard lächelte mich erfreut an.

»Und ob!«

Zehn Minuten später packte Ilona allerlei Leckereien in einen Korb und versuchte gleichzeitig durch das Schaufenster einen Blick auf Leonard zu erhaschen, der in seinem Wagen wartete.

»Warum ist er denn nicht mit reingekommen?«, fragte sie vorwurfsvoll. »Ich will ihn doch endlich mal sehen.«

»Weil ich ihm gesagt habe, dass er im Auto bleiben soll.«

»Du gönnst mir ja gar nichts!«

»Mensch, Ilona, ich hoffe, ich mache jetzt keinen Fehler?«

Nach meiner spontanen Einladung war mir inzwischen doch etwas mulmig zumute.

»Ganz bestimmt nicht! Was soll daran denn falsch sein?«, meinte sie. »Und jetzt los mit dir!«

Ich holte meine Geldbörse aus der Handtasche.

»Nichts da! Das geht heute aufs Haus, Süße.«

»Wirklich?«

»Ja! Wirklich.«

»Danke!«

»Aber ich möchte jedes schmutzige kleine Detail hören. Verstanden?«

»Ilona!«

»Jedes!«

»Mach dir keine zu großen Hoffnungen, dass es da viel zu hören gibt.«

»Warten wir's mal ab.«

Ich atmete tief durch, dann nahm ich den Korb und ging zur Tür.

»Lass es krachen, Süße!«, rief sie mir hinterher.

Meine Beine zitterten vor Aufregung, als ich auf das Auto zuging. Ich öffnete die hintere Wagentür auf meiner Seite und stellte den Korb auf den Rücksitz. Dann stieg ich ein. Bevor ich die Tür schloss, sah ich Ilona aus dem Geschäft eilen.

»Wartet!«

Sie hielt zwei Weingläser in der Hand.

»Die hab ich vergessen einzupacken.«

Vergessen? Wer's glaubt, wird selig.

»Hallo, ich bin Ilona«, sagte sie mit einem neugierigen Blick auf Leonard.

»Hallo. Ich bin Leo«, grüßte er freundlich zurück.

»Ja. Ich weiß. Hab schon einiges von dir gehört«, zwitscherte sie.

»Ilona!«, mahnte ich sie verlegen.

Doch Leonard grinste nur.

»Wir müssen jetzt los!«, sagte ich und schlug die Tür zu.

Doch bevor er den Wagen gestartet hatte, klopfte es nochmal am Beifahrerfenster.

»Also, Ilona …«, begann ich, doch anstatt meiner besten Freundin stand die beste Freundin meiner Mutter neben dem Wagen. Ich ließ das Fenster herunter.

»Hallo, Gundi!«, sagte ich und fühlte mich wie ein kleines Kind, das beim Klauen eines Bonbons erwischt worden war.

»Anna. Du bist es tatsächlich. Hab ich mich also doch nicht getäuscht.«

Hast du nicht!

Sie streckte den Kopf durch das Fenster, um einen Blick auf Leonard zu erhaschen. Ich beugte mich etwas nach vorne, was es ihr schwerer machte.

»Kann ich dir irgendwie helfen, Gundi?«, fragte ich, bemüht freundlich.

»Das ist aber nicht dein Schwiegersohn!«, stellte sie fest, ohne auf meine Frage einzugehen.

»Äh nein, das ist nicht Timo«, murmelte ich und suchte fieberhaft nach einer Erklärung.

»Ich bin … Timos Cousin«, kam Leonard mir zu Hilfe und lächelte Gundi freundlich zu.

»Aha«, kommentierte sie nur.

»Wir planen eine ganz besondere Überraschung für die Hochzeit. Alles natürlich streng geheim. Anna ist so freundlich, bei der Organisation zu helfen.«

»Ach so ist das!«, sagte Gundi und schien sich zu freuen, dass sie nun zur Mitwisserin einer Sache geworden war, ohne allerdings das Geheimnis selbst zu kennen.

»Am besten, du sagst auch meiner Mutter nichts, Gundi. Du kennst sie ja. Sie kann Geheimnisse einfach nicht für sich behalten. Und es wäre schade, wenn sie Leo verraten würde, dass wir etwas planen.«

Gundi setzte eine nachdenkliche Miene auf und strich sich über ihren adretten silbernen Kurzhaarschnitt.

»Das stimmt allerdings. Deine Mutter ist eine echte Plaudertasche. Sogar das mit meinen Hämorrhoiden hat sie Karl erzählen müssen, obwohl ich sie mehrfach gebeten habe, es für sich zu behalten. Seitdem liegt immer ein extra dickes Kissen auf der Bank, wenn wir zu ihm zum Kartenspielen gehen. Dabei sind die Beschwerden schon längst vorbei. Aber Karl denkt trotzdem immer an meinen vermeintlich kaputten Arsch.«

Ich hörte ein verhaltenes Grunzen, und mir war klar, dass

Leonard mit aller Macht versuchte, nicht laut loszuprusten. Auch ich konnte mich kaum beherrschen.

»Das … das war wirklich nicht nett von ihr!«, brachte ich gerade so über die Lippen.

»Eben. Und macht euch keine Sorgen, ich verrate ihr nicht, dass es eine Überraschung geben wird«, meinte Gundi. »Sie muss ja nicht alles wissen.«

»Danke, Gundi … Und wir müssen jetzt auch gleich los.«

»Verstehe. Wiedersehen!«, rief sie und winkte uns hinterher, als Leonard losfuhr.

Nun konnten wir uns beide nicht mehr länger zurückhalten und lachten laut los.

»Kaputter Arsch«, gackerte ich, und vor Lachen kamen mir schon die Tränen.

»Diese Gundi ist aber echt speziell«, meinte Leonard.

»Allerdings. Sie nimmt nie ein Blatt vor den Mund«, sagte ich.

»Ich mag solche Leute.«

»Ich auch. Danke übrigens – fürs Schwindeln.«

Leonard warf mir einen amüsierten Blick zu.

»Mir scheint, das ist ansteckend, wenn man mit dir unterwegs ist.«

Ich spürte, wie ich rot wurde.

»Es tut mir leid. Echt, normalerweise mach ich das nicht, aber ich …«, ich wusste nicht, wie ich ihm das erklären sollte.

Er lachte wieder.

»Schon gut. Wenn du dadurch deinen Seelenfrieden hast und wir Zeit miteinander verbringen können, ist das für mich völlig in Ordnung. Dann bin ich gern dein Schwindel-Komplize.«

»Vielleicht liegt es ja auch an deiner Gegenwart, die mich zum Schwindeln treibt?«, spekulierte ich laut.

»Vielleicht. Wie auch immer ...«

Darauf sagte ich nichts mehr, und wir schwiegen beide eine Weile.

»Die liebe Gundi wird sich wundern, wenn weder Timos Cousin noch seine Überraschung auf der Hochzeit auftauchen werden«, konnte ich mir nicht verkneifen, und wir beiden lachten wieder.

Ein paar Minuten später holte Leonard eine Decke aus dem Kofferraum und breitete sie direkt neben dem See aus. Der Weg hierher führte über Schleichwege, die mir gänzlich unbekannt waren, obwohl ich doch mein ganzes Leben in dieser Gegend verbracht hatte. Die kleine Bucht war umgeben von Sträuchern und Bäumen und vom Weg her kaum einsehbar.

»Hier ist es ja wirklich total idyllisch«, sagte ich begeistert. »Wie hast du den Platz denn gefunden?«

»Als Kind habe ich manchmal in den Ferien meine Großeltern besucht«, sagte er und setzte sich. »Hier waren wir immer zum Baden. Und auch jetzt bin ich hier öfter zum Schwimmen.«

»Deine Großeltern stammen von hier?«, fragte ich erstaunt.

»Ja ... Aber inzwischen sind beide gestorben ... Komm, setz dich doch.«

Ich nahm neben ihm auf der Decke Platz. Mein Herz begann plötzlich schneller zu schlagen. *Was tue ich hier?* Ich versuchte, die Nervosität zu unterdrücken.

»Hoffentlich hält das Wetter«, sagte ich mit einem Blick nach oben. Nachdem es den ganzen Vormittag sonnig und warm gewesen war, verschwand die Sonne inzwischen immer öfter hinter Wolken.

»Laut Wetter-App bleibt es schön … Und falls es doch regnen sollte, setzen wir uns einfach ins Auto und essen dort. Ich bin schon gespannt, was deine Freundin alles für uns eingepackt hat«, sagte er. »Ich hab jetzt schon ganz schön Kohldampf.«

»Ich auch«, sagte ich. Aber ich wusste nicht, ob ich überhaupt einen Bissen herunterbringen würde.

»Hör mal, Leonard. Bitte interpretiere nichts Falsches in das Picknick hinein«, bat ich ihn, um mich nicht mehr so unter Druck zu fühlen. »Das ist nur ein Mittagessen am See. Okay?«

»Klar. Nur ein Mittagessen«, stimmte er mir zu, doch seine hellbraunen Augen funkelten schelmisch.

Ich öffnete den Korb und reichte ihm den Wein zum Öffnen.

»Wir haben hier Camembert, Brot, Oliven, Edelsalami, Nüsse und Schokokuchen im Glas«, zählte ich auf, während ich die Sachen nacheinander auf die Decke stellte.

Er schenkte inzwischen ein und reichte mir ein Glas.

»Auf jeden Fall besser als zwei Leberkässemmeln vom Metzger«, sagte er. »Prost!«

»Prost!«

Ilona hatte uns da ein außerordentlich gutes Tröpfchen eingepackt.

Leonard nahm sein Handy und rutschte zu mir.

»Komm, lass uns ein Foto machen«, sagte er.

»Muss das sein?«, fragte ich.

»Jetzt komm schon. Als Erinnerung für das Picknick. Es ist ja kein Nacktfoto!«

Ich sollte tatsächlich ein wenig lockerer werden.

»Na gut.«

Wir rutschten zusammen und lächelten in die Kamera.

»So. Schon vorbei«, sagte er.

Während er sich mit Appetit ans Essen machte, knabberte ich nur ein wenig an einem Stück Käse.

»Wie geht's mit der Hochzeit deiner Tochter voran?«, fragte er zwischen zwei Bissen.

»Frag besser nicht«, winkte ich ab. »Irgendwie ist jeden Tag was anderes ... Erzähl mir lieber mehr von dir.«

Tatsächlich wusste ich gar nicht so viel über ihn. Er hatte beim Abendessen beim Mexikaner hauptsächlich Anekdoten aus seiner Kindheit erzählt, während ich ihm meine halbe Lebensgeschichte aufgetischt hatte.

»Was genau interessiert dich denn?«, fragte er.

»Nun ja, was machst du denn so alles, wenn du nicht in einem Garten arbeitest?«

»Ach, nichts Besonderes. Ein wenig Fußballspielen mit Kumpels, Schwimmen, Serien schauen. Und im Winter bin ich ziemlich oft beim Skifahren ... Hm, die sind megalecker. Probier mal.«

Er hielt mir eine Olive hin, und ich öffnete automatisch den Mund.

»Keine Ahnung, wo Ilona die her hat, aber ihre Oliven sind die besten ... Skifahren also. Früher war ich auch im Winter jedes Wochenende in den Bergen«, sagte ich.

»Jetzt nicht mehr?«

Ich schüttelte den Kopf.

»Harald, mein Exmann, konnte damit einfach nichts anfangen. Und als die Kinder dann da waren, hab ich irgendwie damit aufgehört.«

»Du könntest damit ja wieder anfangen.«

»Ja … das könnte ich.«

Das könnte ich wirklich!

»Wann musst du eigentlich wieder zurück zu deiner Arbeit?«, fragte ich.

»Ach, da sind keine genauen Zeiten vereinbart. Also kein Stress. Wir haben Zeit«, sagte er.

Ich sah ihn erstaunt an.

»Da hast du ja einen sehr verständnisvollen Auftraggeber.«

»Na ja, nicht immer«, meinte er. »Aber in diesem Fall schon. Magst du noch ein wenig Wein?«

»Gern.«

Er schenkte nach. Inzwischen fühlte ich mich deutlich entspannter. Und auch mein Appetit war zurück. Ich nahm ein Stück Baguette und belegte es mit einer Scheibe Salami.

»Es ist wirklich total schön hier«, sagte ich, bevor ich abbiss. Die Sonne hatte sich wieder hinter den Wolken hervorgeschoben und spiegelte sich im glitzernden Wasser des Chiemsees. Weiter entfernt ließen sich Segelboote vom leichten Wind über den See treiben. Das Panorama der Berge dahinter war wie aus einem Werbeprospekt und schon fast kitschig schön.

»Du bist unglaublich sexy, Anna«, sagte er plötzlich, und seine Stimme klang dabei so rau, dass ich eine Gänsehaut bekam.

»Ach, komm!«, sagte ich verlegen. »Du weißt aber schon, wie …«

»Stopp«, unterbrach er mich. »Ich weiß genau, was du sagen willst. Bitte lass es. Ich finde dich total attraktiv. Wie alt du bist, ist mir egal.« Er rutschte näher an mich heran. »Und wenn du mich nicht davon abhältst, werde ich dich jetzt küssen.«

Mein Herz klopfte schneller. Irgendwas hatte dieser junge Mann an sich, das mich total anzog.

Wagen Sie auch mal wieder neue Abenteuer! Na gut, wenn Sie meinen, Herr Doktor Geiger! Ärztliche Anweisungen sollte man befolgen.

Leonard beugte sich zu mir, und unsere Lippen berührten sich zuerst ganz sanft, dann wurde der Kuss immer leidenschaftlicher. Ich streichelte durch seine Haare. Er zog sich kurz zurück, lächelte mich an und küsste mich erneut. Und ich genoss es. Jede einzelne Sekunde!

Von Weitem hörte ich plötzlich Hundegebell, das näher zu kommen schien. Ich löste mich von Leonard und entdeckte einen Labrador mit einem neongrünen Halsband, der auf uns zurannte. War das nicht Jos Hund?

»Hugo! Halt! Warte!«, hörte ich eine Stimme rufen, die mir äußerst bekannt vorkam.

Erschrocken rückte ich von Leonard ab, während der Hund weiter in unsere Richtung lief und sich dann auf Leonard stürzte, als ob er ihn auffressen wollte. Mir blieb vor Schreck fast das Herz stehen.

»Leo!«

»Hey. Mein Junge, nicht so wild!«, rief Leonard jedoch lachend. »Ja, ja. Ich freu mich ja auch, dich zu sehen, mein Hugo-Boy.«

Der Hund wollte alles andere als Leonard zerfleischen. Wild mit dem Schwanz wedelnd, versuchte er, ihn von oben bis unten abzulecken.

In diesem Moment kam sein Herrchen um die Ecke. Ich schluckte. Und meine Beine wurden ganz weich. Gut, dass ich saß! Obwohl er sich bei unseren letzten Begegnungen wie ein Idiot benommen hatte, schaffte dieser Mann es trotz allem immer noch, meinen Puls in die Höhe zu jagen.

Als er mich auf der Decke entdeckte, sah er mich mindestens ebenso entgeistert an, wie ich mich gerade fühlte.

»Das kann ja jetzt echt nicht sein! Du schon wieder?«, rief er. Immerhin sprach er mich nicht mehr per Sie an.

Ich zuckte nur mit den Schultern.

»Machst du dich jetzt an meinen Sohn ran, oder wie?«

Seinen Sohn? Wieso hatte er einen Sohn? Ich dachte immer, er hätte keine Kinder.

»Ihr kennt euch?«, fragte Leonard überrascht, bevor ich etwas sagen konnte.

Und in diesem Moment erfasste ich erst so richtig, was Jo gesagt hatte.

Leonard ist Jos Sohn?!

»Sozusagen«, murmelte Jo.

Jetzt, da ich die beiden zusammen sah, fragte ich mich, warum mir die Ähnlichkeit nicht längst aufgefallen war. Das markante Kinn, das dunkle, leicht gewellte Haar und vor allem die besondere Form der vollen Lippen.

»Die Frage ist, wieso kennt ihr euch?« Jo riss mich aus meinen Gedanken und sah zwischen mir und Leonard hin und her.

Ich war immer noch nicht dazu fähig, auch nur einen Ton herauszubringen. War das hier ein schlechter Film? Oder träumte ich das gerade? Egal was, alles wäre mir lieber als die Realität.

»Anna und ich kennen uns aus der Zahnarztpraxis«, erklärte Leonard ruhig.

»Und dann trefft ihr euch hier?«

»Hast du ein Problem damit?«, fragte Leonard und stand auf.

»Wir haben nur was gegessen.« Endlich hatte ich meine

Sprache wiedergefunden. »Wir sind hier zum Picknicken, weiter nichts!«

Ich sah Jo fest in die Augen und bat ihn wortlos, so taktvoll zu sein und seinem Sohn gegenüber nicht zu erwähnen, dass wir schon mal Sex gehabt hatten. Offenbar hatte er mein telepathisch übermitteltes Anliegen verstanden. Vielleicht wollte er aber auch vor Leonard nicht zugeben, dass er schon mal was mit einer älteren Frau wie mir gehabt hatte. Jedenfalls ließ er kein Wort darüber fallen.

»Du solltest dich besser wieder an die Arbeit machen«, sagte er zu seinem Sohn. »Ich geh schon mal mit Hugo zurück.« Dann rief er seinen Hund und verschwand. Ich war ihm nicht einmal einen Abschiedsgruß wert gewesen! *So ein Blödmann!*

Kaum war er weg, hatte mich eine mächtige Hitzewelle am Wickel. *Verdammter Mist! Warum müssen wir Frauen ständig irgendwelche hormonellen Beeinträchtigungen aushalten, nur damit wir für eine gewisse Zeit lang Kinder bekommen können!* Wer sich das ausgedacht hatte, konnte definitiv keine Frau gewesen sein!

»Könntest du mich bitte wieder zurückbringen?«, bat ich Leonard und versuchte, mir unauffällig mit der Serviette den Schweiß von der Stirn zu tupfen.

»Echt? Wir haben ja noch gar nicht den Kuchen im Glas probiert.«

»Ich möchte jetzt wirklich nichts mehr«, sagte ich.

»Hat mein Vater dir den Appetit verdorben?«, fragte er.

Ich nickte.

»Schade.« Er war unübersehbar enttäuscht.

Ich begann, die Essensreste in den Korb zu räumen.

»Woher kennt ihr euch eigentlich?«, fragte er, während er die Decke zusammenlegte.

»Jo … also, ich meine dein Vater, er ging mit meiner älteren Schwester in dieselbe Klasse. Von daher kennen wir uns.«

Das ist nicht gelogen. Und mehr muss er nicht wissen.

»Es hörte sich aber nicht gerade so an, als ob ihr euch damals gut verstanden hättet.«

Ich winkte ab und bemühte mich, ein lässiges Lächeln aufzusetzen.

»So wirklich Freunde waren wir nie.« *Das ist auch nicht gelogen.* »Und er war wohl jetzt etwas verwundert, als er uns hier entdeckte. Ich wusste übrigens gar nicht, dass Jo ein Kind hat«, versuchte ich abzulenken.

»Das wissen auch nur ganz wenige Leute. Meine Eltern haben sich in Hamburg kennengelernt, als er dort studierte. Mutter wurde schwanger mit mir, aber ein Paar waren sie nie. Sie zog mich die ersten Jahre alleine groß. Als Vater später international bekannt wurde, wollte Mutter nicht, dass ich womöglich in irgendwelchen Klatschzeitungen zu sehen war. Da war sie inzwischen auch schon eine Weile mit meinem Stiefvater verheiratet. Deswegen haben sie mich in der Öffentlichkeit verschwiegen.«

Er setzte das letzte Wort mit den Fingern in Anführungszeichen.

»War das nicht schwierig für dich?«

»Sicher nicht. Ich habe keine Lust, nur *der uneheliche Sohn von Jo Ranke* zu sein … Tja. Und jetzt bin ich hier, um seinen Garten auf Vordermann zu bringen …«, erzählte er weiter. »… und um ein wenig Zeit mit ihm zu verbringen. Die letzten Jahre haben wir uns kaum gesehen.«

Das erklärte einiges. Und doch konnte ich es immer noch nicht fassen.

Wir packten die Sachen in den Wagen. Dann griff er nach meiner Hand.

»Anna. Ich hoffe, das mit meinem Vater stört dich nicht weiter. Weißt du, ich möchte dich gern wiedertreffen. Und vielleicht wird ... auch ein wenig mehr daraus.«

Auf keinen Fall! Ich kann doch nicht mit dem Sohn meiner ersten großen Liebe schlafen! Auch wenn diese sich im Nachhinein als eine völlige Pleite erwiesen hatte.

Ich zog meine Hand weg.

»Das wird es nicht, Leonard«, sagte ich bestimmt. »Es war schon ein Fehler, dass wir uns überhaupt geküsst haben.«

»Fehler? Aber, wir verstehen uns doch gut.«

»Aber nicht auf die Weise, die du dir vielleicht wünschst und vorstellst. Ich finde dich nett, Leonard. Aber mehr ist da nicht.«

»Das sagst du doch nur, weil du denkst, der Altersunterschied wäre zu groß, und weil du dich vor der Reaktion der Leute fürchtest.«

»Das spielt vielleicht auch eine Rolle«, gab ich zu. »Aber es passt einfach nicht. Okay? Ich will nicht, dass du dir, was uns betrifft, noch weiter Flausen in den Kopf setzt. Für einen jungen Mann wie dich mag es ja vielleicht mal reizvoll sein, mit einer älteren Frau zu schlafen«, sagte ich. *Im Gegensatz zu deinem Vater.* »Aber für mich ist das leider doch nichts.«

Das war offenbar deutlich genug.

»Okay«, sagte er nur knapp.

Wortlos fuhren wir zurück in den Ort. Es tat mir leid, dass das alles jetzt so enden musste, denn Leonard war echt ein feiner Kerl.

Entschuldigung, Herr Doktor Geiger, aber auf manche Abenteuer verzichtet man dann wohl doch besser!

Ich stieg aus und holte den Korb vom Rücksitz. Die beiden Gläser mit dem Schokokuchen ließ ich im Wagen. Vielleicht trösteten sie ihn ja später.

»Mach's gut, Leonard.«

Er sagte nichts.

»Bitte, ich möchte nicht, dass du ...«

»Schon gut, Anna«, unterbrach er mich, hörte sich dabei aber eher enttäuscht als sauer an. »Ich hab's verstanden. Ciao.«

Ich schloss die Wagentür, und er fuhr gleich darauf davon. Seufzend sah ich ihm hinterher.

Kapitel 13

Ziemlich aufgewühlt und durcheinander machte ich mich auf den Weg zur Praxis.

»Na, das ist ja mal eine echt schräge Geschichte«, sagte Zoe wenig später, als wir auf den ersten Patienten warteten, und lächelte mich mitfühlend an. »Trotzdem hättest du ihn deswegen ja nicht gleich abschießen müssen.«

»Hallo? Ich kann doch nicht zuerst mit dem Vater und dann mit dem Sohn schlafen.«

»Warum denn nicht? Das eine ist doch schon längst verjährt. Außerdem liegen etwa dreißig Jahre dazwischen«, meinte sie.

»Also ob das eine Rolle spielen würde!«

Zoe sah mich an und schüttelte grinsend den Kopf.

»Wenigstens passieren nicht nur mir so wilde Sachen«, sagte sie.

»Darauf könnte ich gern verzichten.«

Doch plötzlich musste ich lachen. Die ganze Angelegenheit war aber auch zu absurd!

»Immerhin habt ihr euch noch mal geküsst, bevor der Vater euch einen Strich durch die Rechnung gemacht hat.«

»Normalerweise hätte ich mich niemals auf einen Mann eingelassen, der so viel jünger ist als ich. Aber die haben wohl beide irgendwas in den Genen, das eine ganz verrückte Anziehungskraft auf mich ausübt.«

»Kann schon sein ... Vielleicht solltest du damit zur Presse gehen. Sicher würden sie die Story so richtig schön ausschlachten«, meinte Zoe. »Oskar nominierter Musikkomponist ertappt bisher geheim gehaltenen Sohn beim Schäferstündchen mit seiner großen Jugendliebe. Du könntest berühmt werden.«

»Berühmt für einen Tag oder was? Nein danke! Außerdem gab es heute kein Schäferstündchen, und ich war auch niemals Jos Jugendliebe«, sagte ich deutlich.

»Wen juckt das schon? Sowas wollen die Leute doch lesen!«

Ich wusste, dass Zoe mich nur ein wenig hochnehmen und damit aufmuntern wollte. Aber im Moment war mir eher nicht nach solchen Scherzen zumute.

»Was die Leute wollen interessiert mich nicht. Ich hätte mich auf die Sache mit Leonard gar nicht einlassen dürfen. Für mich war's das jetzt auch wieder mit den Männern. Ich habe von der ganzen Aufregung und dem Ärger genug. Als Single lebt es sich viel ruhiger.«

»Ist es das, was du willst? Ruhiger leben?«

Oxana kam herein und ersparte mir eine Antwort.

»Herr Yüksel ist da. Kann ich ihn schicken schon jetzt rein?«, fragte sie.

»Nur noch einen Moment, Oxana. Ich sag dir gleich Bescheid, wenn er kommen soll«, sagte Zoe.

»Ist gut, Chefin.«

Zoe drehte sich wieder zu mir.

»Hör mal, wenn du nichts mehr mit Männern zu tun haben möchtest, bedeutet das nicht, dass es für mich auch gilt. Du musst mir für heute Abend unbedingt ganz fest die Daumen drücken.«

»Du hast wieder ein Date?«, fragte ich.

Sie nickte, und ihre Wangen nahmen plötzlich eine rosa Färbung an.

»Ja. Stell dir vor. Mein Steuerberater hat mich zum Essen eingeladen.«

»Geschäftlich?«

»Nein. Ganz privat.«

»Toll. Aber …«

»Aber was?«

»Ach nichts.«

»Jetzt rück schon raus!«, forderte sie mich auf.

»Entschuldige, wenn ich das jetzt sage … Aber ist der nicht schon ein bisschen zu alt für dich? Der ist ja ganz sicher schon Ende fünfzig oder so«, gab ich zu bedenken. »Ich meine ja nur, weil du doch unbedingt noch ein Kind möchtest.«

»Er ist nur drei Jahre älter als ich«, erklärte Zoe und wirkte etwas verschnupft.

»Wie? Erst zweiundvierzig?«, fragte ich ungläubig.

Sie nickte.

»Es mag sein, dass er ein wenig älter wirkt. Das liegt vielleicht an seiner Glatze. Aber wenn man öfter mit ihm zu tun hat, dann merkt man, wie offen und humorvoll er sein kann, und dann wirkt er viel jünger. Und außerdem ist er geschieden und hat keine Kinder.«

»Will er denn welche?«

Sie zuckte mit den Schultern.

»Tja. Die große Preisfrage. Das werde ich beim Essen aus ihm herauskitzeln müssen.«

»Aber fall nicht gleich mit der Tür ins Haus. Ich glaube, darauf stehen Männer nicht unbedingt beim ersten Date.«

»Ich bin ja nicht bescheuert.«

»Dann wünsch ich dir heute einen erfolgreichen Abend«, sagte ich.

»Danke. Ich werde berichten.«

»Unbedingt …«, sie drückte den Knopf der Sprechanlage. »Oxana, Herr Yüksel kann jetzt kommen!«

Da Zoe am Abend rechtzeitig für ihre Verabredung aus der Praxis kommen wollte, arbeiteten wir zügig und ohne Pause. Die Arbeit lenkte mich ein wenig ab, trotzdem ging mir die Sache mit Jo und Leonard nicht aus dem Kopf.

Als ich nach Hause fuhr, standen mehrere Fahrzeuge in der Einfahrt, beziehungsweise auf der Straße vor dem Haus. Bens alter Käfer, Ilonas Minicooper, Gundis Elektrofahrrad und Paul Grafs roter BMW. Was war denn hier los?

Als ich den Flur betrat, hörte ich aus dem Wohnzimmer die Unterhaltung mehrerer Leute. In diesem Moment fiel es mir wieder ein. Emmas und Bens Kochtag! Wie hatte ich das nur vergessen können? Ausgerechnet heute, wo mir so gar nicht nach Gesellschaft war. Aber ich wusste, wie wichtig es Emma immer war, dass ich dabei war. Ich öffnete die Tür. Am eigens für diesen Anlass verlängerten und hübsch gedeckten Tisch saßen Ilona, Jana und ihr Vater Paul, meine Mutter, unser Nachbar Karl Obermeier und Gundi.

»Da bist du ja endlich, Mama!«, rief Emma. »Wir warten schon mit der Vorspeise auf dich.«

Die Gäste für den Kochabend wurden meist ganz spontan eingeladen. Manchmal waren es mehr, manchmal weniger. Wichtig war nur, dass die Anzahl eine ungerade Zahl bildete. Ich hatte weder mit Ilona und schon gar nicht mit Paul gerechnet.

»Hallo zusammen«, grüßte ich in die Runde, und sie grüßten zurück.

»Ich hoffe, es ist okay, dass ich mit dabei bin. Emma hat Jana und mich ganz überraschend eingeladen«, sagte Paul. »Und bei der Aussicht auf ein mehrgängiges Menü konnte ich nicht widerstehen.«

»Emma und Ben können natürlich einladen, wen immer sie wollen«, sagte ich zu Paul und merkte gleich darauf, dass das nicht besonders höflich gewesen war. »Schön, dass ihr heute dabei seid«, fügte ich deswegen schnell hinzu.

»Ich finde auch, dass das heute eine ganz besonders schöne Essensrunde ist«, flötete Ilona, und damit meinte sie wohl weniger Gundi und Herrn Obermeier. Sie grinste wie ein Honigkuchenpferd.

»Ich hab mich sehr über Emmas Anruf heute gefreut«, sagte sie mit einem raschen Blick zu Paul. Offensichtlich erachtete sie ihn als möglichen Beziehungskandidaten. Dafür sprach auch die auffallende grellrote Carmenbluse, die sie über einem engen Rock trug. Oder war es nur ein Zufall gewesen, dass sie sich für das Essen so aufgebrezelt hatte?

»Ist es okay, wenn ich mich kurz oben frisch mache?«, fragte ich.

»Kannst du das nicht nach der Vorspeise machen, Mama?«, bat Emma. »Es ist schon alles fertig, und die Leute hier haben Hunger.«

»Na gut«, sagte ich und nahm neben Ilona Platz.

»Ich verschwinde in die Küche zu Ben«, sagte meine Tochter.

»Na. Wie war's?«, fragte Ilona leise. Ich hatte bisher noch keine Gelegenheit gehabt, mit ihr über das neuerliche Fiasko zu reden.

»Erzähl ich dir später«, murmelte ich und schenkte mir Wasser ein.

»Nicht gut?«, hakte sie jedoch neugierig nach. Ich schüttelte nur den Kopf und griff nach dem Glas.

Als ich trank, bemerkte ich Gundis Blicke. Sie blinzelte mir verschwörerisch zu. Ich bemühte mich zu lächeln und zwinkerte zurück.

»Emma und ich waren heute Mittag mit Conny beim Tierarzt«, unterrichtete mich meine Mutter. »Wir haben uns das Auto von Karl ausgeliehen, weil wir dich nicht am Handy erreichen konnten.« In ihrer Stimme lag ein leiser Vorwurf.

Tatsächlich hatte ich das Handy ausgeschaltet, als ich mit Leonard an den See gefahren war und vergessen, es danach wieder einzuschalten.

»Was ist denn mit Conny?«, fragte ich besorgt.

»Sie hatte einen Dings … eine …«, sie deutete mit der Hand an ihr Ohr. »Na, wie heißt es doch gleich nochmal?«

»Zecke«, kam Karl ihr zu Hilfe. Unser Nachbar war mit seinen achtundsiebzig Jahren immer noch ein schneidiger Mann mit schlohweißem dichten Haar. »Es war eine Zecke.«

»Genau. Sie hatte eine riesige Zecke im Ohr, die wir nicht rausbekommen haben.«

»Ist wieder alles gut jetzt?«

»Ja. Aber nächstes Mal fährst du bitte wieder mit ihr zum Tierarzt. Sonst ist sie wieder tagelang mit mir beleidigt.«

In diesem Moment kamen Ben und Emma herein. Sie trugen je ein Tablett mit mehreren Portionen von zwei verschiedenen Vorspeisen in kleinen Gläsern.

Das eine war ein Rote-Beete-Carpaccio mit Walnüssen und einem Parmesan-Chip. Und im zweiten Gläschen war eine

Kürbissuppe mit gerösteten Brotwürfeln. Ohne zu wissen, von wem welches Gericht zubereitet worden war, mussten wir Gäste bewerten, was uns besser geschmeckt hatte. Eigentlich ging es bei diesem Duell nur um Spaß und Ehre, aber zudem war der Sieger vom Aufräumen in der Küche befreit.

Während Karl, Ilona und ich uns für die Kürbissuppe entschieden, war für Jana, Paul, meine Mutter und Gundi das Carpaccio der Sieger bei den Vorspeisen.

»Ja!«, rief Emma begeistert und warf Ben einen überlegenen Blick zu. »Ich hab's dir gesagt, dass ich die Vorspeise für mich entscheide.«

»Es sei dir gegönnt, Hexlein. Das hast du tatsächlich ziemlich gut hingekriegt. Ich bin eben ein guter Lehrer.«

»Von wegen – ich habe das selbst ausprobiert.«

»Die Suppe war aber auch megalecker«, sagte Jana und lächelte in Richtung Ben, den sie noch immer anhimmelte, obwohl es vergebliche Liebesmüh war.

»Lief denn heute alles gut mit dieser Sache?«, fragte Gundi plötzlich in meine Richtung. Offenbar ließ ihr die Neugierde doch keine Ruhe.

»Äh, ja. Alles bestens«, sagte ich und hoffte, dass sie damit zufrieden war.

»Mit welcher Sache denn?«, hakte jetzt meine Mutter nach.

»Ach nichts!«, sagten Gundi und ich gleichzeitig.

»Wir haben uns nur zufällig in der Stadt getroffen, als ich in der Mittagspause auf dem Weg zu Ilona war«, fügte ich noch hinzu und warf meiner Freundin einen deutlichen Blick zu. Die reagierte zum Glück sofort.

»Anna ist für mich im Laden eingesprungen, weil ich kurz wegmusste«, improvisierte sie.

»Ja genau«, stimmte Gundi rasch zu, und meine Mutter gab sich damit zufrieden.

Während Emma und Ben wieder in die Küche gingen, um sich um die Fertigstellung des Hauptgangs zu kümmern, entschuldigte ich mich kurz bei den Gästen.

»Ich bin gleich wieder da!«, sagte ich und ging nach oben ins Bad, um mich endlich ein wenig frisch zu machen und in andere Klamotten zu schlüpfen. Ich nutzte die Gelegenheit, um mein Handy anzuschalten. Einige verpasste Anrufe und Whats-App-Nachrichten meiner Mutter, die inzwischen nicht mehr relevant waren, und eine Nachricht von Leonard.

Bis zum Eintreffen meines Vaters war es für mich trotzdem ein tolles Picknick mit dir. Und danke für den Schokokuchen! Der hat mich heute echt gerettet.

Lächelndes Smiley.

Kurz war ich in Versuchung, ihm zurückzuschreiben. Doch es war für uns beide besser, wenn ich mich nicht mehr bei ihm meldete.

Als ich wieder nach unten kam, platzte ich in eine heftige Diskussion.

»Du hast mir aber versprochen, dass ich fahren darf«, sagte Jana zu ihrem Vater.

»Aber doch noch nicht mit dem Auto! Du wirst in drei Tagen gerade mal achtzehn.«

»Eben. Ich werde schon achtzehn. Und ich fahre seit fast einem Jahr mit dir als Beifahrer. Du müsstest doch wissen, dass ich es kann.«

»Schon«, antwortete Paul und versuchte offensichtlich, ruhig zu bleiben. »Aber doch nicht gleich so eine weite Strecke.«

»Aber warum denn nicht?«, mischte Ilona sich ein. »Wir

sind damals, in dem Sommer, als wir volljährig wurden, mit einem alten VW-Bus durch Frankreich gefahren. Drei Wochen lang. Und das ohne Handy.«

Der Blick, den Paul ihr daraufhin zuwarf, war nicht gerade freundlich.

»Siehst du?«, rief Jana.

»Was ist denn hier für eine Diskussion im Gang?«, fragte ich.

»Wir wollen nach dem Abi eine Spritztour nach Italien ans Meer machen«, sagte Jana.

»Wer ist wir?«, fragte ich, obwohl ich es mir natürlich schon denken konnte. Und es gefiel mir gar nicht.

»Emma, Farid und ich. Nur für ein paar Tage«, erklärte Jana.

»Farid, der Schlagzeuger eurer Band?«, wollte Paul wissen.

»Ja.«

»Aber der ist doch auch noch keine achtzehn, oder?«

»Ja und?«

»Du lässt sie doch nicht nach Italien fahren!«, meldete sich nun meine Mutter und sah mich an.

»Ich wusste bisher noch nicht einmal was von dieser Idee«, sagte ich.

»Und ich dachte, dass sie mit dem Zug fahren wollten«, erklärte Paul.

»Mit dem Zug? Das ist doch total blöd«, protestierte Jana.

In diesem Moment kamen Emma und Ben mit dem ersten Gericht vom zweiten Gang herein.

»Wieso hast du mir nicht gesagt, dass ihr nach Italien fahren wollt?«, fragte ich meine Tochter, während sie das Essen servierten.

Sie sah mich ertappt an.

»Das hätte ich schon noch getan.«

»Ich hab dir ja gesagt, dass du nicht so lang damit warten sollst«, sagte Ben.

»Du wusstest das auch?«, fragten Mutter und ich gleichzeitig.

»Äh ja.«

»Wir wollen doch nicht nach Pakistan trampen. Sondern nur ein paar Tage in Italien Urlaub machen«, verteidigte Emma ihre Sache.

»Das kannst du gleich vergessen«, sagte meine Mutter. »Deine Mutter lässt das niemals zu!«

»Was? Aber warum denn nicht?«, empörte sich meine Tochter. »Wir sind doch keine kleinen Kinder mehr.«

Und plötzlich redeten alle durcheinander, bis Ilona sich durchsetzte und mit einem Löffel gegen ihr Weinglas schlug.

»Hallo? Ich verstehe echt nicht, wo das Problem liegt. Da sollen die jungen Leute unbedingt selbstständig werden, aber bitte nur ja nicht zu schnell, oder wie? Glaubt ihr, damit tut ihr ihnen einen Gefallen?«

Paul und ich sahen uns ertappt an.

»Ganz meine Meinung«, bekam Ilona Unterstützung von Karl. »Heutzutage werden die Kinder viel zu sehr verhätschelt, und es wird ihnen nichts zugetraut, wenn es darum geht, Lebenserfahrungen zu sammeln.«

»Karl!«, protestierte meine Mutter.

»Tut mir leid, dass wir diese Diskussion ausgerechnet jetzt haben«, versuchte Paul zu schlichten. »Am besten wir reden nochmal in aller Ruhe darüber. Aber nicht jetzt und hier.«

Er sah zuerst zu Jana und dann zu mir.

»Oder Anna?«

»Unbedingt«, stimmte ich ihm zu. »Das klären wir gemeinsam ein andermal.«

Paul überraschte mich. Nachdem unsere ersten Begegnungen eher nicht so gut gelaufen waren, fand ich ihn heute sehr angenehm.

»Ihr solltet jetzt essen, bevor alles kalt wird«, mahnte Ben. »Es wäre schade um das Schweinefilet in Balsamico-Soße mit Rosmarinkartoffeln.«

»Wow, das schmeckt einfach großartig«, schwärmte ich, nachdem ich den ersten Bissen probiert hatte, und alle am Tisch stimmten mir zu.

»Das wird schwer zu toppen sein«, sagte Gundi mit vollem Mund.

Ben und Emma machten beide ein Pokerface, damit wir nicht herausfinden konnten, von wem das Gericht war.

Während des Essens wechselten wir das Thema. Ilona sprach Paul auf seine Arbeit an, und wir unterhielten uns über die Romane, die er bisher übersetzt hatte. Sogar Karl war beeindruckt und hatte viele Fragen, wie das denn so lief in seinem Job.

Dann kam der zweite Hauptgang. Und der hatte es ebenfalls in sich. Huhn mit Cashew-Honigkruste und Gemüsecurry mit Basmati-Mandel-Reis. Eine wahre Explosion von Geschmacksaromen.

»Oh du meine Güte, wie soll man sich da nur entscheiden«, murmelte Gundi.

Es fiel uns allen schwer, einen Favoriten zu bestimmen, doch am Ende setzte sich das Schweinefilet mit vier zu drei Stimmen durch. Ben hatte den Hauptgang gewonnen. Nun kam es auf das Dessert an. Und auch hier konnte er noch einmal knapp punkten mit einem Lavendel-Panna-cotta mit Himbeerspiegel, flambiert mit Himbeergeist, gegen Emmas weiße Schoko-mousse auf einer Heidelbeersoße mit süß angebratenen Zimt-Weißbrotwürfeln.

»Hey, Hexlein«, tröstete Ben sie, »du kochst echt besser als die meisten Köche bei uns im Restaurant.«

»Das nächste Mal gewinne ich«, sagte sie. Sie war zwar etwas enttäuscht, freute sich aber sichtlich über Bens Lob. Und na-türlich über das der Gäste.

»Das werden wir schon sehen«, sagte Ben und wuschelte ihr durch die Haare.

»Keiner von euch beiden muss heute übrigens noch irgend-was in der Küche aufräumen«, sagte ich. »Darum kümmere ich mich. Wo ihr uns doch schon so großartig bekocht habt.«

»Ich kann gern helfen«, bot Paul an, und das machte ihn mir gleich noch ein wenig sympathischer. Trotzdem schlug ich sein Angebot aus. Schließlich war er heute zum ersten Mal als Gast bei uns.

Obwohl ich beim Nachhausekommen überhaupt keine Lust auf Besuch gehabt hatte, war der Abend tatsächlich sehr unter-haltsam geworden. Ich genoss es, mit Familie und alten und neuen Freunden an einem Tisch zu sitzen.

»Ich hole noch Wasser«, sagte ich und ging in die Küche. Dort stapelte sich das benutzte Geschirr. Ich räumte rasch einen ersten Schwung in den Geschirrspüler und schaltete ihn ein.

»Kann ich echt nicht helfen?«

Paul stand plötzlich in der Küche. Ich drehte mich zu ihm um.

»Wirklich nicht. Aber danke.«

»Ich muss gestehen, ich habe schon lange nicht mehr so gut gegessen wie heute«, sagte er. »Und vor allem nicht mit so vie-len Leuten am Tisch. Es ist echt ein schöner Abend.«

»Finde ich auch«, sagte ich und freute mich, dass es ihm gefiel.

Ich holte zwei Flaschen Wasser aus dem Kühlschrank.

»Möchtest du noch was anderes? Ein Bier oder ein Glas Wein?«

»Nein, danke. Ich muss uns ja noch fahren«, sagte er.

»Vielleicht einen Espresso?«, bot ich an.

»Da sag ich nicht nein.«

Während ich den Espresso zubereitete, unterhielten wir uns über Emmas Kochkünste.

»Da könnte Jana sich mal was abschauen«, sagte er. »Fürs Kochen interessiert sie sich null.«

»Bei Emma ist das eine richtige Leidenschaft. Sie hat schon als kleines Mädchen gern in der Küche mitgeholfen. Im Gegensatz zu meiner anderen Tochter. Leo hat sich dafür nie interessiert, und sie kann von Glück reden, dass ihr zukünftiger Mann gern in der Küche steht, sonst würde sie glatt verhungern.«

»Ach, das lernt man schon, wenn man wirklich muss«, sagte Paul. »Früher hab ich höchstens mal Toast und Rührei zustande gebracht. Inzwischen sind meine Kochkünste einigermaßen passabel geworden.«

Als er das sagte, glaubte ich, einen traurigen Zug um seinen Mund zu entdecken.

»War sicher nicht einfach, so ganz plötzlich als alleinerziehender Vater dazustehen, nicht wahr?«, wagte ich mich vor.

»Nein. Aber Jana und ich haben es gut gemeistert. Wie heißt es so schön, man wächst mit seinen Aufgaben.«

»Hattet ihr denn niemanden, der euch ein wenig unterstützen konnte? Großeltern oder Tanten?«, fragte ich weiter.

»Leider nicht. Aber vielleicht war das auch ganz gut so.

Immerhin hat mir niemand in die Erziehung reingeredet«, er setzte ein Lächeln auf.

»So wie es aussieht, hast du das gut hingekriegt. Jana ist ein tolles Mädchen.«

»Danke. Du hast aber auch einen guten Job mit deinen Mädels gemacht.«

»Na ja, ich hatte meine Mutter. Und mein Exmann hat sich zwar nicht regelmäßig um die beiden gekümmert, aber sie waren doch auch mal an den Wochenenden oder in den Ferien bei ihm. Emma war zwar damals erst zehn, aber Leo immerhin auch schon fast achtzehn, als wir uns trennten.«

»Trotzdem war es sicher nicht immer einfach, nehme ich an.«

»War es nicht. Aber im Nachhinein gesehen, lief doch alles ganz gut. Besser eine alleinerziehende Mutter als eine unglückliche Ehefrau.«

»Verstehe ... Sag mal«, meinte er dann, »mit so einem Menü wie heute kann ich zwar nicht aufwarten, aber ich krieg eine anständige Shakshouka zustande. Ich würde mich gern damit bei dir und vor allem bei Emma revanchieren.«

Ist das jetzt eine Einladung?

»Ich liebe ... Shakshouka«, sagte ich und hatte keinen blassen Schimmer, was das war. »Kann man das auch essen?«

Er lachte.

»Nur bei Vollmond ...«

»Ah, verstehe.«

»Im Ernst, jeder sollte mindestens einmal im Leben Shakshouka gegessen haben.«

»Na, dann bin ich ja mal gespannt auf dieses Shakshouka, was immer es auch sein mag ...«

»Lass dich überraschen. Vielleicht nächste Woche mal? Wenn unsere Töchter zwischen den Vorbereitungen zu den mündlichen Prüfungen Zeit haben?«, fragte er.

»Gern.«

Nach dem Erlebnis am See hätte ich heute mit einem so angenehmen Ausgang des Abends nicht mehr gerechnet. Kurz ging mir der Gedanke durch den Kopf, dass Ilona womöglich ein Auge auf Paul geworfen hatte und es für sie so aussehen könnte, als ob ich ihr dazwischenfunken würde. Aber es ging ja hier nur um ein gemeinsames Abendessen, bei dem wir uns als alleinerziehende Eltern austauschten – und das zusammen mit den Kindern – und nicht um ein Date. Schließlich hatte ich mir heute geschworen, dass ich mit Männern nichts mehr am Hut haben wollte.

»Ich freue mich«, sagt ich und reichte ihm den Espresso.

»Ich mich auch. Danke, Anna.«

»Mama, für dich kam eben eine Nachricht«, sagte Emma, als wir wieder zurück ins Wohnzimmer kamen und griff nach meinem Handy. »Sie ist von Leo.«

»Was schreibt sie denn?«, fragte ich. »Hoffentlich nicht wieder irgendeine Katastrophe.«

»Das wüsste ich längst«, sagte Ben.

»Sie schreibt …« Emma hob verdattert den Kopf. »Sie schreibt, dass sie den Kuss nicht vergessen kann und hat ein Foto geschickt. Das …«, sie warf mir einen kurzen Blick zu. »… das ist aber nicht von ihr, sondern von dir und …«

»Bitte gib mir das Handy«, unterbrach ich sie und hatte das Gefühl, dass gerade sämtliches Blut aus meinem Gesicht in meine Zehenspitzen sackte. Die Nachricht war nicht von meiner Tochter, sondern von Leonard! Ich musste ihn im Adressbuch unbedingt umbenennen. Oder am besten gleich löschen!

»Ist dieser Typ jetzt dein neuer Freund?«, fragte Emma, die keine Anstalten machte, mir das Handy zu geben.

Alle Augen richteten sich auf mich. Nur Gundi beugte sich zu Emma und warf einen neugierigen Blick auf das Foto.

Ich hätte mich am liebsten in Luft aufgelöst.

»Der ist aber echt noch ziemlich jung«, stellte Emma fest.

»Aber er sieht cool aus«, meinte Jana.

Paul sah mich an, und ich glaubte, Enttäuschung in seinem Blick zu sehen, was mich ganz unerwartet traf.

»Ach was«, meldete sich nun Gundi. »Das ist doch nur Timos Cousin!«

»Timos was? Wir haben keine Cousins, nur Cousinen«, stellte Ben richtig.

»Wie jetzt?« Gundi sah mich irritiert an. »Haben du und dieser junge Mann mich etwa angelogen? Gibt es gar kein Geheimnis wegen der Hochzeit?«

»Geheimnis?«, fragten Ben und meine Mutter gleichzeitig.

Ich schüttelte nur den Kopf.

»Also wirklich, Anna!«, empörte Gundi sich. »Das hätte ich jetzt nicht von dir gedacht.«

»Lasst doch die Anna mal in Ruhe!«, kam Karl mir zu Hilfe. »Wenn sie einen Freund hat, ist das ganz allein ihre Sache.«

»Ganz genau«, meldete sich nun endlich auch Ilona zur Sache. »Was ihr nur alle habt!«

Doch meine Mutter sah das offensichtlich ganz anders.

»Wie kannst du deinen Kindern und mir nur sowas antun!«, fuhr sie mich an.

»Antun? Also Mutter, ich bitte dich … Er … er ist doch gar nicht mein Freund!«

»Dann poussierst du also in deinem Alter einfach so mit irgendwem wild in der Gegend herum? Na gute Nacht! Schämst du dich denn gar nicht?«

Es war, als hätte sie mir vor allen eine Ohrfeige verpasst. Wie gern hätte ich ihr jetzt meine Meinung gesagt. Dass sie das absolut nichts angehen würde. Doch das wollte ich ganz bestimmt nicht vor unseren Gästen tun. Obwohl ich inzwischen innerlich kochte und mich kaum zurückhalten konnte. Ich war neunundvierzig, fast fünfzig Jahre alt und musste mich von meiner Mutter abkanzeln lassen wie ein unartiges Schulkind?

»Also wirklich Mina«, sagte Ben. »So kannst du doch nicht mit Anna reden!«

Doch sie schien ihn nicht zu hören. Ohne ein weiteres Wort rauschte sie aus dem Wohnzimmer.

Gundi sah mich nur kopfschüttelnd an, nahm ihren Fahrradhelm und ging ebenfalls.

»Ich glaub, wir fahren dann mal heim. Es ist schon spät«, sagte Paul, dem die ganze Diskussion sichtlich unangenehm war. »Komm Jana … Vielen Dank fürs Essen, Emma und Ben. Es war wirklich ganz toll … Ehrlich. Sollen wir dich mitnehmen, Ilona?«

»Ich weiß nicht. Vielleicht bleib ich besser noch ein wenig hier«, sagte meine Freundin und warf mir einen fragenden Blick zu.

»Schon okay. Fahr ruhig mit.« Ich konnte es nicht mehr erwarten, endlich allein zu sein.

»Wir reden morgen, ja? Und denk dir bloß nichts. Du hast

nichts angestellt. Deine Mutter kriegt sich schon wieder ein«, sagte sie und umarmte mich kurz.

Paul, Jana, Ilona und Karl verabschiedeten sich und verließen gleichzeitig das Haus.

Emma sah mich hilflos an.

»Sorry, Mam. Das wollte ich nicht. Echt nicht.« Sie klang total zerknirscht.

»Schon gut. Du kannst ja nichts dafür.«

»Keine Ahnung, warum Oma deswegen so spinnt.«

Ben nahm das Handy und sah sich das Foto an.

»Der sieht echt süß aus, Anna.« Er legte einen Arm um mich und zog mich an sich. »Ich verstehe gar nicht, warum sie sich so aufregt. Ich finde es toll, wenn du endlich mal wieder jemanden hast.«

Inzwischen war ich zu erschöpft, um zu erklären, dass die Sache mit Leonard ohnehin schon Geschichte war, bevor sie überhaupt angefangen hatte.

»Danke … Ich geh jetzt besser schlafen«, sagte ich und fühlte mich so schlapp, als hätte irgendjemand jeden Tropfen Blut aus meinem Körper gesaugt.

»Nacht, Mama.« Emma umarmte mich. »Hab dich lieb!«

»Ich dich auch, Süße.«

Während ich völlig erschöpft nach oben ging, kam eine Nachricht von Zoe.

Der Abend war eine einzige Katastrophe!

Wütendes Smiley dahinter.

Meiner auch. Willkommen im Club!, schrieb ich zurück.

Kapitel 14

Zwischen Mutter und mir herrschte Eiszeit. Nie im Leben hätte ich mir vorstellen können, dass es jemals so weit kommen konnte, dass wir gar nicht mehr miteinander sprachen. Klar, es hatte ab und an mal Meinungsverschiedenheiten zwischen uns gegeben, wie das zwischen Mutter und Tochter ganz normal war, aber das hatten wir bisher immer ausdiskutieren können. Diesmal war es jedoch anders. Meine Mutter tat so, als ob ich ihr persönlich etwas Schlimmes angetan hätte. Offenbar war die Tatsache, dass ihre beste Freundin Gundi und Karl, der Mann, für den sie, wie ich ahnte, insgeheim schon seit Jahren schwärmte, eine schlechte Meinung von mir haben könnten, unerträglich für sie, weil das in ihrem Weltbild auf sie zurückfallen würde. Wobei Karl doch ohnehin auf meiner Seite stand. Was er mir gegenüber am nächsten Tag noch einmal betonte, als wir uns vor dem Haus begegneten. Doch das schien meine Mutter zu ignorieren. Natürlich hatte sie auch Leo angerufen und versucht, sie gegen mich aufzubringen. Emma und Ben hatten das jedoch sofort mit Leo geklärt.

»Es tut mir echt leid, was da bei dir momentan los ist, Mama«, sagte meine älteste Tochter am Telefon.

»Ach, das wird schon wieder.« Ich tat so, als ob die Sache nur halb so schlimm wäre. Vielleicht weil ich selbst hoffte, dass meine Mutter sich bald wieder beruhigen würde. Doch sie ging jedem Gesprächsversuch aus dem Weg. Ich hatte keinen blassen Schimmer, wie sich die Lage wieder entspannen sollte. Es war einfach … albern!

Zwei Tage nach dem besagten Abend, saßen Zoe, Ilona und ich mal wieder beim Italiener. Meine Chefin war immer noch auf hundertachtzig, nachdem sich herausgestellt hatte, dass der Steuerberater sie nur deswegen zum Abendessen in das sündteure Restaurant eingeladen hatte, um sie über Oxana auszufragen.

»Diese Frau ist einfach eine Wucht«, hatte er ihr zwischen Meeresfrüchteravioli und flambierter Entenbrust vorgeschwärmt. »Denken Sie, dass Oxana Interesse daran haben könnte, mit einem wohlsituierten Mann meines Alters eine Beziehung einzugehen?«

»Ich stand kurz davor, ihm seinen kahlen Schädel zu flambieren«, erzählte Zoe die Geschichte Ilona, die sie, im Gegensatz zu mir, noch nicht kannte. »Und nur weil er der beste Steuerberater im ganzen Umkreis ist und ich ungern wechseln möchte, hab ich ihm die Entenbrust nicht in seinen schmallippigen Mund gestopft!«

»Männer sind echt eigenartige Wesen«, sagte Ilona seufzend. »Das mit Paul ist auch vergebliche Liebesmüh.«

»Welcher Paul?«, fragte Zoe neugierig.

»Der Vater von Emmas Freundin Jana«, erklärte ich.

»Ach der. Und warum ist der nichts?«

Ilona winkte ab. »Er ist nett und höflich, aber ich spüre einfach, dass er sich ansonsten nicht die Bohne für mich interessiert. Da springt kein Funke über.«

Auch wenn es vielleicht meiner besten Freundin gegenüber nicht sonderlich fair war, erfüllte mich doch so etwas wie Erleichterung bei ihren Worten. Ich hatte ihr bisher noch gar nicht erzählt, dass er mich und Emma zum Essen eingeladen hatte. Allerdings hatte er sich seit dem Abendessen noch nicht gemeldet, um einen Termin auszumachen. Womöglich hatte er ja keine Lust mehr, nachdem er erfahren hatte, dass ich schamlose Person wahllos junge Männer küsste.

»Vielleicht bin ich jetzt wirklich schon zu alt und labberig für einen Mann geworden. Schaut doch mal.« Sie stupste mit dem Finger an die überschüssige Haut unter ihrem Kinn, die locker hin und her schwang.

Zoe lachte und verschluckte sich fast an ihrer Pizza. Ich klopfte ihr auf den Rücken.

»Jetzt mach mal halblang, Ilona«, sagte ich. »Du siehst gut aus. Außerdem hast du im Gesicht so gut wie keine Fältchen.«

»Das kommt vom überschüssigen Fettgewebe«, sagte Zoe, doch Ilona schien die Anspielung auf ihr Gewicht gar nicht zu registrieren.

»Ehrlich, Mädels, ich hab die Nase momentan echt gestrichen voll«, murmelte Ilona und nippte an ihrem Weinglas. »Wo sind nur die normalen alleinstehenden Männer dieser Welt? Es gibt viel mehr interessante Single-Frauen. Schade, dass ich kein Mann bin. Vielleicht sollte ich lesbisch werden? Ich würde mir sofort eine von euch beiden schnappen.«

»Mich sicher nicht!«, winkte Zoe sofort ab.

»Du weißt, dass ich dich liebe, Ilona, aber nicht auf diese Art«, sagte ich augenzwinkernd.

»Wow. Ich lande nicht bei Männern, und eine Frau würde ich auch nicht bekommen. Vielleicht sollte ich ins Kloster gehen.«

Sie war um Humor bemüht, aber ich spürte, dass ihr gar nicht nach Lachen zumute war.

»Sicher gibt es noch einen anderen Ausweg als so eine drastische Maßnahme«, meinte Zoe trocken.

»Gebt mir lieber einen Tipp, was ich mit meiner Mutter anstellen soll, damit sie wieder normal wird«, versuchte ich ein anderes Thema anzuschneiden. »Auf Dauer halte ich das nämlich nicht aus. Das ist ja schlimmer als in meiner Jugendzeit.«

»Wechsel ist sowas wie eine zweite Pubertät. Vielleicht streitest du dich deswegen wieder so oft mit deiner Mutter?«, spekulierte Ilona.

»Apropos Wechsel. Seit dem großen Knall habe ich weder eine Hitzewelle noch eine nächtliche Angstattacke gehabt.« Herr Doktor Geiger würde sicher staunen, wenn ich ihm das beim nächsten Besuch erzählte.

»Hm. Vielleicht tut das Streiten dir ja gut?«, überlegte Zoe. »Normalerweise bist du doch immer so harmoniesüchtig und willst es ständig allen recht machen. Womöglich brauchst du das, und es belebt dich, mal ein wenig aufgemischt zu werden.«

»Ich bin ja nicht diejenige, die beleidigt ist«, gab ich zu bedenken.

»Sie kann dir ja nicht ewig böse sein. Spätestens bei Leos Hochzeit wird sie schon wieder auftauen«, sagte Ilona.

»So lang halte ich das nicht aus«, brummte ich.

»Und was ist jetzt eigentlich mit deinem Jüngling? Tut sich da denn noch was?«, wollte Ilona wissen.

»Nein. Das ist endgültig vorbei!«

Leonard hatte es offenbar akzeptiert und sich nicht mehr gemeldet, seitdem er das Foto geschickt hatte, welches zusammen mit seiner Nachricht der Auslöser für die ganze Aufregung gewesen war.

»Vielleicht steht der ja auch auf etwas üppigere Frauen über fünfzig«, spekulierte Ilona. »Oder auf magere Zahnärztinnen mit Kinderwunsch?«

»Können wir jetzt mal das Thema wechseln?«, bat Zoe energisch. Ilona und ich schauten sie überrascht an. Zoe wollte nicht über Männer reden? Das war fast schon ein wenig beunruhigend.

»Natürlich«, sagte ich dennoch. Ein paar Sekunden herrschte Stille, als gäbe es kein anderes Thema, über das wir uns unterhalten könnten.

»Ihr kennt doch Bärbel?«, sagte Ilona schließlich und sah mich an. »Die jüngere Schwester von Jens Maier, der mit uns im Kindergarten war.«

»Klar kenn ich die«, sagte ich. »Was ist denn mit ihr?«

»Heute war eine Kundschaft im Laden und hat mir erzählt, dass man ihr den Unterschenkel amputiert hat. Raucherbein.«

Zoe sah sie ungläubig an. »Echt jetzt? Darüber sollen wir uns unterhalten? Vielleicht möchtest du auch noch hören, wie ich eine eitrige Zahnwurzelentzündung behandle?«

Ilona fasste sich reflexartig an die Wange und schüttelte den Kopf.

Immerhin fanden wir dann doch ein Thema, das fast so spannend war wie Männer: Serien schauen! Auch wenn ich nicht ganz so viel Zeit dafür hatte wie meine Freundinnen, so tauschte ich mich gern darüber aus. Zoe hatte eine neue Serie entdeckt, die sie uns schmackhaft machte.

»Früher hieß es, Essen sei der Sex der älteren Leute. Ich würde das noch erweitern in: *Serien schauen ist der Sex unserer Generation*«, sagte Zoe.

»Eben. Wer braucht schon einen Mann, wenn man auch Serien schauen kann?«, murmelte Ilona.

Ich schaute von einer zur anderen. Hoffentlich war die schlechte Laune der beiden kein Dauerzustand. Wie konnte ich sie nur aufmuntern? Es war kurz nach halb zehn. Ich hob den Arm und winkte der Bedienung.

»Helga! Zahlen bitte.«

»Jetzt schon?«, fragte Zoe überrascht.

»Ja. Los, trinkt aus. Wir gehen.«

»Jetzt? Wohin denn?«, fragte Ilona.

»In Mike's Kino.«

Das war das Kino hier am Ort, in dem ich schon früher mit meinen Töchtern bei den Sonntagnachmittagsvorstellungen Dauergast gewesen war und bei spannenden, romantischen, dramatischen oder lustigen Filmen unterhaltsame Stunden verbracht hatte.

»Jetzt noch?« Zoe schaute mich ungläubig an.

»So spät gehen wir doch sonst nie ins Kino«, protestierte Ilona.

Tun Sie Dinge, die Sie noch nie getan haben, hörte ich Dr. Geiger sagen. Das galt sicher auch für meine Freundinnen.

»Heute schon«, sagte ich deswegen. »Wir schauen uns einen Film im Spätprogramm an.«

»Welchen denn?«

Ich zuckte mit den Schultern.

»Keine Ahnung, wie er heißt. Es ist ein Actionfilm.«

»Ernsthaft?« Ilona schüttelte ungläubig den Kopf. »So was schauen wir uns doch sonst nie an.«

»Genau deswegen machen wir das heute. Und jetzt los. Das schaffen wir gerade noch.«

Und tatsächlich hatten wir im Kino so viel Spaß, dass die frustrierte Stimmung der beiden wie weggeblasen war.

»Mama, könntest du vielleicht für Janas Geburtstagsparty heute Abend deinen Käsekuchen machen?«, bat Emma mich am Samstagmorgen, als ich in der Küche saß und den Einkaufszettel schrieb.

»Klar«, sagte ich. »Ich wollte sowieso einen für uns backen, dann mache ich eben zwei. Fährst du mich zum Supermarkt?« Ich dachte, ich würde ihr damit eine Freude machen, weil sie in den letzten Tagen kaum Gelegenheit gehabt hatte zu fahren. Und auch wenn ich mich nach wie vor als Beifahrerin vor ihren immer noch gewöhnungsbedürftigen Fahrkünsten fürchtete, so musste ich als verantwortungsvolle Mutter doch dafür sorgen, dass sie Routine bekam. Schließlich war das der Sinn des begleitenden Fahrens. Doch meine Tochter winkte ab.

»Geht nicht. Ich muss vor der Party unbedingt noch lernen«, sagte sie, was ich sehr vernünftig fand.

Da meine Mutter immer noch keine Anstalten machte, mit mir zu sprechen, hatte ich ebenfalls keine Lust, sie zu fragen, ob ich ihr etwas mitbringen sollte. Notfalls musste sie sich eben was vom Pizzadienst liefern lassen. Nach mehreren vergeblichen Anläufen für eine Aussprache, war es nun an ihr, das Gespräch mit mir zu suchen.

Im Supermarkt stellte ich fest, dass ich den Einkaufszettel zu Hause vergessen hatte. Na toll. Genau dafür schrieb man so einen Zettel! Damit man ihn liegen ließ. Ich ging die Lebensmittel im Kopf durch, die ich zum Kochen und Backen brauchte. Wichtig waren vor allem die Zutaten für den Kuchen.

Als ich an der Obst- und Gemüseabteilung Heidelbeeren in den Einkaufswagen packte, um damit den Käsekuchen für Jana zu dekorieren, fiel mir ein Mann auf, der sich auffällig lange mit der Festigkeit der Salatgurken zu beschäftigen schien. Immer wieder nahm er eine neue Gurke in die Hand, drehte sie hin und her und legte sie wieder zurück. Was hatte der denn vor?

Er sah auf eine bodenständige Weise nicht übel aus und war schätzungsweise in meinem Alter. Ich beobachtete ihn weiterhin, während ich so tat, als würde ich das Verfallsdatum auf einer Schachtel mit Himbeeren lesen – was ohne meine Lesebrille ohnehin ein vergebliches Unterfangen war. Mein Blick fiel auf seine schicken Schuhe. Waren das etwa italienische Lederschuhe? In diesem Moment erinnerte ich mich an die Geschichten von Zoe und Ilona über den Mann aus der Online-Partnerbörse, mit dem beide sich getroffen hatten. Seine Erkennungszeichen für das Blind Date waren eine Salatgurke und eine Honigmelone gewesen. War das hier womöglich dieser Mann? Alle Anzeichen sprachen dafür. Endlich schien er zufrieden zu sein und legte eine Gurke in den Einkaufswagen. Doch damit war er noch nicht fertig. Er griff nach einer weiteren.

Wie viele Frauen willst du eigentlich noch verarschen?, schoss es mir durch den Kopf, und ich merkte, wie aufgebracht ich plötzlich war. Gab es denn tatsächlich keine normalen Männer mehr auf dieser Welt?

Nach all den frustrierenden Erlebnissen mit der Gattung der Y-Chromosomenträger, die Zoe, Ilona und ich in der letzten Zeit durchgemacht hatten, war dieser Mann der Tropfen, der das Fass zum Überlaufen brachte. Damit war jetzt Schluss – er würde Frauen nicht mehr so bloßstellen! Ich brodelte innerlich.

Ohne ihn aus den Augen zu lassen, schob ich den Einkaufswagen entschlossen zu den Kisten mit den Melonen. Ich schnappte mir eine Honigmelone. Doch anstatt sie in den Wagen zu legen, behielt ich sie in der Hand und fuhr direkt auf den Mann zu.

»Na? Die passende Gurke noch nicht gefunden?«, sprach ich ihn an, während ich die Honigmelone provokativ in die Luft warf und wieder auffing wie einen Football.

»Bitte was?«, fragte er mich.

»Für das, was Sie vorhaben, ist es doch echt egal, ob die Gurken fest sind oder nicht«. Meine Stimme wurde einen Tick schärfer.

Erneut warf ich die Melone in die Luft.

»Ich verstehe nicht, warum Sie sich für meine Gurke interessieren«, sagt er.

Was für ein Heuchler!

»Ach wirklich? Vielleicht wollen Sie mir ja etwas vorsingen? Schließlich halte ich eine Honigmelone in der Hand. Damit bin ich doch genau ihr Beuteschema, nicht wahr?«

»Ich soll singen?«, fragte er verdattert.

»Oder ist Ihnen hier das Publikum zu wenig für einen Heiratsantrag?«

»Wie bitte?«

»Robert? Gibt es ein Problem?«

Eine schwangere Frau kam auf uns zu, an der einen Hand ein kleines Mädchen und in der anderen Hand eine Großpackung Toilettenpapier, die sie in seinen Einkaufswagen legte, während sie mich kritisch musterte.

In diesem Moment war mir klar: Das hier war offenbar nicht der Gurkenmann! *Verdammt! Wie bin ich nur auf die Idee gekommen, einfach einen Wildfremden anzusprechen, nur weil er Gurken kauft? Am liebsten würde ich sofort im Boden versinken.*

»Ich hab keine Ahnung, was die Frau da von mir will, Gesine«, sagte er und warf mir einen vorwurfsvollen Blick zu.

»Nichts. Nur ein … Missverständnis«, krächzte ich und dreht mich rasch mit dem Wagen um.

»Hallo, Anna!«

Paul! Fast wäre ich in ihn hineingefahren. Der hatte doch wohl nicht meinen Auftritt eben mitbekommen? Hitze schoss mir ins Gesicht, und ich konnte in diesem Moment nicht sagen, woher sie kam.

»Hallo … äh Paul!«, stotterte ich.

Er wusste offenbar gar nicht, was er sagen sollte. Was mich nicht wunderte. Im umgekehrten Fall wäre ich sicherlich auch sprachlos gewesen. Was er sich jetzt bloß von mir denken mochte? Ich musste die Situation irgendwie retten.

»Stehst du schon länger hinter mir? Falls ja, musst du mich jetzt bestimmt für verrückt halten«, begann ich die Flucht nach vorne und lachte kurz auf. »Das kann ich gut nachvollziehen. Aber es gibt … ja, es gibt tatsächlich einen Grund dafür.«

»Aha?«, sagte er nur und legte den Kopf ein wenig schief, offenbar in Erwartung einer genaueren Erklärung.

»Allerdings war es in diesem Fall eine ziemlich blöde Verwechslung«, fuhr ich fort.

Ich bemerkte ein leichtes Zucken an seinen Mundwinkeln. Würde er jetzt lachen?

»Falls deine Einladung zum Schaschus … Schkusch …«

»Shakshouka«, kam er mir zu Hilfe.

»Genau. Also, falls die Einladung zum Shakshouka noch steht, würde ich dir beim Essen ausführlich erklären, warum ich mich hier gerade zum Affen gemacht habe.«

Und jetzt lachte er tatsächlich.

»Die Einladung gilt nach wie vor«, sagte er dann. »Und ich bin neugierig auf diese Geschichte.«

»Es ist … eine echt gute Geschichte«, versprach ich.

»Ich kann's kaum erwarten. Wie wär's denn gleich mit kommendem Montag?«

»Falls die Mädchen da Zeit haben, gern.«

»Falls nicht, koche ich trotzdem für uns. Sonst platze ich vor Neugierde.«

Nun musste ich auch lachen und entspannte mich wieder ein wenig. Womöglich hatte er mich vor wenigen Minuten für eine Verrückte gehalten, aber ich hatte die Sache entschärfen können. Hoffte ich zumindest.

»Na gut. Dann steht unsere Verabredung für Montag«, sagte ich.

»Schön. Ich muss jetzt aber los und noch für die Party einkaufen«, sagte er.

»Ich auch. Also, die Zutaten für den Kuchen, den ich für Jana backe.«

»Doch nicht etwa Käsekuchen?«

»Ganz genau den.«

»Ich hoffe, ich bekomme ein Stück davon ab.«

»Ich drücke die Daumen. Viel Spaß heut Abend«, wünschte ich ihm.

»Spaß? Fast dreißig junge Leute werden in unser Haus einfallen. Von denen sind knapp die Hälfte noch keine achtzehn. Das bedeutet, ich muss mich in der Nähe aufhalten, falls es zu irgendwelchen Vorkommnissen kommen sollte, und gleichzeitig darf ich mich nicht sehen lassen. Das ist alles andere als Spaß!«

»Tja. Da muss man durch. Du schaffst das sicher. Servus Paul.«

Ich wollte gerade losfahren, da sagte er: »Ach ja, falls du deinen Freund am Montag mitbringen möchtest, ist das okay für mich, Anna.«

Irgendwie musste das Thema ja wohl zur Sprache kommen!

»Es gibt keinen Freund«, sagte ich und seufzte. »Es tut mir leid, dass es wegen des Fotos letztens so einen Aufruhr gegeben hat.«

»Vielleicht ist das ja auch eine Story, die du mir beim Shakshouka erzählst?«, fragte er und zwinkerte mir zu.

»Vielleicht«, antwortete ich und fuhr mit dem Wagen in Richtung Kühltheke. Dort stand jedoch der Gurkenmann mit seiner Familie, also bog ich rasch in einen anderen Gang ab und wartete, bis sie weg waren.

Kapitel 15

Als ich vom Einkaufen nach Hause kam, entdeckte ich meine Mutter im Garten.

Sie hatte mich noch nicht bemerkt und hörte mich auch nicht, als ich auf sie zuging. Vielleicht war das die Gelegenheit, jetzt endlich mit ihr zu sprechen, auch wenn ich mir eigentlich erhofft hatte, dass sie den ersten Schritt machen würde. Wir mussten diese Sache aus der Welt schaffen, schließlich konnten wir uns nicht für immer aus dem Weg gehen.

Als ich ihr näher kam, sah ich verwundert, wie sie die Fernbedienung des Fernsehers in Richtung der Hecken hielt und auf den Knopf drückte.

»Conny?«, rief sie und drückte wieder. »Conny? Wo bist du denn?«

»Mutter? Was machst du denn da?«, fragte ich.

Erschrocken drehte sie sich zu mir um.

»Ich suche die Katze«, erklärte sie und schien dabei vergessen zu haben, dass sie eigentlich nicht mit mir sprach.

»Und was … was machst du mit der Fernbedienung?«

Sie warf einen verwunderten Blick auf das kleine Kästchen, als ob ihr erst jetzt auffallen würde, dass sie es in der Hand hielt.

»Nichts. Was soll ich damit schon machen?«

Damit drehte sie sich von mir weg und wollte an mir vorbei.

Doch so konnte ich sie nicht gehen lassen. Irgendetwas stimmte nicht mit ihr. Ich hielt sie am Arm fest.

»Mutter. Bitte warte.«

Sie blieb stehen, sagte jedoch nichts.

»Geht's dir gut?«

Sie sah mich an und schien etwas verwirrt zu sein.

»Wieso suche ich mit der Fernbedienung nach der Katze?«, fragte sie leise.

»Ach weißt du, wenn man in Gedanken ist, kann sowas schon mal vorkommen«, versuchte ich, sie aufzumuntern, obwohl mir innerlich angst und bange war. Waren das Anzeichen für eine Demenz? In ihren Augen sah ich dieselbe Besorgnis.

Ich legte einen Arm um sie und zog sie an mich. Sie ließ es geschehen. Es war, als ob sich mit dieser Umarmung unser Streit in Luft aufgelöst hätte.

»Hast du Lust, mir zu helfen? Ich muss zwei Käsekuchen backen. Einen für Janas Geburtstag und einen für uns fürs Wochenende.«

»Ja. Aber erst müssen wir Conny suchen.«

»Klar. Das machen wir.«

Die Katze war schnell gefunden. Sie lag unter einem Stuhl auf der Terrasse im Schatten und schlief tief und fest.

Ich kochte uns eine Kanne Tee. Mutter schien es gut zu gehen, und während sie den Mürbeteig knetete und ich die Füllung verrührte, redeten wir über tausend Dinge, nur nicht mehr über die Fernbedienung, Leonard und unsere Auseinandersetzung.

Mutter schien ebenso erleichtert darüber zu sein wie ich. Und auch Emma freute sich, uns in trauter Zweisamkeit zu sehen, als sie in die Küche kam, um sich einen Cappuccino zu machen. Instinktiv ahnte sie jedoch, dass sie darüber besser kein Wort verlor, um den womöglich fragilen Frieden nicht zu gefährden.

Das ganze Wochenende ging mir die Sache nicht aus dem Kopf, und obwohl sie zunächst protestierte, bestand ich darauf, am Montag nach der Arbeit mit ihr zum Arzt zu gehen.

»Frau Kirchner, Sie sind die Nächste«, rief die Sprechstundenhilfe sie auf.

»Kommst du bitte mit, Anna?«, bat meine Mutter.

»Klar. Wenn du das möchtest.«

Ich begleitete sie ins Sprechzimmer.

Dr. Geiger hörte aufmerksam zu, als sie ihm den Grund ihres Erscheinens schilderte, und stellte einige Fragen.

»Gab es in der letzten Zeit größere Veränderungen oder Aufregungen?«, wollte er wissen.

Mutter warf mir einen kurzen Blick zu, dann wandte sie sich wieder an den Arzt.

»Na ja. Es kann schon sein, dass es da etwas gibt, das mich ziemlich aufgeregt hat.«

Sofort nagte das schlechte Gewissen an mir. War ich schuld, dass es ihr nicht gutging?

»Aber vielleicht war das ein wenig übertrieben«, fügte sie hinzu, und das kam einer Entschuldigung an mich ziemlich nahe.

»Glaub mir, du hast echt keinen Grund mehr, dich weiter aufzuregen«, versprach ich.

Dr. Geiger wusste zwar nicht, worüber wir sprachen, aber er schien zu verstehen, dass sich hier womöglich gerade ein Teil von Mutters Problemen aufzulösen schien.

»Aufregungen sind fast immer unnötig«, kommentierte er lächelnd. »Kommen Sie bitte morgen früh nüchtern in die Praxis, dann machen wir erst einmal ein großes Labor und ein EKG«, sagte er schließlich. »Und den Blutdruck messen wir heute noch gleich, Frau Kirchner.«

Als Mutter ihm zum Abschied die Hand gab, ließ er sie nicht gleich los.

»Ihre Haut ist ausgesprochen trocken«, sagte er. »Sie haben gesagt, dass sie viel im Garten arbeiten und auch sonst noch sehr aktiv sind.«

»Das ist doch gut, oder?«

»Das ist sehr gut, Frau Kirchner. Aber trinken Sie denn auch genug?«

»Ich … ich denke schon«, sagte sie.

»Erzählen Sie doch mal«, forderte er sie auf.

»Hm. Das ist ja nicht jeden Tag gleich. Aber in der Früh trinke ich immer ein Tässchen Kaffee. Mehr vertrage ich leider nicht mehr. Mittags dann zum Essen ein Glas Apfelschorle oder Wasser. Manchmal trinke ich Tee bei meiner Tochter oder wenn wir beim Nachbarn Karten spielen mal ein kleines Helles oder ein Gläschen Wein.«

»Und am Abend?«

»Da gönn ich mir ab und zu vielleicht mal einen kleinen Eierlikör. Das ist doch nicht schlimm?«

Er schüttelte den Kopf.

»Sonst nichts?«

»Meistens nicht. Ich bin nicht so durstig. Und wenn ich so spät noch trinke, muss ich ja in der Nacht so oft auf die Toilette«, erklärte sie.

»Das ist aber nicht viel«, sagte ich.

»Stimmt. Das ist deutlich zu wenig. Vor allem, wenn Ihre Mutter noch so aktiv ist und so viel macht. Frau Kirchner, ich möchte, dass Sie in den nächsten Tagen ganz bewusst darauf achten, mehr zu trinken. Warten Sie nicht erst, bis Sie Durst verspüren. Mindestens 1,5 bis 2 Liter über den Tag verteilt«, sagte er. »Wenn es draußen heiß ist, dann auch gerne noch mehr. Schreiben Sie die Mengen genau auf und bringen Sie den Zettel Ende der Woche mit, wenn wir die Ergebnisse der Untersuchungen haben.«

Während meine Mutter zum Blutdruckmessen zur Sprechstundenhilfe ging, sagte Doktor Geiger: »Ich hoffe sehr, dass ich mich nicht täusche. Aber ich vermute, dass die Verwirrtheit von der Aufregung und vom Flüssigkeitsmangel kommen könnte.«

»Dann hat sie also keine Demenz?«, fragte ich hoffnungsvoll.

»Das kann ich natürlich noch nicht ausschließen. Dazu sind weitere Untersuchungen notwendig. Aber warten wir jetzt einfach mal ab, wie es ihr den nächsten Tagen geht. Können Sie auch ein wenig darauf achten, dass sie genügend trinkt?«

Ich versprach es ihm.

»Wie geht es eigentlich Ihren Angstattacken?«, fragte er, bevor ich ging.

»Ich hatte seit Tagen keine mehr«, berichtete ich ihm. »Genauer gesagt, seit dem Tag, an dem es die große Auseinandersetzung mit meiner Mutter gab«, fügte ich der Wahrheit halber hinzu.

»Das ist – sehr interessant«, sagte er. »Vielleicht bleibt es ja dabei, und falls nicht, melden Sie sich bitte.«

»Mache ich.«

»Wiedersehen, Frau Reiter.«

»Wiedersehen, Herr Doktor Geiger.«

Als Mutter und ich die Praxis verließen, war mir deutlich leichter ums Herz. Ich besorgte im Supermarkt zwei Kisten Heilwasser und mehrere Flaschen Obstsäfte zum Mischen für meine Mutter. Schon auf dem Weg zum Auto trank sie einen kräftigen Schluck aus der Wasserflasche.

Sie versprach mir, auch am Abend genügend zu trinken.

»Und wenn ich zukünftig zehnmal in der Nacht zum Pinkeln raus muss«, sagte sie entschlossen. »Hauptsache, ich suche nie wieder mit der Fernbedienung nach der Katze oder mache sonst einen Blödsinn.«

Plötzlich grinste sie.

»Hat man sowas Verrücktes überhaupt schon mal gehört? Mit der Fernbedienung!«, gackerte sie.

Ihr Lachen war ansteckend.

»Nein. Sagte ich.« Und dann prustete ich ebenfalls los.

Als wir wieder daheim waren und ich die Küche betrat, saß Timo neben Emma am Tisch und hielt sich an einer Kaffeetasse fest.

»Hallo, Anna!«, begrüßte er mich, und sein Lächeln wirkte bemüht.

»Hallo, Timo. Was gibt es denn? Bist du vor Leo und den Hochzeitsvorbereitungen geflüchtet?«, witzelte ich.

Doch er fand es offenbar gar nicht lustig.

»Hast du vielleicht kurz Zeit?«, fragte er.

Ein ungutes Gefühl beschlich mich.

»Ja. Sicher.«

»Ich fahr schon mal mit dem Fahrrad vor zu Jana und schau Paul zu, wie er das Shakshouka macht. Bis dann«, sagte Emma und verschwand.

»Musst du auch weg?«, fragte Timo.

»Ja. Aber erst in gut einer Stunde.«

Er nickte nur.

Ich schenkte uns Wasser ein und setzte mich ihm gegenüber.

»Also, was ist los Timo?«, fragte ich.

»Es ... es gibt da etwas, das ich Leo sagen muss, aber ich weiß nicht, wie ich es anstellen soll.«

Das war schon mal eine beunruhigende Einleitung für eine Erklärung. Ich war mir nicht sicher, ob ich überhaupt wissen wollte, was er mir gleich erzählen würde.

»Ich wollte das schon mit Ben besprechen, aber ich fürchte, das ist keine so gute Idee. Die beiden sind beste Freunde, und ich möchte ihn nicht in einen Gewissenskonflikt stürzen.«

Und das gilt für mich als Mutter nicht? Das hörte sich ja immer übler an.

»Am besten sagst du mir einfach, was los ist, Timo«, forderte ich ihn auf, obwohl ich bereits eine Befürchtung hatte.

»Ich dachte, es wäre vielleicht egal, wenn sie es nicht wüsste. Weil ... weil es noch nie wirklich eine Rolle gespielt hat. Aber gestern Abend. Da haben wir lange geredet. Über Ehrlichkeit, und wie wichtig sie in einer Partnerschaft ist. Und da meinte Leo, dass es auch eine Lüge wäre, wenn man etwas verschwieg, von dem man weiß, dass es für den anderen eine Bedeutung hat.«

»Du hast mit einer anderen Frau geschlafen.« Es war keine Frage.

Er nickte nur.

»Mensch, Timo!«, fuhr ich ihn an und spürte, wie mich die Wut packte. *Himmel noch einmal! Können Männer denn ihren Hosenstall nicht einfach mal geschlossen lassen?*

Er zuckte zusammen.

»Wie konntest du Leo das antun?«

»Nein, bitte warte. Du verstehst das falsch. Das ist doch jetzt schon ewig her. Es war ganz am Anfang, Anna. Da waren Leo und ich noch gar nicht so richtig zusammen. Ich war auf einem Lehrgang für Manuelle Lymphdrainage in München und ...«

»Stopp!«, sagte ich und hob die Hand. »Die Einzelheiten will ich gar nicht wissen.« Ich spürte, wie sich langsam, aber sicher Kopfschmerzen ankündigten.

»Das war blöd von mir und tut mir im Nachhinein auch echt leid. Ich liebe Leo über alles. Aber damals dachte ich ja noch gar nicht daran, dass sie und ich überhaupt fest zusammenkommen könnten. Es war doch erstmal nur eine lockere Sache zwischen uns.«

»Okay«, sagte ich und beruhigte mich ein wenig. »Das war vielleicht keine Heldentat von dir, aber wenn ihr noch nicht fest zusammen wart, dann kann man vielleicht ein Auge zudrücken. Und vielleicht ... vielleicht musst du ihr das gar nicht sagen«, überlegte ich laut und hatte gleich darauf ein schlechtes Gewissen. Durfte man ihr das wirklich verschweigen?

In diesem Fall konnte ich meine Tochter nicht einschätzen. Es konnte sein, dass sie verständnisvoll reagierte – schließlich war es tatsächlich schon ewig her. Genauso gut konnte sie aber auch richtig sauer werden, weil er es ihr bisher verschwiegen hatte, und es könnte in einem Riesenstreit enden. Und das ausgerechnet so kurz vor der Hochzeit.

»Du musst mir glauben, dass ich ihr seither absolut treu gewesen bin. Ehrlich. Das eigentlich Dumme ist nur ...«

Er sprach nicht weiter.

»Was?«

»Na ja, die Frau, mit der ich damals was hatte, fängt nächsten Monat ausgerechnet in unserer Physiotherapie-Praxis an«, sagte er leise.

Na toll! Ich schloss für einen Moment die Augen. Das Pochen in meinen Schläfen wurde stärker.

»Ich weiß überhaupt nicht, was ich jetzt machen soll«, sagte Timo verzweifelt.

»In diesem Fall musst du es ihr erzählen, Timo!«, forderte ich entschieden. »Denn wenn das später irgendwie rauskommt – und so etwas kommt irgendwann immer raus – wird sie sich fürchterlich aufregen. Und das zu Recht.«

»Ja ... ich weiß. Ach, Anna. Wie bringe ich ihr das nur am besten bei? Sie steht ohnehin so unter Strom mit dem Studium und den Hochzeitsvorbereitungen.«

»Dir wird aber nichts anderes übrig bleiben, Timo«, sagte ich. »Und je länger du es aufschiebst, desto schlimmer wird es werden. Seit wann weißt du denn, dass diese Frau bei euch arbeiten wird.«

»Seit drei Tagen«, sagte er.

»Kennt Leo sie?«

»Nein.«

Ich überlegte kurz und versuchte, mich in die Situation meiner Tochter zu versetzen.

»Biete ihr an, dass du dir einen anderen Job suchst, wenn Leo das möchte«, sagte ich dann.

»Was? Aber ich liebe meine Arbeit dort und ...«

»Aber das spielt in diesem Fall keine Rolle«, unterbrach ich ihn. »Hier in der Gegend werden ständig gute Physiotherapeuten gesucht. Wenn dir deine Beziehung etwas bedeutet, dann musst du es zumindest vorschlagen. Damit sie weiß, dass dir ihre Gefühle wichtig sind.«

Er fuhr sich durch die Haare.

»Warum muss das ausgerechnet jetzt passieren?«, murmelte er resigniert.

»Tja ... das weiß ich leider auch nicht.«

Als er sich kurz darauf auf den Nachhauseweg machte, hatte ich ihm das Versprechen abgenommen, dass er so bald wie möglich mit Leo reden würde. Und ich versprach ihm im Gegenzug, mich für ihn einzusetzen, wenn Leo deswegen zu mir kam.

Meine Kopfschmerzen waren inzwischen so heftig, dass ich eine Tablette nahm. Ich sah auf die Uhr. Noch über eine halbe Stunde, bis ich losmusste. Ich legte mich kurz aufs Bett. Nur eine Viertelstunde ausruhen, bis die Tablette wirkte. Die restliche Zeit würde dann reichen, um mich kurz abzuduschen, anzuziehen und ein wenig zu schminken. Ich ging ja schließlich auf keinen Ball.

»Mama? ... Mama?!« Ich schrak hoch. Für einen Moment musste ich mich erst orientieren.

»Was ist denn los?«, fragte ich verschlafen.

»Mensch. Wir haben uns echt Sorgen gemacht.«

»Das Essen?!«, fiel mir ein, und ich stieg aus dem Bett.

»Tja, das ist längst vorbei.«

»Wie spät ist es denn?«

»Kurz vor zehn.«

»Was?« *Das darf doch nicht wahr sein!*

»Zuerst haben wir gedacht, du verspätest dich, weil Timo noch hier ist, und haben gewartet. Dann hab ich versucht, dich anzurufen. Aber du bist weder ans Handy noch ans andere Telefon gegangen. Und Oma sitzt draußen auf der Terrasse und macht Kreuzworträtsel und hat das Telefon auch nicht gehört.«

»Meine Güte, Emma. Das tut mir echt leid«, sagte ich zerknirscht. »Ich hatte solche Kopfschmerzen und wollte mich nur für ein paar Minuten ausruhen. Und dann bin ich wohl eingeschlafen. Hoffentlich ist Paul jetzt nicht sauer.«

»Happy war er nicht gerade. Er hat sich ziemlich viel Mühe gegeben und noch extra selbst Eis für die Nachspeise gemacht. Du hast echt was verpasst.«

»Verdammt.«

Wie konnte es nur sein, dass jedes Mal etwas schieflief, wenn Paul und ich miteinander zu tun hatten?

»Außerdem wollten wir die Sache mit unserer Italienreise mit euch klären.«

»Bitte, Emma. Das ist jetzt wirklich nicht wichtig!«

»Für dich vielleicht nicht. Aber für mich und Jana! Wir haben uns das schon so lange …«

»Hast du seine Nummer?«, unterbrach ich sie, weil ich jetzt keinen Nerv für diese Diskussion hatte.

»Nö. Was soll ich damit?«

»Dann ruf Jana an und lass sie dir geben. Ich muss ihn unbedingt erreichen.«

»Paul?«

»Ja?« Seiner Stimme war anzuhören, dass er nicht sonderlich begeistert über meinen Anruf war.

»Entschuldige, wenn ich so spät noch störe … Aber ich möchte mich unbedingt entschuldigen. Ich habe eine Kopfschmerztablette genommen und bin leider eingeschlafen. Und zwar so tief, dass ich weder Telefon noch Handy gehört habe.«

»Schon gut«, sagte er knapp.

»Nein. Nicht schon gut. Ich hatte mich so auf das Shakshouka gefreut.«

»Und ich mich auf deine Erklärung für dein Verhalten im Supermarkt«, sagte er trocken. »Aber die Chance haben wir beide jetzt wohl verpasst.«

»Ich kann dir das gern bei einer anderen Gelegenheit erzählen«, bot ich an. »Vielleicht kann ich mit Kaffee und Käsekuchen hier bei mir auf der Terrasse Abbitte leisten?«

»Ich glaub, das ist keine so gute Idee«, sagte er nach einem kurzen Zögern.

Das brachte mich aus dem Konzept. War er so sauer, dass er meine Einladung ernsthaft ablehnte?

»Ich habe deinen Kuchen an Janas Geburtstag probiert«, fuhr er fort.

»Hat er dir denn nicht geschmeckt?«

»Oh doch. Ich fürchte, ich könnte danach süchtig werden. Und ich glaube, das würde mir nicht guttun.«

Übersetzt hieß das vermutlich so viel wie: *Ich finde dich eigentlich ganz nett. Aber deine schrägen Aktionen sind mir dann doch etwas zu schräg, also bleiben wir lieber auf Distanz.*

»Okay …«, sagte ich nach ein paar Sekunden Stille. »Ich verstehe. Dann nochmal, entschuldige und gute Nacht.«

»Gute Nacht, Anna.«

Ich legte auf. Warum fühlte ich mich jetzt ein wenig traurig? Der Abend bei mir war so entspannt mit ihm gewesen, zumindest bis zu der Sache mit dem Foto von Leo, meinem vermeintlichen Freund, und ich hätte nichts dagegen gehabt, noch mal einen solchen Abend zu verbringen. *Tja. Das hast du schön vermasselt, Anna!*

Bedrückt ging ich ins Bett. Doch an Schlaf war nicht zu denken. Die Gedanken kreisten ständig um Paul, meine Mutter und Timo. Als ich nach zwei Stunden immer noch nicht eingeschlafen war, stand ich auf und schaltete im Wohnzimmer den Fernseher ein. Ich kuschelte mich aufs Sofa und ließ mich von einer Talkshow berieseln, bis mir schließlich irgendwann doch die Augen zufielen.

Kapitel 16

Ich beeilte mich, in der Mittagspause nach Hause zu kommen. Leo wartete bereits auf mich. Aufgebracht ging sie in der Küche auf und ab.

»Timo hat mit einer Frau geschlafen, die jetzt bei ihm in der Praxis anfängt«, fasste sie die Sache in einem Satz zusammen.

»Ich weiß.« Schließlich wollte ich ihr nichts vormachen, nicht so tun, als ob ich überrascht wäre. Das hätte ich ihr auch gar nicht vorspielen können. »Er war gestern hier und hat mir alles erzählt und mich um Rat gefragt.«

»Dieser Blödmann!«, schimpfte sie. »Warum ist er nicht gleich zu mir gekommen?« Es war klar, dass sie keine Antwort von mir erwartete.

»Bitte setz dich doch. Ich mach uns Tee.«

»Ich will aber lieber stehen.«

»Auch gut.«

Ich setzte Wasser auf und hängte zwei Teebeutel »Innere Ruhe« in die Kanne. Die konnten wir beide jetzt gut gebrauchen.

»Hör mal, Schatz. Ich möchte ihn nicht verteidigen. Es war ziemlich bescheuert, was er damals gemacht hat. Aber ich nehme es ihm wirklich ab, dass es ihm leidtut.«

»Das ist es ja gar nicht, Mama. Wir waren damals ja noch nicht fest zusammen. Es war die Phase, da habe ich auch noch mit dem einen oder anderen geflirtet, als Timo auf diesem Lehrgang war. Auch wenn ich mit niemandem geschlafen habe.«

Hallo?! Das möchte ich bitteschön überhaupt nicht wissen!

Am liebsten hätte ich mir die Ohren zugehalten. Stattdessen goss ich den Tee auf, und Leo nahm nun doch Platz.

»Was genau stört dich denn dann? Er kann ja nichts dafür, dass diese Frau bald als seine Kollegin arbeiten wird.«

»Ja, aber er hat gesagt, er würde seinen Job kündigen, wenn ich das möchte«, sagte sie aufgebracht.

»Das ist doch gut, oder?«, wagte ich mich vor und war insgeheim stolz auf Timo, dass er ihr das angeboten hatte.

»Nein! Ist es nicht«, entgegnete meine Tochter jedoch.

»Nicht? Ich finde das sogar super von ihm.«

»Aber verstehst du denn nicht, Mama?« Ihre grünen Augen funkelten wild. »Ich soll ihm jetzt die Entscheidung abnehmen, was er machen soll? Ich weiß doch, wie gern er dort arbeitet. Wenn ich von ihm verlange zu kündigen, dann wird er mir das womöglich irgendwann mal vorwerfen.«

»Also, das glaub ich jetzt wirklich nicht, Spatz …«, begann ich, doch sie ließ mich gar nicht ausreden.

»Und wenn er dort bleibt, dann weiß ich, dass er ständig mit dieser Frau Kontakt hat, die es schon einmal geschafft hat, mit ihm in die Kiste zu springen.«

Ich atmete tief durch. Egal, was ich jetzt sagen würde, es wäre vermutlich falsch.

»Verdammt nochmal. Ausgerechnet jetzt! Dabei weiß ich ohnehin nicht mehr, wo mir der Kopf steht!«

»Leo, bitte, ich weiß, das ist nicht schön, aber es ist auch kein Problem, das man nicht lösen könnte.«

»Ach ja? Wie würdest du dich denn an meiner Stelle verhalten? Wir heiraten in gut drei Wochen! Und jetzt das!«

»Was ist denn hier los?«, fragte Emma, die in die Wohnküche kam.

»Ach, alles ist blöd«, motzte Leo, und dann erzählte sie ihrer Schwester, was Timo ihr eröffnet hatte. Emma hatte schon als Kind nie ertragen, wenn ihre große Schwester traurig war, und immer alles Mögliche getan, um sie aufzumuntern. Und das versuchte sie auch jetzt.

»Das ist mal wieder ein Fall für das *schwere Geschütz*«, sagte sie und drückte Leo kurz an sich. »Danach fällt uns bestimmt eine Lösung ein.«

»Du hast recht«, stimmte ich ihr erfreut zu, und auch Leo nickte.

Das schwere Geschütz wurde bei uns immer dann aufgefahren, wenn einer von uns besonders traurig war oder Ablenkung brauchte.

»Geh und hol Oma. Vielleicht mag sie auch kommen«, sagte ich zu Emma, während ich selbstgemachte Lasagne aus dem Gefrierschrank holte, die ich immer auf Vorrat hatte, und in den Ofen schob. Gut, dass meine Mittagspause heute so lange war, so würden wir es zeitlich locker auf die Reihe kriegen.

Eine Viertelstunde später hatten Leo, Emma, meine Mutter und ich uns im Wohnzimmer aufs Sofa gekuschelt und schauten die Komödie »Mitten ins Herz – Ein Song für dich« an. Der Film mit Hugh Grant in der Rolle als abgehalfterter, aber liebenswerter ehemaliger Popstar und Drew Barrymore als ein von Selbstzweifeln geplagtes Mädchen für alles war einer unserer Lieblingsfilme und wurde immer dann angeschaut, wenn wir alle eine Aufmunterung oder Trost brauchten. Meiner Mutter hatten wir den Grund nicht erzählt, um sie nicht weiter aufzuregen, sondern nur gesagt, dass Leo zur Zeit so viel Stress habe, dass sie dringend eine kleine Auszeit benötige. Aus der Küche zog der Duft von geschmolzenem Käse, Tomaten und würzigen Kräutern zu uns herüber. Emma stoppte den Film kurz, als ich das Essen holte. Dann schauten wir weiter, während wir uns die Lasagne schmecken ließen. Erfreut bemerkte ich, dass meine Mutter sich mehrmals Wasser nachschenkte, was sie sonst kaum gemacht hatte. Offenbar hatte sie sich Dr. Geigers Worte tatsächlich zu Herzen genommen.

Obwohl wir ihn bestimmt schon mehr als zehnmal gesehen hatten, brachte uns der Film noch immer an denselben Stellen zum Lachen. Und als Hugh Grant, alias Alex Fletcher, seiner geliebten Sophie eine musikalische Liebeserklärung machte, heulten wir alle vier.

Am Ende trällerten Emma, Leo und ich zusammen mit Hugh Grant und Harley Bennett lautstark den Song *Way back into Love* mit. Solche kostbare Momente mit meinen Töchtern und meiner Mutter waren unbezahlbar und gingen auch mir »Mitten ins Herz«.

Nach dem Essen verabschiedete sich meine Mutter in ihre Wohnung, um ein spätes Mittagsschläfchen zu machen. Die Mädchen und ich tranken noch Kaffee auf der Terrasse.

»Bin ich froh, dass ich momentan auf keinen Typen steh. In der Liebe geht es doch immer irgendwie total verrückt zu«, sagte Emma. »Aber wenn ihr euch liebt, dann musst du Timo auch vertrauen können. Scheiß auf die blöde Massage-Tussi, Schwesterchen. Schließlich wird er dich heiraten!«, fand ausgerechnet die Jüngste von uns schließlich die richtigen Worte für

Leo. »Und jetzt mal ehrlich: Falls er tatsächlich was mit einer anderen Frau anfangen wollte, kann er das tun, egal, wo sie arbeitet. Und wenn du auf Dauer wirklich nicht damit klarkommst, dass die beiden sich täglich sehen, kannst du immer noch die Karte ausspielen, dass er dir angeboten hat, sich einen anderen Job zu suchen. Oder?« Sie sah Leo eindringlich an.

»Ich fürchte, du hast recht«, sagte Leo und nickte bedächtig. Dann lächelte sie endlich. »Scheiß auf die Massage-Tussi.«

Die Schwestern klatschten ein.

»Mein kluges Mädchen«, sagte ich und drückte Emma kurz an mich. »Das hast du gut gemacht!«

»Vielleicht sollte ich Psychologie studieren?«, überlegte sie grinsend.

»Psychologie?«, fragte ich überrascht.

»Du weißt aber schon, dass es da einen NC gibt?«, meinte Leo.

»Dann vielleicht besser doch nicht.« Emma zuckte mit den Schultern. »War nur so eine blöde Idee.«

»Aber im Ernst jetzt. Weißt du denn jetzt schon, was du wirklich studieren möchtest?«, fragte Leo.

»Nö. Keine Ahnung, was ich machen werde. Ich kann ab August im *Bergmanns* als Küchenhilfe anfangen, hat Ben gesagt. Dann verdiene ich mir etwas Kohle und geh vielleicht nächstes Jahr ein paar Monate ins Ausland, bevor ich zu studieren anfange. Mal sehen.«

Diese Pläne waren mir bisher neu. Also hatte sie ihr Vorhaben, im Herbst ein Studium zu beginnen, offenbar aufgeschoben. Irgendwie war in der letzten Zeit so viel los gewesen, dass wir uns noch gar nicht ernsthaft über ihre Berufswünsche ausgetauscht hatten. Allerdings hörte sich das erst einmal nach keinem schlechten Plan an. Es schadete nicht, wenn sie sich ein wenig Zeit ließ. Und bei einem Job als Küchenhilfe würde sie auch gleich lernen, dass man sich Geld erarbeiten musste. *Apropos Arbeit!* Ich warf einen Blick auf die Uhr.

»Oh. So spät schon. Ich muss dann in die Praxis«, sagte ich.

»Ist denn jetzt so weit wieder alles gut bei dir, Leo?«

Meine Tochter zuckte mit den Schultern.

»Na ja. Keine Ahnung. Ich muss ihm wohl vertrauen. Sonst brauchen wir gar nicht erst zu heiraten«, sagte sie. »Aber so ganz einfach wird das wahrscheinlich nicht für mich werden. Ich lasse es jetzt mal auf mich zukommen.«

»Das hört sich vernünftig an«, gab ich ihr recht.

»Aber ich werde ihn noch ein wenig zappeln lassen. Strafe muss sein! Damit er weiß, was auf dem Spiel steht«, sagte sie, und der Blick ihrer Augen verriet mir, dass dem guten Timo heute noch einiges bevorstand.

Die nächsten Tage verliefen verhältnismäßig ruhig, wenn man von den Hochzeitsvorbereitungen absah, und es schien so, als ob sich mein Leben wieder normalisieren würde. Meiner Mutter ging es wieder richtig gut, seitdem sie regelmäßig mehr trank und wir uns ohne weitere Worte ausgesöhnt hatten, und Dr. Geiger gab fürs Erste Entwarnung. Trotzdem bat er mich, meine Mutter ein wenig im Auge zu behalten.

Nachdem sie ihn ein paar Tage lang hatte schmoren lassen, waren Timo und Leo wieder versöhnt, und er konnte – zumindest vorerst – seinen Job behalten.

Emma hatte schließlich auch ihre letzten beiden mündlichen Prüfungen hinter sich gebracht. Ein paar Tage später durften wir jubeln. Sie hatte das Abi bestanden, wenn auch mit Ach und Krach, da sie in Mathe nur haarscharf den nötigen einen Punkt geschafft hatte, um nicht durchzufallen. Doch das war ihr egal. Und mir auch. Hauptsache, sie hatte ihren Schulabschluss in der Tasche.

An diesem Freitag stand die Abiturfeier bevor und das Wochenende darauf die Hochzeit. Zwei große Ereignisse in meinem Leben, die so dicht beieinanderlagen und mich emotional sehr aufwühlen würden. Meine wundervolle Chefin hatte das auch längst vorausgesehen, und deswegen war die Praxis in diesen zwei Wochen geschlossen. Zoe war in der ersten Woche auf einer Fortbildung in Frankfurt, danach am Gardasee, würde aber zur Hochzeit wieder zurück sein.

Glücklicherweise waren mir in den letzten Tagen weder Jo, noch Leonard oder Paul begegnet. Mein Leben verlief eindeutig in ruhigeren Bahnen ohne Männer, die es verkomplizierten. Nur die Hitzewallungen – die waren wieder zurückgekommen.

Einen Tag vor der Abiturfeier fuhren Leo und ich nach München, um das Brautkleid abzuholen. Als sie in das Kleid schlüpfte und Frau Stiletzky, die Chefin der Boutique, persönlich den Reißverschluss zuziehen wollte, hörte ich einen Fluch hinter dem Vorhang.

»Ich glaub, ich dreh gleich durch!«, rief Leo und riss den Vorhang auf. Mit einem verzweifelten Gesichtsausdruck starrte sie mich an.

»Das ist zu eng!«, rief sie aufgebracht.

Der Reißverschluss war zwar inzwischen geschlossen, aber ihr war anzusehen, dass sie kaum atmen konnte. Darin würde sie den Hochzeitstag ganz sicher nicht überstehen.

»Ich verstehe das nicht«, sagte Frau Stiletzky, und auch Veronika, die junge Verkäuferin vom letzten Mal, schüttelte verständnislos den Kopf. »Das Kleid wurde genau nach Ihren Maßen geändert … Darf ich fragen«, begann sie vorsichtig, »ob Sie vielleicht ein wenig zugenommen haben?«

Offen gestanden hatte auch ich diesen Eindruck, aber Leo auf dieses Thema anzusprechen, wäre mir nie in den Sinn gekommen. Ich wusste, wie empfindlich sie da reagieren konnte.

Doch anstatt zu explodieren, wie ich es erwartet hätte, fing sie ganz plötzlich zu heulen an. Leo! Meine wunderbare, starke große Tochter weinte? Das hatte ich in den letzten Jahren nicht mehr erlebt.

»Ich weiß auch nicht, was los ist«, sagte sie schniefend. »Ich dachte immer, dass ich vor der Hochzeit vor lauter Aufregung sowieso kaum was runterbringen würde. Aber ich könnte den ganzen Tag nur futtern und werde irgendwie trotzdem nicht satt.«

Veronika reichte Leo eine Packung Kosmetiktücher, und Leo putzte sich lautstark die Nase.

»Sind Sie … womöglich schwanger?«, wagte Frau Stiletzky sich erneut vor. Und ich hielt für einen Moment den Atem an. *Schwanger? Ich würde Oma werden?*

Doch Leo schüttelte entschieden den Kopf.

»Nein. Ganz sicher bin ich das nicht«, sagte sie und hörte sich sehr überzeugend an. »Bitte machen Sie den Reißverschluss sofort auf, sonst ersticke ich noch.«

»Manchmal merkt man das am Anfang nicht«, meinte Veronika und half ihr aus dem Kleid. »Bei meiner Cousine war das auch so. Die hat es erst im dritten Monat gemerkt, und wir …«

»Aber ich habe meine Periode regelmäßig und hatte vor drei Tagen erst meine jährliche Vorsorgeuntersuchung bei der

Gynäkologin mit Ultraschall …«, fuhr Leo dazwischen. »Da hätte sie ja was sehen müssen«, erklärte sie, und ich war hin- und hergerissen zwischen Erleichterung und Enttäuschung.

»Gut, wenn Sie sich da so sicher sind …«, sagte Frau Stiletzky und legte meiner Tochter eine Hand auf die Schulter. »In diesem Fall hab ich eine gute Nachricht für Sie.«

»Ach ja?«, fragte Leo spitz. »Dass ich nur in Unterwäsche und mit dem Schleier heiraten soll?«

Frau Stiletzky lachte. »Vermutlich würden sich Ihr Mann und die männlichen Gäste darüber freuen«, witzelte sie. »Aber im Ernst. Wann ist Ihre Hochzeit genau?«

»Samstag in einer Woche«, sagte ich.

»Das sind noch zehn Tage. Ich verspreche Ihnen hoch und heilig, dass Sie an diesem Tag problemlos in das Kleid passen werden und dass es perfekt sitzen wird.«

Leo und ich sahen sie verdutzt an.

»Wie können Sie sich da so sicher sein?«, wollte ich wissen. »Denn wenn Sie nicht recht haben, steht Leo an ihrem Hochzeitstag ohne Kleid da.«

»Hören Sie. Womöglich hat Ihre Tochter die letzte Zeit ein wenig mehr gegessen, aber das wird sich in den nächsten Tagen schlagartig ändern. Vertrauen Sie auf meine jahrelange Erfahrung. Die richtige Nervosität und Anspannung werden jetzt erst kommen, und da bringen die Bräute nur das Nötigste runter. Da verschwinden zwei Kilos wie nix. Und recht viel mehr müssen Sie gar nicht abnehmen, damit das Kleid passt.«

»Echt?« Leos Blick war zweifelnd.

Ich dachte zurück an die Zeit vor meiner Hochzeit.

»Wenn ich so darüber nachdenke«, sagte ich, »dann war das bei mir ähnlich. Einige Tage vorher musste ich mich sogar dazu zwingen, was zu essen. Das Einzige, was ich runterbrachte, waren Salzstangen. Und am Hochzeitstag war das Kleid tatsächlich sogar ein wenig zu weit. Obwohl es bei dem scheußlichen Ding damals ohnehin keine so große Rolle spielte.«

»Ich soll jetzt also mit dem Kleid nach Hause fahren und darauf hoffen, dass ich wie durch Zauberei am Hochzeitstag hineinpasse?«, fragte Leo ungläubig.

»Genau. Schlüpfen Sie einen Tag vorher in das Kleid. Und sollte es immer noch zu eng sein, fahre ich persönlich mit der Schneiderin zu Ihnen und ändere es ab. Und wenn wir dafür die ganze Nacht brauchen.«

Nun, das war ein Angebot. Und obwohl es verrückt klang, glaubte ich ihr.

»Na gut«, ließ sich Leo schließlich auf das Wagnis ein.

Kleid und Accessoires wurden sorgfältig verpackt, und wir verließen die Boutique.

Kapitel 17

»Wenn sie nicht bald kommen, verpassen sie die Feier«, flüsterte ich zu Leo. Meine Mutter, Leo und ich saßen bereits in der zum Bersten vollen Kirche und hielten für Harald und Karla mit Müh und Not zwei Plätze frei.

»Warum kann Papa nicht einmal im Leben pünktlich sein?«, zischte Leo genervt. »Hoffentlich schafft er es wenigstens nächste Woche zu meiner Hochzeit pünktlich.«

»Vielleicht sagst du ihm, es hat sich was verschoben, und die Trauung beginnt schon eine Stunde früher«, schlug ich vor.

Leo kicherte.

»Gute Idee. Dann könnte es vielleicht hinhauen.«

»Was?«, fragte meine Mutter, die mal wieder nicht alles hörte.

Ich winkte ab. »Schon gut.«

Orgelmusik ertönte, und wir standen auf. Es dauerte nicht lange, bis die Abiturientinnen und Abiturienten in ihren zauberhaften Kleidern und Anzügen feierlich in die Kirche einzogen. Ich bekam eine Gänsehaut.

»Tut mir so leid«, flüsterte plötzlich Harald neben mir. »Wir mussten die Kinder noch zu Karlas Mutter bringen.«

Er und Karla schoben sich an uns vorbei auf die freien Plätze in der Bank. Fast hätte ich deswegen Emma übersehen, die langsam in der Reihe der Abiturienten an uns vorbeizog und uns zulächelte. Mein Herz machte einen Satz. Ich nickte ihr zu. Das war er nun, Emmas allerletzter Schultag. Es kam mir vor, als ob es erst gestern gewesen wäre, als wir sie an ihrem ersten Schultag mit einer selbstgebastelten Schultüte ins Klassenzimmer begleitet hatten. Kaum zu glauben, dass zwölf Jahre dazwischenlagen.

Ich seufzte leise. Sie sah so zauberhaft aus in ihrem türkisblauen Kleid, das ihre hellgrauen Augen noch mehr zum Strahlen brachte. Leo hatte ihr heute früh dabei geholfen, die Haare richtig modern hochzustecken, wie ich es nie hinbekommen hätte.

»Ich bin so stolz auf dich, meine Süße«, hatte ich zu ihr gesagt, als wir vor der Abfahrt zu Hause vor dem Spiegel in ihrem Zimmer standen. »Und ich wünsche dir, dass du in deinem Leben genau das machen wirst, von dem du am Ende sagen kannst: *Es hat mich glücklich gemacht.*«

»Danke, Mama«, hatte meine Tochter leise gesagt und sich an mich gedrückt. Mehr Worte hatte es nicht gebraucht. Ich hatte ihr einen sanften Kuss auf die Stirn gegeben, wie ich es unzählige Male getan hatte, als sie noch kleiner gewesen war. Aber jetzt war sie eine junge Frau, die davorstand, in die Welt hinauszugehen und das Leben zu erobern.

Nun ging auch Jana an mir vorbei, auch sie ganz zauberhaft in einem dunkelblauen Kleid, das ihre blauen Augen funkeln ließ. Ich verfolgte ihren Blick und entdeckte ihren Vater, der zwei Reihen hinter uns auf der anderen Seite saß und den ich bisher nicht bemerkt hatte. Er zwinkerte Jana lächelnd zu, und in seinen Augen sah ich Liebe und Stolz, aber auch Wehmut. Während wir als Patchworkfamilie zu fünft Emmas Schulabschlussfeier beiwohnten, war Paul heute als Janas einziger Angehöriger hier. Sicher kein einfacher Tag für ihn und auch nicht für Jana, die ihre Mutter an einem Tag wie diesem bestimmt schmerzlich vermissen würde.

Vorne hatten sich die Schulabgänger inzwischen in die für sie reservierten Bänke gedrängt. Doch ein Teil von ihnen, zu denen auch Emma und Jana gehörten, formierten sich zu einem Chor. Andere ergriffen ihre Instrumente, die bereitgestellt waren, und gesellten sich zu den Musikern des Orchesters aus den jüngeren Jahrgängen.

Die nächsten eineinhalb Stunden versuchte ich, so intensiv wie möglich, alles in mich aufzunehmen und zu genießen. Die berührende Musik, die Predigt des Pfarrers und die Lesung, die vom Schulsprecher vorgetragen wurde.

Als Harald mir einen Blick zuwarf, fragte ich mich, wie es wohl heute gewesen wäre, wenn er und ich uns damals nicht getrennt hätten. Dann würde er jetzt neben mir stehen und meine Hand halten und nicht die von Karla, die in wenigen Monaten ein drittes Kind von ihm erwartete. Etwas Wehmut kam auf. Über das, was hätte sein können, aber nicht hatte sein sollen.

Ich spürte eine Hand, die nach meiner Hand griff. Es war die meiner Mutter. »Das hast du als Mama alles wunderbar gemacht. Ich bin so stolz auf dich«, flüsterte sie, und ich versuchte, die aufsteigenden Tränen zu unterdrücken. Die richtigen Worte genau zum richtigen Zeitpunkt. Ja, ich hatte wohl vieles richtig gemacht für unsere kleine Familie, die für Harald nicht wichtig genug gewesen war, um zu bleiben.

Ein besonderes Gefühl überflutete mich plötzlich, das mich in diesem Moment überraschte. Ein Gefühl von Dankbarkeit und Glück. Es war alles gut, genau so, wie es war.

Der weitere Tag war vollgepackt mit einem dicht gedrängten Programm. Nach dem Gottesdienst gab es einen kleinen Sektempfang auf dem Schulgelände. Glücklicherweise hielt das Wetter, obwohl die Prognose Regen vorausgesagt hatte. Harald machte zig Fotos von Emma, Leo und Karla und bat schließlich auch Mutter und mich, uns mit den anderen zusammenzustellen.

»Ich hasse diese blöde Fotografiererei«, maulte meine Mutter.

»Jetzt komm schon«, flüsterte ich. »Für Emma ist das eine schöne Erinnerung.«

»Alle meine Frauen auf einem Haufen!«, sagte Harald mit einem gönnerhaften Grinsen, und einmal mehr beschlich mich das sichere Gefühl, ohne ihn viel besser dran zu sein.

»Jetzt mache ich ein Foto nur von euch Eltern mit euren Töchtern«, bot Karla freundlich an, und Harald gab ihr die offenbar sündhaft teure Kamera mit genauen Anweisungen. Schließlich stellte er sich zu uns, legte seine Arme um die Mädels und grinste breit in Richtung seiner Frau. Ich bemühte mich, die Augen nicht zu verdrehen. In diesem Moment entdeckte ich Paul, der nicht weit von uns entfernt stand und sich mit Olivia Finke, der Englischlehrerin, unterhielt. Als er meinen Blick bemerkte, nickte er mir kurz zu und wandte sich dann wieder an die Lehrerin. Ob er immer noch sauer auf mich war, dass ich das Shakshouka verschlafen hatte?

»Ich hole uns mal ein Gläschen Sekt«, sagte ich zu meiner Mutter. Als ich in die Richtung des Verkaufsstandes ging, lächelte mir ein bekanntes Gesicht entgegen. Jo! Allerdings nicht live, sondern auf einem Plakat, das auf ein kleines exklusives Open-

Air-Benefiz-Konzert mit seinen bekanntesten Stücken hinwies. Das Ganze sollte ausgerechnet an meinem 50. Geburtstag auf Herrenchiemsee stattfinden!

Ohne dass ich es wollte, begann mein Herz schneller zu schlagen. Wie konnte dieser verdammte Kerl das immer noch auslösen? Nach all dem, was in der letzten Zeit passiert war. *Echt jetzt, ich will das nicht mehr!*, beschwor ich mich selbst. Vielleicht waren das aber auch nur die letzten emotionalen Zuckungen? Schließlich hatte Jo Ranke als meine erste große, aber letztlich unerfüllte Liebe viele Jahre lang eine besondere Bedeutung für mich gehabt. Dabei war das nichts als eine rosarote Fata Morgana gewesen. Mein Kopf und mein Herz hatten sich davon schon verabschiedet. Jetzt musste sich nur noch mein Bauch anschließen.

Vielleicht sollte ich hingehen und ihn mit rohen Eiern bewerfen, schoss es mir durch den Kopf, und ich konnte mir bei dieser Vorstellung nur schwer ein Grinsen verkneifen. Als ich mich schließlich vom Plakat wegdrehte und Sekt bestellen wollte, bekam ich von einer der Mütter aus dem Elternbeirat nur ein bedauerndes Schulterzucken. Gerade eben hatte sie das letzte Glas verkauft. *Na toll! Danke, Jo!*

Zwei Stunden später saßen wir in der Aula und hatten bereits mehrere Festreden vom Schulleiter und von örtlichen Politikern über uns ergehen lassen. Inzwischen lief die Übergabe der Abiturzeugnisse. Die Schüler wurden in alphabetischer Reihenfolge aufgerufen, während jeweils zwei Fotos – links als Fünftklässler am ersten Schultag im Gymnasium und rechts ein aktuelles Bild – von einem Beamer auf eine große Leinwand geworfen wurden. Jeder Absolvent hatte sich einen Musiktitel ausgesucht und schritt dazu unter dem Applaus der Mitschüler und Eltern in der Mitte durch den Saal bis zur Bühne. Dort wurde jedem mit persönlichen Worten des Schulleiters das Abschlusszeugnis überreicht. Es zog sich mächtig, bis endlich der Buchstabe *R* wie Reiter an der Reihe war. Karla, die zwei Stühle weiter saß, wirkte inzwischen ein wenig blass um die Nase.

Ich holte eine kleine Wasserflasche aus meiner Handtasche, die ich eigentlich als Reserve für meine Mutter eingepackt hatte, und hielt sie ihr mit einem fragenden Blick entgegen.

»Oh, danke. Sehr gern«, flüsterte sie und lächelte mir dankbar zu, als sie die Flasche entgegennahm.

»Jetzt kommt sie gleich!«, sagte Leo.

Harald stand auf und machte sich mit der Kamera bereit.

»So, und als Nächste jetzt kommt zu uns nach vorne die deutsche Antwort auf Rihanna! Unsere Emma Reiter!«, kündigte der Schulleiter sie an, während hinter ihm die Fotos meiner Tochter auf der Wand erschienen. Ich schluckte. Musik ertönte, Freddy Mercury sang *Don't stop me now*.

Unter wildem Applaus ging Emma lässig nach vorne, ein breites Lächeln im Gesicht. Tränen schossen in meine Augen, und mein Herz quoll über vor Liebe, Stolz und Glück, während ich nicht mehr aufhören konnte zu klatschen. Was für ein besonderer Moment. Der jedoch noch getoppt wurde. Fast am Ende der Veranstaltung – und völlig überraschend für mich – trat Emma noch einmal auf die Bühne. Von der anderen Seite her kam ihre Musiklehrerin und setzte sich ans Klavier.

»Was wird das denn?«, fragte Leo überrascht. Ich zuckte mit den Schultern.

»Ich hab keine Ahnung.«

»Was macht sie denn jetzt?«, fragte meine Mutter.

»Ich hab keine Ahnung«, wiederholte ich.

Emma räusperte sich.

»Herr Gilde …«, begann sie mit einem leichten Zittern in der Stimme und warf einen kurzen Blick auf den Schulleiter. »Also, Herr Gilde bat mich vor ein paar Wochen, heute einen Song vorzutragen. Ich habe echt lange überlegt, welcher zu diesem Anlass passt. *Nie mehr Schule* von Falco vielleicht? Oder *Tage wie diese* von den Toten Hosen? Coole Songs, ganz sicher, aber ich war damit nicht zufrieden, denn sie drücken nicht das aus, was ich damit sagen möchte. Ich suchte nach einem bestimmten Stück und fand es schließlich.«

Sie machte ein paar Sekunden Pause und schaute kurz in unsere Richtung.

»Es ist ein Song, mit dem ich mich gleichzeitig bedanken möchte. Bei unseren Lehrern. Denn sie haben alles Mögliche versucht, um uns beizubringen, wie wir unseren Verstand sinnvoll benutzen können. Und zwar nicht nur für so unnütze Fächer wie Mathe …«, die Leute lachten, und einige gaben Zwischenapplaus.

Ich konnte den Blick keine Sekunde von meiner wundervollen Tochter wenden.

»Nicht nur für Mathe …«, wiederholte sie und fuhr fort, »sondern vor allem auch, um alles immer aus mehreren Blickwinkeln zu betrachten und nachzudenken. Danke auch unseren Eltern und Familien, die mit ihrer Liebe und Geduld ebenfalls dazu beigetragen haben, uns zu Menschen zu erziehen, die bereit sind, sich mutig dem Leben zu stellen. Der Song, den ich heute für uns alle singen werde, ist ein Traum für unsere Zukunft. Aber ich fange jetzt besser an, dann wisst ihr sowieso, was ich meine.«

Sie drehte sich kurz zum Klavier und nickte der Lehrerin zu. Schon bei ihren Worten hatte ich einen dicken Kloß im Hals bekommen, doch bei den ersten Tönen des Klaviers bekam ich zusätzlich Gänsehaut. Ich – so wie vermutlich fast jeder in der Aula – wusste sofort, was es war: *Imagine* von John Lennon.

Emma sang die erste Strophe mit geschlossenen Augen. Das leicht rauchige Kratzen in ihrer kraftvollen Stimme und die Intensität ihres Gesangsvortrags zogen die Zuhörer in ihren Bann. Nur vage nahm ich das Rascheln von Papiertaschentüchern wahr, Karla schniefte neben Harald.

Beim letzten Refrain forderte Emma alle Gäste mit einer Handbewegung auf mitzusingen. Danach herrschte tosender Applaus, und die meisten Leute standen auf. In diesem Moment war ich so stolz auf meine Tochter wie noch nie zuvor, und inzwischen heulte ich wie ein Schlosshund.

»Wieso hast du mir nicht erzählt, dass du singen wirst?«, fragte ich sie später, als wir auf dem Weg zu unserem Auto waren.

»Weil ich euch auch überraschen wollte«, sagte sie mit einem verschmitzten Lächeln.

»Das Talent hat sie aus meiner Familie«, erklärte meine Mutter stolz. »Weißt du, Emma. Mein Vater, also dein Uropa Max, war Musiklehrer und hat sogar mal bei einer Operettenaufführung in München im Staatstheater am Gärtnerplatz gesungen. Prinz Orlofsky in der Fledermaus.«

Erstaunlicherweise war das sogar mir neu.

»Wäre Musiklehrerin nichts für dich, Schwesterchen?«, fragte Leo.

»Lehrerin? Ich? Niemals!«, antwortete Emma sofort. »Ich bin

froh, wenn ich kein Schulhaus mehr von innen sehen muss. Na ja, zumindest bis ich mal eigene Kinder habe.«

Und damit war das Thema für sie erledigt.

Zwischen der Zeugnisübergabe und dem Abiball fuhren wir alle zu uns nach Hause. Ich merkte Karla an, dass der Tag sie sehr anstrengte, und bot ihr an, sich ein wenig hinzulegen. Was sie gern annahm. Irgendwie war sie inzwischen auch ein Familienmitglied für mich geworden, um das ich mich sorgte. Auch Mutter wollte sich ein wenig ausruhen. Bis es Zeit war, uns für den Ball umzuziehen, saßen wir auf der Terrasse bei Kaffee, Tee und Käsekuchen. Nur Harald nutzte die Pause, um auf seinem Smartphone geschäftliche E-Mails zu beantworten und mehrere Telefonate zu führen. Es hatte sich also nichts zu früher geändert.

Zum Ball würde auch Timo zu uns stoßen. Und damit ich nicht wie ein Mauerblümchen herumsitzen musste, hatte Ben sich für den Abend extra freigenommen. Außerdem wollte er unbedingt mit seiner liebsten Kochpartnerin tanzen.

»Hexlein, heute rocken wir die Bude«, hatte er gesagt und ihr zugezwinkert.

Harald schien nicht sonderlich begeistert zu sein, nicht mehr der Hahn im Korb zu sein, und ließ mal wieder ein paar schräge Sprüche fallen. Doch damit konnte er mir die Freude an dem Abend nicht nehmen.

Jana und Emma hatten vereinbart, dass wir alle an einem Tisch saßen. Und so kam mit Paul noch ein weiterer Mann dazu. Allerdings tanzte er nicht, sondern unterhielt sich die meiste Zeit.

Ich saß neben Karla, die gar nicht mehr aufhören konnte, von ihren Zwillingen und der Schwangerschaft zu erzählen. Bis es mir irgendwann doch etwas zu viel wurde. Ich entschuldigte mich und ging an die Bar. Dort hatte ich einige der Mütter entdeckt, mit denen ich in den letzten Jahren unzählige Stunden bei Vorbereitungen für Schulbasare und Elternabende verbracht hatte. Wir stießen mit Gin-Tonic auf unsere Kinder an und versprachen uns, weiterhin den Kontakt zu halten und uns hin und wieder zu treffen.

Als ich nach einer Weile wieder zurück an den Tisch kam, waren Harald und Karla bereits aufgebrochen und hatten auch meine Mutter mitgenommen. Leo und Timo tanzten, und Paul stand neben Olivia Finke am Nachspeisenbuffet und unterhielt sich mit ihr. *Ob zwischen den beiden was läuft?* Jedenfalls schien die alleinstehende Lehrerin den Blick kaum von ihm lösen zu können. Irgendwie wurmte mich das, was aber vermutlich hauptsächlich dem zuzuschreiben war, dass Paul und ich uns nach der missglückten Essensverabredung nicht ausgesprochen hatten.

Ich holte mein Handy aus der Tasche, um Emma zu fotografieren, die mit einem Mitschüler tanzte, dessen vertrackten Namen ich mir nach all den Jahren immer noch nicht merken konnte. Da entdeckte ich eine Nachricht von Ilona.

Ich hoffe, ihr habt einen großartigen Tag. Gib Emma ein Küsschen. Du glaubst nicht, was ich heute erlebt habe. Wir müssen uns unbedingt bald treffen.

Verrückt grinsendes Smiley dahinter.

Ob sie wieder ein Date mit einem der Typen aus einem Online-Dating-Portal gehabt hatte?

Ich machte ein paar Fotos von Emma und auch von Leo und Timo und steckte das Handy zurück in die Tasche.

»Komm«, sagte Ben und zog mich auf die Tanzfläche. Er

tanzte liebend gern, doch sein Freund hatte damit so gar nichts am Hut. Umso mehr genoss er eine Veranstaltung wie diese. Zahlreiche Frauen in allen Altersgruppen warfen mir mehr oder weniger offen neidische Blicke zu. Ben war definitiv auch heute eine der auffallendsten Männererscheinungen auf diesem Ball.

»Warum hast du diesen süßen Typen heute eigentlich nicht mitgenommen?«, fragte er neugierig, während wir uns schwungvoll zum Lied *Moviestar* von Harpo drehten.

»Du meinst Leonard?«

»Ja.«

»Weil ... weil wir uns nicht mehr sehen«, sagte ich.

»Ach so. Ich dachte schon, weil du ein Auge auf diesen Paul geworfen hast.«

»Ich? Spinnst du?« Ich kam ein wenig aus dem Rhythmus, doch Ben war ein so guter Tänzer, dass er mich gleich wieder im Takt mitriss.

»Ich glaube, du schaust zu viele Liebesfilme.«

Er lachte.

»Ach ja? Meinst du?«

»Wie kommst du denn auf sowas?«, fragte ich.

»Ich habe Augen im Kopf und ziemlich feine Antennen«, erklärte er. »Er sieht dich an, du siehst ihn an. Und doch redet ihr kaum miteinander.«

»Tja. Das hat auch seinen Grund. Es gab da ein paar Unstimmigkeiten.«

»Schön.«

»Schön?«

»Klar. Bernhard und ich haben am Anfang fast ständig gestritten. Na ja. Bis wir schließlich irgendwann mal übereinander hergefallen sind.« Er lachte.

Ich sparte mir einen Kommentar. Bei mir war das eine völlig andere Sache. Inzwischen schmerzten meine Füße schon ziemlich, und nach einem weiteren Tanz bat ich Ben, mich wieder an den Tisch zu bringen.

Paul saß dort mit Jana und war in ein lebhaftes Gespräch vertieft. Die beiden scherzten und lachten, und ich spürte, wie eng sie miteinander verbunden waren.

»Warum tanzt ihr beide eigentlich nicht?«, fragte Ben so laut, dass Paul es hörte und schaute zwischen uns beiden hin und her.

Ich hätte ihm am liebsten unter dem Tisch gegen das Schienbein getreten.

Pauls Blick nach zu urteilen, hätte er dasselbe wohl auch gern gemacht.

»Tut mir leid«, sagte er mit Bedauern in der Stimme. »Aber ich … ich würde nur Annas Zehen ruinieren.«

»Und die brauche ich schließlich noch ganz dringend«, sagte ich rasch und merkte im selben Augenblick, wie blöd sich das anhörte.

»Verstehe«, sagte Ben. »Jana, möchtest du vielleicht mit mir tanzen?«, fragte er.

Janas schaute ihn überrascht an, und ihre Wangen wurden mit einem Schlag rot.

»O ja. Sehr gern!«, stotterte sie und stand auf.

Nachdem die beiden sich zu den Tänzern gesellt hatten, waren wir allein am Tisch.

Eine Weile lang sagte keiner von uns etwas. Doch schließlich meinte er: »Jana hat den Plan mit der Italienreise offenbar aufgegeben. Zumindest fürs Erste.«

Ich nickte.

»Emma hat auch nichts mehr gesagt. Ich glaube, die haben eingesehen, was für eine Schnapsidee es war, so weit fahren zu wollen. Ehrlich gesagt, ich bin echt ziemlich erleichtert darüber.«

»Ich ehrlich gesagt auch.«

Wir sahen uns an und lächelten plötzlich beide.

»Paul, wegen neulich nochmal ...«, begann ich, doch er winkte sofort ab.

»Hey, schon gut. Du hattest Kopfschmerzen, und ich hab ein wenig überreagiert. Was mir leidtut. Vergessen wir das einfach, okay?«

»Ja. Vergessen wir es«, stimmte ich ihm zu, obwohl ich mir irgendwie etwas anderes gewünscht hätte.

Kapitel 18

Mein Plan war es gewesen, an diesem Samstag nach der Schulabschlussfeier endlich mal wieder richtig auszuschlafen. Vor allem, nachdem mich in der Nacht wieder eine dieser bescheuerten Attacken überfallen hatte. Dabei hatte ich so gehofft, sie hinter mir zu haben.

»Im Heizungsraum ist eine Maus!«, riss Mutter mich unsanft aus meinen Träumen.

Ich versuchte, diese Mitteilung im Zustand des Halbschlafes einzuordnen. *Eine Maus?*

»Es könnte aber auch eine Ratte sein!«, schob sie hinterher, während sie sich an einem Besen festklammerte, den sie in der Hand hielt wie König Artus das Schwert Excalibur.

Jetzt war ich mit einem Schlag hellwach.

»Eine Ratte?« Ich schoss aus dem Bett. Ein kurzer Blick auf den Wecker sagte mir, dass es kurz vor sieben Uhr war. Dabei war es noch düster im Zimmer, und draußen regnete es.

»Was machst du denn um diese Zeit im Keller?«, fragte ich irritiert.

»Ordnung!«, kam es knapp, und ich sparte mir eine Antwort.

Natürlich. Da das Wetter zu schlecht war für Gartenarbeit, suchte sie sich eine andere Beschäftigung.

Wir waren auf dem Weg nach unten, da wurde die Haustür aufgesperrt. Emma schlich herein, noch immer in ihrem Abschlusskleid, mit zerzausten nassen Haaren, die Riemchensandalen in der Hand. Sie hatte mit ihren Freunden die Nacht nach dem Ball durchgefeiert. Genauso wie sich das gehörte.

»Was macht ihr denn?«, fragte sie erschrocken bei unserem Anblick, der seltsam für sie sein musste. Mutter mit dem Besen, ich im Nachthemd und einer Taschenlampe, die ich aus dem Nachttisch im Schlafzimmer mitgenommen hatte.

»Im Keller ist eine Ratte«, sagte ich.

»Oder eine Maus«, meinte Mutter.

»Echt?« Emmas Augen funkelten erfreut. »Die will ich auch sehen.«

Ein paar Minuten später öffnete ich langsam die Tür zum Heizungsraum. Mutter stand mit dem Besen bereit, damit das Tier nicht womöglich an uns vorbei hinausflüchten konnte.

»Ach, wie süß«, sagte Emma, als wir den kleinen Nager entdeckten, der in einer Ecke des Raumes saß und sich mit den Pfoten die Schnauze putzte. Drei menschliche Augenpaare starrten auf ein dunkles Knopfaugenpaar. Emma hatte ihr Handy in der Hand und machte ein Foto. In diesem Moment hielt das Tier inne und rannte dann los.

»Pass auf, Mutter!«, rief ich. Doch wie der Blitz hatte es sich in die gegenüberliegende Ecke verdrückt hinter einen Haufen alter Schamottsteine, die seit Jahren dort lagerten.

»Und jetzt?«, fragte ich.

»Wir müssen sie da rausschaffen, die knabbert womöglich die Kabel der Heizungsanlage an. Und am Ende kriegt sie hier noch Junge«, sagte meine Mutter.

»Aber ihr dürft die Maus nicht umbringen«, setzte Emma sich für das Tier ein.

»Bei der Größe ist das ganz bestimmt keine Maus«, sagte ich. »Das ist eine ausgewachsene Ratte.« Ich sah mich um. »Wie die wohl hier reingekommen ist?«

Emma deutete auf das Fenster, das im Lüftungsschacht lag, von dem aus ein Belüftungsrohr in den Heizungsraum ging.

»Die ist bestimmt in den Lüftungsschacht gefallen und durch das Rohr reingerutscht.«

»Auf jeden Fall muss sie raus«, forderte meine Mutter.

»Wenn wir sie fangen, kann ich Sascha dann behalten?«, fragte Emma.

»Sascha?«, fragten Mutter und ich unisono.

»Na ja, wir wissen ja nicht, ob es ein Männchen oder Weibchen ist, oder?«

»Das ist auch völlig egal. Du wirst die Ratte ganz sicher nicht in unserem Haus halten und ihr schon gar keinen Namen geben«, stellte ich unmissverständlich klar.

In diesem Moment huschte Conny in den Raum. Sie hatte die Ratte wohl gewittert und war mit einem Satz bei den Steinen.

»Conny, nicht!«, rief Emma und packte die Katze, die sich auf ihren Armen heftig wehrte. »Lass bloß Sascha in Ruhe.«

Ich verdrehte die Augen.

»Ich geh mal duschen und fahr dann in den Baumarkt und besorge eine Falle«, sagte ich.

»Aber nur eine, in der man sie lebend fangen kann«, forderte Emma.

»Schon gut.« Ich hatte ja nicht vor, die Ratte umzubringen. Aber sie musste aus dem Haus! Und zwar so schnell wie möglich.

»Und bring ein Gitter mit, damit wir das Rohr abdichten können, bevor noch mehr Ratten hier reinkommen«, sagte meine Mutter.

»Ich stell ihr noch Wasser rein. Nicht, dass sie verdurstet«, sagte Emma.

Mutter schüttelte den Kopf.

»Was ihr für ein Theater macht deswegen … Soll ich uns Kaffee kochen?«, fragte sie.

»O ja, bitte.«

Emma gähnte.

»Für mich nicht. Ich muss endlich ins Bett.«

»Wie war denn überhaupt der Ball noch?«, fragte ich, da ich gestern bereits vor Mitternacht nach Hause gefahren war.

»Super … Es ging bis halb drei. Danach haben wir noch bei Judith weitergefeiert.«

Judith war ebenfalls eine von Emmas Freundinnen.

»Schön. Es war echt ein toller Tag gestern«, schwärmte ich.

»Stimmt … Ach ja. Ich fahr heute Nachmittag zu Jana und bleib ein paar Tage bei ihr. Das ist doch okay, oder, Mama?«

»Ja«, sagte ich. »Klar. Wenn ihr Vater nichts dagegen hat.«

»Hat er nicht.«

Eineinhalb Stunden später stand ich im Baumarkt vor dem Regal mit den Tierfallen. Hier gab es ordentliche Unterschiede, sowohl was die Funktionsweise betraf, aber auch im Preis. Schließlich entschied ich mich für ein einfaches Modell, mit dem ich das Tier lebend fangen konnte. Als Köder kaufte ich spezielles Futter für Nager und hoffte, die Ratte damit in die Falle locken zu können.

»Hallo, Anna!«

Beim Klang der Stimme drehte ich mich sofort um.

»Leonard!«

Er trug eine am Knie zerrissene Jeans, ein schon etwas ausgeblichenes graues Sweatshirt und eine graue Mütze. In seinem Einkaufswagen waren einige Staudenpflanzen, die vermutlich den Garten seines Vaters verschönern sollten. Seit unserer letzten Begegnung hatte sein Gesicht offenbar keinen Rasierer mehr gesehen, was ihn allerdings noch männlicher und ein wenig älter wirken ließ.

Wir standen uns für ein paar Sekunden gegenüber, und keiner von uns wusste so recht, was er sagen sollte.

»Stell dir vor«, begann ich schließlich, um das Schweigen zu unterbrechen. »Wir haben heute im Keller eine Ratte entdeckt.«

»Ich hoffe, du erwischst sie«, sagte er mit einem Blick auf die Falle in meinem Einkaufswagen.

»Das hoffe ich auch. Sonst muss ich wohl den Kammerjäger holen.«

»Und was machst du, wenn du sie hast?«

»Na ja … ich werde sie in irgendeinem Waldstück oder auf einem Feld freilassen.« Darüber hatte ich mir tatsächlich noch keine Gedanken gemacht. Vielleicht brachte ich sie aber auch Jo vorbei und setzte sie in seinem Garten aus?

»Ich weiß es«, sagte er ein wenig leiser.

»Was weißt du?« Noch während ich fragte, wurde mir klar, was er meinte. *Er weiß, dass ich mit seinem Vater geschlafen hatte.* Jo hatte es ihm offenbar gesagt. Meine Erkenntnis sah er wohl in meinem Blick, denn er sparte sich eine Antwort.

»Irgendwie ist das alles schon ein wenig verrückt. Nicht wahr?« Ich versuchte, ein breites Grinsen aufzusetzen und die Sache damit herunterzuspielen.

»Schon. Aber mich hätte es nicht gestört. Echt nicht.«

»Aber mich.«

Er nickte langsam, so als hätte er mit genau dieser Aussage gerechnet.

»Wenn das mit ihm nicht gewesen wäre, hätten wir dann …?«, er sprach nicht weiter.

»Ich weiß es nicht, Leonard«, antwortete ich ehrlich. Vielleicht hätte ich mich ja tatsächlich auf das Abenteuer eingelassen. Schmeichelhaft war es allemal gewesen. Und vielleicht hätte ich es auch genossen. Und doch überwog ein vages Gefühl der Erleichterung, dass ich es nicht getan hatte. Vielleicht war ich doch einfach zu spießig. Oder ich war ein Feigling.

»Immerhin war das kein *Nein*«, sagte er.

»War es nicht. Du bist ein echt toller Kerl, Leonard. Und wäre ich fünfundzwanzig Jahre jünger …«, ich sprach den Satz nicht zu Ende.

Er lächelte und strich sich etwas fahrig über den Bart.

»Schon gut … Heute ist mein letzter Tag hier. Morgen geht's wieder zurück nach München, und dann fliege ich für zwei Wochen nach Argentinien und besuche meine Mutter in Córdoba.«

»Ich wünsche dir eine gute Reise … Es war schön, dass wir uns kennengelernt haben, Leonard«, sagte ich und meinte das auch ganz ehrlich.

»Danke … Vielleicht sieht man sich ja, wenn ich mal wieder hier zu Besuch bin?«

»Vielleicht.«

»Soll ich meinen Vater von dir grüßen?«, fragte er mich augenzwinkernd.

»Besser nicht«, winkte ich ab.

Bevor ich ahnte, was er machen würde, drückte er mich kurz an sich.

»Ciao, Anna«, sagte er leise.

Dann drehte er sich weg und ging. Erst jetzt merkte ich, dass uns einige Leute neugierig beobachtet hatten. Ich zuckte mit den Schultern. *Sollen sie doch denken, was sie wollen!*

Sascha, inzwischen nannte ich die Ratte in Gedanken auch schon so, schien ein ziemlich cleveres Tierchen zu sein. Die erste Portion Futter hatte sie oder er sich aus der Falle geholt, ohne den Schließmechanismus auszulösen. Als ich am Nachmittag nachschaute, saß das Tierchen auf einem Vorsprung der Heizungsanlage und sah mich direkt an. Wie war es denn da hochgekommen? Reflexartig trat ich einen Schritt zurück.

»Du bist ja ganz schön frech«, murmelte ich, während ich mich fragte, ob Ratten springen konnten. Und da ich diese Frage nicht eindeutig verneinen konnte, verdrückte ich mich schleunigst. Ich würde später nochmal wiederkommen, um einen neuen Köder in die Falle zu legen. Und zwar in meinen Wanderschuhen und mit Handschuhen.

Als ich versuchte, Ilona anzurufen, erreichte ich immer nur ihre Mailbox. Das Handy war offensichtlich aus. Was sehr ungewöhnlich bei ihr war. Ich hinterließ eine Nachricht, dass wir am Abend gern bei mir ein Gläschen Wein trinken könnten, damit sie mir endlich erzählte, was es für Neuigkeiten gab. Doch drei Stunden später kam nur eine Textnachricht. Sie könne heute Abend nicht, würde sich aber morgen ganz sicher melden. Was da wohl los war? Inzwischen war ich schon ziemlich neugierig. Vielleicht hatte es ja tatsächlich mit einem Mann geklappt? Da ich wusste, wie sehr sie sich das wünschte, würde ich es ihr von Herzen gönnen.

Emma war bereits bei Jana, und meine Mutter spielte mit Gundi und Karl Karten, und so machte ich es mir mit einem Buch in der Badewanne bequem. Draußen hatte es wieder zu regnen begonnen, und es war gemütlich, mit einem Glas Wein bei Kerzenlicht in der Wanne zu entspannen. Allerdings konnte ich mich kaum auf den Roman konzentrieren. Ständig schweiften meine Gedanken ab. Zur Hochzeitsfeier, die genau heute in einer Woche stattfinden würde. Zu Sascha im Keller, der auch die zweite Portion Futter herausgeholt hatte. Zur Begegnung mit Leonard im Baumarkt. Doch vor allem spukte mir ständig ein anderer Mann im Kopf herum: Paul. Gestern Abend hatten wir uns auf dem Ball noch kurz unterhalten, bis er relativ früh nach Hause gegangen war. Und Frau Finke, die Lehrerin, war kurz darauf ebenfalls verschwunden gewesen. Lief zwischen den beiden etwas? *Na und?* Das sollte mir doch wirklich völlig schnuppe sein! Ich wollte doch gar keinen Mann! Und trotzdem ließ mir der Gedanke keine Ruhe.

Plötzlich tat mir das heiße Wasser nicht mehr gut. Ich stand auf, duschte mich lauwarm ab und holte mir in der Küche ein Glas Wasser. Bevor ich ins Bett ging, sah ich noch im Keller nach. Auch der letzte Köder war aus dem Käfig verschwunden, ohne dass die Falle zugeschnappt war. Wie machte die Ratte das nur? Morgen würde ich mir was anderes einfallen lassen müssen.

Die anstrengenden letzten Tage und die wenigen Stunden, die ich letzte Nacht geschlafen hatte, forderten ihren Tribut. Kaum lag ich im Bett, fielen mir auch schon die Augen zu.

Umso mehr erschrak ich, als mitten in der Nacht mein Handy klingelte.

Emma!

»Sag mal, wieso rufst du um diese Zeit an ...«, sprach ich ohne Begrüßung ins Telefon. Doch da hörte ich schon ein Schluchzen.

»Emma? Was ist denn los?« Ich schoss hellwach im Bett hoch.

»Mama!« Ihre Stimme klang total verheult. »Wir hatten einen Unfall und sind im Krankenhaus.«

Wir hatten einen Unfall. Ein Satz, vor dem Eltern sich wohl am meisten fürchteten.

»Was?« Das Blut schien in meinen Adern zu gefrieren, und ich musste mich zwingen, normal weiterzuatmen. Immerhin konnte meine Tochter telefonieren. Das beruhigte mich zumindest ein wenig.

»Geht's dir gut? Bist du in Ordnung?« Meine Stimme überschlug sich fast.

»Ja. Nur mein kleiner Finger ist gebrochen.«

Ich hatte Angst, die nächste Frage zu stellen.

»Was ist mit Jana?«

»Sie hat eine Platzwunde am Kopf und irgendwas am Bein«, sagte Emma.

»Nichts Lebensbedrohliches?«

»Ich glaub nicht. Sie wird grad geröntgt.«

»Weiß ihr Vater schon Bescheid?«

»Nein. Noch nicht. Kannst du ... kannst du ihn bitte anrufen?« Ihre Stimme war so leise, dass ich sie gerade so verstand.

»Natürlich ... Geht's dir wirklich gut, mein Liebes?«

»Ich glaub schon ...« Emma weinte wieder. Also konnte es ihr nicht gutgehen.

»Bitte bleib ganz ruhig, mein Schatz. Ich fahr gleich los zum Krankenhaus. Mach dir keine Sorgen. In einer Viertelstunde bin ich da.«

»Mama, wir sind nicht in Prien.« Ihre Stimme klang jetzt noch seltsamer.

»Wo denn dann? In Rosenheim?«

»Du darfst jetzt bitte nicht sauer sein«, sagte sie eindringlich.

»Bin ich nicht«, versprach ich. Warum sollte ich auch sauer sein?

»Wir … wir sind im Krankenhaus in Jesolo, Mama.«

»Jesolo?«, fragte ich verdutzt, bis mir schlagartig dämmerte, was das bedeutete.

»Ihr seid in Italien?«

»Ja!«

In diesem Moment hatte ich vergessen, nicht sauer auf sie zu sein.

Kapitel 19

Ich konnte es nicht fassen. Es war halb sieben Uhr früh am Sonntagmorgen, und wir fuhren in Pauls Wagen durch den Tauerntunnel in Richtung Italien. Nachdem er nach meinem Anruf sofort mit einem Arzt im Krankenhaus Jesolo telefoniert hatte und klar war, dass auch Janas Verletzungen nicht lebensbedrohlich waren, hatte sich die Sorge um die Gesundheit seiner Tochter plötzlich in Wut verwandelt.

»Wie konnten uns die beiden so anlügen?!«, fuhr er mich an, während er unsere Reisetaschen, die wir eiligst gepackt hatten, im Kofferraum verstaute. Es hatte sich herausgestellt, dass Jana ihrem Vater weisgemacht hatte, sie würde die nächsten Tage bei uns verbringen, während Emma mich in dem Glauben gelassen hatte, sie wäre bei Jana.

»Ich weiß es auch nicht. Sowas hat Emma noch nie gemacht!«, sagte ich hilflos. *Und wenn, dann hat sie es so geschickt angestellt, dass ich ihr nicht auf die Schliche gekommen war.*

»Soll das heißen, das ist der schlechte Einfluss meiner Tochter?« Er war auf hundertachtzig, Tendenz steigend.

»Das soll einfach nur heißen, dass ich keinen blassen Schimmer habe, warum die beiden das gemacht haben«, schoss ich zurück und wandte mich von ihm ab, um eine aufsteigende Hitzewelle vor ihm zu verbergen. »Und dass ich mindestens genau so sauer bin wie du, weil sie uns angelogen haben.«

Inzwischen hatte er sich glücklicherweise wieder beruhigt.

»Magst du einen Kaffee?«, fragte ich, als Licht am Ende des Tauerntunnels zu sehen war. Vorausschauend hatte ich zu Hause vor der Abfahrt noch schnell eine große Kanne gekocht, und sie in eine Thermoskanne gefüllt, die in einer kleinen Tasche mit zwei Tassen sicher im Fußraum verstaut war.

»Gern.«

Vorsichtig schenkte ich die Tasse dreiviertel voll und reichte sie ihm.

»Danke.«

Er nahm ein paar Schlucke, dann stellte er sie in den Getränkehalter.

Ich schrieb inzwischen eine WhatsApp-Nachricht in die Familiengruppe. Um meine Mutter, die von meiner nächtlichen Abreise nichts mitbekommen hatte, nicht unnötig aufzuregen, verriet ich zunächst nur, dass die beiden Mädchen mit dem Auto eine Panne gehabt hatten und wir sie abholen mussten.

Keine Minute später klingelte das Handy. Im Gespräch konnte ich meiner Mutter die Wahrheit nicht verschweigen und musste eine Weile auf sie einreden, um sie zu beruhigen. Wobei auch sie es nicht fassen konnte, dass die beiden einfach so nach Italien gefahren waren.

»Mach bitte kein Drama draus. Ich muss jetzt aufhören«, sagte ich, weil ich im Moment keine Geduld hatte, mir ihre Schimpftiraden darüber anzuhören, wie unvorsichtig die jungen Leute heutzutage doch waren. Auch wenn ich selbst nicht gerade gut auf meine Tochter zu sprechen war, so hatte ich doch das Gefühl, sie vor den Vorwürfen meiner Mutter verteidigen zu müssen. Und damit auch mich. Denn ihrem Ton nach zu urteilen, hatte mein Mangel an Erziehung einen nicht unerheblichen Anteil daran, dass es überhaupt so weit gekommen war.

»Kümmerst du dich bitte um Sascha«, bat ich, um das Thema zu wechseln. »Ich weiß nicht, wie lange wir unterwegs sind.«

»Na gut«, versprach sie und legte auf.

»Wer ist denn Sascha?«, wollte Paul wissen.

»Nur eine Ratte, die sich in unserem Heizungsraum einquartiert und sich der Gefangennahme bisher erfolgreich widersetzt hat.«

Er lachte. Zum ersten Mal heute. Und es schien ihm nach der ganzen Aufregung gutzutun.

»Lass das bloß Jana nicht hören. Die wollte schon als kleines Mädchen eine Ratte haben und sie sogar mit in die Schule nehmen.«

»Emma kam auch auf die glorreiche Idee, sie zu fangen und zu behalten. Sie hat ihr sogar den Namen *Sascha* gegeben.«

»Unsere Töchter sind schon ziemlich schräge Vögel«, sagte er, allerdings nicht böse.

»Das kannst du laut sagen.«

»Unsere Töchter sind schon ziemlich schräge Vögel«, wiederholte er lauter. Und wir mussten beide grinsen.

Ich schaute auf das Navi. Es zeigte noch etwa dreieinhalb Stunden Fahrzeit an, falls wir in keinen Stau kamen.

»Wenn ich zwischendurch fahren soll, dann sag das bitte«, bot ich an. Immerhin hatte er diese Nacht auch nur wenig Schlaf gehabt, nachdem ich ihn um halb drei Uhr früh mit meinem Anruf aus dem Bett geholt hatte.

»Momentan wirkt das Adrenalin wohl immer noch von dem Schreck vorhin. Ich bin fit«, sagte er.

»Okay. Aber wenn sich das ändert, sag's einfach.«

»Werde ich.«

Eine Weile lang fuhren wir dahin, und ich beobachtete die vorbeiziehende bergige Landschaft, die teilweise von tiefhängenden grauen Wolken verschluckt war und im Nieselregen etwas deprimierend auf mich wirkte.

»Das ist meine erste Reise ins Ausland seit acht Jahren«, sagte ich versonnen.

»Wirklich?« Er warf mir einen überraschten Blick zu. Heutzutage war das wohl eher ungewöhnlich.

»Ja. Früher sind wir einmal im Jahr mindestens für eine Woche in den Familienurlaub gefahren oder geflogen. Das Jahr vor der Trennung hatte es sich dann bereits irgendwie nicht mehr ergeben. Und danach konnte ich es mir als alleinerziehende Mutter schlicht und ergreifend nicht mehr leisten. Aber wenn man im Chiemgau wohnt, dann ist man ohnehin das ganze Jahr in einem Urlaubsparadies. Von daher war das auch gar nicht weiter schlimm.«

»Stimmt. Das ist eine echt schöne Gegend. Es war eine gute Entscheidung, da hinzuziehen.«

»Ihr habt vorher in München gelebt, oder?«

Er nickte.

»Und was hat euch hierher verschlagen?«

Er schwieg eine längere Zeit, und ich dachte schon, er würde mir gar nicht mehr antworten. Doch dann sagte er:

»Im letzten Winter gab es an Janas damaliger Schule eine ziemlich krasse Geschichte. Zwei der Mädchen hatten in den Duschen und Umkleidekabinen heimlich Videos und Fotos ihrer Mitschülerinnen gemacht und sie an irgendwelche Perverslinge verkauft. Als einige der Aufnahmen im Internet landeten, flog die Sache dann irgendwann auf. Das war echt ein riesiger Skandal. Jana war auch auf einem der Filme zu sehen, aber im Gegensatz zu einer Mitschülerin war sie glücklicherweise in der Umkleide komplett angezogen, als die Mädchen filmten. Trotzdem war es für sie total beschämend, und sie wollte dann einfach nur weg von der Schule und weg aus München. Allerdings bedeutete das auch, sich von ihrem Freundeskreis zu verabschieden. Wir hatten lange Gespräche deswegen. Aber letztlich fühlte sie sich dort einfach nicht mehr wohl. Also beschlossen wir schließlich, unsere Wohnung zu verkaufen und aufs Land zu ziehen.«

Während ich ihm zuhörte, spürte ich mächtigen Zorn in mir aufsteigen.

»Die arme Jana! Was sind das nur für bescheuerte Menschen, die sowas machen?«, fragte ich empört.

»Ich verstehe auch nicht, was in einem Kopf vorgehen muss, um so etwas zu tun«, sagte er, und ich merkte ihm an, wie wütend er noch immer darüber war. »Aber an den Chiemsee zu ziehen, war das Beste, das wir machen konnten. Jana fühlt sich wohl und hat schnell neue Freunde gefunden. Und hier fällt es mir auch leichter, an meinen Übersetzungen zu arbeiten, ohne ständig abgelenkt zu werden.«

»Es freut mich, dass es euch jetzt wieder gutgeht«, sagte ich. Er lächelte mir zu. »Danke.«

Danach hing jeder seinen Gedanken nach, bis mein Handy klingelte.

»Hallo, Anna«, meldete sich meine beste Freundin. »Wann soll ich denn heute zu dir kommen? Passt es dir etwa um halb acht?«

»Tut mir leid, Ilona«, sagte ich. »Aber ich bin mit Paul auf dem Weg nach Italien.«

»Ihr seid bitte was?«, fragte sie völlig perplex. »Hab ich da irgendwas nicht mitbekommen?«

»Emma und Jana hatten einen Unfall. Aber es geht beiden so weit gut.«

»Dann sind sie also doch nach Italien gefahren?«

»Ja.«

»Ach Gott. Wie schrecklich, dass sie einen Unfall hatten. Wenn ich was tun kann, sag mir bitte unbedingt Bescheid, ja?«

»Danke. Ich melde mich später, wenn ich mehr weiß.«

»Mach das. Ansonsten sehen wir uns, wenn du zurück bist aus Italien.«

»Was ist denn bei dir eigentlich so Geheimnisvolles los? Hattest du ein Date?«, fragte ich.

Ich bemerkte, dass Paul mir einen amüsierten Blick zuwarf.

»Ach … Das ist jetzt echt nicht wichtig. Darüber reden wir ganz in Ruhe, wenn du wieder da bist.«

»Sag mir wenigstens, ob es was Schönes ist.« Irgendwie konnte ich gerade eine gute Nachricht gebrauchen.

Für einige Sekunden herrschte eine kurze Pause, und ich dachte schon, die Verbindung sei abgebrochen.

»Ilona? Bist du noch da?«

»Ja. Aber ich hör dich ganz schlecht«, rief sie, obwohl ich sie so gut verstand, als ob sie neben mir im Wagen sitzen würde.

»Wir reden bald. Tschüss, Anna, und sag Paul und den Mädchen einen lieben Gruß.«

Und dann hatte sie aufgelegt. Hm, ich hatte ein seltsames Gefühl, so als ob sie mir etwas nicht hatte sagen wollen. Hoffentlich hatte sie keine größeren Probleme? Oder war sie vielleicht krank? Wir mussten das jedenfalls bald klären.

»Könnten wir vielleicht mal kurz eine Pinkelpause machen?«, fragte ich etwas später, als ein Wegweiser auf die Raststätte Dreiländereck hinwies.

»Klar. Ich muss sowieso noch tanken.«

»Bitte notiere dir, was du ausgegeben hast. Ich werde dir die Hälfte der ganzen Kosten für die Fahrt bezahlen«, sagte ich.

»Ach, das musst du nicht, Anna«, sagte er, doch ich bestand darauf.

Aus den vom Navi am Tauerntunnel angezeigten dreieinhalb Stunden waren nach einem Stau kurz vor Udine sechs Stunden geworden, als wir endlich auf den Parkplatz des Krankenhauses in Jesolo fuhren. In strömendem Regen und ohne Schirm liefen wir auf den Eingang zu und fragten uns zum Zimmer durch, in dem unsere Mädchen lagen.

Bevor wir die Tür öffneten, sah ich Paul an.

»Ich weiß, du bist mindestens genauso sauer wie ich auf die beiden. Aber wir sollten jetzt nicht überreagieren und …«

»Schon gut«, unterbrach er mich, und ich entdeckte ein kleines Lächeln um seinen Mundwinkel. »Ich werde die beiden schon nicht auffressen.«

»Papa!«, rief Jana, als wir das Zimmer betraten.

»Mama!«, rief Emma gleichzeitig.

Sie stand sofort auf und umarmte mich fest.

»Es tut mir so leid, Mama«, flüsterte sie an meinem Ohr.

Ich streichelte durch ihr Haar und gab ihr einen Kuss auf die Wange.

»Schon gut«, sagte ich leise. »Hauptsache euch ist nichts Schlimmes passiert.«

»Nur zwei gebrochene Finger und Prellungen«, sagte sie und hielt mir ihre verbundene Hand entgegen.

»Ich dachte, es ist nur der kleine Finger?«

»Das hat sich erst beim Röntgen rausgestellt.«

Paul setzte sich ans Bett und nahm seine Tochter ebenfalls in die Arme. Sie hatte ein großes Pflaster an der Stirn und ein eingegipstes Bein.

»Jag mir bloß nie wieder so einen Schrecken ein«, hörte ich ihn flüstern.

Dann ließ er sie los, stand auf und stemmte die Hände in die Hüften. Er sah von Jana zu Emma.

»Und jetzt will ich wissen, was euch beide geritten hat, uns so anzulügen.«

Er sagte es ganz ruhig, aber die beiden Mädchen zuckten zusammen. Fast hatte ich etwas Mitleid. Aber nur fast.

»Es tut mir echt leid«, sagte Jana zerknirscht.

»Mir auch«, beteuerte Emma, und dann begannen sie zu erzählen.

Nachdem wir uns offensichtlich so große Sorgen gemacht hatten, als sie uns von der geplanten Italienreise erzählt hatten, dachten sie, es wäre besser, wenn wir es gar nicht erst mitbekommen würden. Sie hatten online einen günstigen Campingplatz in Cavallino, dem Ort gleich neben Jesolo, gefunden, und dort wollten sie drei Nächte bleiben, bevor sie wieder zurückfuhren. Allerdings ohne Farid, der hatte sich nicht getraut, heimlich mitzufahren.

»Wir wollten doch nur nicht, dass ihr euch unnötig Gedanken macht, dass uns was passieren könnte«, sagte Emma kleinlaut.

»Unnötig?«, fragte Paul und hob seine Augenbrauen. »Unnötig waren unsere Sorgen ja wohl nicht.«

»Aber die Fahrt hat total super geklappt«, fuhr Jana fort.

»Echt. Jana fährt wirklich toll«, bestätigte Emma. »Und es war so ein cooles Gefühl, als wir dann endlich am Meer waren.«

»Wir haben unser Zelt aufgestellt und wollten noch schnell mit dem Auto in einen Supermarkt, um für unser Abendessen einzukaufen. Aber auf dem Weg dorthin … da passierte es.«

Jana hatte ein tiefes Schlagloch in der Straße übersehen und deswegen die Kontrolle über den Wagen verloren. Sie waren gegen einen Leitpfosten geknallt und im Straßengraben gelandet. Ein Kleinbus mit einer holländischen Reisegruppe hatte hinter ihnen angehalten, den Mädchen aus dem Auto geholfen und den Notarzt verständigt. Dass der Wagen abgeschleppt wurde und in einer Autowerkstatt stand, hatte Jana ihrem Vater bereits am Telefon erzählt.

»Wir hatten so ein Glück«, sagte Emma kleinlaut. »Nicht mal ein halber Meter daneben war ein Baum … Wenn wir da draufgeknallt wären …«

Sie sprach nicht weiter. Aber ich merkte ihr an, wie sehr sie selbst immer noch unter Schock deswegen stand. Genau wie Jana. Und auch ich durfte gar nicht daran denken. Was da hätte passieren können!

Ich warf einen Blick zu Paul und befürchtete fast schon, dass er doch noch mit einer ordentlichen Standpauke loslegen würde. Doch das tat er nicht.

»Gut, dass nichts Schlimmeres passiert ist«, sagte er nur.

Eine Ärztin kam herein, die relativ gut deutsch sprach. Sie klärte uns ausführlich über die Verletzungen der beiden auf.

Zur Sicherheit wollte sie die beiden noch einen Tag zur Beobachtung im Krankenhaus behalten. Emma hatte neben den gebrochenen Fingern und diversen Prellungen auch eine leichte Gehirnerschütterung, die sie mir verschwiegen hatte.

»Müssen wir wirklich noch hierbleiben?«, fragte Jana, und es war ihr anzusehen, wie wenig glücklich sie darüber war.

»Es ist besser so«, sagte Paul. »Ihr sollt ja für die Rückfahrt nach Deutschland auch einigermaßen fit sein.«

Die Ärztin war zwar nicht sonderlich erbaut darüber, dass Emma morgen eine längere Autofahrt vor sich hatte, aber auch deswegen wollte sie meine Tochter noch bis morgen im Auge behalten, und sie sollte bis dahin möglichst viel liegen. Wir vereinbarten, die Fahrt von den Ergebnissen der morgigen Untersuchung abhängig zu machen.

»Aber das Essen ist hier echt – beschissen«, maulte Emma. Offenbar schien es ihr tatsächlich nicht allzu schlecht zu gehen.

»Ihr werdet schon nicht verhungern«, munterte ich sie auf. Doch dann besorgte ich ihnen etwas frisches Obst und Süßigkeiten im kleinen Kiosk.

Kapitel 20

Wir blieben noch eine Weile bei den Mädchen, dann machten wir uns auf den Weg zum Campingplatz nach Cavallino. Glücklicherweise hatte der Regen aufgehört und die Sonne sich endlich hinter den Wolken hervorgeschoben.

»Hier wollten sie schlafen?«, fragte Paul und sah entsetzt auf das mickrige Zweimannzelt, das unter einem riesigen Pinienbaum ziemlich windschief aufgebaut war.

»In dem Alter macht man sowas«, sagte ich. »In meinem ersten Urlaub mit meinem späteren Mann war unser Zelt auch kaum größer als das.«

»Ich hab das zweimal in meinem Leben gemacht, und das war eindeutig zweimal zu viel«, sagte er. »Wenn es heiß ist, dann ist es darin wie in einem Backofen. Wenn es regnet, tropft einem irgendwann Wasser auf den Kopf. Wenn es stürmt, musst du fürchten, dass dir das Zelt davonfliegt. Man muss durch die halbe Anlage latschen, wenn man aufs Klo muss, das man sich noch dazu mit allen übrigen Campern teilen muss. Und wenn man Pech hat, findet man zwischen den Schlafsäcken Tierchen, mit denen man die Nacht ganz sicher nicht verbringen möchte.«

Ich lachte. »Dich sollte man für einen Werbespot für Campingreisen engagieren.«

»Du kannst mich ja mal vorschlagen.« Er grinste.

»Ehrlich gesagt würde ich heute auch nicht mehr zelten wollen«, gab ich zu.

»Das beruhigt mich. Ich hatte schon Angst, du möchtest die Nacht hier verbringen.«

»Klar. Das wünsch ich mir genauso sehr wie einen eitrigen Backenzahn.«

»Gut, dass wir das ähnlich sehen.«

»Find ich auch.«

Wir bauten das Zelt ab, meldeten die Mädchen an der Rezeption ab und bezahlten die noch offenen Gebühren.

»Sollen wir uns gleich hier ein Zimmer nehmen?«, fragte Paul. Ich hatte nichts dagegen. Cavallino war ein hübscher kleiner Ort mit einem tollen breiten Sandstrand und nicht so überlaufen wie Jesolo.

Wir mieteten uns in einem Hotel direkt im kleinen Ortskern ein. Die Zimmer waren nicht allzu teuer und lagen nebeneinander mit einem herrlichen Blick aufs Meer. Inzwischen bedauerte ich es, dass ich vergessen hatte, einen Badeanzug einzupacken. Ob ich mir vielleicht einen kaufen sollte? Es musste ja keine modische Extravaganz sein. Hauptsache ich konnte damit schwimmen. Das Hotel hatte einen Pool, der direkt an den Sandstrand angrenzte. Und wäre es nicht herrlich, gleich morgen früh ans Meer zu gehen?

»Ich fahre mal zu dieser Autowerkstatt wegen Janas Wagen«, sagte Paul, nachdem wir an der Rezeption die Anmeldeformulare ausgefüllt hatten.

»Aber heute ist Sonntag!«, gab ich zu bedenken.

»Vielleicht ist ja jemand dort. Wenn nicht, muss ich gleich morgen früh hin«, sagte Paul. »Aber mir wäre wohler, wenn ich zumindest schon mal wüsste, wie groß der Schaden ist und ob der Wagen überhaupt fahrtüchtig ist.«

»Soll ich mitkommen?«, fragte ich.

»Nicht nötig, Anna. Ruh dich doch besser ein wenig aus«, schlug er vor.

Als er weg war, spielte ich kurz mit dem Gedanken, mich tatsächlich hinzulegen. Doch die Vorstellung, in den Pool zu springen und mich dort abzukühlen, war zu verlockend. Schräg gegenüber dem Hotel war ein Laden, der alle möglichen Utensilien für den Strand im Sortiment hatte – Spielzeug, Haushaltswaren und Kleider. Ich ergatterte einen reduzierten kaminroten Badeanzug, der – wie ich fand – eine ziemlich gute Figur machte. Nachdem ich ihn rasch im Waschbecken mit Duschgel gewaschen und sorgfältig ausgewrungen hatte, hängte ich ihn zehn Minuten über einen Stuhl auf dem Balkon in die Sonne. Obwohl er immer noch feucht war, schlüpfte ich hinein und machte mich im Bademantel auf den Weg zum Pool. Eine halbe Stunde lang zog ich meine Bahnen. Dann legte ich mich zum Trocknen in die Sonne. Obwohl der Anlass für die Italienreise natürlich nicht unbedingt freudig gewesen war, genoss ich es dennoch, jetzt hier zu sein.

Als ich später in die Hotellobby ging, ließ sich Paul an der Rezeption gerade seinen Zimmerschlüssel geben.

»Du warst schwimmen?«, fragte er überrascht.

»Ja. Solltest du auch machen. Es hat richtig gutgetan. Was ist mit dem Wagen?«

»Ich hab tatsächlich jemanden erreicht. Die Werkstatt gehört zu einer Tankstelle, die geöffnet hat. Das Auto hat Schrammen und Dellen. Und der Vorderreifen rechts hat einen Platten. Aber wenn der ausgewechselt ist, kann man den Wagen fahren. Für einen kleinen Aufschlag machen sie das gleich morgen früh, und wir können ihn ab morgen Mittag abholen.«

»Super. Bis dahin dürften auch die Mädchen vielleicht aus dem Krankenhaus entlassen werden, und wir könnten zurückfahren, falls die Ärzte nichts dagegen haben.«

Inzwischen war es Abend geworden, und mein Magen knurrte verdächtig.

»Ich muss noch ein paar Telefonate führen. Aber hättest du danach Lust, essen zu gehen?«, fragte Paul, als wir mit dem Aufzug in den zweiten Stock fuhren.

»Gern.«

»Super. Dann bis dann.«

Auch ich telefonierte mit meiner Mutter und mit Leo, die sich natürlich auch Sorgen um ihre kleine Schwester gemacht hatte. Doch jetzt war sie beruhigt.

»Aber ihr kommt doch so schnell wie möglich wieder nach Hause, oder?«, fragte sie. Je näher der Tag ihrer Hochzeit rückte, desto nervöser wurde sie. Es gab noch viel zu tun bis zum großen Tag.

»Klar. So wie es aussieht, können wir morgen Nachmittag zurückfahren«, beruhigte ich sie.

Nach den Telefonaten stellte ich mich kurz unter die Dusche und schlüpfte in eine leichte Hose und eine Bluse.

Als Paul an meiner Zimmertür klopfte, war ich bereit zum Aufbruch.

Die kleine Pizzeria, die wir nach einem kurzen Spaziergang in einer Seitenstraße entdeckten, hatte einen herrlichen schattigen Garten, der mit vielen blühenden Pflanzenkübeln dekoriert war. Der junge Ober reichte uns die Speisekarte.

»Ich glaube, ich mag eine Pizza mit scharfer Salami und Oliven«, murmelte ich, während ich die Karte studierte.

Paul sah mich überrascht an.

»Echt? Ich auch.«

Dazu bestellten wir eine Karaffe Wasser und eine Flasche Chianti.

»Wenn mir gestern um dieselbe Zeit jemand gesagt hätte, dass ich heute in Italien Pizza essen würde, hätte ich ihm wohl den Vogel gezeigt«, sagte ich etwas später.

»Ich hatte eigentlich auch ein anderes Programm vor.«

»Was denn?«, rutschte mir heraus, und ich fügte schnell hinzu: »Entschuldige, das geht mich ja gar nichts an.«

»Kein Problem«, sagte er. »Ich hätte jetzt eigentlich ein Date mit einer Mörderin, die ihre Opfer nach der Haarfarbe auswählt«, erklärte er.

»Wie aufregend«, sagte ich. »Wäre ich mit meinen dunkel gefärbten Haaren auch gefährdet?«, wollte ich wissen.

Er grinste. »Nein. Aber auf deine ältere Tochter müssten wir aufpassen.«

»Aha. Die Mörderin hat wohl etwas gegen Rothaarige?«

»Ja. Eine ziemlich komplizierte Geschichte. Nächstes Jahr übrigens ab März im Handel erhältlich.«

»Nachdem du mich so neugierig gemacht hast, werde ich mir die Geschichte natürlich kaufen.«

»Brauchst du nicht. Du kriegst das Buch von mir. Ich bekomme vom Verlag immer ein paar Exemplare zusätzlich.«

»Das wär toll. Danke.«

Er hob das Glas und prostete mir zu.

»Auf unseren unerwarteten Ausflug ans Meer und darauf, dass unseren Töchtern nichts Schlimmes passiert ist.«

»Prost!«

»Prost!«

»Du bist nicht mehr sauer auf die beiden?«, fragte ich, nachdem wir getrunken hatten. Inzwischen wirkte er sogar ausgesprochen locker.

Er schüttelte den Kopf.

»Nach dem Gespräch mit den Mädchen ist mir klar geworden, dass wir womöglich selbst ein wenig schuld daran sind, dass sie uns angelogen haben.«

Zu dieser Erkenntnis war ich ebenfalls gekommen.

»Ich finde es immer noch nicht gut«, fuhr er fort, »dass sie uns was vorgelogen haben. Aber ich glaube, wir haben ihnen auch kaum eine andere Chance gelassen.«

Ich nickte nachdenklich.

»Es ist nicht gut, wenn man sie so überbehüten möchte«, räumte ich ein. »Sie müssen ihre eigenen Erfahrungen machen. Und auch, wenn mal was passiert. Das kann man ohnehin nicht aufhalten.«

Er fuhr sich über das Kinn.

»Jana ist alles, was ich an Familie noch habe«, sagte er mit fester Stimme. »Ich habe immer das Gefühl, sie besonders beschützen zu müssen. Aber sie kann nur ein eigenständiger Mensch werden, wenn sie selbst ihre Erfahrungen machen darf. Ohne, dass ich sie mit meinen Ängsten blockiere. Auch auf die Gefahr hin, dass sie mal auf die Schnauze fällt.«

Paul sprach aus, was ich ebenfalls empfand.

»Es fällt mir echt schwer, sie loszulassen«, sagte ich. »Bei Leo war das noch nicht so schlimm. Aber wenn Emma demnächst auch ihre eigenen Wege geht, dann ...« Ich konnte nicht weitersprechen.

»Dann ist diese wunderbare Energie plötzlich nicht mehr da, die alles so besonders macht«, fuhr Paul für mich fort. »Und nicht nur das eigene Kind ist dann aus dem Haus. Es betrifft auch den Freundeskreis. Es wird mir echt fehlen, dass dann keine jungen Leute mehr das Haus bevölkern. Niemand plündert mehr nach einer Party mitten in der Nacht den Kühlschrank, und im Flur stehen keine kunterbunten Sneakers mehr, über die ich stolpere.«

Ich nickte. Er sprach mir aus der Seele, und es tat mir gut, mich mit jemandem auszutauschen, dem es genauso ging wie mir. Zoe und Ilona hörten mir zwar auch zu, aber sie konnten nicht nachvollziehen, wie ich mich wirklich fühlte.

»Sei doch froh, wenn die Mädchen endlich aus dem Haus sind«, sagte Zoe dann meist. »Dann kannst du endlich machen, was du magst, und musst keine Rücksicht mehr auf sie nehmen.«

Was bitte schön sollte ich denn machen wollen, was ich nicht ohnehin tat? Vielleicht Orgien feiern bis zum Abwinken? Oder mich um Mitternacht mit Schrei-Yoga aus irgendwelchen Wut-Blockaden befreien?

»Verrate das bitte ja keinem Menschen, aber ich hatte insgeheim gehofft, dass Jana das Abi nicht besteht und noch mindestens ein Jahr bei mir wohnt«, riss Paul mich aus meinen Gedanken, und ich musste grinsen.

»Offen gesagt, ging mir das auch mal durch den Kopf«, gab ich zu. Wobei ich natürlich froh war, dass Emma es geschafft hat.

Wir stießen erneut auf unsere etwas fragwürdige Komplizenschaft an.

»Nie mehr wieder zu einem Elternsprechtag gehen. Keine

Vokabeln abfragen am Sonntagabend. Keine Diskussionen um die Schlafenszeiten. Keine Geburtstagspartys mit kotzenden Kindern«, murmelte er.

»Wie sollen wir das nur überstehen?«, fragte ich.

»Tja. Ich weiß es nicht.«

Obwohl wir darüber Witze machten, würden wir die Zeiten, als unser Kinder noch klein waren, ganz eindeutig vermissen. Für uns brach nun ein völlig neuer Lebensabschnitt an, auf den wir uns erst einstellen mussten.

»Vielleicht ist es noch schwieriger, wenn man alleinerziehend ist«, vermutete Paul.

»Vermutlich …«, gab ich ihm recht. Ich fragte mich, ob er nach dem Tod seiner Frau all die Jahre ohne Partnerin gewesen war, scheute jedoch davor zurück, ihm diese Frage zu stellen.

»Vielleicht sollten wir jetzt mal diesen ganzen sentimentalen Quatsch für heute vergessen«, schlug Paul vor. »Und einfach die restliche Pizza und den Wein genießen.«

»Du hast recht … Und die Pizza schmeckt wirklich total lecker.«

»Nicht so lecker wie mein Shakshouka.« Er sah mich an und zwinkerte mir frech zu.

»Leider kann ich das nicht beurteilen.«

»Vielleicht sollte ich dir ja doch noch mal eine Chance einräumen«, sagte er versonnen.

»Das nächste Mal werde ich die Einladung ganz bestimmt nicht mehr verschlafen«, versprach ich.

»Okay. Dann versuchen wir es noch einmal, wenn wir wieder zurück sind.«

»Aber nur, wenn ich den Nachtisch mitbringen darf.«

»Überredet.«

Er zog verschmitzt seine Augenbrauen hoch und schnitt ein Stück Pizza ab.

»Allerdings habe ich eine Bedingung«, sagte er.

»Eine Bedingung?«

Er nickte. »Ich möchte jetzt gern diese Geschichte von dem Mann im Supermarkt hören, die du mir versprochen hast.«

»Du meinst den Gurkenmann?«, fragte ich überrascht.

»Genau. Den Gurkenmann.«

»Na gut«, sagte ich. »Aber mach dich auf eine echt verrückte Geschichte gefasst.«

»Ich liebe verrückte Geschichten.«

»Also, das war so …«

Unterbrochen von Lachsalven seinerseits erzählte ich ihm von den Dates meiner beiden Freundinnen mit dem echten Gurkenmann.

»So was kann doch nicht sein«, sagte er und schüttelte immer wieder ungläubig den Kopf. »Singt ein Liebeslied in eine Gurke und macht einen Heiratsantrag …« Wieder begann er zu lachen. Und ich stimmte mit ein. Ich merkte, wie gut mir das tat, auch wenn die Leute am Nebentisch uns schon leicht genervte Blicke zuwarfen.

»Als ich diesen Mann im Supermarkt sah, wie er sich ewig Zeit dabei ließ, die Festigkeit der Gurken zu prüfen, da ging irgendwie die Phantasie mit mir durch. Ich war mir plötzlich sicher, dass er dieser ominöse Gurkenmann sein musste … Tja, was soll ich sagen? Und den Rest hast du dann ja selbst miterlebt.«

»Jetzt kann ich das ja nachvollziehen. Aber ehrlich gesagt dachte ich mir in diesem Moment, als du immer wieder die Melone in die Luft geworfen und diesen Kerl wegen der Gurken so angefahren hast, dass du schon ein klitzekleines bisschen verrückt bist.«

Was ich durchaus nachvollziehen konnte.

»Womöglich bin ich das ja auch manchmal«, gab ich zu und lächelte.

»Vermutlich nicht verrückter, als die meisten Leute«, sagte er. »Mich eingeschlossen.«

»Ach ja? Was machst du denn so Verrücktes?«, wollte ich wissen.

»So einiges.«

»Na, dann erzählen Sie doch mal, Herr Graf!«

»Na gut, Frau Reiter. Aber verrate es bitte nicht Jana. Die weiß es nicht.«

»So schlimm?«

»Eher peinlich.«

»Ich verrate nichts. Versprochen.«

»Also, es war etwa vor acht Wochen«, begann er. »Ich hatte nicht mehr lange bis zum Abgabetermin und arbeitete fast täglich bis tief in die Nacht an der Übersetzung des Buches. An einem Morgen fuhr ich mit dem Fahrrad ziemlich früh zum Einkaufen, weil der Kaffee ausgegangen war. Ich wunderte mich schon, dass die Leute im Supermarkt mich so seltsam ansahen, bis ich es bemerkte.«

Gespannt hörte ich ihm zu.

»Was hast du denn gemacht? Warst du etwa im Schlafanzug unterwegs?«, spekulierte ich neugierig.

Er schüttelte den Kopf.

»Ich schob mein Fahrrad durch das Geschäft, statt eines Einkaufswagens.«

»Dein Fahrrad?«, prustete ich los.

»Ja … Es war übrigens derselbe Supermarkt, in dem du den vermeintlichen Gurkenmann bedroht hast.«

Und nun lachten wir wieder beide.

»Vielleicht hat der Supermarkt irgendeine seltsame Wirkung auf die Kunden und macht sie verrückt«, spekulierte ich.

»In Zukunft werde ich aufpassen, was die anderen Leute da so treiben«, sagte er und wischte sich Lachtränen aus dem Gesicht.

Plötzlich schoss mir ein Gedanke durch den Kopf. Vielleicht war meine Mutter ja auch *infiziert* gewesen, als sie letztens einen *Mozzarellastrauch* kaufen wollte.

Ich wollte ihm die Geschichte gerade erzählen, da klingelte mein Handy. *Leo!*

»Mama, stell dir vor, was passiert ist«, rief sie völlig aufgelöst.

Meine gute Laune war schlagartig verflogen. *Hoffentlich nicht noch ein Unfall!*

»Was ist denn? Ist mit Oma alles in Ordnung?«, fragte ich schnell.

Paul sah mich besorgt an.

»Mit Oma ist alles gut. Aber mit unserem Hochzeitsauto ist nichts in Ordnung. Stell dir vor, sie haben es Timos Onkel aus der Garage geklaut!«

»Geklaut? Ach komm. Das gibt es doch nicht!«

»Doch. Wo sollen wir denn jetzt so schnell ein neues Hochzeitsauto herbekommen?«

Das kann doch echt nicht wahr sein!, dachte ich. Irgendwie ging es bei dieser Hochzeit wie verhext zu. Ob das womöglich ein Zeichen war, dass es besser wäre, wenn die beiden nicht heiraten würden? Ich versuchte, diesen Gedanken sofort wieder zu verdrängen. Das waren einfach alles nur blöde Zufälle.

»Hör mal, Schatz. Wir finden bestimmt noch einen Wagen. Auch wenn es vielleicht nicht euer Traumauto für die Hochzeit ist. Aber davon geht die Welt jetzt auch nicht unter. Ihr müsst sicher nicht zu Fuß oder mit dem Fahrrad zum Standesamt …«

»Ha ha, sehr lustig!«, kommentierte Leo.

»Vielleicht leiht Ilona euch ihren Minicooper? Der wär doch auch schön. Oder notfalls muss dein Papa euch eben seinen A4 geben.«

»Aber Mama! Diese Autos sind doch nichts für eine Hochzeit! Timo und ich haben uns das ganz anders vorgestellt«, sie hörte sich an, als ob sie gleich losheulen würde.

Ich seufzte. Natürlich konnte man diese Fahrzeuge nicht mit dem original englischen Taxi vergleichen, in dem Timos Onkel sie an ihrem Hochzeitstag fahren wollte.

»Wir finden schon eine Lösung. Ich hör mich mal um, Schatz.« In diesem Moment begann Paul auf sich aufmerksam zu machen.

»Warte mal …«, sagte ich zu Leo und wand mich wieder an Paul.

»Braucht ihr ein Hochzeitsfahrzeug?«, fragte er. Scheinbar hatte er aus meinem Gespräch Rückschlüsse auf das ziehen können, was passiert war.

Ich nickte.

»Vielleicht kann ich euch da helfen.«

»Echt? … Leo? Ich geb dir mal Paul«, sagte ich zu meiner Tochter und reichte das Handy an ihn.

»Hallo, Leo … Ich habe eben mitbekommen, dass ihr Probleme habt mit dem Hochzeitsauto. Ich wüsste da vielleicht was. Ein befreundeter Autor, der auch im Chiemgau wohnt, hat einen alten Cadillac DeVille Cabriolet mit Heckflossen.

Ein echt cooles Teil. Vielleicht würde er euch den Wagen leihen ... Ja. Genau ... Ich klär das ab und melde mich wieder ... Ja, kein Problem. Ciao ... Brauchst du deine Mutter nochmal?«

Er gab mir das Handy wieder zurück.

»Ein alter Cadillac! Das wäre ja total super, Mama«, rief Leo aufgeregt.

»Das wär's echt«, stimmte ich ihr zu.

»Wenn Paul das organisieren kann, ist er natürlich auch auf die Hochzeit eingeladen.«

»Warte, ich sag ihm das«. Ich schaute zu Paul. »Leo möchte, dass du auf der Hochzeit dabei bist, wenn du das hinkriegst.«

»Ich versuche mein Bestes«, versprach er, und ich gab es an Leo weiter. Dann verabschiedeten wir uns und legten auf.

»Danke«, sagte ich zu ihm. »Dass du dich darum kümmern willst.«

»Kein Problem. Ich hoffe, ich habe jetzt nicht zu viel versprochen und es klappt.«

»Das hoffe ich auch.«

Inzwischen war es dunkel geworden. Bunte Lampions, die zwischen den Bäumen hingen, verbreiteten eine romantische Stimmung. Die Luft fühlte sich samtig warm an und roch würzig nach Meer. Ich sah zu Paul, der den Rest des Weins in unsere Gläser schenkte.

»Ich bestelle uns noch einen«, sagte er und hob die Flasche in die Richtung des Kellners.

Was für ein schöner Abend. *Es fühlt sich so an, als ob ich ihn schon viel länger kennen würde,* dachte ich und spürte plötzlich ein leises Flattern in der Magengrube.

»Und was hältst du noch von einem Eis als Nachspeise?«, schlug er vor.

»Ein Eis wäre klasse«, sagte ich.

Eineinhalb Stunden später waren wir zurück im Hotel und verabschiedeten uns im Flur vor den Zimmern.

»Morgen gemeinsames Frühstück?«, fragte Paul.

»Gern. Wann denn?«

»So um acht, halb neun herum? Schick mir einfach eine Nachricht, wenn du wach bist.«

»Mache ich.«

»Es war übrigens ein toller Abend. Ich habe wohl schon lange nicht mehr so gelacht wie heute«, sagte er.

»Ich auch nicht. Und ich fand ihn auch schön.«

»Hoffentlich träume ich nicht von diesem Gurkenmann«, sagte er, und wir kicherten los.

»Ich hoffe nicht. Gute Nacht, Paul.«

»Gute Nacht, Anna.«

Kapitel 21

Ich rannte keuchend über den Strand zum Wasser. Emma schwamm im Meer und wurde mit den Wellen immer weiter hinausgetrieben, ohne dass sie es zu bemerken schien. Der Himmel am Horizont färbte sich wie verlaufende Tinte, während auf meinen Schultern noch immer die sengende Sonne brannte. Ich versuchte, noch schneller zu rennen. Doch ich versank so tief im Sand, dass ich kaum mehr vorankam und schließlich stolperte und der Länge nach stürzte. Ich hob den Kopf, wischte den Sand aus meinem Gesicht und suchte verzweifelt das Wasser ab. Da entdeckte ich sie wieder. Noch weiter draußen.

»Emma! Komm zurück! Emma!«

Doch das Tosen der Brandung war zu laut. Sie konnte mich nicht hören. Plötzlich türmte sich eine haushohe Welle auf und kam mit rasender Geschwindigkeit aufs Ufer zu. Ich schrie, doch der Sturm verschluckte meine Stimme.

»Nein! Emma!«

Sie war verschwunden. Die Welle hatte sie in die Tiefe gerissen.

Nein!

Mit wild klopfendem Herzen und schweißnass schreckte ich aus dem Schlaf auf. *Gott sein Dank! Nur ein Albtraum!* Für ein paar Sekunden war ich orientierungslos im dunklen Zimmer, bis mir einfiel, wo ich war.

Ich versuchte, gleichmäßig zu atmen, wie Dr. Geiger es mir geraten hatte. Doch es war so stickig warm, dass ich das Gefühl hatte, keine Luft zu bekommen. Panik stieg in mir auf und trieb meinen Puls noch weiter in die Höhe. *Ich brauche frische Luft!*

Zitternd tastete ich nach dem Schalter der Nachttischlampe. Wo war das blöde Ding nur? Ich wurde immer hektischer, bis ich ihn endlich fand und das Licht anknipste. Doch die Angst ließ nicht nach. Im Gegenteil. Es war, als ob im Raum jeglicher Sauerstoff fehlte und ich gleich ersticken müsste. Ich stolperte fast, als ich aus dem Bett stieg und zur Balkontür ging, die ich hastig aufriss. Keuchend trat ich hinaus und schnappte gierig nach Luft, als ob ich am Ertrinken wäre. Meine Beine fühlten sich an wie Blei und zitterten, und ich musste mich am Geländer festhalten, um mich aufrecht zu halten.

»Anna?«, flüsterte Paul vom Nachbarbalkon. Ich drehte mich zu ihm. Er saß auf einem Stuhl und hatte das Handy in der Hand, dessen Display ein wenig Licht spendete.

»Anna? Geht's dir nicht gut?« Jetzt klang seine Stimme besorgt.

Ich schüttelte den Kopf. Versuchte, ruhiger zu atmen, konnte aber immer noch nichts sagen.

Er stand auf und stieg einfach über das niedrige Geländer zwischen unseren Balkonen zu mir herüber.

»Was ist denn los?«, fragte er und schaute mich beunruhigt an. »Anna?«

»Keine Luft«, presste ich schließlich hervor.

»Okay …« Er nahm meine Hände und hielt sie fest. »Hast du etwas verschluckt oder eingeatmet?«, fragte er schnell.

Ich schüttelte den Kopf.

»Verstehe. Schau mich an, Anna. Bitte!«

Ich hob den Kopf zu ihm.

»Ganz ruhig. Es kann dir nichts passieren. Hörst du? Stell dich gerade hin … Atme durch die Nase ein … ja, tief in den Bauch«, wies er mich an. »Und dann durch den Mund wieder ausatmen.«

Ich versuchte es.

»Ja, so ist es gut«, sagte er mit beruhigender Stimme. »Immer schön weiteratmen … in den Bauch. Du machst das gut …«

Langsam ließ die Panik nach, und ich hatte das Gefühl, dass die Atemluft endlich meine Lunge erreichte und das Blut den Sauerstoff wieder in jeden Winkel meines Körpers transportieren konnte.

»Geht's wieder?«, fragte er leise.

»Ja … danke.« Ich zog meine Hand aus seiner und schob meine verschwitzten Haare aus der Stirn.

Wir blieben noch eine Weile stehen, und ich sah erst jetzt, wie wundervoll das Mondlicht sich in den sanften Wellen des Wassers spiegelte. Es war zauberhaft, und doch konnte ich es kaum genießen.

»Das war ja ganz schön heftig. Hast du das öfter?«, fragte er, als ich mich wieder gefangen hatte.

»Erst seit ein paar Wochen immer wieder mal«, antwortete ich. »Inzwischen habe ich schon jedes Mal Angst vor dem Schlafen. Keine Ahnung, woher das kommt.«

»Du solltest schleunigst zum Arzt gehen«, riet er.

»War ich schon. Körperlich ist alles okay, sagt er.«

Paul nickte nachdenklich.

»Dann hat dir wohl deine Seele etwas zu sagen«, überlegte er.

»Vermutlich.«

»Möchtest du was trinken?«

»Ja. Gern.«

Wir betraten mein Zimmer, ließen aber die Balkontür offen. Ich holte eine Flasche Wasser aus der Minibar und schenkte zwei Gläser voll. Hastig trank ich das Glas leer, ohne abzusetzen.

»Danke«, sagte ich, dafür, dass er so beruhigend auf mich einwirkte.

»Ich glaube, das alles war auch ein wenig viel für dich heute, nach dem Schrecken letzte Nacht.«

»Kann sein«, murmelte ich.

Erst jetzt wurde mir bewusst, dass er nur in Boxershorts und einem T-Shirt vor mir stand und ich ein kurzes Nachthemd mit dünnen Trägern anhatte. Allerdings schien ihn das genauso wenig zu stören wie mich.

»Komm, leg dich hin«, sagte er, und seine Stimme klang sehr sanft.

Ich stellte das Glas ab und schlüpfte ins Bett.

»Soll ich noch eine Weile hierbleiben?«, fragte er. »Bis du eingeschlafen bist?«

»Ich bin doch kein kleines Kind mehr«, protestierte ich und wünschte mir gleichzeitig, dass er trotzdem blieb.

»Auch wenn man erwachsen ist, braucht man manchmal jemanden, der auf einen aufpasst«, sagte er leise.

Und dann legte er sich einfach auf die andere Seite des Doppelbettes und knipste das Licht aus.

»Gute Nacht, Anna«, flüsterte er.

»Gute Nacht.«

»Ich werde mich später einfach aus dem Zimmer schleichen, wenn du schläfst.«

»Okay. Danke, Paul.«

»Kein Ding.«

Jetzt, da er neben mir lag, war von Müdigkeit keine Spur mehr. Der Raum fühlte sich irgendwie anders an, seitdem er ihn betreten hatte. Freundlicher, sicherer. Jahrelang hatte es mir nichts ausgemacht, alleine zu schlafen. Doch heute war ich froh, nicht allein zu sein, falls mich die nächtlichen Schatten noch einmal in diese Panik treiben würden. Sein gleichmäßiger Atem hatte eine beruhigende Wirkung, und der schwache Duft nach Mann und seinem Aftershave gaukelten mir eine intime Nähe vor, die wir gar nicht hatten. In diesem Moment überkam mich ohne Vorwarnung ein gewaltiger Hunger, ein mächtiges Verlangen. All die Sehnsüchte, die in den letzten Jahren irgendwo verschollen gewesen waren, kamen an die Oberfläche. Wieder stockte mein Atem, diesmal jedoch vor Überraschung über die wiederentdeckten Gefühle und das körperliche Sehnen.

»Bekommst du wieder keine Luft?«, fragte Paul leise und rutschte näher an mich heran.

»Doch«, flüsterte ich. »Es ist nur so, dass ...« Ich sprach nicht weiter. Wie sollte ich ihm nur erklären, was in mir vorging?

»Dass was?«

»Ich glaube, es ist besser, wenn du gehst, Paul.«

»Erst wenn du mir sagst, was mit dir los ist. Irgendwas beschäftigt dich doch.«

Es fühlte sich eigenartig an, mit ihm in der Dunkelheit zu sprechen, mir seiner Nähe so bewusst zu sein, ohne ihn zu sehen.

»Ich fürchte, deine Anwesenheit bringt mich dazu, verrückte Gedanken zu haben«, gestand ich schließlich.

»Verrückte Gedanken?«, fragte er, und obwohl ich ihn in der Dunkelheit kaum sehen konnte, meinte ich, ein Lächeln in seiner Stimme zu hören. »Wirklich?«

»Ja«, antwortete ich nur. Sollte er sich doch selbst zusammenreimen, was ich damit meinte.

»Vielleicht haben wir heute zu viel über diesen verrückten Supermarkt gesprochen«, witzelte er.

»Vielleicht ...«

»Ich muss gestehen, verrückte Gedanken habe ich auch. Wobei, verrückt ist eher das falsche Wort dafür.«

»Was ... was wäre denn das richtige Wort?«, fragte ich und spürte, wie mein Herz immer schneller schlug. Allerdings fühlte es sich diesmal nicht beängstigend, sondern aufregend an. Belebend.

»Vielleicht ...«, er zögerte kurz »... *unanständig?*« Seine Stimme war nur mehr ein Flüstern, die mir eine Gänsehaut bescherte. Eine Weile lang herrschte Stille, und die Luft um mich herum schien vor Spannung zu knistern.

»Soll ich besser gehen?«

Ja! Ich sollte ihn wegschicken. Das Ganze hier beenden, bevor es womöglich außer Kontrolle geriet. Bevor ich außer Kontrolle geriet. Denn genau davor hatte ich Angst.

»Nein«, flüsterte ich dennoch.

Und plötzlich war er ganz nah bei mir. Seine Finger streichelten sanft über meine Wange.

»Dann bleibe ich.«

Ich spürte seinen warmen Atem und schließlich seine Lippen, die meine ganz vorsichtig und zärtlich berührten. Doch bald wurde sein Kuss leidenschaftlicher. Ein Kuss, bei dem mir gleichzeitig heiß und kalt wurde und der nicht zu enden schien.

Ich streichelte durch seine Haare, über seinen Nacken, atmete seinen berauschenden Duft ein. Als sich seine Hand unter mein Nachthemd schob, war ich wie elektrisiert.

Kann ich das überhaupt noch?, fragte ich mich plötzlich. Immerhin waren einige Jahre vergangen, seitdem ich zum letzten Mal mit einem Mann geschlafen hatte.

»Ich … ich …«, stotterte ich, wusste aber nicht, was ich sagen sollte.

»Es ist alles gut, Anna«, flüsterte er, als ob er meine Ängste erraten hätte und küsste mich wieder. Und dann hörte ich auf zu denken und ließ mich fallen. Fallen in eine Nacht, die nur uns beiden gehörte.

Im Zimmer war es bereits hell, als ich wach wurde. Das Bett neben mir war leer, und ich überlegte für einen Moment, ob ich das nicht alles nur geträumt hätte. Doch mein Körper sagte mir etwas anderes. Wir hatten miteinander geschlafen. Zweimal sogar, wenn man es genau nahm. Und ich hatte absolut nichts verlernt. Es war – ich suchte nach dem richtigen Wort – es war einfach nur wunderbar gewesen. Ich hoffte, dass Paul es ähnlich empfunden hatte. Trotzdem war ich froh, jetzt alleine zu sein. Ich musste erst mit den unterschiedlichen Gefühlen klarkommen, die in mir tobten. Immerhin war diese Nacht völlig überraschend für mich gewesen.

Ein Blick auf mein Handy sagte mir, dass es kurz nach sechs Uhr war. Ich schwang mich aus dem Bett und ging ins Badezimmer. Während ich unter der Dusche stand, erinnerte ich mich an immer mehr Details der vergangenen Nacht. Hitze schoss in meine Wangen, und mein Magen flatterte vor wohligen Schauern, die in Wellen kamen. Hitzewellen, die nichts mit dem Wechsel zu tun hatten. Und es tat gut, sie zu spüren. Ich fühlte mich so lebendig wie schon lange nicht mehr.

Paul war ein leidenschaftlicher und einfühlsamer Liebhaber, der genau wusste, wie er einer Frau Lust bereiten konnte. Genauso, wie er die Lust genießen konnte, die ich ihm schenkte.

Ich trocknete mich ab, schlüpfte in meinen Badeanzug und in ein leichtes Sommerkleid und machte mich auf den Weg zum Strand. So früh waren noch kaum Leute unterwegs. Doch das war mir nur recht. Ich zog die Sandalen aus und nahm sie in die Hand. Der feine goldene Sand war weich und noch angenehm kühl. Die Sonne glitzerte auf den Wellen, die sich sanft im Morgenlicht kräuselten. Eine Möwe zog ihre Kreise und landete schließlich auf einem der rotweiß gestrichenen Holzpfähle, die aus dem Meer ragten.

Das Wasser umspülte mit jeder Welle meine Füße, als ich den flachen Strand entlangspazierte. Ich entdeckte die unversehrte Hälfte einer besonders großen Jakobsmuschel und hob sie auf, um sie als Andenken mit nach Hause zu nehmen. Wie verzaubert schaute ich aufs Meer. Nicht allzu weit entfernt von hier lag Venedig. Hätten wir mehr Zeit, würde ich nichts lieber tun, als mit der Fähre überzusetzen und einen Tag lang die Stadt zu erkunden, in der ich erst einmal gewesen war. Ich würde durch die engen Gässchen spazieren, Galerien und Kirchen besuchen und in der Nähe der Rialtobrücke einen völlig überteuerten Cappuccino trinken. Und in meinen Gedanken saß Paul mit mir an dem kleinen runden Tisch und lächelte mir zu.

Ein leiser Wind strich durch meine Haare, und ich schloss die Augen. Mir wurde bewusst, wie sehr mir das Meer gefehlt hatte. Und noch mehr die körperliche Nähe zu einem Mann. Beides hatte ich völlig unerwartet innerhalb eines einzigen

Tages sozusagen geschenkt bekommen. Plötzlich spürte ich, wie Tränen über meine Wangen liefen. Doch es waren Tränen des Glücks.

Ich wusste nicht, wann ich das nächste Mal wieder an einem Meer entlangspazieren würde. Und ich wusste auch nicht, ob und wie es mit Paul weiterging. Aber eines wurde mir in diesem Moment klar: Ich wollte nicht erneut so lange darauf verzichten. Weder auf das Meer noch auf Intimitäten mit einem Mann. Man konnte Bedürfnisse verdrängen. Sie aufschieben. Sich einreden, dass andere Dinge wichtiger waren. Aber damit belog man sich selbst.

Ich drehte mich um und ging langsam wieder zurück. Inzwischen waren schon mehr Leute unterwegs, die den Strand entlangjoggten oder -spazierten und Muscheln suchten. Auf der Höhe unseres Hotels schlüpfte ich aus meinem Kleid und legte es mit meinen Sandalen in den Sand. Dann ging ich zurück zum Wasser. Langsam watete ich hinein, bis es meine Oberschenkel umspülte. Es war kalt und erfrischend. Mit den Händen schöpfte ich Wasser über meine Schultern und Arme, um mich abzukühlen, und dann schwamm ich los. Es war herrlich!

»Anna! Anna!«

Ich drehte mich um. Paul stand am Ufer und winkte mir zu. Mein Herz begann schneller zu schlagen. Er trug eine Badehose und ein T-Shirt. Bei seinem Anblick spürte ich, wie es in meinem Magen zu rumoren begann.

»Komm rein!«, rief ich ihm zu, nervös und ein klein wenig aufgeregt. Die Ausgeglichenheit und Ruhe von vorhin waren plötzlich wie weggeblasen. Wie würde er sich verhalten, nach der vergangenen Nacht? Wie sollte ich mich verhalten?

Er zog sein T-Shirt aus und warf es neben mein Kleid. Dann ging er ein paar Schritte ins Wasser. Blieb jedoch stehen.

»Das ist ganz schön kalt!«, rief er mir zu.

»Feigling!«, zog ich ihn auf.

Das ließ er sich nicht zweimal sagen und stürzte sich tapfer in die Fluten. Es dauerte nicht lange, bis er mich erreicht hatte.

»Tut das nicht gut?«, fragte ich.

»Doch. Sehr.«

Plötzlich war ich um Worte verlegen.

»Hast du gut geschlafen?«, fragte Paul.

»Ja. Und du?«

»Ich auch.«

Während Paul mit seinen fast einsneunzig noch locker stehen konnte, musste ich kräftig mit den Beinen paddeln, damit mein Kopf über Wasser blieb.

»Es war wunderschön gestern«, sagte er.

Ich nickte nur, um Worte verlegen.

»Eigentlich wollte ich dir noch einen Abschiedskuss geben, bevor ich ging. Aber dann hätte ich dich womöglich wieder aufgeweckt. Deswegen bekommst du ihn jetzt.«

»Jetzt?«

»Jetzt.«

Er zog mich an sich, beugte den Kopf und küsste mich zärtlich. Ich schlang die Arme um seinen Hals und hielt mich an ihm fest, als ob es das Natürlichste der Welt wäre.

Eine größere Welle überraschte uns und schwappte salziges Meerwasser über unsere Köpfe. Prustend ließen wir uns los und lachten.

»Vielleicht gehen wir doch besser raus«, schlug Paul vor, und wir schwammen zurück zum Ufer. Da keiner von uns ein

Handtuch dabeihatte, ließen wir uns kurz von der Sonne trocknen, bevor ich, noch nass, in mein Kleid schlüpfte, während Paul das T-Shirt überzog.

Inzwischen war es schon nach acht Uhr. Ich war länger unterwegs gewesen, als es sich angefühlt hatte.

Paul griff nach meiner Hand, während wir zurück zum Hotel schlenderten. Mit ihm zusammen zu sein kam mir in diesem Moment ganz selbstverständlich vor. Als ob es genauso sein sollte.

In meinem Zimmer küsste er mich wieder, und dann half er mir, aus dem nassen Kleid zu schlüpfen. Mein Herz klopfte wie wild. Doch genau in diesem Moment klingelte mein Handy. Ich löste mich von ihm und sah auf das Display.

»Es ist Emma«, sagte ich.

»Dann geh besser ran.«

Ich nickte.

»Hallo, Emma!«, begrüßte ich meine Tochter.

»Hi, Mama. Jana und ich warten schon. Wann kommt ihr uns denn abholen?«, fragte sie ungeduldig.

»Das kommt darauf an, wann euch die Ärzte entlassen«, antwortete ich und lächelte Paul zu, der mit dem Finger über meinen Unterarm strich.

»Jana und mir geht's gut. Wir wollen jetzt echt bald da raus und nach Hause. Könnt ihr das mit den Ärzten klären? Bitte!«

»Na gut, Schatz. Wir frühstücken noch, und dann kommen wir. Okay?«

»Ja. Aber beeilt euch bitte.«

»Machen wir.«

»Bis dann!«

Ich legte auf.

»Wir haben wohl jetzt keine Zeit mehr?«, fragte Paul, und ich hörte Bedauern in seiner Stimme.

»Sie wollen unbedingt raus aus dem Krankenhaus.«

»Okay. Aber so ein klein wenig halten sie das schon noch aus.«

»Noch ein Kuss?«, flüsterte ich und konnte es selbst kaum glauben, dass ich das gesagt hatte.

»Den kannst du gerne haben«, murmelte er und beugte sich lächelnd über mich.

Es war nicht nur bei dem einen Kuss geblieben. Als er gegangen war, sprang ich rasch unter die Dusche. Dann packte ich meine wenigen Sachen zusammen und ging nach unten.

Paul wartete schon auf mich. Die Tische für das Frühstück waren bei dem herrlichen Wetter unter riesigen Sonnenschirmen auf der Terrasse des Hotels aufgestellt. Wir bedienten uns am reichhaltigen Buffet, das in einem kleinen Saal aufgebaut war, und ließen uns vom Ober zwei große Cappuccini bringen.

»Es gibt gute Neuigkeiten von Sebastian«, sagte er, während er ein Stück Baguette mit Butter bestrich.

»Von wem?«

»Sebastian. Der befreundete Autor. Wir haben vorhin telefoniert. Das mit dem Cadillac für die Hochzeit klappt.«

»Wirklich?«

»Ja … Er verlangt auch nichts dafür außer dem Sprit. Und um die Dekoration müssen wir uns auch selber kümmern. Es ist ihm nur wichtig, dass ich den Wagen an dem Tag fahre und ihn nicht aus den Augen lasse. Aber das ist doch kein Problem, oder?«

»Natürlich nicht. Im Gegenteil. Das muss ich Leo gleich erzählen.«

Doch ich erreichte nur Timo, der sich vermutlich noch mehr über das coole Auto freute als seine zukünftige Frau.

»Danke, Paul«, sagte ich, nachdem ich aufgelegt hatte. »Es ist echt toll, dass du das organisiert hast.«

»Schon gut«, winkte er ab. »Dafür darf ich schließlich auf eine Hochzeit gehen.«

»Eben.«

Insgeheim freute ich mich darüber fast noch mehr als über das Auto.

»Hach, ist das schön hier«, sagte Paul mit Blick auf das Meer. »Jetzt eine Woche hier Urlaub machen – das wär's.«

»Ja. Das würde mir auch gefallen«, stimmte ich ihm zu.

Ich strich Marmelade auf ein Plunderhörnchen und fragte mich, was das mit Paul und mir nun eigentlich bedeutete. Ich konnte ihn ja schlecht fragen: »Du sag mal, gehen wir jetzt miteinander, oder war das nur eine Nacht und ein Morgen mit großartigem Sex, und wir vergessen das Ganze gleich wieder?«

Plötzlich fühlte ich mich emotional etwas überfordert, denn es ging nicht nur darum, dass wir miteinander geschlafen hatten, sondern dass ich mich durchaus auch zu ihm hingezogen fühlte. Gut möglich, dass ich auf dem besten Weg war, mich in ihn zu verlieben. *Verlieben?* Wie sich das anhörte in meinem zarten Alter von neunundvierzig Jahren. *Fast fünfzig!* Dabei hatte ich das doch gar nicht mehr gewollt.

Wie er die Sache wohl sah? Eine Hitzewelle stieg in mir auf, und ich griff nach einer Eiskarte, die auf dem Tisch lag, und wedelte mir Luft zu.

»Es ist schon ganz schön heiß jetzt«, sagte ich und schob es auf das Wetter.

»Sehr heiß … Hör mal, am besten du nimmst mit den

Mädchen für die Rückfahrt meinen Wagen. Da hat auch Jana mit ihrem Gipsbein genügend Platz. Und ich fahre mit ihrem Auto«, sagte Paul, der sich gedanklich in diesem Moment offenbar mit ganz anderen Fragen beschäftigte als ich. Was mich ein klitzekleines bisschen enttäuschte.

»Wie du meinst«, antwortete ich, als mein Handy eine WhatsApp-Nachricht in der Familiengruppe meldete. Sie war von meiner Mutter.

Wir haben sie!!

Zehn grinsende Smileys dahinter.

Gleich darauf kam ein Foto.

»Das gibt es doch nicht!«, rief ich überrascht, als ich das Bild öffnete.

»Was denn?«, fragte Paul.

»Sie haben die Ratte gefangen«, sagte ich und hielt ihm das Handy hin. Es war ein Selfie mit meiner Mutter und Karl, der die Falle samt Sascha darin in der behandschuhten Hand hielt. Das Tier war so groß, dass es kaum in den Käfig zu passen schien. Beide grinsten stolz in die Kamera.

»Das ist ja echt ein ziemlicher Brummer«, meinte Paul beeindruckt.

»Allerdings. Gott sei Dank, dass sie das Vieh endlich erwischt haben.«

Ich schrieb eine Nachricht zurück und beglückwünschte die beiden zu ihrem Fang. Gleich darauf schrieb Emma.

Lasst Sascha bloß am Leben, sonst rede ich nie wieder ein Wort mit euch, drohte sie mit einem entsprechend blickenden Smiley dahinter.

Karl und ich bringen sie gleich in den Wald, schrieb Mutter zurück.

Dahinter setzte sie mehrere Tannenbaum-Emojis.

»Ich hol mir noch einen Saft. Magst du auch einen?«, fragte Paul.

»Gern.«

Er stand auf und ging in den Saal hinein, während ich genüsslich meinen Cappuccino trank und aufs Meer schaute. Es war wirklich schade, dass wir heute schon wieder zurückmussten. Aber es stand eine ganz besondere Woche bevor, in der meine älteste Tochter mich dringend brauchte. Timos Eltern würden erst am Donnerstag für die Hochzeit anreisen, genau wie Harald, Karla und die Zwillinge. Und so hatten die beiden außer von mir, Emma und Ben kaum Unterstützung bei den restlichen Vorbereitungen.

Pauls Handy begann zu klingeln. Er hatte es am Tisch liegen gelassen. Ich warf einen Blick auf das Display. *Olivia Finke,* stand da. *Die Englischlehrerin!*

Mein Magen schien mit einem Schlag nach unten zu rutschen und sich um meine Kniekehle zu wickeln. *Olivia Finke!* Ich hatte die beiden bei der Abschlussfeier zusammen gesehen. Lief da etwas zwischen ihnen? Und hatte Paul sie letzte Nacht womöglich mit mir betrogen? Mir wurde schlecht. Vielleicht war Paul ja generell mit Frauen so locker drauf, wie er es mit mir war?

Das Klingeln hörte auf, doch ich starrte immer noch auf das Handy. *Paul und Olivia?* Irgendetwas musste zwischen den beiden sein. Welche Erklärung sollte es sonst dafür geben, dass sie ihn einfach so anrief? Und müsste sie nicht eigentlich im Klassenzimmer sein? Schließlich lief der reguläre Unterricht fast noch einen Monat lang bis zu den Sommerferien.

Am liebsten wäre ich aufgestanden und weggerannt. Gleichzeitig wollte ich mir aber auf keinen Fall anmerken lassen, wie sehr mich die Vorstellung verletzte, die beiden könnten etwas miteinander haben. Ich hatte einen Ehemann gehabt, der es mit der Treue nicht so genau genommen hatte. Und dann meine erste große Liebe Jo, der ebenfalls kein Kostverächter war, auch wenn er inzwischen wohl nur noch auf knackiges junges Gemüse stand. Bei meinem Glück wäre es deswegen gar nicht weiter verwunderlich, wenn ich erneut auf ein solches Exemplar hereingefallen wäre. Der Gedanke tat mehr weh, als er sollte.

Paul kam zurück. In jeder Hand ein fast bis zum Rand gefülltes Glas Saft. Dabei würde ich jetzt keinen Schluck hinunterbekommen.

»Tut mir leid, dass es ein wenig gedauert hat. Aber dafür ist er ganz frisch gepresst.«

»Danke«, sagte ich und wunderte mich, dass meine Stimme mir überhaupt gehorchte.

Ich rührte in meiner Kaffeetasse und beobachtete Paul, der nach dem Handy gegriffen hatte und den verpassten Anruf entdeckte. Sein Lächeln verschwand.

»Entschuldige, ich muss mal kurz telefonieren«, sagte er, stand auf und ging auf die andere Seite der Terrasse. Aus seiner Mimik und Körperhaltung konnte ich nicht ablesen, ob es ein erfreuliches Gespräch war oder ob Ärger in der Luft lag. Jedenfalls schien die Sache schnell geklärt zu sein, denn nach nicht einmal einer Minute kam er bereits wieder zurück.

»Vielleicht sollten wir jetzt besser zum Krankenhaus fahren. Die Mädchen warten sicher schon ungeduldig«, sagte ich, weil ich keinen Nerv hatte, jetzt noch weiter mit ihm am Tisch zu sitzen und so zu tun, als ob alles in Ordnung wäre. Denn irgendetwas sagte mir, dass gar nichts mehr in Ordnung war.

»Du hast recht. Brechen wir auf«, stimmte er mir sofort zu und trank rasch seinen Saft aus.

Wir checkten aus und gingen dann schweigend zum Parkplatz. Seit Olivias Anruf hatte sich die Stimmung völlig gedreht. Die Leichtigkeit der vergangenen Stunden hatte sich in Luft aufgelöst. Als wir unsere Sachen in den Wagen packten, hielt ich die Unsicherheit nicht mehr länger aus. Ich musste es jetzt klären, sonst würde ich mich verrückt machen.

»Zwischen dir und Olivia Finke, der Englischlehrerin, läuft da was?«, fragte ich ihn freiheraus.

Er schaut mich mit einem undefinierbaren Blick an, und mein Herz rutschte in die Hose.

»Anna, das ist jetzt ein wenig kompliziert«, antwortete er schließlich ausweichend und fuhr fahrig durch sein dichtes Haar. Es war offensichtlich, dass ihm die Frage unangenehm war. Und er hatte es nicht abgestritten. Also war da wohl tatsächlich etwas zwischen den beiden.

»Lass uns bitte die Mädchen abholen und darüber reden, wenn wir wieder zurück sind«, schlug er vor und bemühte sich um ein Lächeln.

»Ich denke, da gibt es nichts mehr zu reden«, sagte ich so ruhig wie möglich, auch wenn mir das Herz bis zum Hals schlug. »Wir vergessen das, was letzte Nacht war, ganz einfach.« *Und das von heute früh auch!*

»Anna, bitte. Ich möchte das aber nicht vergessen, ich will dir ...«

»Es ist mir egal, was du möchtest«, unterbrach ich ihn schroff. »Für mich hat sich die Sache erledigt! Und ich möchte keine Silbe mehr darüber hören oder reden. Jetzt nicht und auch nicht, wenn wir zurück sind«, fuhr ich ihn wütend an. Noch einmal würde ich mich nicht von einem Mann an der Nase herumführen lassen. Die Zeiten waren wirklich ein für alle Mal vorbei. Dann stieg ich in den Wagen und knallte die Beifahrertür zu.

»Wenn du meinst«, hörte ich ihn brummen. Dann stieg er ebenfalls ein.

Kapitel 22

Glücklicherweise mussten wir weder lange auf die Entlassung der Mädchen warten noch auf den Wagen in der Werkstatt. Paul hatte auf dem Weg zum Krankenhaus noch einmal versucht, mit mir zu sprechen, aber ich hatte rigoros abgeblockt. Obwohl wir uns überhaupt nichts versprochen hatten, fühlte ich mich betrogen, weil er mir Olivia verschwiegen und trotzdem mit mir geschlafen hatte. Allerdings war das mein Problem, ich musste damit klarkommen. *Immerhin habe ich nach etwas mehr als sieben Jahren endlich mal wieder Sex gehabt!*, dachte ich bitter.

Paul fuhr in Janas kiwigrünem Opel Karl voran. Die Mädchen waren anfangs ein wenig kleinlaut. Nachdem der erste große Schreck vorbei war, schienen sie erst jetzt so richtig zu realisieren, was passiert war. Und da ich auch keine Lust auf eine Unterhaltung hatte, war die Rückfahrt im Wagen die ersten drei Stunden sehr ruhig.

»Es tut mir leid, Mama«, sagte Emma, die hinter mir saß, kurz nachdem wir die österreichische Grenze passiert hatten. »Wirklich. Wir hätten euch nicht anlügen sollen.«

»Mir tut's auch total leid«, kam es auch von Jana.

»Schon gut«, sagte ich. »Man macht leider immer wieder mal Fehler im Leben. Ja, ihr habt uns angelogen, und das war nicht richtig, aber für den Unfall konntet ihr nichts. Das mit dem Schlagloch hätte mir genauso passieren können.«

Und war ich nicht selbst in ein emotionales Schlagloch geraten, weil ich nicht achtsam genug gewesen war? Dabei hatte ich mich vor ein paar Stunden noch so wunderbar gefühlt.

Ich spürte Emmas Hand, die meine Schulter drückte.

»Danke, Mama«, sagte sie leise.

Mit nur zwei Zwischenstopps kamen wir am späten Nachmittag in Prien an. Paul parkte Janas Wagen in der Garage und begleitete seine humpelnde, an Krücken gehende Tochter ins Haus, während wir im anderen Wagen auf ihn warteten, damit er uns nach Hause fuhr.

»Jetzt war ich in Italien und hatte noch nicht einmal meine große Zehe im Meer«, sagte Emma ein wenig traurig. Ich drehte mich zu ihr um. »Aber das hab ich wohl als Strafe verdient. Bescheuertes Karma!«

»Unsinn! Weißt du was? Ich verspreche dir, dass wir wieder nach Cavallino fahren. Und zwar noch in diesem Jahr. Zoe sperrt im September die Praxis für drei Wochen zu. Ich werde versuchen, eine günstige Ferienwohnung für eine Woche zu bekommen. Und wenn Jana mag und Zeit hat, dann kann sie auch mitkommen.«

Das mit Männern schien bei mir offenbar nicht zu klappen, aber bald wieder ans Meer zu fahren, das würde ich hinkriegen!

»Echt? Und das, obwohl wir euch angelogen haben?«, fragte Emma ungläubig.

»Natürlich ist es keine Belohnung fürs Lügen. Es soll eine Entschuldigung dafür sein, dass ich euch die Reise nicht zugetraut habe und manchmal etwas überängstlich bin. Außerdem waren wir schon ewig nicht mehr gemeinsam im Urlaub. Ich finde, es wird ganz dringend mal wieder Zeit. Falls du überhaupt noch Lust hast, mit deiner ollen Mutter zu verreisen.«

Statt einer Antwort drückte sie mir einen dicken Kuss auf die Backe.

»Ist das ein Ja?«, fragte ich.

»Logisch.«

In diesem Moment kam Paul aus dem Haus und ging auf den Wagen zu.

»Jana hat sich gleich hingelegt«, sagte er, als er einstieg. »Die Fahrt war doch ziemlich anstrengend. Wie geht es dir denn, Emma?«

»Ein wenig Kopfweh hab ich schon«, gab sie zu.

»Du legst dich jetzt auch gleich schlafen, wenn wir daheim sind«, sagte ich zu ihr.

Paul suchte meinen Blick, aber ich drehte mich von ihm weg.

Als wir zehn Minuten später vor unserem Haus die Sachen aus dem Wagen packten, sagte Paul leise: »Ich wäre dir wirklich sehr dankbar, wenn wir in den nächsten Tagen mal reden könnten, Anna.«

»Wenn es um den Hochzeitswagen geht, besprichst du das am besten mit Leo und Timo selbst«, sagte ich in normalem Tonfall und so freundlich wie möglich. »Ich schicke dir eine Nachricht mit ihrer Nummer. Wir sehen uns dann am Samstag auf der Hochzeit. Meinen Anteil für den Sprit und die Autobahngebühren habe ich in die Konsole unter die Parkscheibe gelegt. Servus Paul.«

Bevor er noch irgendwas sagen konnte, ging ich mit Emma aufs Haus zu. Ich hörte, wie die Wagentür zugeschlagen wurde und das Auto gleich darauf wegfuhr. Conny sprang hinter einer Hecke hervor und rannte auf uns zu. Inzwischen war ihr Fell schon wieder nachgewachsen.

»Conny. Meine Süße!«

Ich hob sie hoch, während Emma die Haustür aufsperrte.

»Na du? Freust du dich, dass wir wieder da sind?« Die Katze drückte sich schnurrend an mich. »Gleich kriegst du was zu fressen.«

»Du legst dich jetzt erst mal aufs Sofa im Wohnzimmer«, sagte ich zu Emma, als wir den Flur betraten. »Und ich packe inzwischen unsere Sachen aus und mach uns eine Kleinigkeit zu essen. Und dann geht's ab ins Bett mit dir.«

Als wir das Wohnzimmer betraten, war die Tür zur Terrasse offen.

»Wir sind wieder da, Oma!«, rief Emma.

Draußen saßen meine Mutter und Karl auf einer kleinen Bank.

Karl hatte den Arm um ihre Schultern gelegt. Und sie küssten sich.

Emma und ich blieben gleichzeitig wie vom Donner gerührt stehen und schauten uns völlig verblüfft an.

»Die brauchen wohl beide ein Hörgerät«, flüsterte Emma, nachdem das Liebespaar keine Notiz von uns genommen hatte.

»Hörgerät?«, fragte ich und prustete plötzlich los. Ich konnte nicht anders. All die Erlebnisse der letzten Tage entluden sich in einem Lachanfall.

»Mama!«, zischte Emma und versuchte, mir mit ihrer gesunden Hand den Mund zuzuhalten. Doch Karl und meine Mutter hatten uns nun doch bemerkt und drehten sich zu uns um.

Ich wollte es nicht. Ich wollte es wirklich nicht. Aber als ich das erschrockene Gesicht meiner Mutter sah, das an einen ertappten Teenager erinnerte, und Karl, der ihr wie ein Automat die Schulter tätschelte, musste ich nur noch mehr lachen, bis Emma mich schließlich aus dem Wohnzimmer schob.

Karl nahm meine Entschuldigung und die Flasche Cognac an, die ich ihm am nächsten Tag vorbeibrachte. Ich erklärte ihm, dass ich bei unserer Rückkehr gestern völlig übermüdet gewesen war und außerdem einige echt aufwühlende Tage hinter mir hatte. »Ich finde es super, wenn ihr beide euch … so toll versteht«, sagte ich. »Ehrlich.«

»Schon gut, Anna«, sagte er. »Entschuldigung angenommen. Für mich ist das Thema damit erledigt. Aber wie das bei deiner Mutter ist, kann ich dir nicht sagen. Ich fürchte, sie ist ziemlich beleidigt.«

Das war die Untertreibung des Jahrhunderts. Nachdem sie auch am nächsten Tag kein Wort mit mir sprach und mir auch nicht zuhören wollte, schrieb ich ihr am Abend eine ellenlange Nachricht auf WhatsApp, die sie zwar gelesen hatte, aber mit keiner Antwort bedachte. Noch nicht einmal ein böse blickendes Smiley kam zurück.

»Die Oma denkt, du hast sie und Karl ausgelacht«, sagte Emma.

»Aber so stimmt das doch gar nicht. Ich habe sie nicht ausgelacht, sondern über die Situation gelacht, weil … weil es einfach auch so unerwartet war. Außerdem wollte ich das echt nicht. Bitte sag ihr das doch.«

»Hab ich doch schon längst versucht. Aber sie glaubt es nicht.«

Insgeheim vermutete ich, dass es meiner Mutter total peinlich gewesen war, dass Emma und ich sie beim Schmusen mit Karl erwischt hatten. Um davon abzulenken, machte sie jetzt ein besonderes Theater, weil ich gelacht hatte.

»Ach, weißt du was? Ich habe jetzt mehrmals versucht, mich zu entschuldigen. Aber sie will es gar nicht hören. Dann muss sie eben beleidigt sein, wenn es sie glücklich macht.«

Schließlich hatte ich mit mir selbst zu kämpfen. Die Sache mit Paul bedrückte mich mehr, als ich mir eingestehen wollte. Dabei versuchte ich andauernd, mir einzureden, dass ich das ganz locker sehen sollte.

»Ich fahre jetzt zu Ilona.«

»Kannst du mich bitte bei Jana vorbeibringen? Ich hab keine Lust, Omas beleidigtes Gesicht den ganzen Abend anzuschauen. Und wir müssen noch das Lied für die Hochzeit üben.«

»Klar. Aber übertreibt bitte nicht. Schließlich sollt ihr am Samstag fit sein.«

»Wir sollen also nicht Pogo tanzen und wild in der Bude herumspringen, Drogen nehmen und uns mit Wodka-Lemon zuschütten, Mama?«, fragte sie genervt. Und mir wurde klar, dass sich mal wieder meine überfürsorgliche Seite zu Wort gemeldet hatte.

Ich lieferte Emma bei Jana ab und war erleichtert, dass Pauls Wagen nicht in der Auffahrt stand.

Zehn Minuten später betrat ich Ilonas Wohnung.

»Du glaubst nicht, was die letzten Tage alles passiert ist«, plapperte ich sofort drauflos und ließ mich aufs Sofa fallen.

»Was denn?«, fragte sie.

»Also. Ich hatte Sex mit Paul. Großartigen Sex. Und meine Mutter hat ein Verhältnis mit unserem Nachbarn Karl. Na, was sagst du jetzt?«

»Äh, wow«, meinte Ilona, offenbar ziemlich überrumpelt von den Neuigkeiten und öffnete eine Flasche Bordeaux. »Aber das ist doch alles irgendwie gut, oder?«, fragte sie, offenbar irritiert von dem Tonfall meiner Stimme.

»Wie man's nimmt«, sagte ich und lachte kurz auf. »Paul hat auch was mit Olivia Finke, Emmas ehemaliger Englischlehrerin. Und deswegen ist mit ihm auch schon alles wieder vorbei, bevor es überhaupt richtig angefangen hat. Und meine Mutter, tja, die redet gar nicht mehr mit mir, weil sie denkt, ich hätte sie wegen der Sache mit Karl ausgelacht.«

Ich griff nach dem Weinglas und nahm einen großen Schluck.

»Ach, Süße, das hört sich alles doch nicht so gut an«, sagte Ilona mitfühlend.

»Ich hätte es wissen sollen. Ich meine das mit Paul. In unserem Alter funktioniert das einfach nicht mehr mit Beziehungen und diesem ganzen Unsinn.«

Ilona wirkte etwas sprachlos, was bei ihr nur selten vorkam.

»Und wenn ich mich wider besseren Wissens dann doch auf so ein Abenteuer einlasse, gerate ich natürlich immer an die Falschen«, murmelte ich.

»So darfst du das nicht sagen, Anna.«

»Ist doch aber so. Und angefangen hat das ganze Fiasko mit Jo! Damals schon beim ersten Mal und jetzt nach seiner Rückkehr wieder. Seitdem er wieder nach Prien gezogen ist, ist mein Leben völlig aus der Bahn geraten. Einschließlich seines Sohnes, der versucht hat, mir den Kopf zu verdrehen.« Ich brauchte einen Sündenbock für meine emotionale Misere. Und Jo eignete sich hervorragend dafür. Auch wenn ich wusste, dass ich es mir jetzt gerade sehr einfach machte.

»Hm. Das mag vielleicht sein«, meinte Ilona. »Aber weißt du, was mir aufgefallen ist?«

»Was denn?« Sie würde Jo doch jetzt nicht etwa verteidigen? Schließlich hatte sie den Kerl noch nie ausstehen können.

»Seit der Trennung von Harald, und eigentlich auch schon vorher, wenn ich so recht darüber nachdenke, da warst du irgendwie … na ja, wie soll ich sagen? … irgendwie warst du auf Sparflamme. Ich meine als Frau, nicht als Mutter. Aber seit deiner Begegnung mit Jo vor ein paar Wochen hast du endlich wieder Feuer bekommen. Deine Augen … sie funkeln so richtig.«

Ich sah sie verdattert an.

»Meine Augen funkeln?«, fragte ich irritiert.

»Ja. Echt.«

»Was willst du mir damit sagen, Ilona?«

»Ich weiß auch nicht so genau, aber du hattest eine ganze Weile lang diese Ausstrahlung, dass du nichts von einem Mann möchtest. Und das hast du ja auch immer wieder betont. Vielleicht hat die Begegnung mit Jo ja irgendwas in dir aufgebrochen. Immerhin wollten danach sein Sohn Leo und dieser Paul offenbar auch was von dir.«

Ich lachte auf. Das war ja mal eine wilde Theorie!

»Du meinst, Jo ist sowas wie ein Prinz, der mich aus meinem Dornröschenschlaf geweckt hat? Und das sogar ohne Kuss?«

»Vom Prinzip her schon. Auch wenn er nicht mehr dein Prinz ist.«

Ich dachte darüber nach, was sie gesagt hatte. Eines stimmte jedenfalls: Seit Jos Rückkehr hatte sich mein Leben tatsächlich irgendwie auf den Kopf gestellt.

»Glaub ja nicht, dass ich ihm dafür dankbar bin«, sagte ich und nahm einen weiteren Schluck Wein.

»Musst du ja auch nicht, Anna. Ich wollte dir nur sagen, dass es vielleicht nicht nur negativ ist, was momentan alles passiert. Auch wenn es vielleicht mit Paul nichts wird, weil er eine andere hat, bist du jetzt vielleicht wieder offen für was Neues.«

Etwas Neues? Meinte sie damit noch einen weiteren Mann? *Na vielen Dank auch!* Mir reichte es momentan!

»Ich mag jetzt darüber nicht mehr weiter reden. Erzähl du mir lieber, was bei dir los ist.«

»Ach, das ist jetzt nicht so wichtig«, winkte Ilona ab. »Ich hol mal aus der Küche was zu knabbern.«

»Soll ich dir helfen?«

»Nein. Geht schon.«

Während sie weg war, kontrollierte ich mein Handy. Mutter hatte nicht geschrieben. Dafür Leo. Sie hatte sich zusammen mit Timo und Paul den Wagen angeschaut und war begeistert. Ich seufzte. Immerhin war meine Tochter glücklich.

Ein paar Minuten später kam Ilona mit einem Teller voller Gemüsesticks und einem Quarkdipp zurück. *Keine Oliven. Kein Käse, keine Kräcker und kein Schinken!* War sie etwa wieder auf Diät? Sicher hatte das mit einem Mann zu tun, obwohl sie geschworen hatte, dass sie für keinen Typen auf der Welt mehr auf Essen verzichten würde. Ich nahm ein Stück Karotte, tunkte es in den Dipp und biss hinein.

»Du sagst mir jetzt sofort, mit wem du dich triffst«, verlangte ich.

Schlagartig lief sie rot an. Bingo! Da hatte ich wohl mitten ins Schwarze getroffen.

»Es ... womöglich wird eh nichts daraus.« Sie schnappte sich ein Radieschen und schob es in den Mund.

»Nein. So kommst du mir jetzt nicht davon. Jetzt rück schon raus mit der Sprache«, forderte ich sie auf. Dass sie sich so zierte, war höchst eigenartig. Normalerweise konnte sie es gar nicht erwarten, mir davon zu erzählen, wenn sie jemanden kennengelernt hatte.

Sie stand auf und ging auf und ab. Dann blieb sie wieder stehen, schaute mich an.

»Wir sind seit dem Kindergarten beste Freundinnen, nicht wahr, Anna?«

»Ja klar.«

»Und gerade deswegen fällt es mir jetzt besonders schwer, es dir zu sagen.«

»Beste Freundinnen können sich alles erzählen«, sagte ich und kam mir bei diesem Spruch vor wie ein Teenager.

»Manche Dinge sind aber schwierig.«

»Schwierig? Stehst du etwa neuerdings auf Frauen?«, platzte ich heraus. Natürlich! Das musste es sein!

»Ich?«

»Deswegen brauchst du dir echt keinen Kopf zu machen«, sagte ich schnell. »Ich finde das total in Ordnung. Und solange du mich nicht anbaggerst, hab ich damit überhaupt kein Problem«, witzelte ich in dem Versuch, es ihr leicht zu machen.

»Aber nein! Anna. Ich steh doch nicht auf Frauen«, stellte sie unmissverständlich klar.

»Was ist es denn dann? Warum kannst du es mir nicht einfach sagen?«

Langsam machte ich mir Sorgen.

»Es fällt mir so schwer, es dir zu sagen, weil ich denke, dass du sauer sein wirst. Ziemlich sicher sogar.«

»Ich werde höchstens sauer, wenn du es mir nicht sofort sagst. Und setz dich jetzt endlich wieder hin. Du machst mich total nervös mit deinem Herumgerenne. So schlimm kann das doch echt nicht sein!«

Ilona holte tief Luft und blies sie dann ganz langsam aus, als ob sie Zeit gewinnen wollte.

»Na gut ... Also, letzte Woche hatte ich eine Anfrage, ob ich ein Catering übernehmen möchte.«

»Ja und?«

»Es geht um das exklusive Konzert von Jo auf Herrenchiemsee.«

Ich sah sie überrascht an. Das war es also!

»Hey. Das ist dein Geschäft«, sagte ich. »Deswegen bin ich dir ganz gewiss nicht böse. Klar nimmst du diesen Auftrag an!«

»Das hab ich schon«, sagte sie leise.

»Und berechne ihm am besten das Doppelte. Der Kerl hat Geld wie Heu! Das muss unter die Leute!«

Sie lachte nicht. Und obwohl ich ihr versichert hatte, dass es mir nichts ausmachte, war ihr Gesichtsausdruck immer noch sehr angespannt. *War das etwa noch nicht alles?*

»Weißt du, Anna, bei der Besprechung waren der Veranstalter ... und auch Jo dabei. Jo und ich mussten dann ein paar Mal telefonieren, wegen des Essens, und ich war auch mal bei ihm und da ...«

Und in diesem Moment kam die Erkenntnis.

»Es ist Jo! Du hast was mit Jo!«, rief ich aus.

Sie schluckte.

»Irgendwie schon, wenn auch noch nicht so richtig.«

Diese Nachricht musste erst einmal bei mir ankommen. Eine Weile lang sagte keine von uns etwas. Ilona spielte nervös mit einer Cocktailtomate.

Sie hat was mit Jo. Mit Jo, der mir ins Gesicht gesagt hatte, dass er mit älteren Frauen wie mir nichts anfangen konnte. Dabei war Ilona sogar noch älter als ich!

Ilona sah mich besorgt an.

»Bitte, Anna. Sag doch was.«

Doch ich brachte keinen Ton heraus.

»Glaub mir, anfangs war ich wegen dir echt richtig unhöflich zu ihm. Offenbar hat ihm aber gerade das gefallen. Und je öfter wir miteinander zu tun hatten ... er ... er ist irgendwie gar nicht so schlimm, wie ich dachte. Er ist sogar ... total charmant und witzig.«

Jo? Charmant? Witzig? Ich lachte auf. Bitter, ohne jeglichen Humor. Charmant war er damals auch zu mir gewesen. Und witzig auch. Damals, in dieser Nacht vor über dreißig Jahren. Doch danach hatte er nichts mehr von mir wissen wollen.

»Das ist nicht dein Ernst, oder?«, fragte ich schließlich fassungslos. »Du kannst doch nicht was mit Jo anfangen! Du hast ihn doch noch nie leiden können!«

»Damals kannte ich ihn doch kaum«, warf sie ein. »Nur das, was du über ihn erzählt hast. Bitte. Sei nicht sauer, Anna. Er findet mich toll! Stell dir das mal vor. Jo Ranke findet ein mittelaltes Moppelchen wie mich toll!«, sie lachte auf. »Er möchte so richtig mit mir ausgehen, was in seinem Fall bedeutet, dass es womöglich in der Klatschpresse landen wird, wenn ihn jemand erkennt. Aber ich wollte, dass du es zuerst weißt.«

Ich wusste in diesem Moment gar nicht, was ich weiter sagen

sollte. Offenbar lag es an mir, dass Männer, die mir etwas bedeuteten, sich mehr für meine beste Freundin oder für meine Chefin interessierten. Oder für die Englischlehrerin.

Ich nahm das Glas, trank den letzten Rest Rotwein aus und stand dann auf.

»Ich muss jetzt nach Hause«, sagte ich.

»Du kannst doch jetzt nicht so einfach gehen, Anna.« Ilona stand ebenfalls auf. »Bitte. Lass uns darüber reden. Ich möchte, dass du mich verstehst. Ich war so lange alleine. Und jetzt funkt es ausgerechnet zwischen ihm und mir. Ich wollte das doch gar nicht. Es ist passiert.«

»Und das hat sich jetzt alles einfach so seit letzter Woche ergeben?«, fuhr ich sie an.

»Manchmal merkt man eben schnell, wenn es passt«, sagte sie leise.

Es passte also zwischen den beiden.

Ich sah sie an. Bemerkte die Verzweiflung in ihrem Blick. Sie wollte meinen Segen haben. Aber den konnte ich ihr nicht geben. Nicht jetzt.

Jo und Ilona.

Ganz offensichtlich hatte das Schicksal momentan mehr Humor, als ich ertragen konnte.

Kapitel 23

»So. Jetzt kommt der große Augenblick«, sagte ich und schickte ein Stoßgebet zum Himmel. Auch wenn es womöglich etwas trivial war, den lieben Gott darum zu bitten, dass Leo in ihr Hochzeitskleid passte.

Leo stand vor dem Spiegel in meinem Schlafzimmer und stieg vorsichtig in das Kleid. Ich zog den Reißverschluss nach oben. Problemlos!

»Es passt perfekt!«, sagte sie und strahlte glücklich.

Gott sei Dank!

Mir fiel ein Stein in der Größe des Erzgebirges vom Herzen.

Die Chefin des Brautmodegeschäftes hatte mit ihrer Einschätzung völlig richtig gelegen. In der letzten Woche vor der Hochzeit hatte Leo tatsächlich kaum was essen können und genauso viel abgenommen, dass das Kleid einen Tag vor dem großen Ereignis wie angegossen saß.

»Du siehst ganz zauberhaft aus, meine Süße. Einfach wunderschön«, sagte ich bewegt und half ihr wieder aus dem Kleid, das ich sorgfältig an einem Kleiderständer aufhängte. »Ich rufe gleich mal in München an und gebe Frau Stiletzky Bescheid, dass alles in Ordnung ist.«

»Danke ...«

»Soll ich uns Kaffee machen oder Tee?«

»Für mich bitte Tee ... Mama, und könnt du und Oma euch

nicht wieder versöhnen?«, fragte Leo, bevor ich aus dem Zimmer ging. Es herrschte tatsächlich immer noch Eiszeit, was ich langsam mehr als albern fand.

»An mir liegt es ja nicht«, sagte ich.

»Bitte, versuch es nochmal.«

»Na gut«, versprach ich, weil ich selbst keine Lust hatte, uns den morgigen Tag wegen so einer Sache zu versauen. »Ein letztes Mal.«

Entschlossen ging ich zur Einliegerwohnung und klingelte. Was ich sonst nie tat, weil ich einen Schlüssel hatte und jederzeit in die Wohnung gehen konnte. Genauso wie meine Mutter umgekehrt bei mir ein und aus ging. Wenn sie nicht gerade beleidigt war wie jetzt.

Sie öffnete die Tür und schlug sie mir immerhin nicht gleich wieder vor der Nase zu. Allerdings bat sie mich auch nicht herein, und so musste ich ihr mein Anliegen auf der Türschwelle mitteilen.

»Also. Ich habe keinen blassen Schimmer, warum du immer noch die beleidigte Leberwurst spielen musst, obwohl ich mich schon mehrmals bei dir entschuldigt habe«, begann ich. »Aber morgen heiratet meine Tochter. Der Tag wird für uns alle hoffentlich wunderschön, aber auch sehr aufregend sein. Und vor allem sehr emotional. Ich brauche an diesem Tag meine Mutter, die mir zur Seite steht. Genauso, wie sie mir immer und vor allem in den letzten Jahren zur Seite stand und den Rücken stärkte.«

Ich bemerkte, wie sich ihr Blick veränderte. Wie ihr Zorn auf mich – oder was auch immer es war – sich in Luft auflöste. Doch noch immer sagte sie nichts.

»Ich entschuldige mich jetzt zum letzten Mal dafür, dass ich gelacht habe. Es war zu keiner Sekunde herablassend oder gar böse gemeint. Und da du mich besser kennst als jeder andere Mensch auf dieser Welt, weißt du das auch ganz genau, Mutter. Du kannst jetzt also weiter schmollen. Dann wird der Tag morgen aber nicht nur für uns beide unangenehm werden. Oder du gibst dir endlich einen Ruck und hörst auf, uns das Leben schwerzumachen.«

Danach herrschte einige Sekunden lang Stille.

»Karl hat mich gebeten, zu ihm zu ziehen«, sagte sie mit bemüht fester Stimme.

»Das ... das ist doch wunderbar, Mutter«, sagte ich perplex über diese unerwartete Wendung. Ich spürte, wie mir unvermittelt Tränen in die Augen schossen.

»Aber ich kann das doch nicht einfach machen! Einfach so von euch weggehen.«

In diesem Moment wirkte sie plötzlich klein und etwas hilflos. Womöglich war diese Unsicherheit auch mit ein Grund gewesen, warum sie nicht mit mir gesprochen hatte. Ich legte einen Arm um ihre Schultern.

»Es ist ja nicht so, als müsstest du dafür ans Ende der Welt ziehen«, sagte ich aufmunternd. »Karl wohnt doch gleich nebenan.«

»Es würde dir nichts ausmachen?«, fragte sie. »Jetzt, wo Emma auch nicht mehr lange da sein wird?«

Ich spürte einen Stich im Herzen. Mein wunder Punkt. Doch damit musste ich klarkommen. Meine Mutter war inzwischen seit mehr als sechzehn Jahren Witwe. Und wenn sie in der restlichen Zeit, die ihr noch blieb, die Chance auf eine neue Liebe hatte, dann wäre ich die Letzte, die sie daran hindern würde. Außerdem war Karl ein Mann, den ich sehr schätzte.

»Mutter! Du wärst dann kaum weiter weg als jetzt.«

»Denkst du, dass Monika was dagegen hätte?«

»Moni?« Wie kam sie denn jetzt auf meine Schwester?

»Na ja …«

»Jetzt hör mal. Moni lebt immer noch in ihrer Fünfer-WG in Wien, weil sie so knickerig ist.«

»Jetzt bist du aber ungerecht. Sie ist doch als Unfallchirurgin sowieso kaum daheim. Was soll sie da alleine mit einer Wohnung?«

»Wie du meinst. Auf jeden Fall ist es Moni sicher schnurzegal, ob du bei mir oder bei Karl wohnst. Aber du kannst sie ja morgen selbst fragen, falls sie es ausnahmsweise schafft, rechtzeitig zur Hochzeit hier zu sein.«

Ich nahm ihre Hand.

»Mutter. Wenn du mit Karl zusammenziehen möchtest, dann zögere nicht lange.«

»Wirklich?«

»Wirklich.«

»Danke«, sagte sie leise.

»Sag es ihm am besten gleich. Und dann komm bitte zu mir, ich hab noch so viel um die Ohren und könnte deine Hilfe echt gebrauchen.«

Sie sah mich an und lächelte. Nein. Sie strahlte. Sie legte ihre Hände an mein Gesicht.

»Und für dich gibt es irgendwann auch nochmal einen Mann in deinem Leben. Das weiß ich ganz bestimmt«, sagte sie.

Ich schluckte.

»Ach, Mutter.«

Plötzlich erschien ein verschmitztes Grinsen auf ihrem Gesicht.

»Gundi wird vor Neid sicher platzen, wenn sie das hört«, sagte sie.

Ich lachte auf.

»Ja. Das wird sie.«

Nachdem Mutter und ich uns wieder versöhnt hatten und die Neuigkeit, dass Oma demnächst zu Karl ziehen würde, die Runde gemacht hatte, war der restliche Tag angefüllt mit den letzten Vorbereitungen. Leo war bei der Kosmetikerin, die sie für den großen Tag auf Hochglanz bringen würde. Ich buk mit Hilfe von Emma, die wegen ihrer gebrochenen Finger etwas eingeschränkt war, zwei große Käsekuchen und eine Ladung Zitronenmuffins. Währenddessen saßen Timo, meine Mutter, Karl und Ben auf der Terrasse, falteten die eigens gedruckten Seiten für die Programmhefte in der Kirche und dekorierten sie mit farblich passenden Bändern und goldenem Lack.

Als Leo von der Kosmetikerin zurückkam, stellte sie fest, dass ihr Name auf der letzten Seite falsch geschrieben war, was im Eifer des Gefechtes bisher niemandem aufgefallen war. Statt Leonie stand da Leonia.

»Ich heiße doch nicht Leonia!«, schimpfte sie aufgebracht und wollte die Programmhefte schon in die Tonne werfen. Timo hatte seine Mühe, sie davon abzuhalten.

»Schau mal, Schatz. Ganz vorne steht dein Name doch richtig drauf. Unsere Gäste wissen ja wohl alle, wie du heißt und werden höchstens über den Fehler schmunzeln. Falls er ihnen überhaupt auffällt.«

Er zog sie an sich und küsste sie zärtlich, was sie zu beruhigen schien.

»Außerdem braucht ihr bei eurer Silberhochzeit Erinnerungen an schräge Erlebnisse, über die ihr lachen könnt«, kam Ben seinem Bruder zu Hilfe.

Am späten Nachmittag trafen Timos Eltern ein, die sich tausendmal dafür entschuldigten, dass sie erst jetzt hatten kommen können. Was mit irgendwelchen Renovierungsarbeiten an ihrem Haus in Griechenland zu tun hatte und mich offen gesagt gerade nicht sonderlich interessierte.

Kurz darauf kamen schließlich auch Harald, Karla und die Zwillinge bei uns an. Als die beiden Mädchen die Katze entdeckten, waren sie nicht mehr zu bremsen. Sie folgten dem Tier überallhin, und Conny schien es sogar Spaß zu machen. Es herrschte ein ziemlicher Trubel im Haus, und Leos Anspannung wuchs, bis Timo und sie wegen irgendeiner Nichtigkeit so heftig in Streit gerieten, dass Leo sich eingeschnappt nach oben in mein Schlafzimmer verzog.

»So was ist ganz normal vor einer Hochzeit«, sagte Timos Mutter. »Euer Vater und ich haben sogar noch auf der Fahrt zum Standesamt gestritten. Und trotzdem sind wir immer noch zusammen. Und glücklicher denn je.«

Sie griff nach der Hand ihres Mannes, dem man besagtes Glück allerdings nicht unbedingt ansah. Sein Glück war wohl eher still und innerlich. Dafür zog Harald meine Nachfolgerin an sich und gab ihr einen ausgiebigen Kuss, um damit seine offenbar glückliche Beziehung zu demonstrieren.

»Ich schau mal nach Leo«, sagte ich und verschwand nach oben.

Sie lag bäuchlings auf dem Bett in meinem Schlafzimmer und starrte aus der Balkontür hinaus in den Garten.

»Hey, Schatz. Alles gut?«, fragte ich und setzte mich neben sie aufs Bett.

»Warum müssen die alle hier sein?«, fragte sie.

Das fragte ich mich auch. Hilfreich war das momentan für keinen von uns.

»Immerhin übernachten sie nicht hier«, warf ich ein.

Ich hatte für alle Zimmer in dem Hotel reserviert, zu dem auch das Lokal gehörte, in dem die Hochzeit stattfand und in dem auch Leo und Timo ihre Hochzeitsnacht verbringen würden.

»Denkst du, es ist richtig, dass wir heiraten?«, fragte sie mich plötzlich.

Ich streichelte über ihre roten Locken.

»Hast du denn Zweifel?«, stellte ich die Gegenfrage.

»Zweifel nicht. Nur manchmal frage ich mich, ob wir nicht vielleicht noch ein wenig hätten warten sollen.«

»Nun. Es ist immer ein Wagnis, sich ganz und gar auf einen anderen Menschen einzulassen, Leo. Ich wüsste nicht, was es besser machen sollte, wenn ihr noch gewartet hättet. Du liebst ihn doch.«

»Natürlich!«, kam es wie aus der Pistole geschossen.

»Na also. Ich glaube, das ist einfach das Lampenfieber. Du wirst sehen, morgen wirst du deine Zweifel gar nicht mehr verstehen können.«

»Hm.«

»Oder gibt es da noch was anderes? Bist du vielleicht immer noch unsicher wegen dieser Kollegin, die bei ihm in der Praxis anfängt?«

»Vielleicht.« Sie zwirbelte mit hübsch manikürten Fingern eine Locke ihres Haars, wie sie es als kleines Kind immer gemacht hatte, wenn sie angespannt war.

Ich hatte schon geahnt, dass dieses Thema bei ihr noch lange nicht abgehakt war.

»Schatz. Ich verstehe dich. Aber lass es doch jetzt einfach erst mal auf dich zukommen. Und wenn es dir zu viel wird und du dich damit weiterhin unwohl fühlst, dann musst du mit Timo drüber reden. Und dann findet ihr auch eine Lösung. Immerhin hat er dir ja angeboten, sich einen neuen Job zu suchen. Aber bitte lass dir davon jetzt nicht diesen ganz besonderen Tag in deinem Leben verderben. Das ist diese Frau ganz bestimmt nicht wert.«

Plötzlich lächelte sie und setzte sich auf.

»Du hast recht. Das ist mein Tag! Unser Tag.«

Sie umarmte mich kurz und gab mir einen Kuss auf die Wange.

»Würdest du eigentlich noch einmal heiraten?«, fragte sie mich unvermittelt.

Verdutzt sah ich sie an.

»Schwierige Frage«, gab ich zu. »Auf jeden Fall, finde ich, sollte man mindestens einmal im Leben verheiratet gewesen sein.«

Sie lachte.

»Das war jetzt aber keine eindeutige Antwort auf meine Frage.«

»Auf manche Fragen hat man eben keine eindeutigen Antworten. Zumindest jetzt habe ich sie nicht.«

»Okay …«

»Kommst du mit nach unten?«, fragte ich. »Timo wird sich schon fragen, wo du bleibst.«

»Gleich«, sagte sie. »Ich brauch nur noch ein paar Minuten für mich.«

»Okay.«

Ich verließ das Schlafzimmer. Allerdings hatte ich im Moment auch keine Lust auf die ganzen Leute im Wohnzimmer, die offenbar auch ohne mich gut klarkamen. Ich brauchte dringend ein wenig frische Luft und Bewegung.

Während ich mit flotten Schritten in Richtung See spazierte, kam eine Nachricht von Ilona. Seit ihrem Geständnis hatte Funkstille zwischen uns geherrscht. Ich wusste einfach nicht, wie ich mit der Situation umgehen sollte. Auch Zoe, die inzwischen von ihrer Fortbildung zurück war, hatte mir keinen Rat geben können.

»Sie ist immerhin deine älteste Freundin«, hatte sie nur zu bedenken gegeben. »Überlege es dir gut, ob du das wegen Jo aufs Spiel setzen möchtest.«

Recht viel weiter hatte mich das allerdings nicht gebracht, ich wusste einfach nicht, was ich tun, wie ich mich verhalten sollte.

Ich las Ilonas Nachricht.

Wenn du es möchtest, dann breche ich den Kontakt zu Jo ab, schrieb sie.

Ich schluckte und fühlte mich völlig überfordert. Warum musste das ausgerechnet jetzt passieren? Gab es derzeit nicht schon genug Baustellen in meinem Leben? Was sollte ich ihr antworten? *Ja, liebe Ilona. Brich den Kontakt zu Jo sofort ab. Ich möchte nicht, dass du weiterhin etwas mit ihm zu tun hast, egal, ob er dir was bedeutet oder nicht. Und es ist mir auch völlig schnuppe, ob du deswegen auch deinen Auftrag verlierst.* Was für eine Freundin wäre ich dann? Auf der anderen Seite: Was für eine Freundin war sie, wenn sie sich ausgerechnet mit diesem Mann einließ, der mich gedanklich so viele Jahre beschäftigt hatte? Allerdings hatte sie mir eben angeboten, den Kontakt zu ihm zu beenden. Aus Freundschaft zu mir.

Ich marschierte immer schneller, wollte so richtig ins Schwitzen kommen und mich auspowern. Was sollte ich denn nur tun? Versuchen, die Sache ganz locker zu nehmen? Aber konnte ich das überhaupt? *Kein Problem, liebe Ilona. Ich finde es super, dass du mit dem Mann zusammen bist, der mir damals das Herz gebrochen hat und sich auch kürzlich mir gegenüber wie ein Idiot benommen hat! Lasst es so richtig krachen!*

Aber würde ich damit klarkommen, zukünftig meine beste Freundin zu besuchen und ihn auf ihrem Sofa sitzen zu sehen? Auch wenn ich nach den letzten, nicht gerade erfreulichen Begegnungen mit ihm abgeschlossen hatte, so wäre das sicherlich mehr als gewöhnungsbedürftig. Andererseits konnte das auch nur ein Strohfeuer sein und sich in Kürze wieder erledigt haben. Gerade bei Jo würde mich das überhaupt nicht wundern. Und dann bräuchte Ilona ihre beste Freundin an ihrer Seite, um sie wieder aufzumuntern. Plötzlich blieb ich stehen und tippte eine Nachricht ins Handy:

Ilona, lass uns bitte nach der Hochzeit über alles reden. Okay?

Keine zehn Sekunden später kam die Antwort.

Klar und danke, Anna!

Smiley mit Herzchenaugen dahinter.

Offenbar wertete sie meine Nachricht als positives Zeichen. Immerhin hatte ich ihr Angebot nicht angenommen, dass sie ihn sofort in den Wind schießen würde, wenn ich das wollte. Trotzdem war ich nicht schlauer als vorher, wusste noch immer nicht, wie ich mit dieser Angelegenheit umgehen sollte. Dieser Trottel Jo! Jetzt musste er auch noch meine Freundschaft zu Ilona in Gefahr bringen.

Das Leben geht manchmal echt seltsame Wege, dachte ich, während ich wieder zurückmarschierte. Sicher würden sich alle schon fragen, wo ich war. Und es gab noch einiges zu tun für morgen. Trotzdem hatte mir der Spaziergang gutgetan. Ab und an musste man wohl einfach mal an das denken, was man gerade selbst brauchte, um dann auch wieder für andere da sein zu können.

Als ich kurz vor Mitternacht ins Schlafzimmer ging, war ich völlig erschöpft von dem anstrengenden Tag. Ich stellte den Wecker auf sechs Uhr und legte mich ins Bett. Seit der Nacht mit Paul hatte ich keine Panikattacke mehr gehabt. Ob der Sex mit ihm mich davon geheilt hatte? Fast hätte ich bei diesem verrückten Gedanken gekichert. Dann hätte das Ganze zumindest einen Sinn gehabt.

Morgen würde ich ihn wiedersehen. Er würde mit dem Hochzeitsauto zuerst zu Timo fahren, dann hierher, um Leo abzuholen. Ich wusste nicht, wie ich ihm begegnen sollte. Aber da wir den ganzen Tag viele Menschen um uns hätten, ging ich nicht davon aus, dass er die Sache mit Olivia ansprechen würde. Obwohl mir mein Verstand sagte, dass ich besser nichts mehr mit ihm zu tun haben sollte, kribbelte mein Magen bei der Erinnerung an unsere Nacht in Cavallino, die erst vier Tage her war. Dabei kam es mir wie eine Ewigkeit vor.

Ich durfte nicht länger an ihn denken, sondern musste jetzt unbedingt versuchen einzuschlafen! Es lag ein langer und sicher auch sehr anstrengender Tag vor mir, auch wenn ich mich noch so sehr darauf freute.

Ich hatte kaum das Licht gelöscht, da klopfte es an meiner Zimmertür.

»Ja?«

Leo steckte den Kopf herein.

»Macht es dir was aus, wenn ich bei dir schlafe, Mama?«, fragte sie. Offenbar fand sie im Gästezimmer keine Ruhe.

»Natürlich nicht«, sagte ich und war froh, dass ich noch immer das alte Schlafzimmer mit dem großen Doppelbett behalten hatte, in dem genügend Platz für zwei war. Mindestens. Sie schlüpfte auf die andere Seite.

»Schlaf gut, mein Liebes«, flüsterte ich. »Morgen ist dein großer Tag.« Und in diesem Moment quoll mein Herz über vor Liebe zu ihr.

»Es wird doch alles gutgehen?«, fragte sie.

»Aber natürlich, mein Schatz. Hauptsache ihr gebt euch das Ja-Wort, weil ihr es von Herzen möchtet. Und sollte ansonsten irgendwas schiefgehen ...«

»... dann ist das egal, weil wir ohnehin lustige Anekdoten für unsere Silberhochzeit brauchen«, fuhr sie mit dem Spruch fort, der Ben in den letzten Tagen schon mehrfach über die Lippen gekommen war.

Wir lachten leise.

»Genauso ist es. Und noch besser kommen schräge Geschichten dann bei der goldenen Hochzeit an.« Eine Feierlichkeit, die ich nicht mehr miterleben würde. Außer ich würde meinen hundertsten Geburtstag knacken. Vielleicht sollte ich mir das als Ziel setzen? Der Gedanke daran, irgendwann nicht mehr da zu sein, kein Teil mehr im Leben meiner Töchter zu sein, war bedrückend.

Eine Weile lang herrschte Stille im Zimmer.

»Als Kind war ich mir immer sicher, ich würde Ben heiraten«, murmelte Leo plötzlich.

»Ich weiß. Und damals waren auch wir alle überzeugt davon, dass ihr das tatsächlich machen würdet, so unzertrennlich, wie ihr beide aneinandergeklebt seid.«

»Mama?«

»Ja?«

»Ich habe das noch nie jemandem gesagt. Aber ich glaube, ich muss das tun, bevor ich heirate.«

Ich starrte in die Dunkelheit und war mir nicht sicher, ob ich wirklich hören wollte, was sie mir gleich gestehen würde.

»Darf ich es dir erzählen?«

»Natürlich.«

»Ich liebe Timo, wirklich. Und ich möchte mit ihm zusammen sein und vielleicht irgendwann auch mal Kinder haben, aber ...« Sie stockte.

»Aber was?« Ich ahnte, was kommen würde.

»Es ist Ben. Ihn habe ich immer geliebt, und auch wenn es völlig irre ist, weil er ja gar nicht auf Frauen steht ...« Ihre Stimme klang rau. »... aber es vergeht nicht ... er, er ist der Mann, Mama. Der Mann, der Mensch, der mein Herz ...«

Sie sprach nicht weiter. Aber das musste sie auch gar nicht. Ich griff nach ihrer Hand und drückte sie.

»Weißt du«, sagte ich leise. »Das Herz kann man nicht steuern. Es tut, was immer es will, auch wenn das manchmal ziemlich durchgeknallt scheint und man es gar nicht möchte.« In dem Moment, als ich das sagte, musste ich an Ilona denken. War ihr Herz auch durchgeknallt? Ich schob den Gedanken gleich wieder beiseite. Jetzt ging es um meine Tochter.

»Muss ... muss ich es Timo sagen, bevor wir heiraten?«, fragte sie.

Oh du meine Güte! Wir hatten nur noch etwas mehr als zehn

Stunden bis zum Standesamt und jetzt so eine Frage. Welche Antwort sollte ich darauf nur geben, ohne Gefahr zu laufen, womöglich eine Katastrophe auszulösen?

»Hast du ... bist du mit Timo zusammen, weil er Bens Bruder ist?«, fragte ich sie vorsichtig.

»Nein. Ich bin mit ihm zusammen, obwohl er Bens Bruder ist«, antwortete Leo. »Für mich war das am Anfang eher ein Grund, nichts mit ihm anzufangen, obwohl ich mich in ihn verliebt hatte. Bis ich merkte, dass ich ihn nicht abweisen konnte. Sonst wäre er der zweite Mann, den ich wegen Ben nicht lieben dürfte.«

»Na also.« Ich lächelte erleichtert in die Dunkelheit. »In diesem Fall würde ich sagen, du musst es Timo nicht sagen. Außerdem wusste er von Anfang an, wie eng du und sein Bruder immer wart. Ausschlaggebend ist, dass deine Gefühle für Timo echt sind.«

»Das sind sie. Ich könnte mir ein Leben ohne ihn nicht vorstellen.«

»Dann ist er der richtige Mann für dich, und du brauchst dir keine Gedanken mehr zu machen.«

Ich hörte, wie Leo tief ein- und ausatmete.

»Das lag mir wirklich die ganze Zeit auf der Seele«, sagte sie leise. »Aber ich konnte nicht darüber reden. Danke, Mama.«

»Ich bin froh, dass du dich jetzt besser fühlst ... Aber ich glaube, wir sollten langsam wirklich schlafen. Es ist schon so spät, und du möchtest doch morgen nicht mit dunklen Augenringen vor deinem Zukünftigen stehen.«

»Nein ... das möchte ich sicher nicht.«

»Gute Nacht, Leonie.«

»Gute Nacht, Mama.«

Ich lauschte ihrem Atem, der bald tief und regelmäßig wurde. Doch ich konnte immer noch nicht schlafen. Tausend Dinge gingen mir durch den Kopf, die nicht nur mit der Hochzeit zu tun hatten. Ich sah Pauls Gesicht vor mir, wie er mich in der Pizzeria in Cavallino angelächelt hatte. Ich hatte mich so wohl gefühlt mit ihm an diesem Tag. Und in der Nacht. Und inzwischen war alles vorbei. Wie ein Traum, der sich beim Aufwachen auflöst, ohne dass man ihn halten kann und der doch ein Gefühl des Bedauerns hinterlässt. Ich versuchte, an etwas anderes zu denken, und irgendwann fielen auch mir die Augen zu.

Kapitel 24

»Wo bleibt nur Moni«, murmelte meine Mutter und versuchte, sie am Handy zu erreichen. »Schon wieder nur die Mailbox.«

Ich verkniff mir einen Kommentar. Meine Schwester verbrachte die meiste Zeit in ihrem Leben in einem OP-Saal. Und wenn sie nicht dort war, dann schlief sie. Dazwischen gab es nicht sonderlich viel.

»Er ist da! Timo ist da!«, rief Emma aufgeregt in den Flur. Schon seit einer Viertelstunde stand sie in der offenen Haustür und wartete auf den Bräutigam. »Wow! Der Wagen sieht saucool aus!«

»Oh Gott, er ist da!«, murmelte Leo aufgeregt.

»Ganz ruhig bleiben«, sagte meine Mutter.

Ich zupfte noch ein letztes Mal Leos Schleier zurecht. Dann trat ich einen Schritt zurück.

»Du bist so wunderschön, und ich bin unglaublich stolz auf dich«, sagte ich und gab ihr einen Kuss auf die Stirn. Natürlich sagte das jede Mutter zur ihrer Tochter an deren Hochzeitstag. Doch deswegen war es nicht weniger wahr. Das Kleid saß perfekt, und ihre roten Locken waren zu einem lockeren Knoten aufgesteckt, in dem der Schleier befestigt war. Schlicht, aber mit zauberhafter Wirkung.

»Und jetzt komm, mein Schatz«, sagte ich.

»Halt! Der Brautstrauß«, sagte meine Mutter und reichte ihr das Bukett aus weißen Rosen.

»Danke. Oma.«

»Jetzt kommt schon raus!«, rief Emma ungeduldig.

»Wir kommen ja schon!«, rief ich zurück.

Mutter und ich eskortierten Leo bis zur Haustür. Timo, in einem eleganten schwarzen Smoking mit Fliege, stand neben Ben, dessen Freund Bernhard und Paul vor dem beigen Cadillac, der mit grünen Blumenranken und dunkelroten Rosen geschmückt war. Ben war Timos Trauzeuge und klopfte seinem Bruder aufmunternd auf die Schultern.

»Auf geht's, Brüderchen. Hol dir deine Braut.«

Bernhard, der heute die Rolle des Fotografen übernahm, knipste ein Foto nach dem anderen, als Timo schließlich mit funkelnden Augen auf Leo zuging. Karl und meine Mutter hatten am Morgen den Weg von der Straße bis zur Haustür mit allen möglichen Blumentöpfen gesäumt, die bei uns und Karl im Garten und auf der Terrasse standen.

»Oh Leo. Wow! Du bist … so wunderschön«, sagte er, während er sie lächelnd von oben bis unten betrachtete.

»Du aber auch!«, sagte Leo und strahlte mit ihm um die Wette.

Ich fächelte mir mit der Hand eine Hitzewelle weg, was mich wenigstens davon abhielt, loszuheulen und mein sorgfältig aufgetragenes Augen-Make-up jetzt schon zu verschmieren.

Timo nahm ihre Hand und gab ihr einen kurzen Kuss.

»Darf ich dich zum Wagen begleiten, Leonie Reiter?«

»Darfst du, Timo Fuchs«, antwortete sie, und wir folgten den beiden.

Ben umarmte seine zukünftige Schwägerin.

»Perfekt!«, sagte er und gab ihr links und rechts ein Küsschen auf die Wange.

»Muss ich ja sein. Alles andere hättest du ja nicht durchgehen lassen«, sagte sie zu ihm und setzte ein freches Grinsen auf.

»Ganz genau!«

Ich beobachtete meine Tochter. Ihre Aufregung schien sich in Luft aufgelöst zu haben. Und niemand würde erraten, dass der Mann, der jetzt vor ihr stand und nicht ihr Bräutigam war, immer noch einen ganz besonderen Platz in ihrem Herzen einnahm. Lächelnd begrüßte sie auch Bernhard und dann Paul, der ihr ebenfalls ein Kompliment machte.

»Das Auto ist einfach super!«, sagte Leo zu ihm. »Danke nochmal, dass du das organisiert hat.«

»Gerne doch.«

Während Leo mit Hilfe der beiden Brüder vorsichtig einstieg, kam Paul zu mir.

»Hallo, Anna.«

»Hallo, Paul.«

»Du siehst umwerfend aus in dem roten Kleid!«, sagte er.

Ich spürte, wie meine Wangen erneut heiß wurden, dabei hatten sie sich doch gerade erst von der letzten Hitzewelle erholt.

»Danke.« Aber auch er machte eine tolle Figur in seinem dunkelblauen Anzug. Dabei wollte ich gar nicht, dass er mir gefiel.

»Wir folgen euch zum Standesamt«, sagte ich rasch, um meine Verlegenheit zu überspielen.

Ben und Bernhard fuhren in ihrem Auto mit dem Logo des Restaurants, während ich Emma, meine Mutter und Karl im Wagen hatte. Unterwegs klingelte Mutters Handy. Es war

Moni. Sie hatte die letzten acht Stunden im OP bei einer Notoperation verbracht, war damit auch nicht am Handy erreichbar gewesen und schaffte es deswegen natürlich nicht mehr rechtzeitig zur Hochzeit.

Ich sah meiner Mutter an, wie enttäuscht sie war, doch sie versicherte Moni, dass wir natürlich alle Verständnis für ihr Fernbleiben hatten.

»Vermutlich wird sie auch mal zu spät bei meiner Beerdigung eintreffen«, sagte Mutter seufzend, nachdem sie aufgelegt hatte.

Timos Eltern warteten schon vor dem Standesamt. Doch von Harald, Karla und den Zwillingen fehlte mal wieder jede Spur.

»Wenn dein Vater zur Hochzeit zu spät kommt«, sagte ich in Richtung Emma, »dann dreh ich ihm höchstpersönlich den Hals um.«

»Was machst du?«, fragte meine Mutter, die mich nicht verstanden hatte.

»Ich drehe Harald den Hals um«, rief ich so laut, dass sich alle zu mir umdrehten.

Ich zuckte verlegen mit den Schultern und bemerkte, wie Paul grinste.

»Ich rufe ihn mal an, bevor du mich zur Halbwaise machst«, sagte Emma und fischte ihr Handy aus der Tasche. Doch genau in diesem Moment kamen sie um die Ecke geeilt.

»Entschuldigt«, sagte Karla. »Aber ich musste mich nochmal umziehen, weil Pia mir Saft über mein Kleid geschüttet hat.«

Offenbar hatte sie mit so etwas bereits gerechnet und ein passendes Reservekleid eingepackt. Denn dem taubenblauen Kleid mit schickem Seidencape, das ihr Schwangerschaftsbäuchlein kaschierte, sah man nicht an, dass es die zweite Wahl war.

Emma stürzte sich begeistert auf ihre beiden Halbschwestern, die in ihren hellblauen Kleidchen und Blumenkränzen im Haar wie zauberhafte kleine Elfenkinder aussahen.

»Wir sollten jetzt reingehen«, übernahm Harald das Kommando, nachdem wir uns alle begrüßt hatten, und schob seine Krawatte zurecht. Ich drehte mich nochmal zum Hochzeitswagen und zu Paul um.

»Kommst du mit?«, fragte ich, weil ich ihn nicht so alleine herumstehen lassen wollte.

»Nein. Ich gehöre ja gar nicht zur Familie!«, winkte er ab.

»Aber du fährst immerhin das Brautauto«, warf ich ein.

»Trotzdem. Jetzt geh schon. Mir wird schon nicht langweilig.«

»Okay. Dann bis dann«, sagte ich und folgte den anderen ins Standesamt. Da Leo mich als ihre Trauzeugin ausgewählt hatte, durfte ich nicht zu spät kommen.

Die Zeremonie war kurz, aber von der jungen Standesbeamtin sehr freundlich und humorvoll gestaltet. Es schien sie auch nicht zu stören, dass Pia und Lina einige Male dazwischenplapperten. Während meine Mutter und Susanne, die Mutter des Bräutigams, ein Papiertaschentuch nach dem anderen verbrauchten, blieb ich erstaunlich gelassen. Die verliebten glücklichen Blicke, die Leo und Timo sich immer wieder zuwarfen, ließen mich hoffen, dass diese Ehe gelingen konnte.

Kurz schaute ich zu Harald, der in diesem Moment auch zu mir sah. Ob er jetzt an unsere Hochzeit dachte? Oder an seine zweite Hochzeit mit Karla? Er nickte mir kaum merkbar zu und lächelte, bevor er sich wieder auf das junge Brautpaar konzentrierte.

Nachdem wir das Trauungszimmer verlassen hatten, warteten draußen delikate Häppchen, Minimuffins und Champagner auf uns. Ilona, in einem zitronengelben Kostüm mit kleinem Hütchen, gratulierte dem Brautpaar und erklärte, dass der Umtrunk ihr Hochzeitsgeschenk an die beiden sei.

»Emma, geh doch bitte mal raus und hol Paul herein«, sagte ich zu meiner Jüngsten. Wenige Minuten später kam sie mit ihm zurück, und wir stießen alle auf das frisch vermählte Paar an.

Nachdem die erste Anspannung nun vorüber war, ließen wir es uns schmecken. Sogar Leo nahm sich einige Häppchen.

Ilona kam mit zwei Champagnergläsern in der Hand auf mich zu. In ihrem Blick las ich Unsicherheit. Doch heute wollte ich nicht an Jo denken oder daran, dass die beiden womöglich ein Paar werden könnten. Heute war sie meine beste Freundin, die mir auch in den schlechten Zeiten immer zur Seite gestanden hatte und für meine Kinder fast so etwas wie eine Tante war. Deshalb sollte sie auch diesen ganz besonderen Tag mit mir teilen, ohne dass uns irgendein Mann das verleidete.

»Die Minipasteten sind zum Sterben gut«, lobte ich sie, und Ilona atmete erleichtert auf.

»Danke … Leo ist so zauberhaft. Du kannst echt stolz auf sie sein«, sagte sie gerührt. »Und dein Schwiegersohn sieht zum Anbeißen aus.«

Ich nickte lächelnd und nahm das Glas entgegen, das sie mir reichte.

Paul bot an, uns alle mit Bernhards Kamera zu fotografieren, und wir stellten uns für ein Familienfoto um das Paar herum auf. Danach wurden noch zahlreiche weitere Fotos geschossen.

Während Leo mit Hilfe meiner Mutter und Emma vor der Weiterfahrt zur Kirche die Toilette aufsuchte, kam Paul auf mich zu.

»Und? Wie fühlt man sich, wenn die Tochter heiratet?«, fragte er und sah mich mit seinen dunklen Augen so intensiv an, dass meine Beine in den ungewohnt hohen Pumps leicht zu zittern anfingen.

»Es … es ist schwer zu sagen. Einfach unbeschreiblich«, suchte ich nach den richtigen Worten und schluckte. Und als ich wieder in seine Augen sah, las ich dort, dass er genau wusste, wie ich es meinte.

»Wir müssen dann langsam los«, erinnerte uns Ben.

Auf dem Weg zum Auto ging er neben mir her.

»Ich hab's doch geahnt, dass es zwischen dir und Paul funkt«, sagte er leise.

»Es ist aber gar nicht so, wie du denkst«, murmelte ich.

»Du weißt ja gar nicht, was ich denke«, sagte er und zwinkerte mir zu.

Während im Standesamt nur die engste Familie anwesend gewesen war, war die Kirche nun halb voll mit den übrigen Hochzeitsgästen. Enge Freunde, Kommilitonen, Arbeitskollegen, weitere Verwandte und Bekannte standen auf, als Leo und Timo hinter den Zwillingen mit ihren Ring- und Blumenkörbchen zur Titelmusik von Forrest Gump auf der Orgel in die Kirche einzogen. Auch Zoe war unter den Gästen und stand zwischen Ilona und Paul etwas weiter hinten in der Kirchenbank.

Ich versuchte, jeden Moment der Zeremonie so bewusst wie möglich aufzunehmen. Mein Mädchen, meine wunderbare erstgeborene Tochter stand nun hier als Braut, dabei kam es mir vor, als ob es erst gestern gewesen wäre, dass ich sie in genau dieser Kirche in den Armen hielt, als sie getauft wurde. Wie schnell diese Zeit nur verflogen war. Und es schien, als ob sie immer schneller verfliegen würde.

Als der Pfarrer den feierlichen Trauungssegen gab, sah ich die glücklich lächelnden Blicke, die Leo und Timo sich zuwarfen und sich dabei an den Händen hielten.

Da spürte ich etwas in mir, das sich anfühlte wie ein Beben meiner Seele. Als ob sie gleichzeitig lachen und weinen wollte. Ein Beben vor Glück. Ich atmete tief ein und aus. Dies war einer dieser ganz besonders kostbaren Momente im Leben, und ich war dankbar, dass ich ihn als Mutter erleben durfte.

Nachdem die beiden nun auch den Segen der Kirche erhalten hatten, stellten sich Emma, Jana auf ihren Krücken, ihre Bandkollegen Farid und Robin sowie einige weitere ehemalige Mitglieder aus dem Schulchor seitlich neben dem Altar zusammen. Farid setzte sich an ein Keyboard, das dort bereitstand, und Robin griff nach seiner Gitarre. Emma trat ans Mikrofon und warf mir einen nervösen Blick zu. Ich lächelte ihr aufmunternd zu.

Sie sah bezaubernd aus in ihrem türkisfarbenen edlen Jumpsuit und mit den zu einem einfachen Pferdeschwanz zusammengebundenen dunklen Haaren. Sie lächelte kurz zurück, dann nickte sie Farid und Robin zu, die das Intro anstimmten, und Emma begann zu singen. Rod Stewards Lied *Have I told you lately that I love you.*

Nach der ersten Strophe und dem Refrain setzten die anderen Stimmen – zunächst leise, dann nach und nach immer kräftiger mit ein. Hatte ich es bisher ohne Tränen geschafft, so war es jetzt um meine Fassung geschehen. Genau wie bei den meisten Hochzeitsgästen einschließlich der Braut und Ben. Meine Mutter griff nach meiner Hand und drückte sie.

Als das Lied zu Ende war, begann Leo völlig überwältigt zu klatschen, und wir fielen alle mit ein.

»Hexlein, das hast du großartig gemacht«, sagte Ben nach der Kirche und drückte sie fest an sich. Und auch die anderen Hochzeitsgäste lobten sie für ihren Gesang.

»Emma sollte unbedingt was mit Musik studieren«, sagte Harald zu mir.

»Sie weiß doch noch nicht, was sie machen möchte«, erinnerte ich ihn, da wir dieses Gespräch schon bei ihrer Abschlussfeier geführt hatten.

»Als Musiklehrerin hätte sie ein tolles Leben mit einem sicheren Job und mehr Urlaubstagen als die meisten Leute«, sagte er.

»Jetzt kommt sie erst einmal für ein Jahr zu uns in die Küche«, sagte Ben.

»Aber wäre es nicht besser, sie würde nicht erst ein Jahr verschwenden, sondern gleich mit dem Studium anfangen?«, gab Harald zu bedenken.

»Hallo? Ich steh neben euch und kann euch hören«, sagte Emma und stemmte die Hände in die Hüften. »Ihr müsst nicht über mich reden. Außerdem will ich keine Lehrerin werden!«

»Du wirst schon das Richtige machen«, sagte ich und hatte keinen Zweifel daran, dass auch meine Jüngste ihren Weg gehen würde.

»Leute, wir müssen jetzt los zum Gasthof«, rief Timos Vater ungeduldig.

»Wir haben die Blumendeko bei uns ins Auto gepackt«, sagte seine Frau. »Und Leo und Timo sitzen schon im Brautwagen.«

»Hexlein, du kannst mit mir und Bernhard mitfahren«, bot Ben an.

»Können wir Jana auch mitnehmen?«, fragte sie.

»Klar.«

»Hat jemand Karla und die Zwillinge gesehen?«, fragte Harald.

»Die sind schon in Richtung Parkplatz gegangen«, sagte Zoe, die plötzlich neben uns stand.

»Hallo, Zoe«, sagte Harald und wirkte etwas verlegen, was bei ihm selten vorkam.

»Hallo, Harald.«

Ilona stand in der Nähe und warf uns einen Blick zu, den ich nicht deuten konnte.

»Willst du mit mir mitfahren?«, fragte ich sie.

»Gern.«

»Nimmst du mich auch mit? Ich habe meinen Wagen in der Tiefgarage? Dann muss ich ihn nicht extra holen«, bat Zoe.

Als wir im Auto saßen und ich losfuhr, fragte Ilona: »Hast du Zoe von der Sache mit Jo erzählt?«

»Natürlich hat sie das«, sagte meine Chefin.

»Ich … ich werde das mit Jo beenden«, sagte Ilona mit fester Stimme.

Ich schwieg, weil ich nicht wusste, was ich darauf antworten sollte.

»Es geht einfach nicht. Zoe hatte schon was mit deinem Mann. Da kann ich nicht auch noch als deine beste Freundin mit deiner ersten großen Liebe was anfangen.«

»Es war *einmal*«, protestierte Zoe. »Und da war ich betrunken. Und dann war es auch schon wieder vorbei!«

»Trotzdem hast du mit Annas Mann geschlafen ... Also, ich kann das nicht machen. Es tut mir leid, Anna, dass ich mich überhaupt darauf eingelassen habe.«

Ich schluckte.

»Schon gut, Ilona. Bitte lass uns heute nicht darüber reden. Ja?«

»Ja. Klar.«

»Ich finde es gut, dass sie sich so entschieden hat«, kommentierte Zoe von hinten noch, und dann schwiegen wir.

Als ich in den Parkplatz des Gasthofes fuhr, bemerkte ich es.

»Mist!«, rief ich. »Ich habe meine Mutter und Karl bei der Kirche vergessen.«

»Kein Problem. Ich hole sie. Geh du mit Zoe schon mal rein«, sagte Ilona, und ich gab ihr meinen Autoschlüssel.

Kapitel 25

Die Hochzeitsfeier fand im großen ehemaligen Stall des Gasthofes statt, der eigens für solche Veranstaltungen ausgestattet war. Die Räumlichkeiten waren von einer rustikalen Eleganz, die einen vielschichtigen Spielraum zur festlichen Gestaltung bot. Unsere Dekorateurin hatte mit dem dezent verspielten Tischschmuck ganze Arbeit geleistet.

Nachdem die Gäste alle eingetrudelt waren, gab es zunächst draußen im Hof einen Sektempfang, und die Hochzeitstorte wurde angeschnitten. Obwohl der Wetterbericht für den Tag Regen gemeldet hatte, blieb es trocken, auch wenn die Sonne sich nur ab und zu zwischen den Wolken hervorschob. Eine Band aus Passau, *Die Hallinger Buam*, spielten angenehme Unterhaltungsmusik, und die Gäste standen in kleinen Gruppen um die Stehtische zusammen oder saßen auf rustikalen Bänken und unterhielten sich. Fotos wurden gemacht, und die Kinder ließen Luftballons mit guten Wünschen für das Brautpaar in die Luft steigen. Die Atmosphäre war locker, und die Zeit verging wie im Flug.

Später ging es dann hinein in den Saal. Nach dem dreigängigen Menü, das fast zwei Stunden andauerte, hielten Timos Mutter und Harald ihre Reden, bevor Timo seine frisch gebackene Frau zum Hochzeitstanz aufforderte. Die beiden hatten ihre Wunschlieder vorher mit den *Hallinger Buam* abgesprochen. Speziell das Lied für den Brauttanz: *Love Is All Around* der britischen Popband Wet Wet Wet.

Als beim nächsten Lied Harald mit Leo tanzte und Timo mit seiner Mutter, kam Ben zu mir und holte mich mit einem galanten Lächeln nach vorne.

»Schließlich bin ich fast so etwas wie dein Schwiegersohn«, sagte er, während wir uns zu Doris Days *Que Sera* im Dreivierteltakt bewegten. *Tja, würde er nicht auf Männer stehen, wäre er vermutlich heute der Mann, der meine Tochter zum Brautaltar geführt hätte.* Ich ahnte, dass er wusste, dass Leo ihn auf eine verrückte Weise immer noch liebte.

»Du gehörst für mich schon zur Familie, seit dem Tag, als Leo dich nach dem Kindergarten zum ersten Mal mit nach Hause brachte und du drei riesige Stücke Käsekuchen verputzt hast«, sagte ich.

»Seither bin ich eurer Familie und deinem Käsekuchen verfallen.«

Wir lachten beide.

Nachdem das Lied zu Ende war, forderte Harald mich zum Tanz auf, während Ben sich Leo schnappte.

»Auch wenn ich zwischendrin ziemlichen Mist gebaut habe, aber unsere Kinder haben wir großartig hinbekommen. Findest du nicht?«, fragte er.

»Natürlich haben wir das.«

Ich warf einen Blick zu Karla, die sich zusammen mit Emma und Jana um die Zwillinge kümmerte, die alle ganz schön auf Trab hielten.

»Du siehst übrigens ziemlich gut aus«, murmelte er. »Es steht dir, Brautmutter zu sein.«

»Danke.«

»Jetzt käme eigentlich die Stelle, an der du mir sagst, dass ich ein toller Brautvater bin.«

»Ernsthaft? Du brauchst meine Bestätigung?«, fragte ich und lachte.

»Vergiss es.«

Während wir ausgerechnet zu einem meiner Lieblingssongs tanzten, *You give me something* von James Morrison, sah ich über Haralds Schulter hinweg zu Paul, der sich angeregt mit Ilona und Zoe unterhielt.

»Du bist nicht ganz im Takt«, mahnte mich mein Exmann, und ich konnte es mir grade noch verkneifen, die Augen zu verdrehen.

»Vielleicht liegt das ja an dir«, sagte ich. Schließlich hatte es vorher mit Ben auch ganz wunderbar geklappt.

»Früher konnten wir super miteinander tanzen«, warf er ein.

»Das konnten wir nicht, Harald. Da verwechselst du mich mit einer anderen«, sagte ich trocken.

»Ach ja?«

»Ja!«

»Ich glaube, du hast recht«, gab er schließlich zu. Es hatte ganz offensichtlich einen Grund, warum wir nicht mehr zusammen waren.

Zum Glück war das Lied bald zu Ende, und ich setzte mich an den Tisch zu meiner Mutter und Karl, die beide schon ganz im bevorstehenden Umzugsfieber waren und Pläne schmiedeten.

Der weitere Abend verlief reibungslos. Die Leute tanzten, hatten Spaß, und es gab eine lustige Einlage, die von Leos und Timos gemeinsamen Freunden organisiert worden war.

Es ist die perfekte Hochzeit!, dachte ich zufrieden und nahm einen großen Schluck Sekt.

Als ich etwas später auf der Toilette war und mir kaltes Wasser über die Unterarme laufen ließ, kam Zoe aus einer Kabine.

»Ist dir heiß?«, fragte sie.

»Ja. Ausgerechnet heute ist es ganz besonders schlimm. Scheißwechsel!«, brummte ich.

»Ach komm. Stell dir einfach vor, du bist in irgendeinem tropisch heißen Urlaubsland«, schlug sie vor, und ich merkte ihrer Aussprache an, dass sie nicht mehr allzu nüchtern war. »Stürz dich einfach in die Hitzewellen und genieße es, Anna. Man muss das Leben viel mehr genießen, auch wenn es nicht immer perfekt ist. Bei dir herrschen eben gerade ziemlich hitzige Zeiten.« Sie kicherte über ihren eigenen Witz.

»Sie sind echt ziemlich hitzig«, sagte ich schmunzelnd.

»Und jetzt lass uns einen Gin Tonic trinken.«

Als wir an der Theke standen, kam Karla auf mich zu, ihre Töchter je an einer Hand.

»Ich bringe die Mädchen jetzt mal ins Bett«, sagte sie.

»Ich will aber noch hierbleiben, Mama!«, rief Lina. Oder war es Pia? Müde schienen die beiden jedenfalls nicht zu sein. Im Gegensatz zu ihrer Mutter, die erschöpft aussah.

»Ich auch. Ich mag hier bei Emma bleiben«, sagte Pia. Oder war es Lina?

»Emma kommt uns bald in München besuchen«, sagte Karla, »dann könnt ihr wieder mit ihr spielen. Aber jetzt müssen wir dann los.«

»Gute Nacht«, sagte ich.

»Gute Nacht, Anna ... Es war ein wundervoller Tag. Ihr

habt das echt toll organisiert, und deine Töchter sind großartig. Du kannst wirklich sehr stolz auf sie sein.«

Ihr Blick war offen und freundlich. *Ich mag sie!,* dachte ich plötzlich. *Ich mag sie wirklich!*

»Danke, Karla. Hör mal, wenn du demnächst Lust hast, mit deinen Mädchen einen Ausflug an den Chiemsee zu machen, dann gib Bescheid und kommt uns besuchen. Dann machen wir uns einen schönen Mädelstag.«

»Darauf komme ich gern zurück«, sagte sie. »Bis morgen!«

»Bis morgen.«

»Warum sind alle Frauen, mit denen Harald was zu tun hat, so nett?«, fragte Zoe, während sie die Eiswürfel in ihrem Glas klingeln ließ.

Darauf hatte ich auch keine Antwort.

»Mama, komm! Du musst auf die Tanzfläche«, sagte Emma später, als ich gerade für Timos Großtante Hildegard ein Taxi organisiert hatte, und griff nach meiner Hand.

»Eigentlich möchte ich jetzt gar …«, begann ich, doch Emma unterbrach mich.

»Leo wirft gleich den Brautstrauß.«

Ich blieb stehen.

»Da stell ich mich ganz bestimmt nicht hin!«

»Doch. Das machst du!«, bestand Emma. »Jetzt komm schon.«

»Also echt nicht!«

»Bitte! Das ist lustig. Jetzt sei kein Spielverderber.«

»Wenn du unbedingt meinst«, gab ich schließlich nach. »Aber dann müssen auch Zoe und Ilona mit.«

»Die sind doch schon längst vorne«, sagte Emma und kicherte.

»Und was ist mit dir?«

»Ich? Spinnst du? Dafür bin ich noch viel zu jung, Mama. Außerdem glaube ich nicht, dass ich jemals heiraten mag.«

»Warum nicht?«, fragte ich überrascht.

»Das ist doch alles völlig überholt. Man kann auch zusammen sein, ohne es amtlich zu machen. Und jetzt komm, sonst fangen die ohne dich an!« Worüber ich ganz und gar nicht böse gewesen wäre.

Während Emma mich nach vorne zog, fing ich einen Blick von Paul auf, der an der Wand lehnte und amüsiert in meine Richtung grinste. Offenbar ahnte er, was meine Tochter mit mir vorhatte.

Ich zuckte etwas verlegen mit den Schultern.

»Ich muss ihn fangen«, sagte Zoe, als sie sich kurz umdrehte und mich entdeckte. »Ganz dringend. Sonst wird das nie was mit einem Mann bei mir. Und es gibt nichts, was ich mir mehr wünsche als einen Mann und ein Baby. Oder wenigstens ein Baby. Aber dafür brauch ich einen Mann.«

»Keine Sorge. Ich schnappe ihn dir ganz sicher nicht weg«, beruhigte ich sie.

»Schau mal. Ilona hat sich ganz nach vorne gestellt. Da kriegt sie ihn nie«, sagte Zoe, und ich konnte eine gewisse Schadenfreude in ihrer Stimme hören.

Die Band spielte einen Tusch.

»Liebe Hochzeitsgäste. Ich sehe schon, hier gibt es ja einige ganz tolle Singlefrauen am Chiemsee«, sagte Benjamin, der Sänger der *Hallinger Buam* in sein Mikrofon. »Eine von ihnen wird jetzt gleich den Brautstrauß fangen, und danach wird es mit dem fröhlichen Singleleben bald vorbei sein.«

Die Leute lachten.

Ich kam mir inzwischen ziemlich bescheuert vor, machte aber gute Miene zum bösen Spiel, als ich sah, wie Leo mir zuwinkte.

»So, meine lieben Damen, macht euch bereit.«

Der Schlagzeuger spielte einen Trommelwirbel, die Spannung stieg. »Achtung! Die Braut wird den Strauß gleich werfen.«

Leo drehte sich um, so dass sie mit dem Rücken zu uns stand. Angefeuert von den übrigen Hochzeitsgästen holte sie mehrmals aus und warf den Brautstrauß in hohem Bogen nach hinten. Direkt auf mich zu. Ich hob reflexartig die Hände, und schon hatte ich den Strauß in der Hand.

»Ja sowas!«, rief der Sänger. »Die Brautmutter hat ihn!«

Ich spürte, wie mir vor Verlegenheit das Blut in die Wangen schoss. Die Hochzeitsgäste klatschten und lachten begeistert, und schließlich musste ich ebenfalls lachen. Es war einfach zu absurd.

»Das gilt nicht!«, rief Zoe. »Anna war ja schon mal verheiratet.« Doch ihr Protest ging in einem neuen Musikstück unter.

Leo kam zu mir und drückte mich grinsend an sich.

»Tja, liebe Mama. Dann sieh mal zu, dass du bald einen findest.«

»Klar. Ich hab ja sonst nichts zu tun.«

Ich stellte den Strauß in die Vase am Brauttisch und ging hinaus, um ein wenig frische Luft zu schnappen.

Draußen standen kleine Gruppen zusammen, unterhielten sich und rauchten.

»Herzlichen Glückwunsch, Anna!«, rief mir Timos Vater zu, der ebenfalls eine Zigarette in der Hand hielt. »Ich hoffe, wir sind auf deine Hochzeit auch eingeladen?«

»Das muss ich mir erst gut überlegen!«, antwortete ich und ging weiter. Ich brauchte jetzt mal ein paar Minuten Ruhe. Hinter dem Stall gab es eine Holzbank, auf die ich mich setzte. Ich schlüpfte aus meinen Pumps, die mich schon seit Stunden marterten, und seufzte wohlig auf. Ob ich die Schuhe danach jemals wieder anbekäme, wagte ich zu bezweifeln. Ich schloss die Augen und genoss die überraschend laue Sommernacht, während ich der Musik lauschte, die man auch hier noch hören konnte.

»Anna?«

Ich öffnete die Augen. Aus dem Schatten kam Paul auf mich zu.

»Ja?«

»Darf ich dir ein wenig Gesellschaft leisten?«, fragte er.

Ich spürte, wie mein Puls sich beschleunigte. Das war vermutlich keine gute Idee. Aber wegschicken wollte ich ihn auch nicht.

»Wenn du mir versprichst, dass wir nicht über Cavallino oder Olivia reden«, rutschte mir heraus.

Er setzte sich neben mich.

»Okay. Wir reden nicht über diese Nacht in Cavallino und auch nicht darüber, dass zwischen Olivia und mir nichts läuft.«

Wie? Zwischen ihnen läuft nichts? Aber er hatte doch selbst gesagt, dass es kompliziert sei. Wie gern hätte ich jetzt nachgehakt, aber das hatte ich mir mit meiner Bedingung, nicht darüber zu reden, soeben selbst verbaut.

»Worüber willst du denn dann mit mir sprechen?«, fragte ich.

Er räusperte sich. Offenbar fiel ihm das, was er gleich sagen wollte, nicht ganz leicht.

»Sigrid, sie war nicht nur meine Ehefrau, sondern meine beste Freundin. Als ich sie verlor, da … da wurde die Welt dunkel für mich. Das einzige Licht, das es gab, war Jana.« Seine Stimme klang rau, und ich musste schlucken.

»Auf dieses Licht konzentrierte ich mich. Es hielt mich am Leben. Und diesem Licht gelang es nach und nach, die Welt um mich herum Stück für Stück wieder ein wenig mehr zu erhellen. Plötzlich konnte ich wieder Dinge sehen, die eine längere Zeit in der Dunkelheit für mich verborgen gewesen waren. Und doch hatte ich immer Angst. Angst, dass Jana irgendetwas passieren könnte, Angst, dass ich etwas Falsches tun und das Strahlen meiner Tochter verloren gehen könnte. Und Angst, dass mir etwas passieren würde. Denn, was mir erst später bewusst geworden war: So wie Jana das Licht für mich war, war ich es für sie. Wir brauchten uns gegenseitig.«

Bei seinen Worten bekam ich eine Gänsehaut, und meine Kehle wurde eng.

»Und deshalb dauerte es auch eine längere Zeit, bis ich wieder bereit war, mich zumindest körperlich auf eine Frau einzulassen. Doch ich tat das, ohne dass Jana etwas mitbekam. Ich durfte sie auf keinen Fall verletzen. Es ging natürlich nicht lange gut, weil die Frau mehr von mir wollte. Und ich konnte ihr das nicht geben. Und so konzentrierte ich mich wieder auf meine Arbeit und meine Tochter … Nachdem wir hierhergezogen waren, musste ich einige Male zur Schule, und bei den Gesprächen fanden eine gewisse Lehrerin, deren Namen ich nicht nennen werde«, er warf mir einen Blick zu, »und ich, also wir fanden uns sympathisch. Aber natürlich fängt man nichts mit der Lehrerin der Tochter an.«

Also gab es da doch etwas zwischen den beiden.

»Außerdem«, fuhr er fort, »lernte ich die Mutter der inzwischen besten Freundin meiner Tochter kennen. Und auch wenn die ersten Begegnungen etwas schräg verliefen, hatte diese Frau etwas, das mich neugierig machte. Doch sie schien selbst gerade eine schwierige Zeit durchzumachen. Und dann war noch diese Sache, dass es da eventuell einen jüngeren Mann für sie gab. Deswegen hakte ich das erst mal für mich ab. Komplikationen waren das Letzte, was ich wollte.«

Er machte eine kurze Pause und strich durch seine Haare, während ich gespannt darauf wartete, dass er weitersprechen würde.

»Nachdem Jana mit der Schule fertig war, war diese Frau, deren Namen ich nicht sagen werde, nicht mehr ihre Lehrerin. Sie fragte mich, ob ich mal Lust auf einen Kaffee hätte, und ich nahm ihre Einladung an. Wir trafen uns dreimal. Und ich fand sie tatsächlich auch ganz nett. Aber es sprangen keine Funken über. Zumindest nicht von meiner Seite. Während ich mir also über die richtigen Worte den Kopf zerbrach, dieser Lehrerin beizubringen, dass das Interesse leider nur einseitig war, bekam ich einen Anruf von dir, dass unsere Töchter in Italien einen Unfall hatten.«

Je länger er sprach, desto schneller klopfte mein Herz.

»Hast du ihr auch Shakshouka gekocht?«, rutschte mir heraus.

Er lächelte.

»Nein. Habe ich nicht. Ich habe es ihr noch nicht einmal angeboten.«

»Das ... das finde ich gut.«

»Ich weiß, dass du nicht über Olivia und auch nicht über die Nacht in Cavallino reden möchtest ...«

»Nun ja«, unterbrach ich ihn. »Nachdem die Umstände sich womöglich etwas geändert haben, sehe ich das inzwischen nicht mehr so eng«, sagte ich leise.

»Schön … Denn ich muss es dir einfach sagen. Cavallino mit dir hat mich völlig umgehauen, Anna«, sagte er. »Ehrlich. Nicht nur diese Nacht … Ich meine, die war natürlich besonders, aber auch unser Abend in der Pizzeria, die Gurkenmann-Story und unsere Gespräche während der Fahrt. Und, dass ich mit dir lachen konnte. Ich hatte nicht damit gerechnet, dass ich …« Er stockte.

»Dass du was?«

»Dass ich mich noch einmal so sehr zu einer Frau hingezogen fühlen würde wie zu dir. Nicht nur körperlich, sondern vor allem auch menschlich. Nach Cavallino musste ich mich erst neu sortieren. Und ich musste die Sache mit Olivia klären. Deswegen sagte ich zu dir, dass es ein wenig kompliziert sei. Ich war in diesem Moment einfach völlig überfordert.«

Eine Weile lang schwiegen wir. Er wartete darauf, dass ich etwas sagte. Ich räusperte mich schließlich.

»Nach der Trennung von Harald habe ich mich zurückgezogen … ich meine als Frau«, begann ich schließlich. »Das war keine bewusste Entscheidung, ich bemerkte das noch nicht einmal. Oder wollte es nicht bemerken. Ich war plötzlich nur noch eine berufstätige Mutter, eine Tochter, die es ihrer Mutter recht machen wollte, und eine gute Freundin für Ilona und Zoe. Und es ging mir gut dabei. Wirklich. Ich fühlte mich gut und sicher. Brauchte keine Partnerschaft. Darauf, noch einmal verletzt zu werden, konnte ich verzichten.«

Er griff nach meiner Hand und drückte sie zärtlich.

»Außerdem, was will schon ein Mann von einer Frau in meinem Alter, die sich mit Hitzewellen und Stimmungsschwankungen in der Menopause herumschlagen muss, und einen Körper hat, der immer mehr den Gesetzen der Schwerkraft unterliegt?«

Er lachte.

»Ich kann dir versichern, dass dein Körper noch immer alle Voraussetzungen hat, einen Mann verrückt zu machen. Es kommt ja auch darauf an, wie man ihn einsetzt.«

Dankbar drückte ich seine Hand.

»Dieser Abend in Cavallino, und diese Nacht – ich habe mich mit dir so wohl gefühlt, Paul. Und endlich wieder so lebendig. Endlich wieder als Frau.«

»Und was für eine Frau!«

Er streichelte mit dem Handrücken über meine Wange, dann beugte er sich zu mir und küsste mich zärtlich.

Als wir uns lösten, räusperte er sich und sah mich sehr ernst an.

»Ich starte jetzt den dritten Versuch und stelle dir eine wichtige Frage: Möchtest du mein Shakshouka essen, liebe Anna?«

»Ja! Ich will!«, sagte ich, und dann lachten wir beide. Er legte den Arm um mich und zog mich an sich.

Nach all der Aufregung der letzten Zeit, nach all den Zweifeln hatte ich plötzlich das Gefühl, nach einem langen Weg an einem Platz angekommen zu sein, an dem ich bleiben wollte.

»Kennst du das Lied, das die Band gerade spielt?«, fragte er mich plötzlich.

Ich lauschte. »Es kommt mir bekannt vor, ich weiß aber nicht, von wem es ist.«

»Mein Vater war ein großer Motown-Fan, und solche Songs liefen bei uns daheim ständig. Das Lied ist aus den 70er Jahren von Johnny Bristol – *Hang On In There Baby*.«

»Es ist echt toll.«

Er stand auf.

»Magst du mit mir tanzen?«

»Ich dachte, du tanzt nicht«, bemerkte ich überrascht.

»Hab ich auch nicht. Eine ziemlich lange Zeit. Aber jetzt hätte ich Lust.«

»Okay. Ich auch.«

Ich stand ebenfalls auf, schlüpfte in meine Schuhe und unterdrückte den Schmerz, der mich jetzt nicht davon abhalten würde, mit Paul zu tanzen.

»Na, dann komm«, sagte er. »Bevor das Lied zu Ende ist.«

Wir gingen zum Eingang der Scheune und drückten uns durch die Leute. Die Tanzfläche war voll. Ich entdeckte Leo, die mit ihrem Mann tanzte und sich glücklich zum Rhythmus des Liedes bewegte. Zoe tanzte ausgelassen mit Ben und Ilona alleine mit geschlossenen Augen.

Paul legte den Arm um mich, und wir legten los. Es dauerte ein paar Sekunden, bis wir in den gemeinsamen Takt fanden, doch dann klappte es bestens, und wir wirbelten ausgelassen zur Musik herum. *Es gibt kaum etwas Schöneres, als mit dem Mann zu tanzen, in den man verliebt ist,* gestand ich mir ein.

»Diese Hallinger Buam sind echt super«, sagte Paul. »Ein echter Geheimtipp.«

»Find ich auch.«

Die Musiker blieben dem Genre treu und spielten als Nächstes *Dancing in the Streets* von Martha & The Vandellas. Diesmal war auch eine weibliche Stimme dabei.

Überrascht sah ich nach oben zur Band. Emma hatte sich ein Mikrofon geschnappt und sang mit Benjamin im Duett.

»Wow!«, rief Paul. »Emma kann echt was.«

»Oh ja!«, sagte ich stolz.

Der ganze Saal kochte. Und ich fühlte mich unfassbar glücklich. Das Leben hielt doch immer Überraschungen bereit. Noch heute Morgen war ich als Singlefrau auf die Hochzeit meiner Tochter gegangen. Und jetzt tanzte ich mit einem Mann, der mir gerade durch die Blume – oder besser gesagt durch Shakshouka – gesagt hatte, dass er etwas für mich empfand und mit mir zusammen sein oder mich zumindest besser kennenlernen wollte. Wie sich das alles entwickeln würde, wusste ich nicht. Ich wusste nur, dass ich mich auf das Abenteuer einlassen, einem neuen Glück mit einer neuen Liebe wieder eine Chance geben würde.

Ich erhaschte Janas Blick, die wegen ihrer Verletzung auf einem Stuhl saß. Sie lächelte. Ahnte sie, dass zwischen ihrem Vater und mir etwas lief?

Als das Lied zu Ende war, gab es begeisterten Applaus für das Stück und vor allem für die Einlage meiner Tochter.

»Ich muss unbedingt was trinken«, sagte ich außer Atem, und wir machten uns durch die tanzenden Leute hindurch auf den Weg zur Theke. Als meine Mutter mich mit Paul sah, streckte sie grinsend den Daumen hoch.

Wir bestellten uns zwei große Wasser und tranken durstig.

»Ich bin froh, dass …« Ich kam nicht weiter. Denn in diesem Moment hörte die Musik abrupt zu spielen auf, und einige Leute schrien auf.

Erschrocken drehten wir uns um, konnten aber nicht erkennen, was los war.

»Schnell, wir brauchen einen Arzt!«, hörte ich jemanden rufen. »Sie ist ohnmächtig. Schnell! Ist hier irgendwo ein Arzt?«

Plötzlich stieg eiskalte Angst in mir auf. Wer war zusammengebrochen? Eine meiner Töchter? Oder womöglich meine Mutter? Egal wer, ich kannte alle Leute mehr oder weniger gut, die heute hier mitfeierten. Und zu vielen hatte ich eine persönliche Beziehung.

Ich drängte mich durch die Leute, und dann sah ich sie am Boden liegen: Zoe.

Kapitel 26

Zunächst waren wir davon ausgegangen, dass Zoe einfach nur beim Tanzen gestolpert und deswegen hingefallen war. Doch der herbeigerufene Notarzt ließ sie mit Verdacht auf einen Herzinfarkt mit Blaulicht ins Krankenhaus bringen.

Inzwischen war es schon fast Mitternacht, und die Hochzeitsfeier, die so abrupt ein Ende gefunden hatte, löste sich ein wenig früher auf, als eigentlich geplant war.

»Ich muss zu Zoe«, sagte ich. »Macht es euch was aus, wenn ich jetzt schon verschwinde?«, fragte ich Leo und Timo.

»Natürlich nicht, Mama. Fahr zu ihr«, sagte Leo.

»Aber du kannst jetzt ohnehin nichts für sie tun«, gab Paul zu bedenken.

»Trotzdem. Sie hat doch keine Familie mehr. Ich möchte zumindest in ihrer Nähe sein.«

Ich holte mein Handy aus der Tasche, um ein Taxi zu rufen.

»Brauchst du nicht. Ich kann dich fahren«, sagte Paul. »Ich hatte nur ein Glas Sekt den ganzen Tag. Weil ich später noch den Wagen zurückbringen wollte. Aber das kann ich auch morgen machen. Und vielleicht kann Jana heute bei Emma schlafen?«

»Klar. Wir nehmen meinen Wagen zum Krankenhaus«, sagte ich und holte meine Autoschlüssel heraus.

»Okay, lass uns fahren.«

»Wartet. Ich komme auch mit!«, rief Ilona und kam auf uns zu.

Ich sah sie überrascht an.

»Du willst mit?«

»Vielleicht klingt das jetzt blöd. Aber ich mag Zoe inzwischen. Auch wenn sie mich nicht leiden kann. Aber sag ihr das bloß nicht!«

»Tu ich nicht«, versprach ich und drücke meine Freundin kurz an mich. »Aber ich glaube, Zoe mag dich auch.«

Eine dreiviertel Stunde später saßen wir auf unbequemen Krankenhausstühlen in einem ansonsten leeren Warteraum. Zoe hatte mich als ihren Notfallkontakt angegeben, und so bekam ich die Auskunft, dass sich der Verdacht auf einen Herzinfarkt bestätigt hatte.

»Und was passiert jetzt?«, fragte ich ängstlich. »Sie … sie wird doch nicht … sterben?«

»Wir tun alles, damit das nicht passiert und es Frau Petrides bald wieder besser geht«, versprach die Ärztin, die ich auf etwa Anfang sechzig schätzte und eine beruhigende Kompetenz ausstrahlte. »Aber natürlich kann es immer zu Komplikationen kommen. Da wir die Patientin aber schon innerhalb der ersten 60 Minuten behandeln konnten, stehen die Chancen gut. Ich werde Sie auf dem Laufenden halten.« Ohne eine Antwort abzuwarten, verließ sie den Warteraum.

»Aber … aber das kann doch nicht sein«, murmelte Ilona. Ihr Hütchen war verrutscht, und eine Haarsträhne hatte sich gelöst. »Zoe ist so schlank und sportlich. Wie kann sie da einen Herzinfarkt bekommen? Ich dachte immer, wenn es jemanden mit sowas erwischt, dann so ein unsportliches Moppelchen wie mich.«

»Auch schlanke Menschen können stark gefährdet sein«, sagte Paul. »Das Thema war mal Bestandteil in einem Roman, den ich übersetzt habe, deswegen kenne ich mich da ein wenig aus.«

Er versuchte Ilona den Sachverhalt zu erklären, doch ich hörte den beiden gar nicht richtig zu. Die Sorgen um Zoe belasteten mich viel zu sehr.

Was, wenn sie das hier nicht überlebt? Bei dem Gedanken daran wurde mir ganz schlecht. Dabei war sie heute so voller Lebensfreude gewesen.

Ihre Worte gingen mir durch den Kopf, die sie gesagt hatte, bevor der Brautstrauß geworfen wurde. *Ich wünsche mir nichts so sehr wie einen Mann und ein Baby.* Würde sie jetzt sterben, ohne dass ihr größter Wunsch im Leben in Erfüllung gegangen war? Der Gedanke schnürte mir die Kehle zu. Außerdem hatte ich keine Gelegenheit gehabt, ihr von mir und Paul zu erzählen. Sie durfte nicht sterben!

Ich stand auf.

»Was ist denn?«, fragte Paul.

»Ich muss mich ein wenig bewegen«, sagte ich und ging auf und ab. Meine Schuhe drückten inzwischen noch viel mehr, aber das war mir in diesem Moment egal. Mehr noch. Der Schmerz tat mir gut und lenkte mich ein wenig ab.

»Ich geh mal und organisiere Wasser für uns«, sagte Paul. »Oder wollt ihr lieber Kaffee?«

»Wasser ist gut«, sagte ich.

»Ja. Für mich auch.«

Ilonas Handy klingelte. Sie öffnete ihre seidene gelbe Clutch und holte es heraus. Doch als sie den Namen des Anrufers sah, drückte sie ihn weg. Und mir war klar, dass es Jo gewesen sein musste.

»Ruf ihn zurück!«, sagte ich.

»Was?«

»Wenn es Jo war, ruf ihn an.«

»Anna … ich weiß, dass du …«

»Nein. Hör mir zu. Jo war meine erste Liebe und der erste Mann, mit dem ich geschlafen habe. Und irgendwie bin ich wohl nie so wirklich drüber hinweggekommen, dass er sich danach nicht mehr für mich interessiert hat. Und als ich ihm dann wieder begegnete, tat er das immer noch nicht. Ganz einfach, weil ich ihm nie wichtig war. Für ihn war ich ein One-Night-Stand, ein Mädchen, das er damals leicht haben konnte und über das er sich keine Gedanken machte. Er wusste ja auch nicht, dass ich in ihn verliebt gewesen war. Und Harald … wir hatten ein paar gute Jahre, bis ich ihm auch nicht mehr so wichtig war. Aber er hat mir zwei großartige Töchter geschenkt. Danach hab ich mich vergraben. Wollte nichts mehr von Männern wissen … Den Rest kennst du ja … Was ich sagen will …«, ich griff nach ihren Händen. »Was ich sagen will, Ilona, wenn du ihm wichtig bist und er dir, dann ist das eine großartige Sache. Wir wissen nicht, wie viele Chancen wir im Leben bekommen. Vielleicht hat Zoe keine Chancen mehr … Du bist meine beste Freundin, schon seit so vielen Jahren. Und ich will nicht diejenige sein, die deinem Glück im Weg steht.«

»Anna … ich weiß doch gar nicht, ob das überhaupt mit ihm funktionieren würde«, sagte sie leise.

»Egal. Das weiß man doch nie. Versuche es, Ilona. Ruf ihn an.«

In ihren Augen schimmerten Tränen.

»Jetzt gleich!« Ich ließ nicht locker. »Verschwende keine Zeit mehr.«

»Na gut.«

Sie schluckte, griff nach dem Handy und verließ das Wartezimmer. Als ich mich umdrehte, um ihr hinterherzusehen, stand Paul mit drei Flaschen Wasser in der Hand in der Tür.

»Ich glaube, in unserer Pubertät damals ging es nicht so chaotisch und emotional zu wie jetzt«, versuchte ich zu spaßen. Doch plötzlich war mir alles zu viel, und ich begann zu weinen.

Er kam zu mir, stellte die Flaschen ab und nahm mich in den Arm.

»Schon gut, Anna ... Es ist okay zu weinen ... Ich bin für dich da«, flüsterte er mir sanft ins Ohr, während er meine Haare streichelte.

Nachdem ich mich wieder einigermaßen gefangen hatte, setzten wir uns. Er legte einen Arm um mich und zog mich an sich.

»Schlaf ein bisschen«, sagte er. »Ich wecke dich, wenn es Neuigkeiten gibt.«

Ich schloss die Augen, völlig erschöpft von dem Tag und spürte, wie ich ruhig in einen traumlosen Schlaf hinüberschlummerte.

Es war kurz vor sechs Uhr früh am Morgen, als die Ärztin mich in die Intensivstation führte. Paul fuhr Ilona nach Hause. Danach wollte er sich nur kurz duschen und umziehen und mich dann abholen. Zoe lag schlafend im Bett, wurde von einem Monitor überwacht. Sie war blass, und unter einem Pflaster auf der Stirn war etwas Blut durchgesickert.

»Wir lassen Sie noch hier zur Überwachung, aber sie hat alles gut überstanden. Wir haben einen Stent gesetzt. Ein kleiner Routineeingriff bei dieser Diagnose.«

»Sie musste also gar nicht am Herzen operiert werden?«, fragte ich.

»Nein …«

»Darf ich noch ein wenig hierbleiben?«, fragte ich.

»Natürlich … Sie waren auf einer Hochzeit, hat Frau Petrides uns erzählt«, sagte die Ärztin und warf einen Blick auf mein rotes Kleid.

»Ja … Meine älteste Tochter Leo hat geheiratet.«

»Herzlichen Glückwunsch … Aber das war sicher ein großer Schreck für alle.«

»O ja. Zoe liebt so dramatische Auftritte.«

Sie lächelte müde.

»Gut, dass es so glimpflich ausging …«

Sie nickte mir nochmal zu und ließ mich dann mit Zoe allein. Ich setzte mich auf einen Stuhl und nahm vorsichtig ihre Hand. Auch wenn es immer noch Komplikationen geben könnte, so schien sie über den Berg zu sein, und ich war einfach nur erleichtert, dass sie noch lebte.

Nach einer Weile bewegte sie sich und begann zu blinzeln.

»Zoe?«, flüsterte ich. »Ich bin hier.«

Sie öffnete die Augen und sah mich irritiert an.

»Du bist im Krankenhaus«, sagte ich. »Aber es ist alles gut.«

»Ich fühl mich total zerschlagen«, murmelte sie.

»Kein Wunder … Immerhin hattest du einen Herzinfarkt.«

»Ja … ich weiß«, erinnerte sie sich nun wieder.

»Bald bist du wieder gesund«, versprach ich etwas, das ich gar nicht versprechen konnte.

»Es tut mir so leid, dass ich euch die Hochzeit versaut habe«, sagte sie.

»Ach, jetzt hör aber auf«, winkte ich ab. »Die wäre sowieso nicht mehr lange gegangen ... Außerdem haben die beiden jetzt etwas wirklich Spannendes, das sie bei ihrer Silberhochzeit erzählen können.«

Sie lächelte bemüht.

»Danke, dass du da bist, Anna.«

»Aber klar bin ich das.«

»Ich frage mich, was gewesen wäre, wenn ich den Herzinfarkt daheim bekommen hätte. Wenn niemand da gewesen wäre, der den Notarzt gerufen hätte ...«

Dieser Gedanke war mir auch schon gekommen. Was für ein Glück, dass es inmitten so vieler Leute passierte.

»Hey. Du warst aber nicht alleine daheim ... Bitte denk jetzt nicht darüber nach. Dieses was-wäre-gewesen-wenn macht überhaupt keinen Sinn.«

»Du hast recht ... Anna, du kümmerst dich doch darum, dass die Termine verschoben werden.«

»Klar mache ich das.«

»Du und Oxana – ihr kriegt bezahlten Urlaub, bis ich wieder da bin ... Vielleicht kannst du nur ab und zu nach der Post sehen.«

»Zoe!«, mahnte ich sie. »Wir kriegen das schon alles hin. Jetzt werd du erst mal wieder gesund und denk nicht an die Arbeit.«

Eine Weile lang schwiegen wir.

»Ich muss dir unbedingt etwas sagen«, begann ich schließlich. »Paul und ich ... wir verstehen uns ziemlich gut.«

»Also hat er nichts mit der Lehrerin?«

»Nein.«

»Das ist gut ...«

Ich bemerkte, wie ihr immer wieder die Augen zufielen.

»Das ist es ... Ich komme später wieder und bringe dir ein paar Sachen.«

»Danke.« Sie sagte es so leise, dass ich es kaum hörte.

Ich wartete noch eine Weile, dann stand ich auf und verließ die Intensivstation. Jetzt wollte ich nur noch nach Hause. Während ich vor dem Krankenhaus auf Paul wartete, schrieb ich eine Nachricht in die Familiengruppe. »Zoe hat alles gut überstanden.«

Gott sei Dank, schrieb meine Mutter nach ein paar Sekunden zurück mit einem betenden Smiley.

Ich bin so froh, kam es kurz darauf von Emma mit einem glücklichen Smiley.

Leo schickte zwei Herzen.

Offenbar waren alle noch oder schon wach und hatten bereits darauf gewartet, dass ich mich meldete.

Lächelnd steckte ich das Handy in die Tasche und atmete die frische Luft ein. Der Morgen war kühl, und ich fröstelte ein wenig in meinem Kleid. Um mich herum zwitscherten die Vögel, und ich war erfüllt von einem tiefen Gefühl der Dankbarkeit.

Ich sah Pauls roten Wagen auf das Krankenhaus zufahren und ging ihm entgegen.

Kapitel 27

»Mama!«, rief Emma aus der Küche. »Du hast den Wein vergessen.«

Ich drehte mich nochmal um und schnappte die Flasche Bordeaux, die neben dem Kühlschrank bereitstand. Emma und Jana saßen am Tisch, futterten gebratene Nudeln und schrieben an einem Songtext für die Band.

»Viel Spaß«, sagte Emma.

»Schönen Gruß an meinen Dad«, sagte Jana. »Und lasst es euch schmecken.«

»Machen wir.«

Während ich hinausging, rief Emma: »Und du siehst super aus, Mama!«

»Find ich auch!«, kam es von Jana, und ich musste grinsen. Das bedeutete wohl, ich hatte ihren Segen!

»Danke ihr beiden!«, rief ich zurück.

Im Auto drehte ich das Radio laut auf und sang mit. Noch nicht einmal der strömende Gewitterregen konnte meine Stimmung trüben.

Zoe hatte sich in den letzten drei Tagen erstaunlich gut erholt und durfte das Krankenhaus bald verlassen. Allerdings würde sie übergangslos drei Wochen auf Reha geschickt.

Leo und Timo hatten sich gestern auf ihre Hochzeitsreise in

die Südsee aufgemacht, die Harald und Karla ihnen geschenkt hatten.

Ilona hatte Jo seit unserem Gespräch im Krankenhaus nicht mehr gesehen, weil er für Aufnahmen nach London geflogen war, aber sie telefonierten mehrmals täglich.

Meine Mutter hatte beschlossen, doch in ihrer Wohnung zu bleiben.

»Weißt du, Anna«, hatte sie gestern beim Abendessen zu mir gesagt. »Ich habe in den letzten Tagen viel nachgedacht. Karl und ich können so viel Zeit wie möglich miteinander verbringen. Aber ich glaube, es tut uns beiden ganz gut, wenn wir uns trotzdem ab und zu auch mal zurückziehen können und jeder seinen eigenen Bereich hat. Nicht, dass sich eine Routine einschleicht und wir uns auf die Nerven gehen. Auf eine Trennung hab ich nämlich in meinem Alter keine Lust mehr.«

Ich fand diese Einstellung ziemlich vernünftig und war auch ein wenig froh, dass wir uns einen kompletten Umzug sparten.

Als ich in Pauls Einfahrt parkte, hatte der Sommerregen aufgehört, und die Abendsonne kam nochmal heraus. Ich sah prüfend in den Spiegel. Na gut, ich war kein junges Küken mehr, aber meine Augen strahlten heute ganz besonders, wie ich fand, und die Falten – nun ja, die Falten waren halt einfach da und gehörten zu mir.

Ich nahm die Weinflasche und meine Handtasche und stieg aus dem Wagen. Kaum hatte ich auf den Klingelknopf gedrückt, öffnete sich schon die Haustür.

»Du bist tatsächlich da«, sagte Paul und gab mir einen Kuss zur Begrüßung. »Und auch noch pünktlich!«

»Natürlich. Ich hab es doch versprochen … Hier für dich.«
Ich reichte ihm den Wein.

»Danke … Sollen wir ihn gleich zum Essen trinken?«

»Gern.«

Er führte mich ins riesige Wohnzimmer mit einer großen Fensterfront zum Garten, das auch als Esszimmer diente. Der runde Tisch war hübsch gedeckt mit Blumen und Kerzen, und im Hintergrund lief leise Musik. Er öffnete den Wein und schenkte ein. Dann reichte er mir das Glas.

»Schön, dass du hier bist, Anna«, sagte er.

»Ich freue mich auch.«

Wir stießen an und tranken einen Schluck.

»Hm. Feines Tröpfchen«, sagte er. »Hast du schon Hunger?«

»Ziemlich. Und das Essen duftet total lecker.«

»Ich muss nur noch die Eier reingeben«, sagte Paul. »Dann können wir bald essen.«

Ich folgte ihm in die Küche und sah zu, wie er mit einem Kochlöffel vier kleine Mulden in das Shakshouka machte, das in einer Pfanne vor sich hinköchelte. Dann schlug er nacheinander vier Eier auf und ließ sie vorsichtig in die Mulden gleiten. Dann setzte er einen Deckel auf die Pfanne.

»In ein paar Minuten ist es so weit … Kannst du das mal rübertragen?« Er gab mir eine Schale mit aufgeschnittenem Weißbrot. »Ich hole noch eine Flasche Wasser aus dem Keller.«

Als er wieder ins Wohnzimmer kam, schaute ich mir gerade die Fotos an, die auf der Kommode standen. Bilder von der Familie. Von seiner Frau. Und sehr viele von Jana.

Er stellte die Flasche am Tisch ab und kam zu mir.

»Inzwischen kann ich sie anschauen, ohne dass es zu sehr schmerzt«, sagte er.

Ich schlang die Arme um seinen Hals.

»Danke für die Einladung zum Shakshouka«, sagte ich leise.

Er neigte seinen Kopf zu mir und küsste mich, drückte mich fest an sich, als ob er gar nicht genug von mir bekommen könnte. Als er meinen Hals mit Küssen bedeckte, jagten Schauer über meinen Körper und ein wildes Verlangen, ihn noch näher an mir zu spüren. Auch ihm schien es ähnlich zu gehen, denn er wurde immer leidenschaftlicher. Ich konnte spüren, dass er ebenso erregt war wie ich.

»Oh Anna, ich bin so froh, dass ich dich gefunden habe«, murmelte er an meinem Hals und zog mich gleich darauf aufs Sofa.

Während wir uns weiter küssten, knöpfte er meine Bluse auf. Dann schlüpfte er aus seinem T-Shirt. Ich streichelte seine Oberarme, küsste ihn wieder und vergaß die Welt um mich herum.

Plötzlich stieg ein unangenehmer Geruch in meine Nase. Auch Paul schien es geschnuppert zu haben. Denn wir schraken beide gleichzeitig hoch.

»Das Shakshouka!«, riefen wir unisono.

Wir hatten es in unserer Leidenschaft völlig vergessen!

»Verdammt! Angebrannt«, schimpfte Paul, als er es vom Herd wegzog und dann das Fenster öffnete. »Ich hatte die Herdplatte zu stark aufgedreht. Das können wir vergessen.«

»Vielleicht schaffen wir es ja beim nächsten Mal«, sagte ich. »Shakshouka 4.0 wartet auf uns.«

Wir begannen zu lachen.

»Irgendwann schaffen wir es«, sagte er.

»Klar.«

»Was hältst du davon, wenn wir jetzt einfach da weitermachen, wo wir vorhin aufgehört haben?«, fragte Paul und zog frech eine Augenbraue hoch.

»Beste Idee überhaupt.«

Und dann gingen wir zurück ins Wohnzimmer und dachten eine Weile lang nicht mehr ans Essen.

Doch nachdem der eine Hunger gestillt war, machte sich der andere deutlich bemerkbar.

»Ich glaube, ich habe noch alle Zutaten hier«, sagte Paul. »Wenn du magst, starte ich einen neuen Versuch.«

»Ach, das musst du nicht. Gehen wir doch einfach in den Biergarten. Es ist noch so schön warm draußen.«

»Gute Idee. Wir könnten sogar zu Fuß hinlaufen. Ist ja nicht weit weg von hier.«

»Gern.«

Wir duschten noch kurz und machten uns dann auf den Weg.

Als wir beim Biergarten ankamen, waren nur wenige Tische frei. Der laue Sommerabend hatte die Leute nach dem Gewitter nochmal nach draußen gelockt.

»Schau, der dort ist frei«, sagte ich und deutete auf einen Tisch links von uns.

Doch Paul blieb plötzlich stehen.

»Was ist denn?«, fragte ich.

»Ich weiß ja nicht, ob es dich stört, aber dort hinten an dem Tisch in der Ecke sitzt Olivia«, sagte er. »Wenn du wieder gehen möchtest, dann kann ich es verstehen.«

Ich überlegte kurz. Mich persönlich störte es nicht, aber vielleicht wäre es ja Olivia unangenehm, uns zusammen zu sehen.

Bisher hatte sie uns noch nicht entdeckt. Sie war vertieft in ein Gespräch mit einem Mann.

»Sieht so aus, als hätte sie ein Date«, sagte ich. »Vielleicht gehen wir doch besser woanders hin.«

Doch gerade, als ich mich wegdrehen wollte, sah ich, wie der Mann plötzlich eine Gurke in die Hand nahm, die ich vorher nicht gesehen hatte. Ich ging einen Schritt nach links, um einen unauffälligen Blick auf den Tisch werfen zu können, und da lag neben Olivia eine Melone.

»Das ist der Gurkenmann!«, zischte ich und packte Paul am Arm.

»Tatsächlich!«, sagte er. »Das gibt es doch nicht.«

Jetzt stand der Mann auf, die Gurke noch immer in der Hand, und räusperte sich.

»Wir müssen Olivia warnen«, sagte Paul.

Und das war auch mein erster Gedanke gewesen.

»Warte ... Was, wenn der Gurkenmann genau der Mann ist, der zu Olivia gehört«, flüsterte ich.

»Ach komm. Das glaubst du doch selbst nicht.«

»Aber wir wissen es nicht.«

In diesem Moment fing der Kerl doch tatsächlich zu singen an. *Küssen kann man nicht alleine* von Max Raabe. Die Leute drehten sich neugierig zu den beiden um, und man sah die Verwunderung in ihren Gesichtern, als sie merkten, dass er in eine Salatgurke sang.

»Ich kann das gar nicht mitansehen«, sagte Paul.

»Ich auch nicht«, sagte ich. »Dann lass uns gehen. Olivia weiß bestimmt selbst am besten, was für sie gut ist und was nicht.«

»Wenn du meinst ...« Er griff nach meiner Hand.

»Und vielleicht kann sie ja bald auch genau so drüber lachen wie wir.«

Er schaute mich an und grinste. Dann machten wir uns davon, während der Gurkenmann immer leidenschaftlicher und ziemlich falsch sein Lied schmetterte.

Epilog

Da war er nun also, mein 50. Geburtstag. Und er fühlte sich nicht im entferntesten so schlimm an, wie ich immer befürchtet hatte. Ganz im Gegenteil.

Es war noch ganz früh am Morgen, als ich mit offenen Augen im Bett lag und die letzten turbulenten Wochen Revue passieren ließ. Nie hätte ich es für möglich gehalten, dass sich mein Leben auf so eine wunderbare Weise noch einmal auf den Kopf stellen würde.

Neben mir war ein leises Schnarchen zu hören. Lächelnd betrachtete ich Paul, der tief und fest schlief. Kein Wunder, nach der kurzen Nacht, die hinter uns lag und in der wir beide ganz alleine in mein neues Lebensjahr hineingefeiert hatten. Ich gab ihm einen sanften Kuss auf die Wange, dann stieg ich leise aus dem Bett und ging ins Badezimmer.

Nach einer kurzen Dusche machte ich einen ausgedehnten Spaziergang an den See, an dem zu so früher Stunde schon erstaunlich viele Menschen unterwegs waren. Hinter dichten Wolken blitzte immer wieder die Sonne hervor, und ein leiser Wind strich über mein Gesicht, wohltuend in diesem Moment, um eine kleine Hitzewelle abzukühlen. Das lästige Übel war immer noch nicht verschwunden, doch es gehörte einfach zu diesem Lebensabschnitt dazu.

Die Panikattacken waren glücklicherweise seltener geworden. Da Paul und ich inzwischen die meisten Nächte zusammen verbrachten und er mich dann stets fest in seinen Armen hielt, bis alles vorbei war, ängstigten sie mich nicht mehr allzu sehr. Und vielleicht würden sie ja irgendwann wieder ganz verschwunden sein.

Mein Handy meldete sich mit einem Facetime-Anruf: Zoe!

»Hallo, mein allerliebstes Geburtstagskind!«, rief sie in die Kamera hinein und warf mir einen Kuss zu.

»Hallo, Zoe«, sagte ich erfreut.

»Ich wünsch dir so was von alles Gute, Anna! Ehrlich! Und ich wäre jetzt so gern bei dir. Was glaubst du, wie wir es schon zum Frühstück mit Schampus krachen lassen würden – oder ich vielleicht besser mit Orangensaft«, fügte sie schräg grinsend hinzu.

»Ach, Zoe«, sagte ich, »du fehlst mir auch total! Aber das holen wir nach. So bald du wieder zurück bist, feiern wir. Du, Ilona und ich im Dolce Vita!«

»Klar. Und dann kriegst du auch dein Geschenk. Bis dahin genieße ich die letzten Tage in der Reha. Ausgerechnet hier wimmelt es geradezu von interessanten Männern. Und nicht alle sind in einer Beziehung.« Sie zwinkerte mir zu.

»Übertreib's nur nicht«, mahnte ich sie freundschaftlich. »Denk an dein Herz!«

»Das tu ich … Übrigens werde ich nach meiner Rückkehr noch ein paar Wochen Auszeit nehmen und eine Vertretung in die Praxis holen.«

»Das halte ich für äußerst vernünftig«, sagte ich erleichtert.

»Für dich und Oxana sollte sich deswegen aber nicht allzu viel ändern … Oh, ich muss los, Anna. Gleich beginnt mein Yogakurs … Dickes Geburtstagsbussi und hab einen tollen Tag! … und Anna?«

»Ja?«

»Danke, dass es dich in meinem Leben gibt! Eine bessere Freundin könnte ich mir nicht wünschen.«

Bevor ich antworten konnte, war sie auch schon weg. Ich lächelte gerührt. Je älter man wurde, umso mehr schätzte man die Menschen um sich herum, die einem besonders wichtig waren.

Als ich vom Spaziergang zurückkam, wartete schon meine Familie um einen reich gedeckten Frühstückstisch auf mich, zu der inzwischen natürlich auch Paul, Jana und Karl gehörten. Leo und Timo waren braun gebrannt aus ihren Flitterwochen zurück. Sogar meine Schwester Moni hatte es diesmal geschafft, zur Feier zu kommen, und Mutter war überglücklich, als ihre ältere Tochter ankündigte, sie würde eine Woche bei ihr bleiben.

»So, alle Mann aufstehen!«, rief Leo.

Sie überraschten mich mit einem kleinen Geburtstagslied, das Emma extra für mich geschrieben und komponiert hatte.

»Danke ihr Lieben, und danke vor allem dir, meine Süße!«, sagte ich und drückte meine jüngste Tochter fest an mich.

Zum Glück war Samstag, und alle hatten Zeit, mit mir den Tag zu verbringen. Nur Ilona fehlte. Sie musste das Catering für Jos Benefiz-Konzert am Abend vorbereiten und war deswegen schon seit Tagen im Dauerstress. Ich bewunderte sie, dass sie den Job durchzog, obwohl sie die Sache mit Jo letztlich doch beendet hatte.

»Weißt du, Anna«, hatte sie gesagt. »Ich glaube, das Ganze war so eine Art Strohfeuer. Kurz war ich Feuer und Flamme. Doch genauso schnell ist es dann auch wieder erloschen.«

»Das tut mir leid. Ich hoffe, du hast es nicht wegen mir beendet«, sagte ich.

Sie bemühte sich um ein Lächeln.

»Nicht nur. Aber auch«, antwortete sie offen. »Er passte einfach nicht zu mir und zu meinem Leben. Und zu dem gehörst du nun mal fest dazu, meine Süße.«

Ich hatte sie an mich gedrückt.

»Ach, Ilona. Ich wünsche es dir so sehr, dass du auch einen Partner findest, der zu dir passt!«

Sie hatte sich von mir gelöst und gelassen mit den Schultern gezuckt.

»Ich lass mich einfach mal überraschen, was noch so alles kommt.«

Wir saßen noch immer zusammen und feierten, da klingelte es. Ich ging hinaus in den Flur und öffnete die Haustür. Draußen stand ein Taxi.

»Hat jemand von euch ein Taxi bestellt?«, rief ich ins Esszimmer. Paul kam in den Flur.

»Ja. Ich«, sagte er. Die anderen folgten ihm.

»Wo willst du denn hin?«, fragte ich verwundert. Er hatte mir gar nicht gesagt, dass er wegmusste.

»Zum Flughafen!«

»Wie? Heute?«

In diesem Moment öffnete Leo die Tür zum Garderobenschrank und holte zwei Koffer heraus.

»Dein Geburtstagsgeschenk«, begann Paul. »Wir beide fliegen nach Venedig, bleiben dort zwei Nächte, und dann geht es mit der Fähre noch fünf Tage zum Faulenzen nach Cavallino.«

»Das gibt es doch gar nicht«, stotterte ich völlig überrascht.

»Oh doch. Das Geschenk ist von uns allen«, sagte Emma.

»Ich habe alles Nötige für dich gepackt, Mama!«, erklärte Leo.

»Aber ich dachte, wir gehen heute Abend alle zusammen in Didis Oberstübchen?«, sagte ich irritiert.

»Das solltest du auch denken«, sagte Ben grinsend. »Wir holen das nach, wenn ihr wieder zurück seid.«

»Und schickt uns ja viele Fotos!«, forderte meine Mutter.

Überwältigt sah ich in die grinsenden Gesichter. Die Überraschung war ihnen gelungen. Tränen schossen in meine Augen.

»Ich danke euch«, murmelte ich. »Ich … ich weiß gar nicht, was ich sagen soll …«

»Am besten *Auf Wiedersehen*, sonst verpasst ihr noch das Flugzeug!«, sagte Karl trocken, während Timo bereits die Koffer zum Taxi trug.

»Dann mal los!«, sagte Paul und nahm meine Hand.

»Auf Wiedersehen!«, rief ich meiner Familie noch zu, dann zog Paul mich aus dem Haus.

Danksagung

Die Idee für diese Geschichte entstand während der Frankfurter Buchmesse im Jahr 2017. Inspiriert durch meine beiden wundervollen Agentinnen Christina Gattys und Franka Zastrow spann ich an der Hotelbar bei mehreren Gläsern Gin Tonic zusammen mit meinem Drehbuchkollegen Christian Lex den Plot für »Ziemlich hitzige Zeiten!«. Danke euch dreien sehr für den Anstoß!

Und ich danke besonders meinem großartigen Verlag und meiner tollen Lektorin Anna-Lisa Hollerbach, dass sie von der Idee so begeistert waren und damit auch dieses Buch das Licht der Welt erblicken durfte, in Kooperation mit dem Weltbild Verlag, bei dem die Premierenausgabe erscheint. Ich freue mich sehr darüber.

Alexandra Baisch, meine großartige Redakteurin, ich danke dir wieder von ganzem Herzen für die Zusammenarbeit und freue mich auf weitere schöne Projekte mit dir.

Die Geschichte wäre jedoch sicherlich nicht die geworden, die sie ist, wenn nicht während der Arbeit am Buch innerhalb weniger Wochen die Hochzeit meines ältesten Sohnes Felix mit Carolin und die Abiturfeier meines jüngsten Sohnes Elias stattgefunden hätte. Eine emotionale Achterbahnfahrt für jede Mama. Natürlich ist die Story an sich frei erfunden, aber als Bräutigammutter trug ich tatsächlich ein rotes Kleid. Und die

Szene mit dem Brautstrauß hat sich fast genauso ereignet, wie im Buch beschrieben.

Die Katze meiner Mutter heißt tatsächlich Conny, und ob die Sache mit der Fernbedienung sich wirklich so abgespielt hat, verrate ich an dieser Stelle nicht.

Auf jeden Fall danke ich meiner wundervollen Familie von Herzen für ihre Liebe und all die großartige Unterstützung. Auch dem Teil, den man gemeinhin Patchwork-Familie nennt.

Den Gurkenmann gibt es nicht, bzw. ist er mir bisher nicht über den Weg gelaufen. Und das ist auch gut so.

An dieser Stelle möchte ich auch einige Kolleginnen erwähnen, die ich über DELIA* kennengelernt habe und die mir inzwischen besonders ans Herz gewachsen sind. In alphabetischer Reihenfolge sind das: Heike Abidi, Ursi Breidenbach, Theresia Graw, Beatrix Mannel, Britta Sabbag, Rike Stienen und Nicole Walter. Danke euch sehr für den inspirierenden freundschaftlichen Austausch.

Und natürlich gilt mein besonders herzliches Dankeschön wie immer meinen Leserinnen und Lesern. Danke, dass ich meine Geschichten mit euch teilen darf. Ich freue mich immer über eure oft sehr persönlichen Nachrichten und Rückmeldungen!

Ach ja, noch ganz zum Schluss ein kleiner Rat an alle Frauen jenseits der 40: Fürchtet euch nicht vor den hitzigen Zeiten. Hitzewellen können durchaus auch ihre positiven Seiten haben. Man muss sich nur ganz beherzt in sie hineinstürzen.

---

* Vereinigung deutschsprachiger Liebesromanautorinnen und -autoren

Rezepte

Annas Käsekuchen

Boden:
250 g Mehl
130 g Butter
80 g Zucker
1 Päckchen Vanillezucker
ein paar Tropfen Buttervanille-Aroma
1 mittelgroßes Ei
1 Prise Salz
Zutaten gut verkneten und mindestens eine halbe Stunde in den Kühlschrank geben.

Füllung:
4 Eier
180 g Zucker
1 Becher Sahne (200 ml)
1 Becher Schmand oder Sauerrahm (200 g)
1 Becher Frischkäse (200 g)
500 g Quark
1 Päckchen Vanillezucker oder frisches Vanillemark
Abrieb und Saft einer unbehandelten Zitrone
1 Päckchen Vanillepuddingpulver

Zutaten verrühren. Dann Teig in gefettete runde Springform geben, die Füllung hinzu und in den auf 175 Grad vorgeheizten Ofen stellen. Gut eine Stunde backen. Dann Temperatur auf null stellen und den Kuchen noch 10 Minuten im Ofen lassen.

Pauls Shakshouka
(Rezept von meinem Sohn Felix)

Zutaten für 4–5 Personen:
4 rote Paprikaschoten
2 mittelgroße Zwiebeln
5 frische Tomaten
1–2 Knoblauchzehen
Chilischote (Schärfe nach Geschmack)
3–4 Lauchzwiebeln nach Geschmack
Olivenöl
2 Dosen gestückelte Tomaten
1 Esslöffel Tomatenmark
1 Bund frische Petersilie
Zucker
Salz
Paprikapulver süß und scharf
Pfeffer
Eier (pro Person 1–2 Stück)

Gemüse in Würfel, bzw. feine Ringe schneiden.

In einer großen tiefen Pfanne Olivenöl erhitzen und etwa 1 Teelöffel Zucker dazugeben. Zuerst die Zwiebeln, dann auch die Paprikaschoten und den Chili darin leicht anschwitzen.

1 Esslöffel Tomatenmark und dann Knoblauch (gehackt) und die frischen Tomaten dazugeben. Bald danach folgen die Dosentomaten und eine Dose Wasser, sowie die Hälfte der Lauchzwiebeln und die fein gehackten Stiele der Petersilie. Dann alles leicht vor sich hin köcheln lassen, bis das Gemüse weich ist (je nach Geschmack). Falls notwendig noch mit etwas Wasser aufgießen. Abschmecken mit den Gewürzen. Eier draufgleiten lassen, salzen und pfeffern. Die restliche Petersilie und die Lauchzwiebeln fein hacken und über die Eier geben. Deckel drauf (oder Alufolie) und auf kleiner Flamme kurz bis zum gewünschten Härtegrad der Eier garen. Am besten sind sie wachsweich.

Dazu passt wunderbar Fladenbrot oder frisches Weißbrot und grüner Salat.

Bens Schweinefilet in Balsamicosoße
(für 2 Personen)

Zutaten:

1 kleines Schweinefilet

2 Knoblauchzehen

Frischer Rosmarin (mehrere Zweige)

6 Esslöffel Balsamico Essig rot

12 Esslöffel Weißwein

1 Esslöffel Honig

1–2 Esslöffel Olivenöl

Salz und Pfeffer

1 Stück Butter (ca. 30 g)

Zubereitung:

Das Fleisch salzen und von allen Seiten scharf in Olivenöl anbraten. Zwei Knoblauchzehen mitsamt Schale und einen Teil
des Rosmarins mit in die Pfanne geben. Balsamico Essig mit
6 EL Weißwein und dem Honig mischen und nach und nach
über das Fleisch gießen und leicht anschmoren. Dann die
Pfanne von der Platte nehmen. Das Fleisch pfeffern und mit
dem restlichen Rosmarin in Alufolie einwickeln und in den auf
ca. 150 Grad vorgeheizten Ofen geben. Je nach gewünschtem
Gargrad 10–15 Minuten. Dann aus dem Ofen nehmen und die

Folie öffnen. Den ausgetretenen Fleischsaft zur Soße geben und nochmal mit dem Rest des Weines aufkochen. Unter die Soße ein gutes Stück Butter ziehen. Das Fleisch in Scheiben schneiden und mit Bratkartoffeln und/oder Salat mit geröstetem Weißbrot servieren.

Lecker schmeckt es auch, wenn man vor dem Servieren ein wenig Parmesankäse über das Fleisch hobelt.

Emmas weiße Schokomousse auf Heidelbeersoße mit süßen gerösteten Zimt-Weißbrotwürfeln

Zutaten:

2 Tafeln weiße Schokolade (je 100 g)
2 Becher Sahne (je 200 g)
1 Bio-Orange
150 g frische oder tiefgefrorene Heidelbeeren
5 Esslöffel Zucker
1 Päckchen Vanillezucker
2 Päckchen Sahnesteif
2 Scheiben Toastbrot ohne Rinde oder Weißbrot
30 g Butter
½ TL Zimt
mehrere Rosmarin-Nadeln

Zubereitung:

Sahne leicht erwärmen und die Schokolade darin schmelzen. 2 Stücke der Schokolade für die Fruchtsoße zur Seite legen. Abrieb einer halben Orangenschale dazu.

Vorsicht: Nicht kochen lassen! Dann mehrere Stunden – am besten über Nacht – kühlen.

Heidelbeeren mit 2–3 EL Zucker erhitzen, mit dem Saft der Orange aufgießen und die übrige Schokolade sowie Vanillezucker dazugeben. (Wer mag, kann auch etwas Orangenlikör dazugeben). Kurz aufkochen lassen und dann durch ein Sieb streichen.

Rand des Toastbrotes wegschneiden. Den Toast in sehr kleine Würfel schneiden und leicht in der erhitzten Pfanne mit Butter und etwas Zucker (nach Geschmack) anbraten. Zum Schluss etwas Zimt darüberstreuen. Rosmarinnadeln waschen und trocknen. In einer kleinen Pfanne 2 Esslöffel Zucker mit etwas Wasser erhitzen und die Rosmarin-Nadeln darin kandieren.

Die gekühlte Sahne-Schoko-Mischung mit Sahnesteif so lange mixen, bis eine Mousse entsteht. Zum Anrichten etwas Soße auf einen Teller geben, Nocken aus der Schokomousse stechen und darauf anrichten, mit den knusprigen Bröseln bestreuen und mit den kandierten Rosmarin-Nadeln verzieren.

Ich wünsche viel Spaß beim Nachkochen! Und wie immer gilt: Den Rezepten sind keine kreativen Grenzen gesetzt, und jedes Gericht kann durch eigene Ideen nach Geschmack verfeinert werden.

Klug, lebensfroh und charmant verpackt Angelika Schwarzhuber Themen, die Frauen bewegen: Freundschaft, Beziehung, Selbstakzeptanz und Body-Positivity!

384 Seiten. ISBN 978-3-7341-0908-9

Singlefrau Ilona führt einen Delikatessenladen am Chiemsee und ist selbst den Leckereien gegenüber nicht abgeneigt. Umso mehr, als ihr Leben derzeit kaum etwas Aufregendes zu bieten hat. Den passenden Mann zu finden, hat sie nach diversen Fehlversuchen abgehakt. Bis Biobauer Chris sie zur Vertiefung ihrer Geschäftsbeziehung in die Toskana einlädt. Dumm nur, dass Ilona sich als etwas jünger und schlanker ausgegeben hat. Sie will die Einladung deswegen ablehnen, da greifen ihre Freundinnen Anna und Zoe ein. Gemeinsam machen sie sich auf eine turbulente Reise in den sonnigen Süden, die Ilonas Leben auf den Kopf stellen wird.

Lesen Sie mehr unter: **www.blanvalet.de**

Wenn dir alles zu bunt wird –
deine Freundinnen
sind immer für dich da!

352 Seiten. ISBN 978-3-7341-1210-2

Der junge Spitzenkoch Ben arbeitet in einem Delikatessenladen am Chiemsee. Als Seelentröster für das Freundinnen-
Trio Anna, Ilona und Zoe ist er unersetzlich. Nach einer
gescheiterten Beziehung hat er die Nase von der Liebe
gestrichen voll. Doch bei einem Auftrag für eine schwierige Kundin steht plötzlich der Astrophysiker Florian vor
ihm – und nun liegt es an den drei Freundinnen, ihrem Ben
auf die Sprünge zu helfen, damit er sein Glück findet …